Los relatos
1. Ritos

Julio Cortázar

Los relatos
1. Ritos

Alianza editorial
El libro de bolsillo

Primera edición: 1976
Cuarta edición: 2012
Segunda reimpresión: 2022

Diseño de colección: Estudio de Manuel Estrada con la colaboración de Roberto Turégano y Lynda Bozarth
Diseño de cubierta: Manuel Estrada

© Herederos de Julio Cortázar, 1976
© Alianza Editorial, S. A., Madrid, 1976, 2022
   Calle Juan Ignacio Luca de Tena, 15
   28027 Madrid
   www.alianzaeditorial.es

PAPEL DE FIBRA
CERTIFICADO

ISBN: 978-84-206-0935-5
ISBN: 978-84-206-0999-7 (O.C.)
Depósito legal: M. 26.732-2012
Printed in Spain

Si quiere recibir información periódica sobre las novedades de Alianza Editorial, envíe un correo electrónico a la dirección: alianzaeditorial@anaya.es

Índice

9   Cartas de mamá
34   Liliana llorando
46   Tango de vuelta
64   Fin de etapa
77   Circe
96   Manuscrito hallado en un bolsillo
112   Siestas
130   Bestiario
150   Después del almuerzo
162   Silvia
177   Cambio de luces
190   Ómnibus
203   En nombre de Boby
214   Con legítimo orgullo
223   Las fases de Severo
236   Las ménades
253   Axolotl
261   Relato con un fondo de agua
269   La noche boca arriba
280   Reunión con un círculo rojo
291   Los buenos servicios
325   El ídolo de las Cícladas
336   Final del juego
352   Carta a una señorita en París

364 Vientos alisios
376 Orientación de los gatos
382 Queremos tanto a Glenda
392 Botella al mar

Cartas de mamá

Muy bien hubiera podido llamarse libertad condicional. Cada vez que la portera le entregaba un sobre, a Luis le bastaba reconocer la minúscula cara familiar de José de San Martín para comprender que otra vez más habría de franquear el puente. San Martín, Rivadavia, pero esos nombres eran también imágenes de calles y de cosas, Rivadavia al seis mil quinientos, el caserón de Flores, mamá, el café de San Martín y Corrientes donde lo esperaban a veces los amigos, donde el mazagrán tenía un leve gusto a aceite de ricino. Con el sobre en la mano, después del *Merci bien, madame Durand,* salir a la calle no era ya lo mismo que el día anterior, que todos los días anteriores. Cada carta de mamá (aun antes de esto que acababa de ocurrir, este absurdo error ridículo) cambiaba de golpe la vida de Luis, lo devolvía al pasado como un duro rebote de pelota. Aun antes de esto que acababa de leer –y que ahora releía en el autobús entre enfurecido y perplejo, sin acabar de convencerse–, las cartas de mamá eran siempre una alteración del tiempo, un pequeño escándalo inofensivo dentro del orden de cosas que Luis había querido y trazado y conseguido, calzándolo en su vida como había calzado a Laura en su vida y a París en su vida. Cada nueva carta insinuaba por un rato (porque después él las borraba en el acto mismo de contestarlas cariñosamente) que su libertad duramente conquistada, esa nueva vida recortada con feroces golpes de tijera en la madeja de lana que los demás habían llamado su vida, cesaba de justificarse, perdía pie, se borraba como el fondo de las calles mientras el autobús corría por la rue de Richelieu. No quedaba más que una parva libertad condicional, la irrisión de vivir a la manera de una palabra entre paréntesis, divorciada de la frase principal de la que sin embargo es casi siempre sostén y explicación. Y desazón, y una necesidad de contestar en seguida, como quien vuelve a cerrar una puerta.

Esa mañana había sido una de las tantas mañanas en que llegaba carta de mamá. Con Laura hablaban poco del pasado, casi nunca del caserón de Flores. No es que a Luis no le gustara acordarse de Buenos Aires. Más bien se trataba de evadir nombres (las personas, evadidas hacía ya tanto tiempo, pero los nombres, los verdaderos fantasmas que son los nombres, esa duración pertinaz). Un día se había animado a decirle a Laura: «Si se pudiera romper y tirar el pasado como el borrador de una carta o de un libro. Pero ahí queda siempre, manchando la copia en limpio, y yo creo que eso es el verdadero futuro». En realidad, por qué no habían de hablar de Buenos Aires donde vivía la familia, donde los amigos de cuando en cuando adornaban una postal con frases cariñosas. Y el rotograbado de *La Nación* con los sonetos de tantas señoras entusiastas, esa sensación de ya leído, de para qué. Y de cuando en cuando alguna crisis de gabinete, algún coronel enojado, algún boxeador magnífico. ¿Por qué no habían de hablar de Buenos Aires con Laura? Pero tampoco ella volvía al tiempo de antes, sólo al azar de algún diálogo, y sobre todo cuando llegaban cartas de mamá, dejaba caer un nombre o una imagen como moneda fuera de circulación, objetos de un mundo caduco en la lejana orilla del río.

–*Eh oui, fait lourd* –dijo el obrero sentado frente a él.

«Si supiera lo que es el calor –pensó Luis–. Si pudiera andar una tarde de febrero por la avenida de Mayo, por alguna callecita de Liniers.»

Sacó otra vez la carta del sobre, sin ilusiones: el párrafo estaba ahí, bien claro. Era perfectamente absurdo pero estaba ahí. Su primera reacción, después de la sorpresa, el golpe en plena nuca, era como siempre de defensa. Laura no debía leer la carta de mamá. Por más ridículo que fuese el error, la confusión de nombres (mamá habría querido escribir «Víctor» y había puesto «Nico»), de todos modos Laura se afligiría, sería estúpido. De cuando en cuando se pierden cartas; ojalá ésta se hubiera ido al fondo del mar. Ahora tendría que tirarla al wáter de la oficina, y por supuesto unos días después Laura se extrañaría: «Qué raro, no ha llegado carta de tu madre». Nunca decía *tu mamá,* tal vez porque había perdido a la suya siendo niña. Entonces él contestaría: «De veras, es raro. Le voy a mandar unas líneas hoy mismo», y las mandaría, asombrándose del silencio de mamá. La vida seguiría igual, la oficina, el cine por las noches, Laura siempre tranquila, bondadosa, atenta a sus deseos. Al bajar del autobús en la rue de Rennes se preguntó bruscamente (no era una pregunta, pero cómo decirlo de otro modo) por qué no quería mostrarle a Laura la carta de mamá. No por ella, por lo que ella pudiera sentir. No le importaba gran cosa lo que ella pudiera sentir, mientras lo disimulara. (¿No le importaba gran cosa lo que ella pudiera sentir, mientras lo disimulara?) No, no le importaba gran cosa. (¿No le importaba?) Pero la primera verdad, suponiendo que hubiera otra detrás, la verdad más inmediata por decirlo así, era que le importaba la cara que pondría Laura, la actitud de Laura. Y le importaba por él, naturalmente, por el efecto que le haría la forma en que a Laura iba a importarle la carta de mamá. Sus ojos caerían en un momento dado sobre el nombre de Nico, y él sabía que el mentón de Laura empezaría a temblar ligeramente, y después Laura diría: «Pero qué raro... ¿qué le habrá pasado a tu madre?». Y él habría sabido todo el tiempo que Laura se contenía para no gritar, para no esconder entre las manos su rostro desfigurado ya por el llanto, por el dibujo del nombre de Nico temblándole en la boca.

En la agencia de publicidad donde trabajaba como diseñador, releyó la carta, una de las tantas cartas de mamá, sin nada de extraordinario fuera del párrafo donde se había equivocado de nombre. Pensó si no podría borrar la palabra, reemplazar Nico por Víctor, sencillamente reemplazar el error por la verdad, y volver con la carta a casa para que Laura la leyera. Las cartas de mamá interesaban siempre a Laura, aunque de una manera indefinible no le estuvieran destinadas. Mamá le escribía a él; agregaba al final, a veces a mitad de la carta, saludos muy cariñosos para Laura. No importaba, la leía con el mismo interés, vacilando ante alguna palabra ya retorcida por el reuma y la miopía. «Tomo Saridón, y el doctor me ha dado un poco de salicilato...» Las cartas se pasaban dos o tres días sobre la mesa de dibujo; Luis hubiera querido tirarlas apenas las contestaba, pero Laura las releía, a las mujeres les gusta releer las cartas, mirarlas de un lado y de otro, parecen extraer un segundo sentido cada vez que vuelven a sacarlas y a mirarlas. Las cartas de mamá eran breves, con noticias domésticas, una que otra referencia al orden nacional (pero esas cosas ya se sabían por los telegramas de *Le Monde,* llegaban siempre tarde por su mano). Hasta podía pensarse que las cartas eran siempre la misma, escueta y mediocre, sin nada interesante. Lo mejor de mamá era que nunca se había abandonado a la tristeza que debía causarle la ausencia de su hijo y de su nuera, ni siquiera el dolor –tan a gritos, tan a lágrimas al principio– por la muerte de Nico. Nunca, en los dos años que llevaban ya en París, mamá había mencionado a Nico en sus cartas. Era como Laura, que tampoco lo nombraba. Ninguna de las dos lo nombraba, y hacía más de dos años que Nico había muerto. La repentina mención de su nombre a mitad de la carta era casi un escándalo. Ya el solo hecho de que el nombre de Nico apareciera de golpe en una frase, con la *N* larga y temblorosa, la *o* con una cola torcida; pero era peor, porque el nombre se situaba en una frase incomprensible y absurda, en algo que no podía ser otra cosa que un anuncio de senilidad. De golpe mamá perdía la noción del tiempo, se imaginaba que... El párrafo venía después de un breve acuse de recibo de una carta de Laura. Un punto apenas marcado con la débil tinta azul comprada en el almacén del barrio, y a quemarropa: «Esta mañana Nico preguntó por ustedes». El resto seguía como siempre: la salud, la prima Matilde se había caído y tenía una clavícula sacada, los perros estaban bien. Pero Nico había preguntado por ellos.

En realidad hubiera sido fácil cambiar Nico por Víctor, que era el que sin duda había preguntado por ellos. El primo Víctor, tan atento siempre. Víctor tenía dos letras más que Nico, pero con una goma y habilidad se podían cambiar los nombres. Esta mañana Víctor preguntó por ustedes. Tan natural que Víctor pasara a visitar a mamá y le preguntara por los ausentes.

Cuando volvió a almorzar, traía intacta la carta en el bolsillo. Seguía dispuesto a no decirle nada a Laura, que lo esperaba con su sonrisa amistosa, el rostro que parecía haberse desdibujado un poco desde los tiempos de Buenos Aires, como si el aire gris de París le quitara el color y el relieve. Llevaban más de dos años en París, habían salido de Buenos Aires apenas dos meses después de la muerte de Nico, pero en realidad Luis se había considerado como ausente desde el día mismo de su casamiento con Laura. Una tarde, después de hablar con Nico que estaba ya enfermo, se había jurado escapar de la Argentina, del caserón de Flores, de mamá y los perros y su hermano (que ya estaba enfermo). En aquellos meses todo había girado en torno a él como las figuras de una danza: Nico, Laura, mamá, los perros, el jardín. Su juramento había sido el gesto brutal del que hace trizas una botella en la pista, interrumpe el baile con un chicotear de vidrios rotos. Todo había sido brutal en esos días: su casamiento, la partida sin remilgos ni consideraciones para con mamá, el olvido de todos los deberes sociales, de los amigos entre sorprendidos y desencantados. No le había importado nada, ni siquiera el asomo de protesta de Laura. Mamá se quedaba sola en el caserón, con los perros y los frascos de remedios, con la ropa de Nico colgada todavía en un ropero. Que se quedara, que todos se fueran al demonio. Mamá había parecido comprender, ya no lloraba a Nico y andaba como antes por la casa, con la fría y resuelta recuperación de los viejos frente a la muerte.

Pero Luis no quería acordarse de lo que había sido la tarde de la despedida, las valijas, el taxi en la puerta, la casa ahí con toda la infancia, el jardín donde Nico y él habían jugado a la guerra, los dos perros indiferentes y estúpidos. Ahora era casi capaz de olvidarse de todo eso. Iba a la agencia, dibujaba afiches, volvía a comer, bebía la taza de café que Laura le alcanzaba sonriendo. Iban mucho al cine, mucho a los bosques, conocían cada vez mejor París. Habían tenido suerte, la vida era sorprendentemente fácil, el trabajo pasable, el departamento bonito, las películas excelentes. Entonces llegaba carta de mamá.

No las detestaba; si le hubieran faltado habría sentido caer sobre él la libertad como un peso insoportable. Las cartas de mamá le traían un tácito perdón (pero de nada había que perdonarlo), tendían el puente por donde era posible seguir pasando. Cada una lo tranquilizaba o lo inquietaba sobre la salud de mamá, le recordaba la economía familiar, la permanencia de un orden. Y a la vez odiaba ese orden y lo odiaba por Laura, porque Laura estaba en París, pero cada carta de mamá la definía como ajena, como cómplice de ese orden que él había repudiado una noche en el jardín después de oír una vez más la tos apagada, casi humilde de Nico.

No, no le mostraría la carta. Era innoble sustituir un nombre por otro, era intolerable que Laura leyera la frase de mamá. Su grotesco error, su tonta torpeza de un instante –la veía luchando con una pluma vieja, con el papel que se ladeaba, con su vista insuficiente–, crecería en Laura como una semilla fácil. Mejor tirar la carta (la tiró esa tarde misma) y por la noche ir al cine con Laura, olvidarse lo antes posible de que Víctor había preguntado por ellos. Aunque fuera Víctor, el primo tan bien educado, olvidarse de que Víctor había preguntado por ellos.

Diabólico, agazapado, relamiéndose, Tom esperaba que Jerry cayera en la trampa, Jerry no cayó, y llovieron sobre Tom catástrofes incontables. Después Luis compró helados, los comieron mientras miraban distraídamente los anuncios en colores. Cuando empezó la película, Laura se hundió un poco más en su butaca y retiró la mano del brazo de Luis. Él la sentía otra vez lejos, quién sabe si lo que miraban juntos era ya la misma cosa para los dos, aunque más tarde comentaran la película en la calle o en la cama. Se preguntó (no era una pregunta, pero cómo decirlo de otro modo) si Nico y Laura habían estado así de distantes en los cines, cuando Nico la festejaba y salían juntos. Probablemente habían conocido todos los cines de Flores, toda la rambla estúpida de la calle Lavalle, el león, el atleta que golpea el gongo, los subtítulos en castellano por Carmen de Pinillos, los personajes de esta película son ficticios, y toda relación... Entonces, cuando Jerry había escapado de Tom y empezaba la hora de Bárbara Stanwyck o de Tyrone Power, la mano de Nico se acostaría despacio sobre el muslo de Laura (el pobre Nico, tan tímido, tan novio), y los dos se sentirían culpables de quién sabe qué. Bien le constaba a Luis que no habían sido culpables de nada definitivo; aunque no hubiera tenido la más deliciosa de las pruebas, el veloz desapego de Laura por Nico hubiera bastado para ver en ese noviazgo un mero simulacro urdido por el barrio, la vecindad, los círculos culturales y recreativos que son la sal de Flores. Había bastado el capricho de ir una noche a la misma sala de baile que frecuentaba Nico, el azar de una presentación fraternal. Tal vez por eso, por la facilidad del comienzo, todo el resto había sido inesperadamente duro y amargo. Pero no quería acordarse ahora, la comedia había terminado con la blanda derrota de Nico, su melancólico refugio en una muerte de tísico. Lo raro era que Laura no lo nombrara nunca, y que por eso tampoco él lo nombrara, que Nico no fuera ni siquiera el difunto, ni siquiera el cuñado muerto, el hijo de mamá. Al principio le había traído un alivio después del turbio intercambio de reproches, del llanto y los gritos de mamá, de la estúpida intervención del tío Emilio y del primo Víctor (Víctor preguntó esta mañana por ustedes), el casamiento apresurado y sin más ceremonia que un taxi llamado por teléfono y tres minutos delante de un funcionario con caspa en las solapas. Refugiados en un hotel de Adrogué, lejos de mamá y de toda la parentela desencadenada, Luis había agradecido a Laura que jamás hiciera referencia al pobre fantoche que tan vagamente había pasado de novio a cuñado. Pero ahora, con un mar de por medio, con la muerte y dos años de por medio, Laura seguía sin nombrarlo, y él se plegaba a su silencio por cobardía, sabiendo que en el fondo ese silencio lo agraviaba por lo que tenía de reproche, de arrepentimiento, de algo que empezaba a parecerse a la traición. Más de una vez había mencionado expresamente a Nico, pero comprendía que eso no contaba, que la respuesta de Laura tendía solamente a desviar la conversación. Un lento territorio prohibido se había ido formando poco a poco en su lenguaje, aislándolos de Nico, envolviendo su nombre y su recuerdo en un algodón manchado y pegajoso. Y del otro lado mamá hacía lo mismo, confabulada inexplicablemente en el silencio. Cada carta hablaba de los perros, de Matilde, de Víctor, del salicilato, de la paga de la pensión. Luis había esperado que alguna vez mamá aludiera a su hijo para aliarse con ella frente a Laura, obligar cariñosamente a Laura a que aceptara la existencia póstuma de Nico. No porque fuera necesario, a quién le importaba nada de Nico vivo o muerto, pero la tolerancia de su recuerdo en el panteón del pasado hubiera sido la oscura, irrefutable prueba de que Laura lo había olvidado verdaderamente y para siempre. Llamado a la plena luz de su nombre el íncubo se hubiera desvanecido, tan débil e inane como cuando pisaba la tierra. Pero Laura seguía callando el nombre de Nico, y cada vez que lo callaba, en el momento preciso en que hubiera sido natural que lo dijera y exactamente lo callaba, Luis sentía otra vez la presencia de Nico en el jardín de Flores, escuchaba su tos discreta preparando el más perfecto regalo de bodas imaginable, su muerte en plena luna de miel de la que había sido su novia, del que había sido su hermano.

Una semana más tarde Laura se sorprendió de que no hubiera llegado carta de mamá. Barajaron las hipótesis usuales, y Luis escribió esa misma tarde. La respuesta no lo inquietaba demasiado, pero hubiera querido (lo sentía al bajar la escalera por las mañanas) que la portera le diese a él la carta en vez de subirla al tercer piso. Una quincena más tarde reconoció el sobre familiar, el rostro del almirante Brown y una vista de las cataratas del Iguazú. Guardó el sobre antes de salir a la calle y contestar al saludo de Laura asomada a la ventana. Le pareció ridículo tener que doblar la esquina antes de abrir la carta. El Boby se había escapado a la calle y unos días después había empezado a rascarse, contagio de algún perro sarnoso. Mamá iba a consultar a un veterinario amigo del tío Emilio, porque no era cosa de que el Boby le pegara la peste al Negro. El tío Emilio era de parecer que los bañara con acaroína, pero ella ya no estaba para esos trotes y sería mejor que el veterinario recetara algún polvo insecticida o algo para mezclar con la comida. La señora de al lado tenía un gato sarnoso, vaya a saber si los gatos no eran capaces de contagiar a los perros, aunque fuera a través del alambrado. Pero qué les iba a interesar a ellos esas charlas de vieja, aunque Luis siempre había sido muy cariñoso con los perros y de chico hasta dormía con uno a los pies de la cama, al revés de Nico que no le gustaban mucho. La señora de al lado aconsejaba espolvorearlos con dedeté por si no era sarna, los perros pescan toda clase de pestes cuando andan por la calle; en la esquina de Bacacay paraba un circo con animales raros, a lo mejor había microbios en el aire, esas cosas. Mamá no ganaba para sustos, entre el chico de la modista que se había quemado el brazo con leche hirviendo y el Boby sarnoso.

Después había como una estrellita azul (la pluma cucharita que se enganchaba en el papel, la exclamación de fastidio de mamá) y entonces unas reflexiones melancólicas sobre lo sola que se quedaría si también Nico se iba a Europa como parecía, pero ése era el destino de los viejos, los hijos son golondrinas que se van un día, hay que tener resignación mientras el cuerpo vaya tirando. La señora de al lado...

Alguien empujó a Luis, le soltó una rápida declaración de derechos y obligaciones con acento marsellés. Vagamente comprendió que estaba estorbando el paso de la gente que entraba por el angosto corredor del *métro*. El resto del día fue igualmente vago, telefoneó a Laura para decirle que no iría a almorzar, pasó dos horas en un banco de plaza releyendo la carta de mamá, preguntándose qué debería hacer frente a la insania. Hablar con Laura, antes de nada. Por qué (no era una pregunta, pero cómo decirlo de otro modo) seguir ocultándole a Laura lo que pasaba. Ya no podía fingir que esta carta se había perdido como la otra, ya no podía creer a medias que mamá se había equivocado y escrito Nico por Víctor, y que era tan penoso que se estuviera poniendo chocha. Resueltamente esas cartas eran Laura, eran lo que iba a ocurrir con Laura. Ni siquiera eso: lo que ya había ocurrido desde el día de su casamiento, la luna de miel en Adrogué, las noches en que se habían querido desesperadamente en el barco que los traía a Francia. Todo era Laura, todo iba a ser Laura ahora que Nico quería venir a Europa en el delirio de mamá. Cómplices como nunca, mamá le estaba hablando a Laura de Nico, le estaba anunciando que Nico iba a venir a Europa, y lo decía así, Europa a secas, sabiendo tan bien que Laura comprendería que Nico iba a desembarcar en Francia, en París, en una casa donde se fingía exquisitamente haberlo olvidado, pobrecito.

Hizo dos cosas: escribió al tío Emilio señalándole los síntomas que lo inquietaban y pidiéndole que visitara inmediatamente a mamá para cerciorarse y tomar las medidas del caso. Bebió un coñac tras otro y anduvo a pie hacia su casa para pensar en el camino lo que debía decirle a Laura, porque al fin y al cabo tenía que hablar con Laura y ponerla al corriente. De calle en calle sintió cómo le costaba situarse en el presente, en lo que tendría que suceder media hora más tarde. La carta de mamá lo metía, lo ahogaba en la realidad de esos dos años de vida en París, la mentira de una paz traficada, de una felicidad de puertas para afuera sostenida por diversiones y espectáculos, de un pacto involuntario de silencio en que los dos se desunían poco a poco como en todos los pactos negativos. Sí, mamá, sí, pobre Boby sarnoso, mamá. Pobre Boby, pobre Luis, cuánta sarna, mamá. Un baile del club de Flores, mamá, fui porque él insistía, me imagino que quería darse corte con su conquista. Pobre

Nico, mamá, con esa tos seca en que nadie creía todavía, con ese traje cruzado a rayas, esa peinada a la brillantina, esas corbatas de rayón tan cajetillas. Uno charla un rato, simpatiza, cómo no va a bailar esa pieza con la novia del hermano, oh, novia es mucho decir, Luis, supongo que puedo llamarlo Luis, verdad. Pero sí, me extraña que Nico no la haya llevado a casa todavía, usted le va a caer tan bien a mamá. Este Nico es más torpe, a que ni siquiera habló con su papá. Tímido, sí, siempre fue igual. Como yo. ¿De qué se ríe, no me cree? Pero si yo no soy lo que parezco... ¿Verdad que hace calor? De veras, usted tiene que venir a casa, mamá va a estar encantada. Vivimos los tres solos, con los perros. Che Nico, pero es una vergüenza, te tenías esto escondido, malandra. Entre nosotros somos así, Laura, nos decimos cada cosa. Con tu permiso, yo bailaría este tango con la señorita.

Tan poca cosa, tan fácil, tan verdaderamente brillantina y corbata rayón. Ella había roto con Nico por error, por ceguera, porque el hermano rana había sido capaz de ganar de arrebato y darle vuelta la cabeza. Nico no juega al tenis, qué va a jugar, usted no lo saca del ajedrez y la filatelia, hágame el favor. Callado, tan poca cosa el pobrecito, Nico se había ido quedando atrás, perdido en un rincón del patio, consolándose con el jarabe pectoral y el mate amargo. Cuando cayó en cama y le ordenaron reposo coincidió justamente con un baile en Gimnasia y Esgrima de Villa del Parque. Uno no se va a perder esas cosas, máxime cuando va a tocar Edgardo Donato y la cosa promete. A mamá le parecía tan bien que él sacara a pasear a Laura, le había caído como una hija apenas la llevaron una tarde a la casa. Vos fijate, mamá, el pibe está débil y capaz que le hace impresión si uno le cuenta. Los enfermos como él se imaginan cada cosa, de fija que va a creer que estoy afilando con Laura. Mejor que no sepa que vamos a Gimnasia. Pero yo no le dije eso a mamá, nadie de casa se enteró nunca que andábamos juntos. Hasta que se mejorara el enfermito, claro. Y así el tiempo, los bailes, dos o tres bailes, las radiografías de Nico, después el auto del petiso Ramos, la noche de la farra en casa de la Beba, las copas; el paseo en auto hasta el puente del arroyo, una luna, esa luna como una ventana de hotel allá arriba, y Laura en el auto negándose, un poco bebida, las manos hábiles, los besos, los gritos ahogados, la manta de vicuña, la vuelta en silencio, la sonrisa de perdón.

La sonrisa era casi la misma cuando Laura le abrió la puerta. Había carne al horno, ensalada, un flan. A las diez vinieron unos vecinos que eran sus compañeros de canasta. Muy tarde, mientras se preparaban para acostarse, Luis sacó la carta y la puso sobre la mesa de luz.

—No te hablé antes porque no quería afligirte. Me parece que mamá...

Acostado, dándole la espalda, esperó. Laura guardó la carta en el sobre, apagó el velador. La sintió contra él, no exactamente contra pero la oía respirar cerca de su oreja.

—¿Vos te das cuenta? —dijo Luis, cuidando su voz.

—Sí. ¿No crees que se habrá equivocado de nombre?

Tenía que ser. Peón cuatro rey, peón cuatro rey. Perfecto.

—A lo mejor quiso poner Víctor —dijo, clavándose lentamente las uñas en la palma de la mano.

–Ah, claro. Podría ser –dijo Laura. Caballo rey tres alfil.

Empezaron a fingir que dormían.

A Laura le había parecido bien que el tío Emilio fuera el único en enterarse, y los días pasaron sin que volvieran a hablar de eso. Cada vez que volvía a casa, Luis esperaba una frase o un gesto insólito en Laura, un claro en esa guardia perfecta de calma y de silencio. Iban al cine como siempre, hacían el amor como siempre. Para Luis ya no había en Laura otro misterio que el de su resignada adhesión a esa vida en la que nada había llegado a ser lo que pudieron esperar dos años atrás. Ahora la conocía bien, a la hora de las confrontaciones definitivas tenía que admitir que Laura era como había sido Nico, de las que se quedan atrás y sólo obran por inercia, aunque empleara a veces una voluntad casi terrible en no hacer nada, en no vivir de veras para nada. Se hubiera entendido mucho mejor con Nico que con él, y los dos lo venían sabiendo desde el día de su casamiento, desde las primeras tomas de posición que siguen a la blanda aquiescencia de la luna de miel y el deseo. Ahora Laura volvía a tener la pesadilla. Soñaba mucho, pero la pesadilla era distinta, Luis la reconocía entre muchos otros movimientos de su cuerpo, palabras confusas o breves gritos de animal que se ahoga. Había empezado a bordo, cuando todavía hablaban de Nico porque Nico acababa de morir y ellos se habían embarcado unas pocas semanas después. Una noche, después de acordarse de Nico y cuando ya se insinuaba el tácito silencio que se instalaría luego entre ellos, Laura había tenido la pesadilla. Se repetía de tiempo en tiempo y era siempre lo mismo, Laura lo despertaba con un gemido ronco, una sacudida convulsiva de las piernas, y de golpe un grito que era una negativa total, un rechazo con las dos manos y todo el cuerpo y toda la voz de algo horrible que le caía desde el sueño como un enorme pedazo de materia pegajosa. Él la sacudía, la calmaba, le traía agua que bebía sollozando, acosada aún a medias por el otro lado de su vida. Decía no recordar nada, era algo horrible pero no se podía explicar, y acababa por dormirse llevándose su secreto, porque Luis sabía que ella sabía, que acababa de enfrentarse con aquel que entraba en su sueño, vaya a saber bajo qué horrenda máscara, y cuyas rodillas abrazaría Laura en un vértigo de espanto, quizá de amor inútil. Era siempre lo mismo, le alcanzaba un vaso de agua, esperando en silencio a que ella volviera a apoyar la cabeza en la almohada. Quizá un día el espanto fuera más fuerte que el orgullo, si eso era orgullo. Quizá entonces él podría luchar desde su lado. Quizá no todo estaba perdido, quizá la nueva vida llegara a ser realmente otra cosa que ese simulacro de sonrisas y de cine francés.

Frente a la mesa de dibujo, rodeado de gentes ajenas, Luis recobraba el sentido de la simetría y el método que le gustaba aplicar a la vida. Puesto que Laura no tocaba el tema, esperando con aparente indiferencia la contestación del tío Emilio, a él le correspondía entenderse con mamá. Contestó su carta limitándose a las menudas noticias de las últimas semanas, y dejó para la postdata una frase rectificatoria: «De modo que Víctor habla de venir a Europa. A todo el mundo le da por viajar, debe ser la propaganda de las agencias de turismo. Decile que escriba, le podemos mandar todos los datos que necesite. Decile también que desde ahora cuenta con nuestra casa».

El tío Emilio contestó casi a vuelta de correo, secamente como correspondía a un pariente tan cercano y tan resentido por lo que en el velorio de Nico había calificado de incalificable. Sin haberse disgustado de frente con Luis, había demostrado sus sentimientos con la sutileza habitual en casos parecidos, absteniéndose de ir a despedirlo al barco, olvidando dos años seguidos la fecha de su cumpleaños. Ahora se limitaba a cumplir con su deber de hermano político de mamá, y enviaba escuetamente los resultados. Mamá estaba muy bien pero casi no hablaba, cosa comprensible teniendo en cuenta los muchos disgustos de los últimos tiempos. Se notaba que estaba muy sola en la casa de Flores, lo cual era lógico puesto que ninguna madre que ha vivido toda la vida con sus dos hijos puede sentirse a gusto en una enorme casa llena de recuerdos. En cuanto a las frases en cuestión, el tío Emilio había procedido con el tacto que se requería en vista de lo delicado del asunto, pero lamentaba decirles que no había sacado gran cosa en limpio, porque mamá no estaba en vena de conversación y hasta lo había recibido en la sala, cosa que nunca hacía con su hermano político. A una insinuación de orden terapéutico, había contestado que aparte del reumatismo se sentía perfectamente bien, aunque en esos días la fatigaba tener que planchar tantas camisas. El tío Emilio se había interesado por saber de qué camisas se trataba, pero ella se había limitado a una inclinación de cabeza y un ofrecimiento de jerez y galletitas Bagley.

Mamá no les dio demasiado tiempo para discutir la carta del tío Emilio y su ineficacia manifiesta. Cuatro días después llegó un sobre certificado, aunque mamá sabía de sobra que no hay necesidad de certificar las cartas aéreas a París. Laura telefoneó a Luis y le pidió que volviera lo antes posible. Media hora más tarde la encontró respirando pesadamente, perdida en la contemplación de unas flores amarillas sobre la mesa. La carta estaba en la repisa de la chimenea, y Luis volvió a dejarla ahí después de la lectura. Fue a sentarse junto a Laura, esperó. Ella se encogió de hombros.

–Se ha vuelto loca –dijo.

Luis encendió un cigarrillo. El humo le hizo llorar los ojos. Comprendió que la partida continuaba, que a él le tocaba mover. Pero esa partida la estaban jugando tres jugadores, quizá cuatro. Ahora tenía la seguridad de que también mamá estaba al borde del tablero. Poco a poco resbaló en el sillón, y dejó que su cara se pusiera la inútil máscara de las manos juntas. Oía llorar a Laura, abajo corrían a gritos los chicos de la portera.

La noche trae consejo, etcétera. Les trajo un sueño pesado y sordo, después que los cuerpos se encontraron en una monótona batalla que en el fondo no habían deseado. Una vez más se cerraba el tácito acuerdo: por la mañana hablarían del tiempo, del crimen de Saint-Cloud, de James Dean. La carta seguía sobre la repisa y mientras bebían té no pudieron dejar de verla, pero Luis sabía que al volver del trabajo ya no la encontraría. Laura borraba las huellas con su fría, eficaz diligencia. Un día, otro día, otro día más. Una noche se rieron mucho con los cuentos de los vecinos, con una audición de Fernandel. Se habló de ir a ver una pieza de teatro, de pasar un fin de semana en Fontainebleau.

Sobre la mesa de dibujo se acumulaban los datos innecesarios, todo coincidía con la carta de mamá. El barco llegaba efectivamente al Havre el viernes 17 por la mañana, y el tren especial entraba en Saint-Lazare a las 11.45. El jueves vieron la pieza de teatro y se divirtieron mucho. Dos noches antes Laura había tenido otra pesadilla, pero él no se molestó en traerle agua y la dejó que se tranquilizara sola, dándole la espalda. Después Laura durmió en paz, de día andaba ocupada cortando y cosiendo un vestido de verano. Hablaron de comprar una máquina de coser eléctrica cuando terminaran de pagar la heladera. Luis encontró la carta de mamá en el cajón de la mesa de luz y la llevó a la oficina. Telefoneó a la compañía naviera, aunque estaba seguro de que mamá daba las fechas exactas. Era su única seguridad, porque todo el resto no se podía siquiera pensar. Y ese imbécil del tío Emilio. Lo mejor sería escribir a Matilde, por más que estuviesen distanciados Matilde comprendería la urgencia de intervenir, de proteger a mamá. ¿Pero realmente (no era una pregunta, pero cómo decirlo de otro modo) había que proteger a mamá, precisamente a mamá? Por un momento pensó en pedir larga distancia y hablar con ella. Se acordó del jerez y las galletitas Bagley, se encogió de hombros. Tampoco había tiempo de escribir a Matilde, aunque en realidad había tiempo pero quizá fuese preferible esperar al viernes diecisiete antes de... El coñac ya no lo ayudaba ni siquiera a no pensar, o por lo menos a pensar sin tener miedo. Cada vez recordaba con más claridad la cara de mamá en las últimas semanas de Buenos Aires, después del entierro de Nico. Lo que él había entendido como dolor, se le mostraba ahora como otra cosa, algo en donde había una rencorosa desconfianza, una expresión de animal que siente que van a abandonarlo en un terreno baldío lejos de la casa, para deshacerse de él. Ahora empezaba a ver de veras la cara de mamá. Recién ahora la veía de veras en aquellos días en que toda la familia se había turnado para visitarla, darle el pésame por Nico, acompañarla de tarde, y también Laura y él venían de Adrogué para acompañarla, para estar con mamá. Se quedaban apenas un rato porque después aparecía el tío Emilio, o Víctor, o Matilde, y todos eran una misma fría repulsa, la familia indignada por lo sucedido, por Adrogué, porque eran felices mientras Nico, pobrecito, mientras Nico. Jamás sospecharían hasta qué punto habían colaborado para embarcarlos en el primer buque a mano; como si se hubieran asociado para pagarles los pasajes, llevarlos cariñosamente a bordo con regalos y pañuelos.

Claro que su deber de hijo lo obligaba a escribir en seguida a Matilde. Todavía era capaz de pensar cosas así antes del cuarto coñac. Al quinto las pensaba de nuevo y se reía (cruzaba París a pie para estar más solo y despejarse la cabeza), se reía de su deber de hijo, como si los hijos tuvieran deberes, como si los deberes fueran los de cuarto grado, los sagrados deberes para la sagrada señorita del inmundo cuarto grado. Porque su deber de hijo no era escribir a Matilde. ¿Para qué fingir (no era una pregunta, pero cómo decirlo de otro modo) que mamá estaba loca? Lo único que se podía hacer era no hacer nada, dejar que pasaran los días, salvo el viernes. Cuando se despidió como siempre de Laura diciéndole que no vendría a almorzar porque tenía que ocuparse de unos afiches urgentes, estaba tan seguro del resto que hubiera podido agregar: «Si querés vamos juntos». Se refugió en el café de la estación, menos por disimulo que para tener la pobre ventaja de ver sin ser visto. A las once y treinta y cinco descubrió a Laura por su falda azul, la siguió a distancia, la vio mirar el tablero, consultar a un empleado, comprar un boleto de plataforma, entrar en el andén donde ya se juntaba la gente con el aire de los que esperan. Detrás de una zorra cargada de cajones de fruta miraba a Laura que parecía dudar entre quedarse cerca de la salida del andén o internarse por él. La miraba sin sorpresa, como a un insecto cuyo comportamiento podía ser interesante. El tren llegó casi en seguida y Laura se mezcló con la gente que se acercaba a las ventanillas de los coches buscando cada uno lo suyo, entre gritos y manos que sobresalían como si dentro del tren se estuvieran ahogando. Bordeó la zorra y entró al andén entre más cajones de fruta y manchas de grasa. Desde donde estaba vería salir a los pasajeros, vería pasar otra vez a Laura, su rostro lleno de alivio porque el rostro de Laura, ¿no estaría lleno de alivio? (No era una pregunta, pero cómo decirlo de otro modo.) Y después, dándose el lujo de ser el último una vez que pasaran los últimos viajeros y los últimos changadores, entonces saldría a su vez, bajaría a la plaza llena de sol para ir a beber coñac al café de la esquina. Y esa misma tarde escribiría a mamá sin la menor referencia al ridículo episodio (pero no era ridículo) y después tendría valor y hablaría con Laura (pero no tendría valor y no hablaría con Laura). De todas maneras coñac, eso sin la menor duda, y que todo se fuera al demonio. Verlos pasar así en racimos, abrazándose con gritos y lágrimas, las parentelas desatadas, un erotismo barato como un carroussel de feria barriendo el andén, entre valijas y paquetes y por fin, por fin, cuánto tiempo sin vernos, qué quemada estás, Ivette, pero sí, hubo un sol estupendo, hija. Puesto a buscar semejanzas, por gusto de aliarse a la imbecilidad, dos de los hombres que pasaban cerca debían ser argentinos por el corte de pelo, los sacos, el aire de suficiencia disimulando el azoramiento de entrar en París. Uno sobre todo se parecía a Nico, puesto a buscar semejanzas. El otro no, y en realidad éste tampoco apenas se le miraba el cuello mucho más grueso y la cintura más ancha. Pero puesto a buscar semejanzas por puro gusto, ese otro que ya había pasado y avanzaba hacia el portillo de salida, con una sola valija en la mano izquierda, Nico era zurdo como él, tenía esa espalda un poco cargada, ese corte de hombros. Y Laura debía haber pensado lo mismo porque venía detrás mirándolo, y en la cara una expresión que él conocía bien, la cara de Laura cuando despertaba de la pesadilla y se incorporaba en la cama mirando fijamente el aire, mirando, ahora lo sabía, a aquel que se alejaba dándole la espalda, consumada la innominable venganza que la hacía gritar y debatirse en sueños.

Puestos a buscar semejanzas, naturalmente el hombre era un desconocido, lo vieron de frente cuando puso la valija en el suelo para buscar el billete y entregarlo al del portillo. Laura salió la primera de la estación, la dejó que tomara distancia y se perdiera en la plataforma del autobús. Entró en el café de la esquina y se tiró en una banqueta. Más tarde no se acordó si había pedido algo de beber, si eso que le quemaba la boca era el regusto del coñac barato. Trabajó toda la tarde en los afiches, sin tomarse descanso. A ratos pensaba que tendría que escribirle a mamá, pero lo fue dejando pasar hasta la hora de salida. Cruzó París a pie, al llegar a casa encontró a la portera en el zaguán y charló un rato con ella. Hubiera querido quedarse hablando con la portera o los vecinos, pero todos iban entrando en los departamentos y se acercaba la hora de cenar. Subió despacio (en realidad siempre subía despacio para no fatigarse los pulmones y no toser) y al llegar al tercero se apoyó en la puerta antes de tocar el timbre, para descansar un momento en la actitud del que escucha lo que pasa en el interior de una casa. Después llamó con los dos toques cortos de siempre.

–Ah, sos vos –dijo Laura, ofreciéndole una mejilla fría–. Ya empezaba a preguntarme si habrías tenido que quedarte más tarde. La carne debe estar recocida.

No estaba recocida, pero en cambio no tenía gusto a nada. Si en ese momento hubiera sido capaz de preguntarle a Laura por qué había ido a la estación, tal vez el café hubiese recobrado el sabor, o el cigarrillo. Pero Laura no se había movido de casa en todo el día, lo dijo como si necesitara mentir o esperara que él hiciera un comentario burlón sobre la fecha, las manías lamentables de mamá. Revolviendo el café, de codos sobre el mantel, dejó pasar una vez más el momento. La mentira de Laura ya no importaba, una más entre tantos besos ajenos, tantos silencios donde todo era Nico, donde no había nada en ella o en él que no fuera Nico. ¿Por qué

(no era una pregunta, pero cómo decirlo de otro modo)
no poner un tercer cubierto en la mesa? ¿Por qué no
irse, por qué no cerrar el puño y estrellarlo en esa cara
triste y sufrida que el humo del cigarrillo deformaba, hacía ir y venir como entre dos aguas, parecía llenar poco a
poco de odio como si fuera la cara misma de mamá?
Quizá estaba en la otra habitación, o quizá esperaba apoyado en la puerta como había esperado él, o se había instalado ya donde siempre había sido el amo, en el territorio blanco y tibio de las sábanas al que tantas veces había
acudido en los sueños de Laura. Allí esperaría, tendido
de espaldas, fumando también él su cigarrillo, tosiendo
un poco, riéndose con una cara de payaso como la cara
de los últimos días, cuando no le quedaba ni una gota de
sangre sana en las venas.

Pasó al otro cuarto, fue a la mesa de trabajo, encendió la lámpara. No necesitaba releer la carta de mamá
para contestarla como debía. Empezó a escribir, querida mamá. Escribió: querida mamá. Tiró el papel, escribió: mamá. Sentía la casa como un puño que se fuera
apretando. Todo era más estrecho, más sofocante. El departamento había sido suficiente para dos, estaba pensado exactamente para dos. Cuando levantó los ojos (acababa de escribir: mamá), Laura estaba en la puerta,
mirándolo. Luis dejó la pluma.

–¿A vos no te parece que está mucho más flaco? –dijo.

Laura hizo un gesto. Un brillo paralelo le bajaba por
las mejillas.

–Un poco –dijo–. Uno va cambiando...

Liliana llorando

Menos mal que es Ramos y no otro médico, con él siempre hubo un pacto, yo sabía que llegado el momento me lo iba a decir o por lo menos me dejaría comprender sin decírmelo del todo. Le ha costado al pobre, quince años de amistad y noches de póker y fines de semana en el campo, el problema de siempre; pero es así, a la hora de la verdad y entre hombres esto vale más que las mentiras de consultorio coloreadas como las pastillas o el líquido rosa que gota a gota me va entrando en las venas.

Tres o cuatro días, sin que me lo diga sé que él se va a ocupar que no haya eso que llaman agonía, dejar morir despacio al perro, para qué; puedo confiar en él, las últimas pastillas serán siempre verdes o rojas pero adentro habrá otra cosa, el gran sueño que desde ya le agradezco mientras Ramos se me queda mirando a los pies de la cama, un poco perdido porque la verdad lo ha vaciado, pobre viejo. No le digas nada a Liliana, por qué la vamos a hacer llorar antes de lo necesario, no te parece. A Alfredo sí, a Alfredo podés decírselo para que se vaya haciendo un hueco en el trabajo y se ocupe de Liliana y de mamá. Che, y decile a la enfermera que no me joda cuando escribo, es lo único que me hace olvidar el dolor aparte de tu eminente farmacopea, claro. Ah, y que me traigan un café cuando lo pido, esta clínica se toma las cosas tan en serio.

Es cierto que escribir me calma de a ratos, será por eso que hay tanta correspondencia de condenados a muerte, vaya a saber. Incluso me divierte imaginar por escrito cosas que solamente pensadas en una de esas se te atoran en la garganta, sin hablar de los lagrimales; me veo desde las palabras como si fuera otro, puedo pensar cualquier cosa siempre que en seguida lo escriba, deformación profesional o algo que se empieza a ablandar en las meninges. Solamente me interrumpo cuando viene Liliana, con los demás soy menos amable, como no quieren que hable mucho los dejo a ellos que cuenten si hace frío o si Nixon le va a ganar a McGovern, con el lápiz en la mano los dejo hablar y hasta Alfredo se da cuenta y me dice que siga nomás, que haga como si él no estuviera, tiene el diario y se va a quedar todavía un rato. Pero mi mujer no merece eso, a ella la escucho y le sonrío y me duele menos, le acepto ese beso un poquito húmedo que vuelve una y otra vez aunque cada día me canse más que me afeiten y debo lastimarle la boca, pobre querida. Hay que decir que el coraje de Liliana es mi mejor consuelo, verme ya muerto en sus ojos me quitaría este resto de fuerza con que puedo hablarle y devolverle alguno de sus besos, con que sigo escribiendo apenas se ha ido y empieza la rutina de las inyecciones y las palabritas simpáticas. Nadie se atreve a meterse con mi cuaderno, sé que puedo guardarlo bajo la almohada o en la mesa de noche, es mi capricho, hay que dejarlo puesto que el doctor Ramos, claro que hay que dejarlo, pobrecito, así se distrae.

O sea que el lunes o el martes, y el lugarcito en la bóveda el miércoles o el jueves. En pleno verano la Chacarita va a ser un horno y los muchachos la van a pasar mal, lo veo al Pincho con esos sacos cruzados y con hombreras que tanto lo divierten a Acosta, que por su parte se tendrá que trajear aunque le cueste, el rey de la campera poniéndose corbata y saco para acompañarme, eso va a ser grande. Y Fernandito, el trío completo, y también Ramos, claro, hasta el final, y Alfredo llevando del brazo a Liliana y a mamá, llorando con ellas. Y será de veras, sé cómo me quieren, cómo les voy a faltar; no irán como fuimos al entierro del gordo Tresa, la obligación partidaria y algunas vacaciones compartidas, cumplir rápido con la familia y mandarse mudar de vuelta a la vida y al olvido. Claro que tendrán un hambre bárbaro, sobre todo Acosta que a tragón no le gana nadie; aunque les duela y maldigan este absurdo de morirse joven y en plena carrera, hay la reacción que todos hemos conocido, el gusto de volver a entrar en el subte o en el auto, de pegarse una ducha y comer con hambre y vergüenza a la vez, cómo negar el hambre que sigue a las trasnochadas, al olor de las flores del velorio y los interminables cigarrillos y los paseos por la vereda, una especie de desquite que siempre se siente en esos momentos y que yo nunca me negué porque hubiera sido hipócrita. Me gusta pen-

sar que Fernandito, el Pincho y Acosta se van a ir juntos
a una parrilla, seguro que van a ir juntos porque también
lo hicimos cuando el gordo Tresa, los amigos tienen que
seguir un rato, beberse un litro de vino y acabar con unas
achuras; carajo, como si los estuviera viendo, Fernando
va a ser el primero en hacer un chiste y tragárselo de costado con medio chorizo, arrepentido pero ya tarde, y
Acosta lo mirará de reojo pero el Pincho ya habrá solta-
do la risa, es una cosa que no sabe aguantar, y entonces
Acosta que es un pan de dios se dirá que no tiene por
qué pasar por un ejemplo delante de los muchachos y se
reirá también antes de prender un cigarrillo. Y hablarán
largo de mí, cada uno se acordará de tantas cosas, la vida
que nos fue juntando a los cuatro aunque como siempre
llena de huecos, de momentos que no todos comparti-
mos y que asomarán en el recuerdo de Acosta o del Pincho, tantos años y broncas y amoríos, la barra. Les va a
costar separarse después del almuerzo porque es entonces que volverá lo otro, la hora de irse a sus casas, el último, definitivo entierro. Para Alfredo va a ser distinto y
no porque no sea de la barra, al contrario, pero Alfredo
va a ocuparse de Liliana y de mamá y eso ni Acosta ni los
demás pueden hacerlo, la vida va creando contactos especiales entre los amigos, todos han venido siempre a
casa pero Alfredo es otra cosa, esa cercanía que siempre
me hizo bien, su placer de quedarse largo charlando con
mamá de plantas y remedios, su gusto por llevarlo al Pocho al zoológico o al circo, el solterón disponible, paquete de masitas y siete y medio cuando mamá no estaba
bien, su confianza tímida y clara con Liliana, el amigo de
los amigos que ahora tendrá que pasar esos dos días tra-

gándose las lágrimas, a lo mejor llevándolo al Pocho a su quinta y volviendo en seguida para estar con mamá y Liliana hasta lo último. Al fin y al cabo le va a tocar ser el hombre de la casa y aguantarse todas las complicaciones empezando por la funeraria, esto tenía que pasar justo cuando el viejo anda por México o Panamá, vaya a saber si llega a tiempo para aguantarse el sol de las once en Chacarita, pobre viejo, de manera que será Alfredo el que lleve a Liliana porque no creo que la dejen ir a mamá, a Liliana del brazo, sintiéndola temblar contra su propio temblor, murmurándole todo lo que yo le habré murmurado a la mujer del gordo Tresa, la inútil necesaria retórica que no es consuelo ni mentira ni siquiera frases coherentes, un simple estar ahí, que es tanto.

También para ellos lo peor va a ser la vuelta, antes hay la ceremonia y las flores, hay todavía contacto con esa cosa inconcebible llena de manijas y dorados, el alto frente a la bóveda, la operación limpiamente ejecutada por los del oficio, pero después es el auto de remise y sobre todo la casa, volver a entrar en casa sabiendo que el día va a estancarse sin teléfono ni clínica, sin la voz de Ramos alargando la esperanza para Liliana, Alfredo hará café y le dirá que el Pocho está contento en la quinta, que le gustan los petisos y juega con los peoncitos, habrá que ocuparse de mamá y de Liliana pero Alfredo conoce cada rincón de la casa y seguro que se quedará velando en el sofá de mi escritorio, ahí mismo donde una vez lo tendimos a Fernandito víctima de un póker en el que no había visto una, sin hablar de los cinco coñacs compensatorios. Hace tantas semanas que Liliana duerme sola que tal vez el cansancio pueda más que ella. Alfredo no se olvidará de darles sedantes a Liliana y a mamá, estará la tía Zulema repartiendo manzanilla y tilo, Liliana se dejará ir poco a poco al sueño en ese silencio de la casa que Alfredo habrá cerrado concienzudamente antes de ir a tirarse en el sofá y prender otro de los cigarros que no se atreve a fumar delante de mamá por el humo que la hace toser.

En fin, hay eso de bueno, Liliana y mamá no estarán tan solas o en esa soledad todavía peor que es la parentela lejana invadiendo la casa del duelo; habrá la tía Zulema que siempre ha vivido en el piso de arriba, y Alfredo que también ha estado entre nosotros como si no estuviera, el amigo con llave propia; en las primeras horas tal vez será menos duro sentir irrevocablemente la ausencia que soporta un tropel de abrazos y de guirnaldas verbales, Alfredo se ocupará de poner distancias, Ramos vendrá un rato para ver a mamá y a Liliana, las ayudará a dormir y le dejará pastillas a la tía Zulema. En algún momento será el silencio de la casa a oscuras, apenas el reloj de la iglesia, una bocina a lo lejos porque el barrio es tranquilo. Es bueno pensar que va a ser así, que abandonándose de a poco a un sopor sin imágenes, Liliana va a estirarse con sus lentos gestos de gata, una mano perdida en la almohada húmeda de lágrimas y agua colonia, la otra junto a la boca en una recurrencia pueril antes del sueño. Imaginarla así hace tanto bien. Liliana durmiendo, Liliana al término del túnel negro, sintiendo confusamente que el hoy está cesando para volverse ayer, que esa luz en los visillos no será ya la misma que golpeaba en pleno pecho mientras la tía Zulema abría las cajas de donde iba saliendo lo negro en forma de ropa y de velos mezclándose sobre la cama con un llanto rabioso, una última, inútil protesta contra lo que aún tenía que venir. Ahora la luz de la ventana llegaría antes que nadie, antes que los recuerdos disueltos en el sueño y que sólo confusamente se abrirían paso en la última modorra. A solas, sabiéndose realmente a solas en esa cama y en esa pieza, en ese día que empezaba en otra dirección, Liliana podría llorar abrazada a la almohada sin que vinieran a calmarla, dejándola agotar el llanto hasta el final, y sólo mucho después, con un semisueño de engaño reteniéndola en el ovillo de las sábanas, el hueco del día empezaría a llenarse de café, de cortinas corridas, de la tía Zulema, de la voz del Pocho telefoneando desde la quinta con noticias sobre los girasoles y los caballos, un bagre pescado después de ruda lucha, una astilla en la mano pero no era grave, le habían puesto el remedio de don Contreras que era lo mejor para esas cosas. Y Alfredo esperando en el living con el diario en la mano, diciéndole que mamá había dormido bien y que Ramos vendría a las doce, proponiéndole ir por la tarde a verlo al Pocho, con ese sol valía la pena correrse hasta la quinta y en una de esas hasta podían llevarla a mamá, le haría bien el aire del campo, a lo mejor quedarse el fin de semana en la quinta, y por qué no todos, con el Pocho que estaría tan contento teniéndolos allí. Aceptar o no daba lo mismo, todos lo sabían y esperaban las respuestas que las cosas y el paso de la mañana iban dando, entrar pasivamente en el almuerzo o en un comentario sobre las huelgas de los textiles, pedir más café y contestar al teléfono que en algún momento habían tenido que conectar, el telegrama del suegro en el extranjero, un choque estrepitoso en la esquina, gritos y pitadas, la ciudad ahí afuera, las dos y media, irse con mamá y Alfredo a la quinta porque en una de esas la astilla en la mano, nunca se sabe con los chicos, Alfredo tranquilizándolas en el volante, don Contreras era más seguro que un médico para esas cosas, las calles de Ramos Mejía y el sol como un jarabe hirviendo hasta el refugio en las grandes piezas encaladas, el mate de las cinco y el Pocho con su bagre que empezaba a oler pero tan lindo, tan grande, qué pelea sacarlo del arroyo, mamá, casi me corta el hilo, te juro, mira qué dientes. Como estar hojeando un álbum o viendo una película, las imágenes y las palabras una tras otra rellenando el vacío, ahora va a ver lo que es el asado de tira de la Carmen, señora, liviano y tan sabroso, una ensalada de lechuga y ya está, no hace falta más, con este calor más vale comer poco, trae el insecticida porque a esta hora los mosquitos. Y Alfredo ahí callado pero el Pocho, su mano palmeándolo al Pocho, vos viejo sos el campeón de la pesca, mañana vamos juntos tempranito y en una de esas quién te dice, me contaron de un paisano que pescó uno de dos kilos. Aquí bajo el alero se está bien, mamá puede dormir un rato en la mecedora si quiere, don Contreras tenía razón, ya no tenés nada en la mano, mostranos cómo lo montás al petiso tobiano, mirá mamá, mirame cuando galopo, por qué no venís con nosotros a pescar mañana, yo te enseño, vas a ver, el viernes con un sol rojo y los bagrecitos, la carrera entre el Pocho y el chico de don Contreras, el puchero a mediodía y mamá ayudando despacito a pelar los choclos, aconsejando sobre la hija de la Carmen que estaba con esa tos rebelde, la siesta en las piezas desnudas que olían a verano, la oscuridad con-

tra las sábanas un poco ásperas, el atardecer, bajo el alero
y la fogata contra los mosquitos, la cercanía nunca manifiesta de Alfredo, esa manera de estar ahí y ocuparse del
Pocho, de que todo fuera cómodo, hasta el silencio que
su voz rompía siempre a tiempo, su mano ofreciendo un
vaso de refresco, un pañuelo, encendiendo la radio para
escuchar el noticioso, las huelgas y Nixon, era previsible,
qué país.

El fin de semana y en la mano del Pocho apenas una
marca de la astilla, volvieron a Buenos Aires el lunes muy
temprano para evitar el calor, Alfredo los dejó en la casa
para irse a recibir al suegro. Ramos también estaba en
Ezeiza y Fernandito, que ayudó en esas horas del encuentro porque era bueno que hubiera otros amigos en
la casa. Acosta a las nueve con su hija que podía jugar
con el Pocho en el piso de la tía Zulema, todo se iba dando más amortiguado, volver atrás pero de otra manera,
con Liliana obligándose a pensar en los viejos más que
en ella, controlándose, y Alfredo entre ellos con Acosta y
Fernandito desviando los tiros directos, cruzándose para
ayudar a Liliana, para convencerlo al viejo de que des-
cansara después de tamaño viaje, yéndose de a uno hasta
que solamente Alfredo y la tía Zulema, la casa callada,
Liliana aceptando una pastilla, dejándose llevar a la
cama sin haber aflojado una sola vez, durmiéndose casi
de golpe como después de algo cumplido hasta lo último. Por la mañana eran las carreras del Pocho en el living, arrastrar de las zapatillas del viejo, la primera llamada telefónica, casi siempre Clotilde o Ramos, mamá
quejándose del calor o la humedad, hablando del almuerzo con la tía Zulema, a las seis Alfredo, a veces el

Pincho con su hermana o Acosta para que el Pocho jugara con su hija, los colegas del laboratorio que reclamaban a Liliana, había que volver a trabajar y no seguir encerrada en la casa, que lo hiciera por ellos, estaban faltos de químicos y Liliana era necesaria, que viniera medio día en todo caso hasta que se sintiera con más ánimo; Alfredo la llevó la primera vez, Liliana no tenía ganas de manejar, después no quiso ser molesta y sacó el auto, a veces salía con el Pocho por la tarde, lo llevaba al zoológico o al cine, en el laboratorio le agradecían que les diera una mano con las nuevas vacunas, un brote epidémico en el litoral, quedarse hasta tarde trabajando, tomándole gusto, una carrera en equipo contra el reloj, veinte cajones de ampollas a Rosario, lo hicimos, tarea, el Pocho en el colegio y Alfredo protestando, a estos chicos les enseñan de otra manera la aritmética, me hace cada pregunta que me deja tieso, y los viejos con el dominó, en nuestros tiempos todo era diferente, Alfredo, nos enseñaban caligrafía y mire la letra que tiene este chico, adónde vamos a parar. La recompensa silenciosa de mirarla a Liliana perdida en un sofá, una simple ojeada por encima del diario y verla sonreír, cómplice sin palabras, dándole la razón a los viejos, sonriéndole desde lejos casi como una chiquilina. Pero por primera vez una sonrisa de verdad, desde adentro como cuando fueron al circo con el Pocho que había mejorado en el colegio y lo llevaron a tomar helados, a pasear por el puerto. Empezaban los grandes fríos, Alfredo iba menos seguido a la casa porque había problemas sindicales y tenía que viajar a las provincias, a veces venía Acosta con su hija y los domingos el Pincho o Fernandito, ya no importaba, todo el mundo tenía tanto que hacer y los días eran cortos, Liliana volvía tarde del laboratorio y le daba una mano al Pocho perdido en los decimales y la cuenca del Amazonas, al final y siempre Alfredo, los regalitos para los viejos, esa tranquilidad nunca dicha de sentarse con él cerca del fuego ya tarde y hablar en voz baja de los problemas del país, de la salud de mamá, la mano de Alfredo apoyándose en el brazo de Liliana, te cansás demasiado, no tenés buena cara, la sonrisa agradecida negando, un día iremos a la quinta, este frío no puede durar toda la vida, nada podía durar toda la vida aunque Liliana lentamente retirara el brazo y buscara los cigarrillos en la mesita, las palabras casi sin sentido, los ojos encontrándose de otra manera hasta que de nuevo la mano resbalando por el brazo, las cabezas juntándose y el largo silencio, el beso en la mejilla.

No había nada que decir, había ocurrido así y no había nada que decir. Inclinándose para encenderle el cigarrillo que le temblaba entre los dedos, simplemente esperando sin hablar, acaso sabiendo que no habría palabras, que Liliana haría un esfuerzo para tragar el humo y lo dejaría salir con un quejido, que empezaría a llorar ahogadamente, desde otro tiempo, sin separar la cara de la cara de Alfredo, sin negarse y llorando callada, ahora solamente para él, desde todo lo otro que él comprendería. Inútil murmurar cosas tan sabidas, Liliana llorando era el término, el borde desde donde iba a empezar otra manera de vivir. Si calmarla, si devolverla a la tranquilidad hubiera sido tan simple como escribirlo con las palabras alineándose en un cuaderno como segundos congelados, pequeños dibujos del tiempo para ayudar al paso inter-

minable de la tarde, si solamente fuera eso pero la noche
llega y también Ramos, increíblemente la cara de Ramos
mirando los análisis apenas terminados, buscándome el
pulso, de golpe otro, incapaz de disimular, arrancándo-
me las sábanas para mirarme desnudo, palpándome el
costado, con una orden incomprensible a la enfermera,
un lento, incrédulo reconocimiento al que asisto como
desde lejos, casi divertido, sabiendo que no puede ser,
que Ramos se equivoca y que no es verdad, que sólo era
verdad lo otro, el plazo que no me había ocultado, y la
risa de Ramos, su manera de palparme como si no pudiera admitirlo, su absurda esperanza, esto no me lo va a
creer nadie, viejo, y yo forzándome a reconocer que a lo
mejor es así que en una de esas vaya a saber, mirándolo a
Ramos que se endereza y se vuelve a reír y suelta órdenes
con una voz que nunca le había oído en esa penumbra y
esa modorra, teniendo que convencerme poco a poco de
que sí, de que entonces voy a tener que pedírselo, apenas
se vaya la enfermera voy a tener que pedirle que espere
un poco, que espere por lo menos a que sea de día antes
de decírselo a Liliana, antes de arrancarla a ese sueño en
el que por primera vez no está más sola, a esos brazos
que la aprietan mientras duerme.

Tango de vuelta

Le hasard meurtrier se dresse au coin de la première rue.
Au retour l'heure-couteau attend.

Marcel Bélanger, *Nu et noir*.

Uno se va contando despacito las cosas, imaginándolas al principio a base de Flora o una puerta que se abre o un chico que grita, después esa necesidad barroca de la inteligencia que la lleva a rellenar cualquier hueco hasta completar su perfecta telaraña y pasar a algo nuevo. Pero cómo no decirse que a lo mejor, alguna que otra vez, la telaraña mental se ajusta hilo por hilo a la de la vida, aunque decirlo venga de un puro miedo, porque si no se creyera un poco en eso ya no se podría seguir haciendo frente a las telarañas de afuera. Flora entonces, todo lo que me fue contando de a poco cuando nos juntamos, por supuesto ya no trabajaba en la casa de la señora Matilde (siempre la llamó así aunque ahora no tenía por qué seguirle dando esa seña de respeto, de sirvienta para todo servicio) y a mí me gustaba que me contara recuerdos de su pasado de chinita riojana bajando a la capital con grandes ojos asustados y unos pechitos que al fin y al

46

cabo le iban a valer más en la vida que tanto plumero y buena conducta. A mí me gusta escribir para mí, tengo cuadernos y cuadernos, versos y hasta una novela, pero lo que me gusta es escribir y cuando termino es como cuando uno se va dejando resbalar de lado después del goce, viene el sueño y al otro día ya hay otras cosas que te golpean en la ventana, escribir es eso, abrirles los postigos y que entren, un cuaderno detrás de otro; yo trabajo en una clínica, no me interesa que lean lo que escribo, ni Flora ni nadie; me gusta cuando se me acaba un cuaderno porque es como si hubiera publicado todo eso, pero no se me ocurre publicarlo, algo golpea en la ventana y así vamos de nuevo, lo mismo una ambulancia que un nuevo cuaderno. Por eso Flora me contó tantas cosas de su vida sin imaginarse que después yo las revisaba despacio entre dos sueños y algunas las pasaba a un cuaderno, Emilio y Matilde pasaron al cuaderno porque eso no podía quedarse solamente en un llanto de Flora y pedazos de recuerdos, nunca me habló de Emilio y de Matilde sin llorar al final, yo la dejaba tranquila unos días, le alentaba otros recuerdos y en una de ésas le sacaba de nuevo aquello y Flora se precipitaba como si ya se hubiera olvidado de todo lo que me llevaba dicho, empezaba de nuevo y yo la dejaba porque más de una vez la memoria le iba trayendo cosas todavía no dichas, pedacitos ajustables a los otros pedacitos, y por mi parte yo iba viendo nacer los puntos de sutura, la unión de tanta cosa suelta o presumida, rompecabezas del insomnio o de la hora del mate delante del cuaderno, llegó el día en que me hubiera sido imposible distinguir entre lo que me contaba Flora y lo que ella y yo mismo habíamos ido agregando porque los dos, cada uno a su manera, necesitábamos como todo el mundo que aquello se completara, que el último agujero recibiera al fin la pieza, el color, el final de una línea viniendo de una pierna o de una palabra o de una escalera.

Como soy muy convencional, prefiero agarrar desde el principio, y además cuando escribo veo lo que estoy escribiendo, lo veo realmente, lo estoy viendo a Emilio Díaz la mañana en que llegó a Ezeiza desde México y bajó a un hotel de la calle Cangallo, se pasó dos o tres días dando vueltas por barrios y cafés y amigos de otros tiempos, evitando ciertos encuentros pero tampoco escondiéndose demasiado porque en ese momento no tenía nada que reprocharse. Probablemente estudiaba despacio el terreno en Villa del Parque, caminaba por Melincué y General Artigas, buscaba un hotel o una pensión baratieri, se instalaba sin apuro, tomando mate en la pieza y yendo a los boliches o al cine por la noche. No tenía nada de fantasma pero hablaba poco y con pocos, caminaba sobre suelas de goma y se vestía con una campera negra y pantalones terrosos, los ojos rápidos para el quite y el despegue, algo que la dueña de la pensión llamaría furtividad; no era un fantasma pero se lo sentía lejos, la soledad lo rodeaba como otro silencio, como el pañuelo blanco en el cuello, el humo del faso pocas veces lejos de esos labios casi demasiado finos.

Matilde lo vio por primera vez –por esta nueva primera vez– desde la ventana del dormitorio en los altos. Flora andaba de compras y se había llevado a Carlitos para que no lloriqueara de aburrimiento a la hora de la siesta, hacía el calor espeso de enero y Matilde buscaba aire en la ventana, pintándose las uñas como le gustaban a Germán, aunque Germán andaba por Catamarca y se había llevado el auto y Matilde se aburría sin el auto para ir al centro o a Belgrano, la ausencia de Germán era ya costumbre pero el auto le seguía doliendo cuando él se lo llevaba. Le había prometido otro para ella sola cuando se fusionaran las empresas, a ella se le escapaban esas cosas de negocios salvo que por lo visto todavía no se habían fusionado, a la noche iría al cine con Perla, pediría un remise, cenarían en el centro, total el garaje le pasaba la cuenta del remise a Germán, Carlitos estaba con una erupción en las piernas y habría que llevarlo al pediatra, la sola idea le daba más calor, Carlitos haciendo escenas, aprovechando que no estaba el padre para darle un par de cachetadas, increíble ese chico cómo chantajeaba cuando se iba Germán, apenas si Flora con arrumacos y helados, también Perla y ella tomarían helados después del cine. Lo vio junto a un árbol, a esa hora las calles estaban vacías bajo la doble sombra del follaje juntándose en lo alto; la figura se recortaba al lado de un tronco, un poco de humo le subía por la cara. Matilde se echó atrás, golpeándose la espalda en un sillón, ahogando un alarido con las manos oliendo a barniz malva, refugiándose contra la pared en el fondo de la pieza.

«Milo», pensó, si eso era pensar, ese instantáneo vómito de tiempo y de imágenes. «Es Milo.» Cuando fue capaz de asomarse desde otra ventana ya no había nadie en la esquina de enfrente, dos chicos venían a lo lejos jugando con un perro negro. «Me ha visto», pensó Matilde. Si era él la había visto, estaba ahí para verla, estaba ahí y no en cualquier otra esquina, contra cualquier otro árbol.

Claro que la había visto porque si estaba ahí era porque sabía dónde quedaba la casa. Y que se hubiera ido en el instante de ser reconocido, de verla retroceder tapándose la boca, era todavía peor, la esquina se llenaba de un vacío donde la duda no servía de nada, donde todo era certeza y amenaza, el árbol solo, el aire en el follaje.

Volvió a verlo al caer la tarde, Carlitos jugaba con su tren eléctrico y Flora canturreaba bagualas en la planta baja, la casa de nuevo habitada parecía protegerla, ayudarla a dudar, a decirse que Milo era más alto y más robusto, que tal vez la modorra de la siesta, la luz cegadora. Cada tanto se alejaba del televisor y desde lo más lejos posible miraba por una ventana, nunca la misma pero siempre en los altos porque al nivel de la calle hubiera tenido más miedo. Cuando volvió a verlo estaba casi en el mismo sitio pero del otro lado del tronco, anochecía y la silueta se desdibujaba entre otras gentes que pasaban hablando, riendo, Villa del Parque saliendo de su letargo y yéndose a los cafés y a los cines, empezando lentamente la noche del barrio. Era él, no podía negárselo, ese cuerpo sin cambios, el gesto del brazo alzando el cigarrillo a la boca, las puntas del pañuelo blanco, era Milo que ella había matado cinco años atrás después de escaparse de México, Milo que ella había matado en papeles fabricados con coimas y complicidades en un estudio de Lomas de Zamora donde le quedaba un amigo de infancia que hacía cualquier cosa por plata pero acaso también por amistad, Milo que ella había matado de una crisis cardíaca en México para Germán, porque Germán no era hombre de aceptar otra cosa, Germán y su carrera, sus colegas y su club y sus padres, Germán para casarse y fundar una familia, el chalet y Carlitos y Flora y el auto y el campo en Manzanares, Germán y tanta plata, la seguridad, entonces decidirse casi sin pensarlo, harta de miseria y espera, al final del segundo encuentro con Germán en casa de los Recanati el viaje a Lomas de Zamora para confiarse al que primero había dicho no, que era una enormidad, que no se podía hacer, que muchos pesos, que bueno, que en quince días, que de acuerdo, Emilio Díaz muerto en México de una crisis cardíaca, casi la verdad porque ella y Milo habían vivido como muertos en esos últimos meses en Coyoacán, hasta ese avión que la había devuelto a lo suyo en Buenos Aires, a todo eso que también había sido de Milo antes de irse juntos a México y deshacerse poco a poco en una guerra de silencios y de engaños y de estúpidas reconciliaciones que no servían de nada, los telones para el nuevo acto, para una nueva noche de cuchillos largos.

El cigarrillo se seguía quemando lentamente en la boca de Milo apoyado en el tronco, mirando sin apuro las ventanas de la casa. «Cómo ha podido saber», pensó Matilde agarrándose todavía a ese absurdo de seguir pensando algo que estaba ahí, pero fuera o delante de cualquier pensamiento. Claro que había terminado por saberlo, por descubrir que estaba muerto en Buenos Aires porque en Buenos Aires estaba muerto en México, saberlo lo habría humillado y golpeado hasta la primera hojarasca de la rabia chicoteándole la cara, tirándolo a un avión de vuelta, guiándolo por un dédalo de averiguaciones previsibles, acaso el Cholo o Marina, acaso la madre de los Recanati, los viejos apeaderos, los cafés de la barra, los pálpitos y por ahí la noticia segura, se casó con Germán Morales, che, pero decime un poco cómo es posible, te digo que se casó por iglesia y todo, los Morales ya sabés, la industria textil y la guita, el respeto, viejo, el respeto, pero decime cómo es posible si ella había dicho, si nosotros creíamos que vos, no puede ser, hermano. Claro que no podía ser y por eso era todavía más, era Matilde detrás de la cortina espiándolo, el tiempo inmovilizado en un presente que lo contenía todo, México y Buenos Aires y el calor de la siesta y el cigarrillo que subía una y otra vez a la boca, en algún momento de nuevo la nada, la esquina hueca, Flora llamándola porque Carlitos no se dejaba bañar, el teléfono con Perla inquieta, esta noche no, Perla, debe ser el estómago, andá sola o con la Negra, me duele bastante, mejor me acuesto y mañana te llamo, y todo el tiempo no, no puede ser así, cómo es que no le avisaron ya a Germán si sabían, no es por ellos que encontró la casa, no puede ser por ellos, la madre de los Recanati lo hubiera llamado en seguida a Germán nada más que por el drama, por ser la primera en anunciarlo porque nunca la había aceptado como mujer de Germán, fijate qué horror, bigamia, yo siempre dije que no era de fiar, pero nadie había llamado a Germán o a lo mejor sí pero a la oficina y Germán ya viajaba lejos, seguro que la madre de los Recanati lo esperaba para decírselo en persona, para no perderse nada, ella o cualquier otro, de alguien había sabido Milo dónde vivía Germán, no podía haber encontrado el chalet por casualidad, no podía estar ahí fumando contra un árbol por casualidad. Y si de nuevo ya no estaba era igual, y cerrar todas las puertas con doble llave era igual aunque Flora se asombrara un poco, lo único seguro eran las pastillas para dormir, para al final de horas y horas dejar de pensar y perderse en una modorra rota por sueños donde nunca Milo pero ya de mañana el alarido al sentir la mano de Carlitos que había querido darle una sorpresa, el llanto de Carlitos ofendido y Flora llevándoselo a la calle, cerrá bien la puerta, Flora. Levantarse y verlo de nuevo, ahí, mirando directamente las ventanas sin el menor gesto, echarse atrás y más tarde espiar desde la cocina y nada, empezar a darse cuenta de que estaba encerrada en la casa y que eso no podía seguir así, que en algún momento tendría que salir para llevar a Carlitos al pediatra o encontrarse con Perla que telefoneaba cada día y se impacientaba y no comprendía. En la tarde anaranjada y asfixiante Milo recostado en el árbol, la campera negra con ese calor, el humo subiendo y desflecándose. O solamente el árbol pero lo mismo Milo, lo mismo Milo a cualquier hora borrándose apenas un poco con las pastillas y la televisión hasta el último programa.

Al tercer día Perla vino sin avisar, té y scones y Carlitos, Flora aprovechando un momento a solas para decirle a Perla que eso no podía ser, la señora Matilde necesita distraerse, se pasa los días encerrada, yo no entiendo, señorita Perla, se lo digo a usted aunque no me corresponde, y Perla sonriéndole en el office hacés bien, m'hijita, yo sé que los querés mucho a Matilde y a Carlitos, yo creo que está muy deprimida por la ausencia de Germán, y Flora nada, bajando la cabeza, la señora necesita distracción, yo solamente se lo digo aunque no me corresponde. Un té y los chismes de siempre, nada en Perla que pudiera hacerla sospechar, pero entonces cómo Milo había podido, imposible imaginar que la ma-

dre de los Recanati se quedara callada tanto tiempo si sabía, ni siquiera por el gusto de esperarlo a Germán y decírselo en nombre de Cristo o algo así, te engañó para
que la llevaras al altar, exactamente así diría esa bruja y
Germán cayéndose de las nubes, no puede ser, no puede
ser. Pero sí podía ser, solamente que ahora a ella no le
quedaba ni siquiera esa confirmación de que no había
soñado, que bastaba ir hasta la ventana pero con Perla
no, otra taza de té, mañana vamos al cine, te prometo,
vení a buscarme en auto, no sé lo que me pasa en estos
días, mejor vení en auto y vamos al cine, la ventana ahí al
lado del sillón pero no con Perla, esperar a que Perla se
fuera y entonces Milo en la esquina, tranquilo contra una
pared como si esperara el colectivo, la campera negra y
el pañuelo al cuello y después nada hasta otra vez Milo.

Al quinto día lo vio seguir a Flora que iba a la tienda y
todo se hizo futuro, algo como las páginas que le faltaban en esa novela abandonada boca abajo en un sofá,
algo ya escrito y que ni siquiera era necesario leer porque
ya estaba cumplido antes de la lectura, ya había ocurrido
antes de que ocurriera en la lectura. Los vio volver charlando, Flora tímida y como desconfiada, despidiéndose
en la esquina y cruzando rápido. Perla vino en auto a
buscarla, Milo no estaba ahí y tampoco estuvo cuando
volvieron tarde en la noche pero por la mañana lo vio esperándola a Flora que iba al mercado, ahora se le acercaba directamente y Flora le daba la mano, se reían y él le
tomaba el canasto y después lo traía con la verdura y la
fruta, la acompañaba hasta la puerta, Matilde dejaba de
verlos por la saliente del balcón sobre la vereda pero Flora tardaba en entrar, se quedaban un rato charlando de-

lante de la puerta. Al otro día Flora llevó a Carlitos de compras y los vio a los tres riéndose y Milo le pasaba la mano por el pelo de Carlitos, a la vuelta Carlitos traía un león de pana y dijo que el novio de Flora se lo había regalado. Entonces tenés novio, Flora, las dos a solas en el living. No sé, señora, él es tan simpático, nos encontramos así de repente, me acompañó de compras, es tan bueno con Carlitos, a usted no le molesta, señora, verdad. Decirle que no, que eso era cosa suya pero que tuviera cuidado, una chica tan joven, y Flora bajando los ojos y claro, señora, él solamente me acompaña y hablamos, tiene un restaurante en Almagro, se llama Simón. Y Carlitos con una revista en colores, me la compró Simón, mamá, es el novio de Flora.

Germán telefoneó desde Salta anunciando que volvería en unos diez días, cariños, todo bien. El diccionario decía bigamia, matrimonio contraído después de haber enviudado, por el cónyuge sobreviviente. Decía estado del hombre casado con dos mujeres o de la mujer casada con dos hombres. Decía bigamia interpretativa, según los canonistas, la adquirida por el matrimonio contraído con mujer que ha perdido la virginidad, por haberse prostituido, o por haberse declarado nulo su primer matrimonio. Decía bígamo, que se casa por segunda vez sin haber muerto el primer cónyuge. Había abierto el diccionario sin saber por qué, como si eso pudiera cambiar algo, sabía que era imposible cambiar nada, imposible salir a la calle y hablar con Milo, imposible asomarse a la ventana y llamarlo con un gesto, imposible decirle a Flora que Simón no era Simón, imposible quitarle a Carlitos el león de pana y la revista, imposible confiarse a Perla, solamente estar ahí viéndolo, sabiendo que la novela tirada en el sofá estaba escrita hasta la palabra fin, que no podía alterar nada, la leyera o no, aunque la quemara o la hundiera en el fondo de la biblioteca de Germán. Diez días y entonces sí pero qué, Germán volviendo a la oficina y a los amigos, la madre de los Recanati o el Cholo, cualquiera de los amigos de Milo que le habían dado las señas de la casa, tengo que hablar con vos, Germán, es algo muy grave, hermano, las cosas irán sucediendo una detrás de otra, primero Flora con las mejillas coloradas, señora a usted no le molesta que Simón venga esta tarde a tomar el café en la cocina conmigo, solamente un ratito. Claro que no le molestaba, cómo hubiera podido molestarle si era a plena luz y por un rato, Flora tenía todo el derecho de recibirlo en la cocina y darle un café, como Carlitos de bajar a jugar con Simón que le había traído un pato de cuerda que caminaba y todo. Quedarse arriba hasta escuchar el golpe de la puerta, Carlitos subiendo con el pato y Simón me dijo que él es de River, qué macana, mamá, yo soy de San Lorenzo, mirá lo que me regaló, mirá cómo anda, pero mirá, mamá, parece un pato de veras, me lo regaló Simón que es el novio de Flora, por qué no bajaste para conocerlo.

Ahora podía asomarse a las ventanas sin las lentas inútiles precauciones, Milo ya no se detenía junto al árbol, cada tarde llegaba a las cinco y se quedaba media hora en la cocina con Flora y casi siempre Carlitos, a veces Carlitos subía antes de que se fuera y Matilde sabía por qué, sabía que en esos pocos minutos en que se quedaban solos se preparaba lo que tenía que suceder, lo que estaba ya ahí como en la novela abierta sobre el sofá, se preparaba en la cocina, en la casa de alguien que podía ser cualquiera, la madre de los Recanati o el Cholo, habían pasado ocho días y Germán telefoneando desde Córdoba para confirmar el regreso, anunciar alfajores para Carlitos y una sorpresa para Matilde, se tomaría cinco días de descanso en casa, podrían salir, ir a los restaurantes, andar a caballo en el campo de Manzanares. Esa noche le telefoneó a Perla nada más que para escucharla hablar, colgarse de su voz durante una hora hasta no poder más porque Perla empezaba a darse cuenta de que todo eso era artificial, que a Matilde le pasaba algo, tendrías que ir a ver al analista de Graciela, se te nota rara, Matilde, haceme caso. Cuando colgó no pudo ni siquiera acercarse a la ventana, sabía que esa noche ya era inútil, que no vería a Milo en la esquina ya oscura. Bajó a la cocina para estar con Carlitos mientras Flora le servía la cena, lo escuchó protestar contra la sopa aunque Flora la miraba esperando que interviniera, que la ayudara antes de llevarlo a la cama mientras Carlitos se resistía y se empecinaba en quedarse en el salón jugando con el pato y mirando la televisión. Toda la planta baja era como una zona diferente; nunca había comprendido demasiado que Germán insistiera en poner el dormitorio de Carlitos al lado del salón, tan lejos de ellos arriba, pero Germán no aceptaba ruidos por la mañana, que Flora preparara a Carlitos para la escuela y Carlitos gritara o cantara, lo besó en la puerta del dormitorio y volvió a la cocina aunque ya no tenía nada que hacer ahí, miró la puerta que daba a la pieza de Flora, se acercó y tocó el picaporte, la abrió un poco y vio la cama de Flora, el armario con las fotos de los rockers y de Mercedes

Sosa, le pareció que Flora salía del dormitorio de Carlitos y cerró de golpe, se puso a mirar en la heladera. Le hice hongos como a usted le gustan, señora Matilde, le subo la cena dentro de media hora ya que no va a salir, le tengo también un dulce de zapallo que me salió muy bueno, como en mi pueblo, señora Matilde.

La escalera estaba mal iluminada pero los peldaños eran pocos y anchos, se subía casi sin mirar, la puerta del dormitorio entornada con una faja de luz rompiéndose en el rellano encerado. Ya llevaba días comiendo en la mesita al lado de la ventana, el salón de abajo era tan solemne sin Germán, en una bandeja cabía todo y Flora ágil, casi gustándole que la señora Matilde comiera arriba ahora que el señor estaba de viaje, se quedaba con ella y hablaban un poco y a Matilde le hubiera gustado que Flora comiera con ella pero Carlitos se lo hubiera dicho a Germán y Germán el discurso sobre las distancias y el respeto, la misma Flora hubiera tenido miedo porque Carlitos terminaba siempre sabiendo cualquier cosa y se lo hubiera contado a Germán. Y ahora de qué hablarle a Flora cuando lo único posible era buscar la botella que había escondido detrás de los libros y beber medio vaso de whisky de un golpe, ahogarse y jadear y volver a servirse y beber, casi al lado de la ventana abierta sobre la noche, sobre la nada de ahí afuera donde nada iba a suceder, ni siquiera la repetición de la sombra junto al árbol, la brasa del cigarrillo subiendo y bajando como una señal indescifrable, perfectamente clara.

Tiró los hongos por la ventana mientras Flora preparaba la bandeja con el postre, la oyó subir con ese algo de cascabel o de potrillo de Flora subiendo la escalera, le dijo que los hongos estaban riquísimos, encomió el color del dulce de zapallo, pidió un café doble y fuerte y que le subiera otro atado de cigarrillos del salón. Hace calor, señora Matilde, esta noche hay que dejar bien abiertas las ventanas, yo echaré insecticida antes de acostarme, ya le puse a Carlitos, se durmió en seguida y eso que usté lo vio cómo protestaba, le falta el papá, pobrecito, y eso que Simón le estuvo contando cuentos por la tarde. Dígame si precisa algo, señora Matilde, me gustaría acostarme temprano si usté permite. Por supuesto que lo permitía aunque Flora nunca le había dicho una cosa así, terminaba su trabajo y se encerraba en su pieza para escuchar la radio o tejer, la miró un momento y Flora le sonreía contenta, levantaba la bandeja del café y bajaba a buscar el insecticida, mejor se lo dejo aquí en la cómoda, señora Matilde, usté misma lo pone antes de acostarse porque digan lo que digan huele feo, mejor cuando se esté preparando para acostarse. Cerró la puerta, el potrillo bajó liviano la escalera, un último resonar de vajilla; la noche empezó exactamente en ese segundo en que Matilde iba hasta la biblioteca para sacar la botella y traerla al lado del sillón.

La luz de la lámpara baja llegaba apenas hasta la cama en el fondo del dormitorio, confusamente se veía una de las mesas de luz y el sofá donde había quedado abandonada la novela, pero ya no estaba, después de tantos días Flora se habría decidido a ponerla sobre el estante vacío de la biblioteca. En el segundo whisky Matilde oyó sonar las diez en algún campanario lejano, pensó que nunca había oído antes esa campana, contó cada toque y miró el teléfono, a lo mejor Perla pero no, Perla a esa hora no,

siempre lo tomaba mal o no estaba. O Alcira, llamarla a
Alcira y decirle, solamente decirle que tenía miedo, que
era estúpido pero si acaso Mario no había salido con el
coche, algo así. No oyó abrirse la puerta de entrada pero
daba igual, era absolutamente seguro que la puerta de
entrada se estaba abriendo o iba a abrirse y no se podía
hacer nada, no se podía salir al rellano iluminándolo con
la luz del dormitorio y mirar hacia el salón, no se podía
tocar la campanilla para que viniera Flora, el insecticida
estaba ahí, el agua también ahí para los remedios y la
sed, la cama abierta esperando. Fue a la ventana y vio
la esquina vacía; tal vez si se hubiera asomado antes habría
visto a Milo acercándose, cruzar la calle y desaparecer
bajo el balcón, pero hubiera sido todavía peor, qué podía
ella gritarle a Milo, cómo detenerlo si iba a entrar en la
casa, si Flora le iba a abrir para recibirlo en su pieza, Flora todavía peor que Milo en ese momento, Flora que se
enteraría de todo, que se vengaría de Milo vengándose
en ella, revolcándola en el barro, en Germán, tirándo-
la en el escándalo. No quedaba la menor posibilidad de
nada pero tampoco podía ser ella la que gritara la verdad, en pleno imposible le quedaba una absurda esperanza de que Milo viniera solamente por Flora, que un
increíble azar le hubiera mostrado a Flora por fuera de
lo otro, que esa esquina hubiera sido cualquier esquina
para Milo de vuelta en Buenos Aires, de Milo sin saber
que ésa era la casa de Germán, sin saber que estaba
muerto allá en México, de Milo sin buscarla por encima
del cuerpo de Flora. Tambaleándose borracha fue hasta
la cama, se arrancó la ropa que se le pegaba a la piel, desnuda se volcó de lado en la cama y buscó el tubo de pas-

tillas, el último puerto rosa y verde al alcance de la mano. Las pastillas salían difícilmente y Matilde las iba juntando en la mesa de luz sin mirarlas, los ojos perdidos en la estantería donde estaba la novela, la veía muy bien boca abajo en el único estante vacío donde Flora la había puesto sin cerrarla, veía el cuchillo malayo que el Cholo le había regalado a Germán, la bola de cristal sobre su zócalo de terciopelo rojo. Estaba segura de que la puerta se había abierto abajo, que Milo había entrado en la casa, en la pieza de Flora, que estaría hablando con Flora o ya habría empezado a desnudarla porque para Flora ésa tenía que ser la única razón de que Milo estuviera ahí, que ganara el acceso a su pieza para desnudarla y desnudarse besándola, dejame, dejame acariciarte así, y Flora resistiéndose y hoy no, Simón, tengo miedo, dejame, pero Simón sin apuro, poco a poco la había tendido cruzada en la cama y la besaba en el pelo, le buscaba los senos bajo la blusa, le apoyaba una pierna sobre los muslos y le sacaba los zapatos como jugando, hablándole al oído y besándola cada vez más cerca de la boca, te quiero, mi amor, dejame desvestirte, dejame que te vea, sos tan linda, corriendo la lámpara para envolverla en penumbra y caricias, Flora abandonándose con un primer llanto, el miedo de que algo se oyera arriba, que la señora Matilde o Carlitos, pero no, hablá bajo, dejame así ahora, la ropa cayendo en cualquier lado, las lenguas encontrándose, los gemidos, no me hagás mal, Simón, por favor no me hagás mal, es la primera vez, Simón, ya sé, quedate así, callate ahora, no grites, mi amor, no grites.

Gritó pero en la boca de Simón que sabía el momento, que le tenía la lengua entre los dientes y le hundía los dedos en el pelo, gritó y después lloró bajo las manos de Simón que le tapaban la cara acariciándola, se ablandó con un último mamá, mamá, un quejido que iba pasando a un jadeo y a un llanto dulce y callado, a un querido, querido, la blanda estación de los cuerpos fundidos, del aliento caliente de la noche. Mucho más tarde, después de dos cigarrillos contra un apoyo de almohadas, de toalla entre los muslos llenos de vergüenza, las palabras, los proyectos que Flora balbuceaba como en un sueño, la esperanza que Simón escuchaba sonriéndole, besándola en los senos, andándole con una lenta araña de dedos por el vientre, dejándose ir, amodorrándose, dormite ahora un rato, yo voy al baño y vuelvo, no necesito luz, soy como un gato de noche, ya sé dónde está, y Flora pero no, si te oyen, Simón, no seas sonsa, ya te dije que soy como un gato y sé dónde está la puerta, dormite un momento que ya vengo, así, bien quietita.

Cerró la puerta como agregando otro poco de silencio a la casa, desnudo atravesó la cocina y el salón, enfrentó la escalera y puso el pie en el primer peldaño, tanteándolo. Buena madera, buena casa la de Germán Morales. En el tercer peldaño vio marcarse la raya de luz bajo la puerta del dormitorio; subió los otros cuatro peldaños y puso la mano en el picaporte, abrió la puerta de un solo envión. El golpe contra la cómoda le llegó a Carlitos desde un sueño intranquilo, se enderezó en la cama y gritó, muchas veces gritaba de noche y Flora se levantaba para calmarlo, para darle agua antes de que Germán se despertara protestando. Sabía que era necesario hacer callar a Carlitos porque Simón no había vuelto todavía, tenía que calmarlo antes de que la señora Matilde se inquietara, se envolvió con la sábana y corrió a la pieza de Carlitos, lo encontró sentado al pie de la cama mirando el aire, gritando de miedo, lo levantó en brazos hablándole, diciéndole que no, que ella estaba ahí, que le iba a traer chocolate, que le iba a dejar la luz prendida, oyó el grito incomprensible y salió al salón con Carlitos en brazos, la escalera iluminada por la luz de arriba, llegó al pie de la escalera y los vio en la puerta tambaleándose, los cuerpos desnudos vueltos una sola masa que se desplomaba lentamente en el rellano, que resbalaba por los peldaños, que sin desprenderse rodaba escalera abajo en una maraña confusa hasta detenerse inmóvil en la alfombra del salón, el cuchillo en el pecho de Simón boca arriba y Matilde, pero eso lo mostraría después la autopsia, con las pastillas necesarias para matarla dos horas más tarde, cuando yo estaba ahí con la ambulancia y le ponía una inyección a Flora para sacarla de la histeria, le daba un sedante a Carlitos y le pedía a la enfermera que se quedara hasta que llegaran los parientes o los amigos.

Fin de etapa

A Sheridan LeFanu, por ciertas casas.
A Antoni Taulé, por ciertas mesas.

Tal vez se detuvo ahí porque el sol ya estaba alto y el mecánico placer de manejar el auto en las primeras horas de la mañana cedía paso a la modorra, a la sed. Para Diana ese pueblo de nombre anodino era otra pequeña marca en el mapa de la provincia, lejos de la ciudad en la que dormiría esa noche, y la plaza que las copas de los plátanos protegían del calor de la carretera se daba como un paréntesis en el que entró con un suspiro de alivio, frenando al lado del café donde las mesas desbordaban bajo los árboles.

El camarero le trajo un anisado con hielo y le preguntó si más tarde querría almorzar, sin apuro porque servían hasta las dos. Diana dijo que daría una vuelta por el pueblo y que volvería. «No hay mucho que ver», le informó el camarero. Le hubiera gustado contestarle que tampoco ella tenía muchas ganas de mirar, pero en cambio pidió aceitunas negras y bebió casi bruscamente del alto vaso donde se irisaba el anisado. Sentía en la piel una frescura de sombra, algunos parroquianos jugaban a las cartas, dos chicos con un perro, una vieja en el puesto de periódicos, todo como fuera del tiempo, estirándose en la calina del verano. Como fuera del tiempo, lo había pensado mirando la mano de uno de los jugadores que mantenía largamente la carta en el aire antes de dejarla caer en la mesa con un latigazo de triunfo. Eso que ella ya no se sentía con ánimo de hacer, prolongar cualquier cosa bella, sentirse vivir de veras en esa dilación deliciosa que alguna vez la había sostenido en el temblor del tiempo. «Curioso que vivir pueda volverse una pura aceptación», pensó mirando al perro que jadeaba en el suelo, «incluso esta aceptación de no aceptar nada, de irme casi antes de llegar, de matar todo lo que todavía no es capaz de matarme». Dejaba el cigarrillo entre los labios, sabiendo que terminaría por quemárselos y que tendría que arrancarlo y aplastarlo como lo había hecho con esos años en que había perdido todas las razones para llenar el presente con algo más que cigarrillos, la chequera cómoda y el auto servicial. «Perdido», repitió, «tan bonito tema de Duke Ellington y ni siquiera me lo acuerdo, dos veces perdido, muchacha, y también perdida la muchacha, a los cuarenta ya es solamente una manera de llorar dentro de una palabra».

Sentirse de golpe tan idiota exigía pagar y darse una vuelta por el pueblo, ir al encuentro de cosas que ya no vendrían solas al deseo y a la imaginación. Ver las cosas como quien es visto por ellas, allí esa tienda de antigüedades sin interés, ahora la fachada vetusta del museo de bellas artes. Anunciaban una exposición individual, ninguna idea del pintor de nombre poco pronunciable. Diana compró un billete y entró en la primera sala de una módica casa de piezas corridas, penosamente transformada por ediles de provincia. Le habían dado un folleto que contenía vagas referencias a una carrera artística sobre todo regional, fragmentos de críticas, los elogios típicos; lo abandonó sobre una consola y miró los cuadros, en el primer momento pensó que eran fotografías y le llamó la atención el tamaño, poco frecuente ver ampliaciones tan grandes en color. Se interesó de veras cuando reconoció la materia, la perfección maniática del detalle; de golpe fue a la inversa, una impresión de estar viendo cuadros basados en fotografías, algo que iba y venía entre los dos, y aunque las salas estaban bien iluminadas la indecisión duraba frente a esas telas que acaso eran pinturas de fotografías o resultados de una obsesión realista que llevaba al pintor hasta un límite peligroso o ambiguo.

En la primera sala había cuatro o cinco pinturas que volvían sobre el tema de una mesa desnuda o con un mínimo de objetos, violentamente iluminada por una luz solar rasante. En algunas telas se sumaba una silla, en otras la mesa no tenía otra compañía que su sombra alargada en el piso azotado por la luz lateral. Cuando entró en la segunda sala vio algo nuevo, una figura humana en una pintura que unía un interior con una amplia salida hacia jardines poco precisos; la figura, de espaldas, se había alejado ya de la casa donde la mesa inevitable se repetía en primer plano, equidistante entre el personaje pintado y Diana. No costaba mucho comprender o imaginar que la casa era siempre la misma, ahora se agregaba la larga galería verdosa de otro cuadro donde la silueta de espaldas miraba hacia una puerta-ventana distante. Curiosamente la silueta del personaje era menos intensa que las mesas vacías, tenía algo de visitante ocasional que se paseara sin demasiada razón por una vasta casa abandonada. Y luego había el silencio, no sólo porque Diana parecía ser la sola presencia en el pequeño museo, sino porque de las pinturas emanaba una soledad que la oscura silueta masculina no hacía más que ahondar. «Hay algo en la luz», pensó Diana, «esa luz que entra como una materia sólida y aplasta las cosas». Pero también el color estaba lleno de silencio, los fondos profundamente negros, la brutalidad de los contrastes que daba a las sombras una calidad de paños fúnebres, de lentas colgaduras de catafalco.

Al entrar en la segunda sala descubrió sorprendida que además de otra serie de cuadros con mesas desnudas y el personaje de espaldas, había algunas telas con temas diferentes, un teléfono solitario, un par de figuras. Las miraba, por supuesto, pero un poco como si no las viera, la secuencia de la casa con las mesas solitarias tenía tanta fuerza que el resto de las pinturas se convertía en un aderezo suplementario, casi como si fueran cuadros de adorno colgando en las paredes de la casa pintada y no en el museo. Le hizo gracia descubrirse tan hipnotizable, sentir el placer un poco amodorrado de ceder a la imaginación, a los fáciles demonios del calor de mediodía. Volvía a la primera sala porque no estaba segura de acordarse bien de una de las pinturas que había visto, descubrió que en la mesa que creía desnuda había un jarro con pinceles. En cambio, la mesa vacía estaba en el cuadro colgado en la pared opuesta, y Diana se quedó un momento buscando conocer mejor el fondo de la tela, la puerta abierta tras de la cual se adivinaba otra estancia, parte de una chimenea o de una segunda puerta. Cada vez se le hacía más evidente que todas las habitaciones correspondían a una misma casa, como la hipertrofia de un autorretrato en el que el artista hubiera tenido la elegancia de abstraerse, a menos que estuviera representado en la silueta negra (con una larga capa en uno de los cuadros), dando obstinadamente la espalda al otro visitante, a la intrusa que había pagado para entrar a su vez en la casa y pasearse por las piezas desnudas.

Volvió a la segunda sala y fue hacia la puerta entornada que comunicaba con la siguiente. Una voz amable y un poco cohibida la hizo volverse; un guardián uniformado –con ese calor el pobre– venía a decirle que el museo cerraba a mediodía pero que volvería a abrirse a las tres y media.

–¿Queda mucho por ver? –preguntó Diana, que bruscamente sentía el cansancio de los museos, la náusea de los ojos que han comido demasiadas imágenes.

–No, la última sala, señorita. Hay un solo cuadro ahí, dicen que el artista quiso que estuviera solo. ¿Quiere verlo antes de irse? Yo puedo esperar un momento.

Era idiota no aceptar, Diana lo sabía cuando dijo que no y los dos cambiaron una broma sobre los almuerzos que se enfrían si no se llega a tiempo. «No tendrá que pagar otro billete si vuelve», dijo el guardián, «ahora ya la conozco». En la calle, enceguecida por la luz cenital, se preguntó qué diablos le pasaba, era absurdo haberse interesado hasta ese punto por el hiperrealismo o lo que fuera de ese pintor ignoto, y de golpe dejar caer el último cuadro que acaso era el mejor. Pero no, el artista había querido aislarlo de los otros y eso indicaba acaso que era muy diferente, otra manera u otro tiempo de trabajo, para qué romper así una secuencia que duraba en ella como un todo, incluyéndola en un ámbito sin resquicios. Mejor no haber entrado en la última sala, no haber cedido a la obsesión del turista concienzudo, a la triste manía de querer abarcar los museos hasta el final.

Vio a la distancia el café de la plaza y pensó que era la hora de comer; no tenía apetito pero siempre había sido así cuando viajaba con Orlando, para Orlando el mediodía era el instante crucial, la ceremonia del almuerzo sacralizando de alguna manera el tránsito de la mañana a la tarde, y desde luego Orlando se hubiera negado a seguir andando por el pueblo cuando el café estaba ahí a dos pasos. Pero Diana no tenía hambre y pensar en Orlando le dolía cada vez menos; echar a andar alejándose del café no era desobedecer o traicionar rituales. Podía seguir acordándose sin sumisión de tantas cosas, abandonarse al azar de la marcha y a una vaga evocación de algún otro verano con Orlando en las montañas, de una playa que acaso volvía para exorcizar la brasa del sol en la espalda y la nuca, Orlando en esa playa batida por el viento y la sal mientras Diana se iba perdiendo en las callejas sin nombres y sin gentes, al ras de los muros de piedra gris, mirando distraídamente algún raro portal abierto, una sospecha de patios interiores, de brocales con agua fresca, glicinas, gatos adormecidos en las lajas. Una vez más el sentimiento de no recorrer un pueblo sino de ser recorrida por él, los adoquines de la calzada resbalando hacia atrás como en una cinta móvil, ese estar ahí mientras las cosas fluyen y se pierden a la espalda, una vida o un pueblo anónimo. Ahora venía una pequeña plaza con dos bancos raquíticos, otra calleja abriéndose hacia los campos linderos, jardines con empalizadas no demasiado convencidas, la soledad totalmente medio-día, su crueldad de matador de sombras, de paralizador del tiempo. El jardín un poco abandonado no tenía ár-boles, dejaba que los ojos corrieran libremente hasta la ancha puerta abierta de la vieja casa. Sin creerlo y a la vez sin negarlo Diana entrevió en la penumbra una galería idéntica a la de uno de los cuadros del museo, se sintió como abordando el cuadro desde el otro lado, fuera de la casa en vez de estar incluida como espectadora en sus estancias. Si algo había de extraño en ese momento era la falta de extrañeza en un reconocimiento que la llevaba a entrar sin vacilaciones en el jardín y acercarse a la puerta de la casa, por qué no al fin y al cabo si había pagado su billete, si no había nadie que se opusiera a su presencia en el jardín, su paso por la doble puerta abierta, recorrer la galería abriéndose a la primera sala vacía donde la ven-tana dejaba entrar la cólera amarilla de la luz aplastándo-se en el muro lateral, recortando una mesa vacía y una única silla.

Ni temor ni sorpresa, incluso el fácil recurso de apelar a la casualidad había resbalado por Diana sin encontrar asidero, para qué envilecerse con hipótesis o explicacio-nes cuando ya otra puerta se abría a la izquierda y en una habitación de altas chimeneas la mesa inevitable se des-doblaba en una larga sombra minuciosa. Diana miró sin interés el pequeño mantel blanco y los tres vasos, las repeticiones se volvían monótonas, el embate de la luz tajeando la penumbra. Lo único diferente era la puerta del fondo, que estuviera cerrada en vez de entornada introducía algo inesperado en un recorrido que se cumplía tan dócilmente. Deteniéndose apenas, se dijo que la puerta estaba cerrada simplemente porque ella no había entrado en la última sala del museo, y que mirar detrás de esa puerta sería como volver allá para completar la visita. Todo demasiado geométrico al fin y al cabo, todo impensable y a la vez como previsto, tener miedo a asombrarse parecía tan incongruente como ponerse a silbar o preguntar a gritos si había alguien en la casa.

Ni siquiera una excepción en la única diferencia, la puerta cedió a su mano y fue otra vez lo de antes, el chorro de luz amarilla estrellándose en una pared, la mesa que parecía más desnuda que las otras, su proyección alargada y grotesca como si alguien le hubiera arrancado violentamente una carpeta negra para tirarla al suelo, y por qué no verla de otra manera, como un rígido cuerpo a cuatro patas que acabara de ser despojado de sus ropas ahí caídas en una mancha negruzca. Bastaba mirar las paredes y la ventana para encontrar el mismo teatro vacío, esta vez ni siquiera otra puerta que prolongara la casa hacia nuevas estancias. Aunque había visto la silla junto a la mesa, no la había incluido en su primer reconocimiento pero ahora la sumaba a lo ya sabido, tantas mesas con o sin sillas en tantas habitaciones semejantes. Vagamente decepcionada se acercó a la mesa y se sentó, se puso a fumar un cigarrillo, a jugar con el humo que trepaba en el chorro de luz horizontal, dibujándose a sí mismo como si quisiera oponerse a esa voluntad de vacío de todas las piezas, de todos los cuadros, del mismo modo que la breve risa en algún lugar a espaldas de Diana cortó por un instante el silencio aunque acaso sólo fuera un breve llamado de pájaro allí fuera, un juego de maderas resecas; inútil, por supuesto, volver a mirar en la habitación precedente donde los tres vasos sobre la mesa lanzaban sus débiles sombras contra la pared, inútil apurar el paso, huir sin pánico pero sin mirar atrás.

En la calleja un chico le preguntó la hora y Diana pensó que debería apresurarse si quería almorzar, pero el camarero estaba como esperándola bajo los plátanos y le hizo un gesto de bienvenida señalándole el lugar más fresco. Comer no tenía sentido pero en el mundo de Diana casi siempre se había comido así, ya porque Orlando decía que era hora de hacerlo o porque no quedaba más remedio entre dos ocupaciones. Pidió un plato y vino blanco, esperó demasiado para un lugar tan vacío; ya antes de tomar el café y pagar sabía que iba a volver al museo, que lo peor en ella la obligaba a revisar eso que hubiera sido preferible asumir sin análisis, casi sin curiosidad, y que si no lo hacía iba a lamentarlo al final de la etapa cuando todo se volviera usual como siempre, los museos y los hoteles y el recuento del pasado. Y aunque en el fondo nada quedara en claro, su inteligencia se tendería en ella como una perra satisfecha apenas verificara la total simetría de las cosas, que el cuadro colgado en la última sala del museo representaba obedientemente la última habitación de la casa; incluso el resto podía entrar también en el orden si hablaba con el guardián para llenar los huecos, al fin y al cabo había tantos artistas que copiaban exactamente sus modelos, tantas mesas de este mundo habían acabado en el Louvre o en el Metropolitan duplicando realidades vueltas polvo y olvido.

Cruzó sin apuro las dos primeras salas (había una pareja en la segunda, hablándose en voz baja aunque hasta ese momento fueran los únicos visitantes de la tarde). Diana se detuvo ante dos o tres de los cuadros, y por primera vez el ángulo de la luz entró también en ella como una imposibilidad que no había querido reconocer en la casa vacía. Vio que la pareja retrocedía hacia la salida, y esperó a quedarse sola antes de ir hacia la puerta de la última sala. El cuadro estaba en la pared de la izquierda, había que avanzar hasta el centro para ver bien la representación de la mesa y de la silla donde se sentaba una mujer. Al igual que el personaje de espaldas en algunos de los otros cuadros, la mujer vestía de negro pero tenía la cara vuelta de tres cuartos, y el pelo castaño le caía hasta los hombros del lado invisible del perfil. No había nada que la distinguiera demasiado de lo anterior, se integraba a la pintura como el hombre que se paseaba en otras telas, era parte de una secuencia, una figura más dentro de la misma voluntad estética. Y a la vez había algo allí que acaso explicaba que el cuadro estuviera solo en la última sala, de las semejanzas aparentes surgía ahora otro sentimiento, una progresiva convicción de que esa mujer no sólo se diferenciaba del otro personaje por el sexo sino por su actitud, el brazo izquierdo colgando a lo largo del cuerpo, la leve inclinación del torso que descargaba su peso sobre el codo invisible apoyado en la mesa, estaban diciéndole otra cosa a Diana, le estaban mostrando un abandono que iba más allá del ensimismamiento o la modorra. Esa mujer estaba muerta, su pelo y su brazo colgando, su inmovilidad inexplicablemente más intensa que la fijación de las cosas y los seres en los otros cuadros: la muerte ahí como una culminación del silencio, de la soledad de la casa y sus personajes, de cada una de las mesas y las sombras y las galerías.

Sin saber cómo se vio otra vez en la calle, en la plaza, subió al auto y salió a la carrera hirviente. Había acelerado a fondo pero poco a poco fue bajando la velocidad y sólo empezó a pensar cuando el cigarrillo le quemó los labios, era absurdo pensar cuando había tantas casetes con la música que Orlando había amado y olvidado y que ella solía escuchar de a ratos, aceptando atormentarse con la invasión de recuerdos preferibles a la soledad, a la vaga imagen del asiento vacío a su lado. La ciudad estaba a una hora de distancia, como todo parecía estar a horas o a siglos de distancia, el olvido por ejemplo o el gran baño caliente que se daría en el hotel, los whiskys en el bar, el diario de la tarde. Todo simétrico como siempre para ella, una nueva etapa dándose como réplica de la anterior, el hotel que completaría un número par de hoteles o abriría el impar que la etapa siguiente colmaría; como las camas, los surtidores de nafta, las catedrales o las semanas. Y lo mismo hubiera debido ocurrir en el museo donde la repetición se había dado maniáticamente, cosa por cosa, mesa por mesa, hasta la ruptura final insoportable, la excepción que había hecho estallar en un segundo ese perfecto acuerdo de algo que ya no entraba en nada, ni en la razón ni en la locura. Porque lo peor era buscar algo razonable en eso que desde el principio había tenido algo de delirio, de repetición idiota, y a la vez sentir como una náusea que sólo su cumplimiento total le hubiera devuelto una conformidad razonable, hubiera puesto esa locura del buen lado de su vida, lo hubiera alineado con las otras simetrías, con las otras etapas. Pero entonces no podía ser, algo había escapado ahí y no se podía seguir adelante y aceptarlo, todo su cuerpo se tendía hacia atrás como resistiendo al avance, si algo quedaba por hacer era dar media vuelta y regresar, convencerse con todas las pruebas de la razón de que eso era idiota, que la casa no existía o que sí, que la casa estaba ahí pero que en el museo sólo había una muestra de dibujos abstractos o de pinturas históricas, algo que ella no se había molestado en ver. La fuga era una sucia manera de aceptar lo inaceptable, de infringir demasiado tarde la única vida imaginable, la pálida aquiescencia cotidiana a la salida del sol o a las noticias de la radio. Vio llegar un refugio vacío a la derecha, viró en redondo y entró de nuevo en la carretera, corriendo a fondo hasta que las primeras granjas en torno al pueblo volvieron a su encuentro. Dejó atrás la plaza, recordaba que tomando a la izquierda llegaría a un término donde podía dejar el auto, siguió a pie por la primera calleja vacía, oyó cantar una cigarra en lo alto de un plátano, el jardín abandonado estaba ahí, la gran puerta seguía abierta.

Para qué demorarse en las dos primeras habitaciones donde la luz rasante no había perdido intensidad, verificar que las mesas seguían ahí, que tal vez ella misma había cerrado la puerta de la tercera estancia al salir. Sabía que bastaba empujarla, entrar sin obstáculos y ver de lleno la mesa y la silla. Sentarse otra vez para fumar un cigarrillo (la ceniza del otro se acumulaba prolijamente en un ángulo de la mesa, la colilla había debido tirarla en la calle), apoyándose de lado para evitar el embate directo de la luz de la ventana. Buscó el encendedor en el bolso, miró la primera voluta del humo que se enroscaba en la luz. Si la leve risa había sido al fin y al cabo un canto de pájaro, afuera no cantaba ningún pájaro ahora. Pero le quedaban muchos cigarrillos por fumar, podía apoyarse en la mesa y dejar que su mirada se perdiera en la oscuridad de la pared del fondo. Podía irse cuando quisiera, por supuesto, y también podía quedarse; acaso sería hermoso ver si la luz del sol iba subiendo por la pared, alargando más y más la sombra de su cuerpo, de la mesa y de la silla, o si seguiría así sin cambiar nada, la luz inmóvil como todo el resto, como ella y como el humo inmóviles.

Circe

*And one kiss I had of her mouth, as I took
the apple from her hand. But while I bit it,
my brain whirled and my foot stumbled;
and I felt my crashing fall through the
tangled boughs beneath her feet, and saw
the dead white faces that welcomed me in
the pit.*

Dante Gabriel Rossetti, *The Orchard-Pit.*

Porque ya no ha de importarle, pero esa vez le dolió la coincidencia de los chismes entrecortados, la cara servil de Madre Celeste contándole a tía Bebé, la incrédula desazón en el gesto de su padre. Primero fue la de la casa de altos, su manera vacuna de girar despacio la cabeza, rumiando las palabras con delicia de bolo vegetal. Y también la chica de la farmacia —«no porque yo lo crea, pero si fuese verdad qué horrible»— y hasta don Emilio, siempre discreto como sus lápices y sus libretas de hule. Todos hablaban de Delia Mañara con un resto de pudor, nada seguros de que pudiera ser así, pero en Mario se abría paso a puerta limpia un aire de rabia subiéndole a la cara. Odió de improviso a su familia con un ineficaz estallido de independencia. No los había querido nunca, sólo la sangre y el miedo a estar solo lo ataban a su madre y a los hermanos. Con los vecinos fue directo y brutal, a don Emilio lo puteó de arriba abajo la primera vez que se repitieron los comentarios. A la de la casa de altos le negó el saludo como si eso pudiera afligirla. Y cuando volvía del trabajo entraba ostensiblemente para saludar a los Mañara y acercarse –a veces con caramelos o un libro– a la muchacha que había matado a sus dos novios.

Yo me acuerdo mal de Delia, pero era fina y rubia, demasiado lenta en sus gestos (yo tenía doce años, el tiempo y las cosas son lentas entonces) y usaba vestidos claros con faldas de vuelo libre. Mario creyó un tiempo que la gracia de Delia y sus vestidos apoyaban el odio de la gente. Se lo dijo a Madre Celeste: «La odian porque no es chusma como ustedes, como yo mismo», y ni parpadeó cuando su madre hizo ademán de cruzarle la cara con una toalla. Después de eso fue la ruptura manifiesta; lo dejaban solo, le lavaban la ropa como por favor, los domingos se iban a Palermo o de picnic sin siquiera avisarle. Entonces Mario se acercaba a la ventana de Delia y le tiraba una piedrita. A veces ella salía, a veces la escuchaba reírse adentro, un poco malvadamente y sin darle esperanzas.

Vino la pelea Firpo-Dempsey y en cada casa se lloró y hubo indignaciones brutales, seguidas de una humillada melancolía casi colonial. Los Mañara se mudaron a cuatro cuadras y eso hace mucho en Almagro, de manera que otros vecinos empezaron a tratar a Delia, las familias de Vitoria y Castro Barros se olvidaron del caso y Mario siguió viéndola dos veces por semana cuando volvía del banco. Era ya verano y Delia quería salir a veces, iban juntos a las confiterías de Rivadavia o a sentarse en Plaza Once. Mario cumplió diecinueve años, Delia vio llegar sin fiestas –todavía estaba de negro– los veintidós.

Los Mañara encontraban injustificado el luto por un novio, hasta Mario hubiera preferido un dolor sólo por dentro. Era penoso presentar la sonrisa velada de Delia cuando se ponía el sombrero ante el espejo, tan rubia sobre el luto. Se dejaba adorar vagamente por Mario y los Mañara, se dejaba pasear y comprar cosas, volver con la última luz y recibir los domingos por la tarde. A veces salía sola hasta el antiguo barrio, donde Héctor la había festejado. Madre Celeste la vio pasar una tarde y cerró con ostensible desprecio las persianas. Un gato seguía a Delia, todos los animales se mostraban siempre sometidos a Delia, no se sabía si era cariño o dominación, le andaban cerca sin que ella los mirara. Mario notó una vez que un perro se apartaba cuando Delia iba a acariciarlo. Ella lo llamó (era en el Once, de tarde) y el perro vino manso, tal vez contento, hasta sus dedos. La madre decía que Delia había jugado con arañas cuando chiquita. Todos se asombraban, hasta Mario que les tenía poco miedo. Y las mariposas venían a su pelo –Mario vio dos en una sola tarde, en San Isidro–, pero Delia las ahuyentaba con un gesto liviano. Héctor le había regalado un conejo blanco, que murió pronto, antes que Héctor. Pero Héctor se tiró en Puerto Nuevo, un domingo de madrugada. Fue entonces cuando Mario oyó los primeros chismes. La muerte de Rolo Médicis no había interesado a nadie desde que medio mundo se muere de un síncope. Cuando Héctor se suicidó los vecinos vieron demasiadas coincidencias, en Mario renacía la cara servil de Madre Celeste contándole a tía Bebé, la incrédula desazón en el gesto de su padre. Para colmo fractura del cráneo, porque Rolo cayó de una pieza al salir del zaguán de los Mañara, y aunque ya estaba muerto el golpe brutal contra el escalón fue otro feo detalle. Delia se había quedado dentro, raro que no se despidieran en la misma puerta, pero de todos modos estaba cerca de él y fue la primera en gritar. En cambio Héctor murió solo, en una noche de helada blanca, a las cinco horas de haber salido de casa de Delia como todos los sábados.

Yo me acuerdo mal de Mario, pero dicen que hacía linda pareja con Delia. Aunque ella estaba todavía con el luto por Héctor (nunca se puso luto por Rolo, vaya a saber el capricho), aceptaba la compañía de Mario para pasear por Almagro o ir al cine. Hasta ese entonces Mario se había sentido fuera de Delia, de su vida, hasta de la casa. Era siempre una «visita», y entre nosotros la palabra tiene un sentido exacto y divisorio. Cuando la tomaba del brazo para cruzar la calle, o al subir la escalera de la estación Medrano, miraba a veces su mano apretada contra la seda negra del vestido de Delia. Medía ese blanco sobre negro, esa distancia. Pero Delia se acercaría cuando volviera al gris, a los claros sombreros para el domingo de mañana.

Ahora que los chismes no eran un artificio absoluto, lo miserable para Mario estaba en que anexaban episodios indiferentes para darles un sentido. Mucha gente muere en Buenos Aires de ataques cardíacos o asfixia por inmersión. Muchos conejos languidecen y mueren en las casas, en los patios. Muchos perros rehúyen o aceptan las caricias. Las pocas líneas que Héctor dejó a su madre, los sollozos que la de la casa de altos dijo haber oído en el zaguán de los Mañara la noche en que murió Rolo (pero antes del golpe), el rostro de Delia los primeros días... La gente pone tanta inteligencia en esas cosas, y cómo de tantos nudos agregándose nace al final el trozo de tapiz –Mario vería a veces el tapiz, con asco, con terror, cuando el insomnio entraba en su piecita para ganarle la noche.

«Perdoname mi muerte, es imposible que entiendas pero perdoname, mamá.» Un papelito arrancado al borde de *Crítica,* apretado con una piedra al lado del saco que quedó como un mojón para el primer marinero de la madrugada. Hasta esa noche había sido tan feliz, claro que lo había visto raro las últimas semanas; no raro, mejor distraído, mirando el aire como si viera cosas. Igual que si tratara de escribir algo en el aire, descifrar un enigma. Todos los muchachos del café Rubí estaban de acuerdo. Mientras que Rolo no, le falló el corazón de golpe, Rolo era un muchacho solo y tranquilo, con plata y un Chevrolet doble faetón, de manera que pocos lo habían confrontado en ese tiempo final. En los zaguanes las cosas resuenan tanto, la de la casa de altos sostuvo días y días que el llanto de Rolo había sido como un alarido sofocado, un grito entre las manos que quieren ahogarlo y lo van cortando en pedazos. Y casi en seguida el golpe atroz de la cabeza contra el escalón, la carrera de Delia clamando, el revuelo ya inútil.

Sin darse cuenta, Mario juntaba pedazos de episodios, se descubría urdiendo explicaciones paralelas al ataque de los vecinos. Nunca preguntó a Delia, esperaba vagamente algo de ella. A veces pensaba si Delia sabría exactamente lo que se murmuraba. Hasta los Mañara eran raros, con su manera de aludir a Rolo y a Héctor sin violencia, como si estuviesen de viaje. Delia callaba protegida por ese acuerdo precavido e incondicional. Cuando Mario se agregó, discreto como ellos, los tres cubrieron a Delia con una sombra fina y constante, casi transparente los martes o los jueves, más palpable y solícita de sábado o lunes. Delia recobraba ahora una menuda vivacidad episódica, un día tocó el piano, otra vez jugó al ludo; era más dulce con Mario, lo hacía sentarse cerca de la ventana de la sala y le explicaba proyectos de costura o de bordado. Nunca le decía nada de los postres o los bombones, a Mario le extrañaba pero lo atribuía a delicadeza, a miedo de aburrirlo. Los Mañara alababan los licores de Delia; una noche quisieron servirle una copita, pero Delia dijo con brusquedad que eran licores para mujeres y que había volcado casi todas las botellas. «A Héctor...», empezó plañidera su madre, y no dijo más por no apenar a Mario. Después se dieron cuenta de que a Mario no lo molestaba la evocación de los novios. No volvieron a hablar de licores hasta que Delia recobró la animación y quiso probar recetas nuevas. Mario se acordaba de esa tarde porque acababan de ascenderlo, y lo primero que hizo fue comprarle bombones a Delia. Los Mañara picoteaban pacientemente la galena del aparatito con teléfonos, y lo hicieron quedarse un rato en el comedor para que escuchara cantar a Rosita Quiroga. Luego él les dijo lo del ascenso, y que le traía bombones a Delia.

–Hiciste mal en comprar eso, pero andá, lleváselos, está en la sala. –Y lo miraron salir y se miraron hasta que Mañara se sacó los teléfonos como si se quitara una corona de laurel, y la señora suspiró desviando los ojos. De pronto los dos parecían desdichados, perdidos. Con un gesto turbio Mañara levantó la palanquita de la galena.

Delia se quedó mirando la caja y no hizo mucho caso de los bombones, pero cuando estaba comiendo el segundo, de menta con una crestita de nuez, le dijo a Mario que sabía hacer bombones. Parecía excusarse por no haberle confiado antes tantas cosas, empezó a describir con agilidad la manera de hacer los bombones, el relleno y los baños de chocolate o moka. Su mejor receta eran unos bombones a la naranja rellenos de licor, con una aguja perforó uno de los que le traía Mario para mostrarle cómo se los manipulaba; Mario veía sus dedos demasiado blancos contra el bombón, mirándola explicar le parecía un cirujano pausando un delicado tiempo quirúrgico. El bombón como una menuda lucha entre los dedos de Delia, una cosa diminuta pero viva que la aguja laceraba. Mario sintió un raro malestar, una dulzura de abominable repugnancia. «Tire ese bombón», hubiera querido decirle. «Tírelo lejos, no vaya a llevárselo a la boca porque está vivo, es un ratón vivo.» Después le volvió la alegría del ascenso, oyó a Delia repetir la receta del licor de té, del licor de rosa... Hundió los dedos en la caja y comió dos, tres bombones seguidos. Delia se sonreía como burlándose. Él se imaginaba cosas, y fue temerosamente feliz. «El tercer novio», pensó raramente. «Decirle así: su tercer novio, pero vivo.»

Ahora ya es más difícil hablar de esto, está mezclado con otras historias que uno agrega a base de olvidos menores, de falsedades mínimas que tejen y tejen por detrás de los recuerdos; parece que él iba más seguido a lo de Mañara, la vuelta a la vida de Delia lo ceñía a sus gustos y a sus caprichos, hasta los Mañara le pidieron con algún recelo que alentara a Delia, y él compraba las sustancias para los licores, los filtros y embutidos que ella recibía con una grave satisfacción en la que Mario sospechaba un poco de amor, por lo menos algún olvido de los muertos.

Los domingos se quedaba de sobremesa con los suyos, y Madre Celeste se lo agradecía sin sonreír, pero dándole lo mejor del postre y el café muy caliente. Por fin habían cesado los chismes, al menos no se hablaba de Delia en su presencia. Quién sabe si los bofetones al más chico de los Camiletti o el agrio encresparse frente a Madre Celeste entraban en eso; Mario llegó a creer que habían recapacitado, que absolvían a Delia y hasta la consideraban de nuevo. Nunca habló de su casa en lo de Mañara, ni mencionó a su amiga en las sobremesas del domingo. Empezaba a creer posible esa doble vida a cuatro cuadras una de otra; la esquina de Rivadavia y Castro Barros era el puente necesario y eficaz. Hasta tuvo esperanza de que el futuro acercara las casas, las gentes, sordo al paso incomprensible que sentía –a veces, a solas– como íntimamente ajeno y oscuro.

Otras gentes no iban a ver a los Mañara. Asombraba un poco esa ausencia de parientes o de amigos. Mario no tenía necesidad de inventarse un toque especial de timbre, todos sabían que era él. En diciembre, con un calor húmedo y dulce, Delia logró el licor de naranja concentrado, lo bebieron felices un atardecer de tormenta. Los Mañara no quisieron probarlo, seguros de que les haría mal. Delia no se ofendió, pero estaba como transfigurada mientras Mario sorbía apreciativo el dedalito violáceo lleno de luz naranja, de olor quemante. «Me va a hacer morir de calor, pero está delicioso», dijo una o dos veces. Delia, que hablaba poco cuando estaba contenta, observó: «Lo hice para vos». Los Mañara la miraban como queriendo leerle la receta, la alquimia minuciosa de quince días de trabajo.

A Rolo le habían gustado los licores de Delia, Mario lo supo por unas palabras de Mañara dichas al pasar cuando Delia no estaba: «Ella le hizo muchas bebidas. Pero Rolo tenía miedo por el corazón. El alcohol es malo para el corazón». Tener un novio tan delicado, Mario comprendía ahora la liberación que asomaba en los gestos, en la manera de tocar el piano de Delia. Estuvo por preguntarle a los Mañara qué le gustaba a Héctor, si también Delia le hacía licores o postres a Héctor. Pensó en los bombones que Delia volvía a ensayar y que se alineaban para secarse en una repisa de la antecocina. Algo le decía a Mario que Delia iba a conseguir cosas maravillosas con los bombones. Después de pedir muchas veces, obtuvo que ella le hiciera probar uno. Ya se iba cuando Delia le trajo una muestra blanca y liviana en un platito de alpaca. Mientras lo saboreaba –algo apenas amargo, con un asomo de menta y nuez moscada mezclándose raramente–, Delia tenía los ojos bajos y el aire modesto. Se negó a aceptar los elogios, no era más que un ensayo y aún estaba lejos de lo que se proponía. Pero a la visita siguiente –también de noche, ya en la sombra de la despedida junto al piano– le permitió probar otro ensayo. Había que cerrar los ojos para adivinar el sabor, y Mario obediente cerró los ojos y adivinó un sabor a mandarina, levísimo, viniendo desde lo más hondo del chocolate.

Sus dientes desmenuzaban trocitos crocantes, no alcanzó a sentir su sabor y era sólo la sensación agradable de encontrar un apoyo entre esa pulpa dulce y esquiva.

Delia estaba contenta del resultado, dijo a Mario que su descripción del sabor se acercaba a lo que había esperado. Todavía faltaban ensayos, había cosas sutiles por equilibrar. Los Mañara le dijeron a Mario que Delia no había vuelto a sentarse al piano, que se pasaba las horas preparando los licores, los bombones. No lo decían con reproche, pero tampoco estaban contentos; Mario adivinó que los gastos de Delia los afligían. Entonces pidió a Delia en secreto una lista de las esencias y sustancias necesarias. Ella hizo algo que nunca antes, le pasó los brazos por el cuello y lo besó en la mejilla. Su boca olía despacito a menta. Mario cerró los ojos, llevado por la necesidad de sentir el perfume y el sabor desde debajo de los párpados. Y el beso volvió, más duro y quejándose.

No supo si le había devuelto el beso, tal vez se quedó quieto y pasivo, catador de Delia en la penumbra de la sala. Ella tocó el piano, como casi nunca ahora, y le pidió que volviera al otro día. Nunca habían hablado con esa voz, nunca se habían callado así. Los Mañara sospecharon algo porque vinieron agitando los periódicos y con noticias de un aviador perdido en el Atlántico. Eran días en que muchos aviadores se quedaban a mitad del Atlántico. Alguien encendió la luz y Delia se apartó enojada del piano, a Mario le pareció un instante que su gesto ante la luz tenía algo de la fuga enceguecida del ciempiés, una loca carrera por las paredes. Abría y cerraba las manos, en el vano de la puerta, y después volvió como avergonzada, mirando de reojo a los Mañara; los miraba de reojo y se sonreía.

Sin sorpresa, casi como una confirmación, midió Mario esa noche la fragilidad de la paz de Delia, el peso persistente de la doble muerte. Rolo, vaya y pase; Héctor era ya el desborde, el trizado que desnuda un espejo. De Delia quedaban las manías delicadas, la manipulación de esencias y animales, su contacto con cosas simples y oscuras, la cercanía de las mariposas y los gatos, el aura de su respiración a medias en la muerte. Se prometió una caridad sin límites, una cura de años en habitaciones claras y parques alejados del recuerdo; tal vez sin casarse con Delia, simplemente prolongando este amor tranquilo hasta que ella no viese más una tercera muerte andando a su lado, otro novio, el que sigue para morir.

Creyó que los Mañara iban a alegrarse cuando él empezara a traerle los extractos a Delia; en cambio se enfurruñaron y se replegaron hoscos, sin comentarios, aunque terminaban transando y yéndose, sobre todo cuando venía la hora de las pruebas, siempre en la sala y casi de noche, y había que cerrar los ojos y definir —con cuántas vacilaciones a veces por la sutilidad de la materia— el sabor de un trocito de pulpa nueva, pequeño milagro en el plato de alpaca.

A cambio de esas atenciones Mario obtenía de Delia una promesa de ir juntos al cine o pasear por Palermo. En los Mañara advertía gratitud y complicidad cada vez que venía a buscarla el sábado de tarde o la mañana del domingo. Como si prefiriesen quedarse solos en la casa para oír radio o jugar a las cartas. Pero también sospechó una repugnancia de Delia a irse de la casa cuando quedaban los viejos. Aunque no estaba triste junto a Mario, las pocas veces que salieron con los Mañara se alegró más, entonces se divertía de veras en la Exposición Rural, quería pastillas y aceptaba juguetes que a la vuelta miraba con fijeza, estudiándolos hasta cansarse. El aire puro le hacía bien, Mario le vio una tez más clara y un andar decidido. Lástima esa vuelta vespertina al laboratorio, el ensimismamiento interminable con la balanza o las tenacillas. Ahora los bombones la absorbían al punto de dejar los licores; ahora pocas veces daba a probar sus hallazgos. A los Mañara nunca; Mario sospechaba sin razones que los Mañara hubieran rehusado probar sabores nuevos; preferían los caramelos comunes y si Delia dejaba una caja sobre la mesa, sin invitarlos pero como invitándolos, ellos escogían las formas simples, las de antes, y hasta cortaban los bombones para examinar el relleno. A Mario le divertía el sordo descontento de Delia junto al piano, su aire falsamente distraído. Guardaba para él las novedades, a último momento venía de la cocina con el platito de alpaca; una vez se hizo tarde tocando el piano y Delia dejó que la acompañara hasta la cocina para buscar unos bombones nuevos. Cuando encendió la luz, Mario vio el gato dormido en su rincón, y las cucarachas que huían por las baldosas. Se acordó de la cocina de su casa, Madre Celeste desparramando polvo amarillo en los zócalos. Aquella noche los bombones tenían gusto a moka y un dejo raramente salado (en lo más lejano del sabor) como si al final del gusto se escondiera una lágrima; era idiota pensar en eso, en el resto de las lágrimas caídas la noche de Rolo en el zaguán.

–El pez de color está tan triste –dijo Delia mostrándole el bocal con piedritas y falsas vegetaciones. Un pececillo rosa translúcido dormitaba con un acompasado movimiento de la boca. Su ojo frío miraba a Mario como una perla viva. Mario pensó en el ojo salado como una lágrima que resbalaría entre los dientes al mascarlo.

–Hay que renovarle más seguido el agua –propuso.

–Es inútil, está viejo y enfermo. Mañana se va a morir.

A él le sonó el anuncio como un retorno a lo peor, a la Delia atormentada del luto y los primeros tiempos. Todavía tan cerca de aquello, del peldaño y el muelle, con fotos de Héctor apareciendo de golpe entre los pares de medias o las enaguas de verano. Y una flor seca –del velorio de Rolo– sujeta sobre una estampa en la hoja del ropero.

Antes de irse le pidió que se casara con él en el otoño. Delia no dijo nada, se puso a mirar el suelo como si buscara una hormiga en la sala. Nunca habían hablado de eso, Delia parecía querer habituarse y pensar antes de contestarle. Después lo miró brillantemente, irguiéndose de golpe. Estaba hermosa, le temblaba un poco la boca. Hizo un gesto como abrir una puertecita en el aire, un ademán casi mágico.

–Entonces sos mi novio –dijo–. Qué distinto me parecés, qué cambiado.

Madre Celeste oyó sin hablar la noticia, puso a un lado la plancha y en todo el día no se movió de su cuarto, adonde entraban de a uno los hermanos para salir con caras largas y vasitos de Hesperidina. Mario se fue a ver fútbol y por la noche llevó rosas a Delia. Los Mañara lo esperaban en la sala, lo abrazaron y le dijeron cosas, hubo que destapar una botella de oporto y comer masas. Ahora el tratamiento era íntimo y a la vez más lejano. Perdían la simplicidad de amigos para mirarse con los ojos del pariente, del que lo sabe todo desde la primera infancia. Mario besó a Delia, besó a mamá Mañara, y al abrazar fuerte a su futuro suegro hubiera querido decirle que confiaran en él, nuevo soporte del hogar, pero no le venían las palabras. Se notaba que también los Mañara hubieran querido decirle algo y no se animaban. Agitando los periódicos volvieron a su cuarto, y Mario se quedó con Delia y el piano, con Delia y la llamada de amor indio.

Una o dos veces, durante esas semanas de noviazgo, estuvo a un paso de citar a papá Mañara fuera de la casa para hablarle de los anónimos. Después lo creyó inútilmente cruel porque nada podía hacerse contra esos miserables que lo hostigaban. El peor vino un sábado a mediodía en un sobre azul, Mario se quedó mirando la fotografía de Héctor en *Última Hora* y los párrafos subrayados con tinta azul. «Sólo una honda desesperación pudo arrastrarlo al suicidio, según declaraciones de los familiares.» Pensó raramente que los familiares de Héctor no habían aparecido más por lo de Mañara. Quizá fueron alguna vez en los primeros días. Se acordaba ahora del pez de color, los Mañara habían dicho que era regalo de la madre de Héctor. Pez de color muerto el día anunciado por Delia. Sólo una honda desesperación pudo arrastrarlo. Quemó el sobre, el recorte, hizo un recuento de sospechosos y se propuso franquearse con Delia, salvarla en sí mismo de los hilos de baba, del rezumar intolerable de esos rumores. A los cinco días (no había hablado con Delia ni con los Mañara) vino el segundo. En la cartulina celeste había primero una estrellita (no se sabía por qué) y después: «Yo que usted tendría cuidado con el escalón de la cancela». Del sobre salió un perfume vago a jabón de almendra. Mario pensó si la de la casa de altos usaría jabón de almendra, hasta tuvo el torpe valor de revisar la cómoda de Madre Celeste y de su hermana. También quemó este anónimo, tampoco le dijo nada a Delia. Era en diciembre, con el calor de esos diciembres del veintitantos, ahora iba después de cenar a lo de Delia y hablaban paseándose por el jardincito de atrás o dando vuelta a la manzana. Con el calor comían menos bombones, no que Delia renunciara a sus ensayos pero traía pocas muestras a la sala, prefería guardarlos en cajas antiguas, protegidos en moldecitos, con un fino césped de papel verde claro por encima. Mario la notó inquieta, como alerta. A veces miraba hacia atrás en las esquinas, y la noche que hizo un gesto de rechazo al llegar al buzón de Medrano y Rivadavia, Mario comprendió que también a ella la estaban torturando desde lejos; que compartían sin decirlo un mismo hostigamiento.

Se encontró con papá Mañara en el Munich de Cangallo y Pueyrredón, lo colmó de cerveza y papas fritas sin arrancarlo de una vigilante modorra, como si desconfiara de la cita. Mario le dijo riendo que no iba a pedirle plata, sin rodeos le habló de los anónimos, la nerviosidad de Delia, el buzón de Medrano y Rivadavia.

—Ya sé que apenas nos casemos se acabarán estas infamias. Pero necesito que ustedes me ayuden, que la protejan. Una cosa así puede hacerle daño. Es tan delicada, tan sensible.

—Vos querés decir que se puede volver loca, ¿no es cierto?

—Bueno, no es eso. Pero si recibe anónimos como yo y se los calla, y eso se va juntando...

—Vos no la conocés a Delia. Los anónimos se los pasa... quiero decir que no le hacen mella. Es más dura de lo que te pensás.

—Pero mire que está como sobresaltada, que algo la trabaja —atinó a decir indefenso Mario.

—No es por eso, sabés. —Bebía su cerveza como para que le tapara la voz—. Antes fue igual, yo la conozco bien.

—¿Antes de qué?

—Antes de que se le murieran, zonzo. Pagá que estoy apurado.

Quiso protestar pero papá Mañara estaba ya andando hacia la puerta. Le hizo un gesto vago de despedida y se fue para el Once con la cabeza gacha. Mario no se animó a seguirlo, ni siquiera pensar mucho lo que acababa de oír. Ahora estaba otra vez solo como al principio, frente a Madre Celeste, la de la casa de altos y los Mañara. Hasta los Mañara.

Delia sospechaba algo porque lo recibió distinta, casi parlanchina y sonsacadora. Tal vez los Mañara habían hablado del encuentro en el Munich, Mario esperó que tocara el tema para ayudarla a salir de ese silencio, pero ella prefería *Rose Marie* y un poco de Schumann, los tangos de Pacho con un compás cortado y entrador, hasta que los Mañara llegaron con galletitas y málaga y encendieron todas las luces. Se habló de Pola Negri, de un crimen en Liniers, del eclipse parcial y la descompostura del gato. Delia creía que el gato estaba empachado de pelos y apoyaba un tratamiento de aceite de castor. Los Mañara le daban la razón sin opinar pero no parecían convencidos. Se acordaron de un veterinario amigo, de unas hojas amargas. Optaron por dejarlo solo en el jardincito, que él mismo eligiera los pastos curativos. Pero Delia dijo que el gato se moriría, tal vez el aceite le prolongara la vida un poco más. Oyeron a un diarero en la esquina y los Mañara corrieron juntos a comprar *Última Hora*. A una muda consulta de Delia fue Mario a apagar las luces de la sala. Quedó la lámpara en la mesa del rincón, manchando de amarillo viejo la carpeta de bordados futuristas. En torno al piano había una luz velada.

Mario preguntó por la ropa de Delia, si trabajaba en su ajuar, si marzo era mejor que mayo para el casamiento. Esperaba un instante de valor para mencionar los anónimos, un resto de miedo a equivocarse lo detenía cada vez. Delia estaba junto a él en el sofá verde oscuro, su ropa celeste la recortaba débilmente en la penumbra. Una vez que quiso besarla, la sintió contraerse poco a poco.

—Mamá va a volver a despedirse. Esperá que se vayan a la cama...

Afuera se oía a los Mañara, el crujir del diario, su diálogo continuo. No tenían sueño esa noche, las once y media y seguían charlando. Delia volvió al piano, como obstinándose tocaba largos valses criollos con *da capo al fine* una vez y otra, escalas y adornos un poco cursis pero que a Mario le encantaban, y siguió en el piano hasta que los Mañara vinieron a decirles buenas noches, y que no se quedaran mucho rato, ahora que él era de la familia tenía que velar más que nunca por Delia y cuidar que no trasnochara. Cuando se fueron, como a disgusto pero rendidos de sueño, el calor entraba a bocanadas por la puerta del zaguán y la ventana de la sala. Mario quiso un vaso de agua fresca y fue a la cocina aunque Delia quería servírselo y se molestó un poco. Cuando estuvo de vuelta vio a Delia en la ventana, mirando la calle vacía por donde antes en noches iguales se iban Rolo y Héctor. Algo de luna se acostaba ya en el piso cerca de Delia, en el plato de alpaca que Delia guardaba en la mano como otra pequeña luna. No había querido pedirle a Mario que probara delante de los Mañara, él tenía que comprender cómo la cansaban los reproches de los Mañara, siempre encontraban que era abusar de la bondad de Mario pedirle que probara los nuevos bombones. Claro que si no tenía ganas, pero nadie le merecía más confianza, los Mañara eran incapaces de apreciar un sabor distinto. Le ofrecía un bombón como suplicando, pero Mario comprendió el deseo que poblaba su voz, ahora lo abarcaba con una claridad que no venía de la luna, ni siquiera de Delia. Puso el vaso de agua sobre el piano (no había bebido en la cocina) y sostuvo con dos dedos el bombón, con Delia a su lado esperando el veredicto, anhelosa la respiración como si todo dependiera de eso, sin hablar pero urgiéndolo con el gesto, los ojos crecidos –o era la sombra de la sala–, oscilando apenas el cuerpo al jadear, porque ahora era casi un jadeo cuando Mario acercó el bombón a la boca, iba a morder, bajaba la mano y Delia gemía como si en medio de un placer infinito se sintiera de pronto frustrada. Con la mano libre apretó apenas los flancos del bombón pero no lo miraba, tenía los ojos en Delia y la cara de yeso, un pierrot repugnante en la penumbra. Los dedos se separaban, dividiendo el bombón. La luna cayó de plano en la masa blanquecina de la cucaracha, el cuerpo desnudo de su revestimiento coriáceo, y alrededor, mezclados con la menta y el mazapán, los trocitos de patas y alas, el polvillo del caparacho triturado.

Cuando le tiró los pedazos a la cara, Delia se tapó los ojos y empezó a sollozar, jadeando en un hipo que la ahogaba, cada vez más agudo el llanto como la noche de Rolo, entonces los dedos de Mario se cerraron en su garganta como para protegerla de ese horror que le subía del pecho, un borborigmo de lloro y quejido, con risas quebradas por retorcimientos, pero él quería solamente que se callara y apretaba para que solamente se callara, la de la casa de altos estaría ya escuchando con miedo y delicia de modo que había que callarla a toda costa. A su espalda, desde la cocina donde había encontrado al gato con las astillas clavadas en los ojos, todavía arrastrándose para morir dentro de la casa, oía la respiración de los Mañara levantados, escondiéndose en el comedor para espiarlos, estaba seguro de que los Mañara habían oído y estaban ahí, contra la puerta, en la sombra del comedor, oyendo cómo él hacía callar a Delia. Aflojó el apretón y la dejó resbalar hasta el sofá, convulsa y negra pero viva. Oía jadear a los Mañara, le dieron lástima por tantas cosas, por Delia misma, por dejársela otra vez viva. Igual que Héctor y Rolo se iba y se la dejaba. Tuvo mucha lástima de los Mañara que habían estado ahí agazapados y esperando que él –por fin alguno– hiciera callar a Delia que lloraba, hiciera cesar por fin el llanto de Delia.

Manuscrito hallado en un bolsillo

Ahora que lo escribo, para otros esto podría haber sido la ruleta o el hipódromo, pero no era dinero lo que buscaba, en algún momento había empezado a sentir, a decidir que un vidrio de ventanilla en el metro podía traerme la respuesta, el encuentro con una felicidad, precisamente aquí donde todo ocurre bajo el signo de la más implacable ruptura, dentro de un tiempo bajo tierra que un trayecto entre estaciones dibuja y limita así, inapelablemente abajo. Digo ruptura para comprender mejor (tendría que comprender tantas cosas desde que empecé a jugar el juego) esa esperanza de una convergencia que tal vez me fuera dada desde el reflejo en un vidrio de ventanilla. Rebasar la ruptura que la gente no parece advertir aunque vaya a saber lo que piensa esa gente agobiada que sube y baja de los vagones del metro, lo que busca además del transporte esa gente que sube antes o después para bajar después o antes, que sólo co-

incide en una zona de vagón donde todo está decidido
por adelantado sin que nadie pueda saber si saldremos
juntos, si yo bajaré primero o ese hombre flaco con un
rollo de papeles, si la vieja de verde seguirá hasta el final,
si estos niños bajarán ahora, está claro que bajarán porque recogen sus cuadernos y sus reglas, se acercan riendo y jugando a la puerta mientras allá en el ángulo hay
una muchacha que se instala para durar, para quedarse
todavía muchas estaciones en el asiento por fin libre, y
esa otra muchacha es imprevisible, Ana era imprevisible,
se mantenía muy derecha contra el respaldo en el asiento
de la ventanilla, ya estaba ahí cuando subí en la estación
Étienne Marcel y un negro abandonó el asiento de enfrente y a nadie pareció interesarle y yo pude resbalar
con una vaga excusa entre las rodillas de los dos pasajeros sentados en los asientos exteriores y quedé frente a
Ana y casi en seguida, porque había bajado al metro para
jugar una vez más el juego, busqué el perfil de Margrit en
el reflejo del vidrio de la ventanilla y pensé que era bonita, que me gustaba su pelo negro con una especie de ala
breve que le peinaba en diagonal la frente.

No es verdad que el nombre de Margrit o de Ana viniera después o que sea ahora una manera de diferen-
ciarlas en la escritura, cosas así se daban decididas instantáneamente por el juego, quiero decir que de ninguna
manera el reflejo en el vidrio de la ventanilla podía llamarse Ana, así como tampoco podía llamarse Margrit la
muchacha sentada frente a mí sin mirarme, con los ojos
perdidos en el hastío de ese interregno en el que todo el
mundo parece consultar una zona de visión que no es la
circundante, salvo los niños que miran fijo y de lleno en

las cosas hasta el día en que les enseñan a situarse también en los intersticios, a mirar sin ver con esa ignorancia civil de toda apariencia vecina, de todo contacto sensible, cada uno instalado en su burbuja, alineado entre paréntesis, cuidando la vigencia del mínimo aire libre entre rodillas y codos ajenos, refugiándose en *France-Soir* o en libros de bolsillo aunque casi siempre como Ana, unos ojos situándose en el hueco entre lo verdaderamente mirable, en esa distancia neutra y estúpida que iba de mi cara a la del hombre concentrado en el *Fígaro*. Pero entonces Margrit, si algo podía yo prever era que en algún momento Ana se volvería distraída hacia la ventanilla y entonces Margrit vería mi reflejo, el cruce de miradas en las imágenes de ese vidrio donde la oscuridad del túnel pone su azogue atenuado, su felpa morada y moviente que da a las caras una vida en otros planos, les quita esa horrible máscara de tiza de las luces municipales del vagón y sobre todo, oh sí, no hubieras podido negarlo, Margrit, las hace mirar de verdad esa otra cara del cristal porque durante el tiempo instantáneo de la doble mirada no hay censura, mi reflejo en el vidrio no era el hombre sentado frente a Ana y que Ana no debía mirar de lleno en un vagón de metro, y además la que estaba mirando mi reflejo ya no era Ana sino Margrit en el momento en que Ana había desviado rápidamente los ojos del hombre sentado frente a ella porque no estaba bien que lo mirara, al volverse hacia el cristal de la ventanilla había visto mi reflejo que esperaba ese instante para levemente sonreír sin insolencia ni esperanza cuando la mirada de Margrit cayera como un pájaro en su mirada. Debió durar un segundo, acaso algo más porque sentí que Margrit había advertido esa sonrisa que Ana reprobaba aunque no fuera más que por el gesto de bajar la cara, de examinar vagamente el cierre de su bolso de cuero rojo; y era casi justo seguir sonriendo aunque ya Margrit no me mirara porque de alguna manera el gesto de Ana acusaba mi sonrisa, la seguía sabiendo y ya no era necesario que ella o Margrit me miraran, concentradas aplicadamente en la nimia tarea de comprobar el cierre del bolso rojo.

Como ya con Paula (con Ofelia) y con tantas otras que se habían concentrado en la tarea de verificar un cierre, un botón, el pliegue de una revista, una vez más fue el pozo donde la esperanza se enredaba con el temor en un calambre de arañas a muerte, donde el tiempo empezaba a latir como un segundo corazón en el pulso del juego; desde ese momento cada estación del metro era una trama diferente del futuro porque así lo había decidido el juego; la mirada de Margrit y mi sonrisa, el retroceso instantáneo de Ana a la contemplación del cierre de su bolso eran la apertura de una ceremonia que alguna vez había empezado a celebrar contra todo lo razonable, prefiriendo los peores desencuentros a las cadenas estúpidas de una casualidad cotidiana. Explicarlo no es difícil pero jugarlo tenía mucho de combate a ciegas, de temblorosa suspensión coloidal en la que todo derrotero alzaba un árbol de imprevisible recorrido. Un plano del metro de París define en su esqueleto mondrianesco, en sus ramas rojas, amarillas, azules y negras una vasta pero limitada superficie de subtendidos seudópodos: y ese árbol está vivo veinte horas de cada veinticuatro, una savia atormentada lo recorre con finalidades precisas, la que baja en Châtelet o sube en Vaugirard, la que en Odeón cambia para seguir a La Motte-Picquet, las doscientas, trescientas, vaya a saber cuántas posibilidades de combinación para que cada célula codificada y programada ingrese en un sector del árbol y aflore en otro, salga de las Galeries Lafayette para depositar un paquete de toallas a una lámpara en un tercer piso de la rue Gay-Lussac.

Mi regla de juego era maniáticamente simple, era bella, estúpida y tiránica, si me gustaba una mujer, si me gustaba una mujer sentada frente a mí, si me gustaba una mujer sentada frente a mí junto a la ventanilla, si su reflejo en la ventanilla cruzaba la mirada con mi reflejo en la ventanilla, si mi sonrisa en el reflejo de la ventanilla turbaba o complacía o repelía al reflejo de la mujer en la ventanilla, si Margrit me veía sonreír y entonces Ana bajaba la cabeza y empezaba a examinar aplicadamente el cierre de su bolso rojo, entonces había juego, daba exactamente lo mismo que la sonrisa fuera acatada o respondida o ignorada, el primer tiempo de la ceremonia no iba más allá de eso, una sonrisa registrada por quien la había merecido. Entonces empezaba el combate en el pozo, las arañas en el estómago, la espera con su péndulo de estación en estación. Me acuerdo de cómo me acordé ese día: ahora eran Margrit y Ana, pero una semana atrás habían sido Paula y Ofelia, la chica rubia había bajado en una de las peores estaciones, Montparnasse-Bienvenue que abre su hidra maloliente a las máximas posibilidades de fracaso. Mi combinación era con la línea de la Porte de Vanves y casi en seguida, en el primer pasillo, comprendí que Paula (que Ofelia) tomaría el corredor que llevaba a la combinación con la Mairie d'Issy. Imposible hacer nada, sólo mirarla por última vez en el cruce de los pasillos, verla alejarse, descender una escalera. La regla del juego era ésa, una sonrisa en el cristal de la ventanilla y el derecho de seguir a una mujer y esperar desesperadamente que su combinación coincidiera con la decidida por mí antes de cada viaje; y entonces –siempre, hasta ahora– verla tomar otro pasillo y no poder seguirla, obligado a volver al mundo de arriba y entrar en un café y seguir viviendo hasta que poco a poco, horas o días o semanas, la sed de nuevo reclamando la posibilidad de que todo coincidiera alguna vez, mujer y cristal de ventanilla, sonrisa aceptada o repelida, combinación de trenes y entonces por fin sí, entonces el derecho de acercarme y decir la primera palabra, espesa de estancado tiempo, de inacabable merodeo en el fondo del pozo entre las arañas del calambre.

Ahora entrábamos en la estación Saint-Sulpice, alguien a mi lado se enderezaba y se iba, también Ana se quedaba sola frente a mí, había dejado de mirar el bolso y una o dos veces sus ojos me barrieron distraídamente antes de perderse en el anuncio del balneario termal que se repetía en los cuatro ángulos del vagón. Margrit no había vuelto a mirarme en la ventanilla pero eso probaba el contacto, su latido sigiloso; Ana era acaso tímida o simplemente le parecía absurdo aceptar el reflejo de esa cara que volvería a sonreír para Margrit; y además llegar a Saint-Sulpice era importante porque si todavía faltaban ocho estaciones hasta el fin del recorrido en la Porte d'Orléans, sólo tres tenían combinaciones con otras líneas, y sólo si Ana bajaba en una de esas tres me quedaría la posibilidad de coincidir; cuando el tren empezaba a frenar en Saint-Placide miré y miré a Margrit buscándole los ojos que Ana seguía apoyando blandamente en las cosas del vagón como admitiendo que Margrit no me miraría más, que era inútil esperar que volviera a mirar el reflejo que la esperaba para sonreírle.

No bajó en Saint-Placide, lo supe antes de que el tren empezara a frenar, hay ese apresto del viajero, sobre todo de las mujeres que nerviosamente verifican paquetes, se ciñen al abrigo o miran de lado al levantarse, evitando rodillas en ese instante en que la pérdida de velocidad traba y atonta los cuerpos. Ana repasaba vagamente los anuncios de la estación, la cara de Margrit se fue borrando de las luces del andén y no pude saber si había vuelto a mirarme; tampoco mi reflejo hubiera sido visible en esa marea de neón y anuncios fotográficos, de cuerpos entrando y saliendo. Si Ana bajaba en Montparnasse-Bienvenue mis posibilidades eran mínimas; cómo no acordarme de Paula (de Ofelia) allí donde una cuádruple combinación posible adelgazaba toda previsión; y sin embargo el día de Paula (de Ofelia) había estado absurdamente seguro de que coincidiríamos, hasta último momento había marchado a tres metros de esa mujer lenta y rubia, vestida como con hojas secas, y su bifurcación a la derecha me había envuelto la cara con un latigazo. Por eso ahora Margrit no, por eso el miedo, de nuevo podía ocurrir abominablemente en Montparnasse-Bienvenue; el recuerdo de Paula (de Ofelia), las arañas en el pozo contra la menuda confianza en que Ana (en que Margrit). Pero quién puede contra esa ingenuidad que nos va dejando vivir, casi inmediatamente me dije que tal vez Ana (que tal vez Margrit) no bajaría en Montparnasse-

Bienvenue sino en una de las otras estaciones posibles, que acaso no bajaría en las intermedias donde no me estaba dado seguirla; que Ana (que Margrit) no bajaría en Raspail que era la primera de las dos últimas posibles; y cuando no bajó y supe que sólo quedaba una estación en la que podría seguirla contra las tres finales en que ya todo daba lo mismo, busqué de nuevo los ojos de Margrit en el vidrio de la ventanilla, la llamé desde un silencio y una inmovilidad que hubieran debido llegarle como un reclamo, como un oleaje, le sonreí con la sonrisa que Ana ya no podía ignorar, que Margrit tenía que admitir aunque no mirara mi reflejo azotado por las semiluces del túnel desembocando en Denfert-Rochereau. Tal vez el primer golpe de frenos había hecho temblar el bolso rojo en los muslos de Ana, tal vez sólo el hastío le movía la mano hasta el mechón negro cruzándole la frente; en esos tres, cuatro segundos en que el tren se inmovilizaba en el andén, las arañas clavaron sus uñas en la piel del pozo para una vez más vencerme desde adentro; cuando Ana se enderezó con una sola y limpia flexión de su cuerpo, cuando la vi de espaldas entre dos pasajeros, creo que busqué todavía absurdamente el rostro de Margrit en el vidrio enceguecido de luces y movimientos. Salí como sin saberlo, sombra pasiva de ese cuerpo que bajaba al andén, hasta despertar a lo que iba a venir, a la doble elección final cumpliéndose irrevocable.

Pienso que está claro, Ana (Margrit) tomaría un camino cotidiano o circunstancial, mientras antes de subir a ese tren yo había decidido que si alguien entraba en el juego y bajaba en Denfert-Rochereau, mi combinación sería la línea Nation-Étoile, de la misma manera que si

Ana (que si Margrit) hubiera bajado en Châtelet sólo hubiera podido seguirla en caso de que tomara la combinación Vincennes-Neuilly. En el último tiempo de la ceremonia el juego estaba perdido si Ana (si Margrit) tomaba la combinación de la Ligne de Sceaux o salía directamente a la calle; inmediatamente, ya mismo porque en esa estación no había los interminables pasillos de otras veces y las escaleras llevaban rápidamente a destino, a eso que en los medios de transportes también se llamaba destino. La estaba viendo moverse entre la gente, su bolso rojo como un péndulo de juguete, alzando la cabeza en busca de los carteles indicadores, vacilando un instante hasta orientarse hacia la izquierda; pero la izquierda era la salida que llevaba a la calle.

No sé cómo decirlo, las arañas mordían demasiado, no fui deshonesto en el primer minuto, simplemente la seguí para después quizá aceptar, dejarla irse por cualquiera de sus rumbos allá arriba; a mitad de la escalera comprendí que no, que acaso la única manera de matarlas era negar por una vez la ley, el código. El calambre que me había crispado en ese segundo en que Ana (en que Margrit) empezaba a subir la escalera vedada, cedía de golpe a una lasitud soñolienta, a un gólem de lentos peldaños; me negué a pensar, bastaba saber que la seguía viendo, que el bolso rojo subía hacia la calle, que a cada paso el pelo negro le temblaba en los hombros. Ya era de noche y el aire estaba helado, con algunos copos de nieve entre ráfagas y llovizna; sé que Ana (que Margrit) no tuvo miedo cuando me puse a su lado y le dije: «No puede ser que nos separemos así, antes de habernos encontrado».

En el café, más tarde, ya solamente Ana mientras el reflejo de Margrit cedía a una realidad de cinzano y de palabras, me dijo que no comprendía nada, que se llamaba Marie-Claude, que mi sonrisa en el reflejo le había hecho daño, que por un momento había pensado en levantarse y cambiar de asiento, que no me había visto seguirla y que en la calle no había tenido miedo, contradictoriamente, mirándome en los ojos, bebiendo su cinzano, sonriendo sin avergonzarse de sonreír, de haber aceptado casi en seguida mi acoso en plena calle. En ese momento de una felicidad como de oleaje boca arriba, de abandono a un deslizarse lleno de álamos, no podía decirle lo que ella hubiera entendido como locura o manía y que lo era pero de otro modo, desde otras orillas de la vida; le hablé de su mechón de pelo, de su bolso rojo, de su manera de mirar el anuncio de las termas, de que no le había sonreído por donjuanismo ni aburrimiento sino para darle una flor que no tenía, el signo de que me gustaba, de que me hacía bien, de que viajar frente a ella, de que otro cigarrillo y otro cinzano. En ningún momento fuimos enfáticos, hablamos como desde un ya conocido y aceptado, mirándonos sin lastimarnos, yo creo que Marie-Claude me dejaba venir y estar en su presente como quizá Margrit hubiera respondido a mi sonrisa en el vidrio de no mediar tanto molde previo, tanto no tienes que contestar si te hablan en la calle o te ofrecen caramelos y quieren llevarte al cine, hasta que Marie-Claude, ya liberada de mi sonrisa a Margrit, Marie-Claude en la calle y el café había pensado que era una buena sonrisa, que el desconocido de ahí abajo no le había sonreído a Margrit para tantear otro terreno, y mi absurda manera de abordarla había sido la sola comprensible, la sola razón para decir que sí, que podíamos beber una copa y charlar en un café.

No me acuerdo de lo que pude contarle de mí, tal vez todo salvo el juego pero entonces tan poco, en algún momento nos reímos, alguien hizo la primera broma, descubrimos que nos gustaban los mismos cigarrillos y Catherine Deneuve, me dejó acompañarla hasta el portal de su casa, me tendió la mano con llaneza y consintió en el mismo café a la misma hora del martes. Tomé un taxi para volver a mi barrio, por primera vez en mí mismo como en un increíble país extranjero, repitiéndome que sí, que Marie-Claude, que Denfert-Rochereau, apretando los párpados para guardar mejor su pelo negro, esa manera de ladear la cabeza antes de hablar, de sonreír. Fuimos puntuales y nos contamos películas, trabajo, verificamos diferencias ideológicas parciales, ella seguía aceptándome como si maravillosamente le bastara ese presente sin razones, sin interrogación; ni siquiera parecía darse cuenta de que cualquier imbécil la hubiese creído fácil o tonta; acatando incluso que yo no buscara compartir la misma banqueta en el café, que en el tramo de la rue Froidevaux no le pasara el brazo por el hombro en el primer gesto de una intimidad, que sabiéndola casi sola –una hermana menor, muchas veces ausente del departamento en el cuarto piso– no le pidiera subir. Si algo no podía sospechar eran las arañas, nos habíamos encontrado tres o cuatro veces sin que mordieran, inmóviles en el pozo y esperando hasta el día en que lo supe como si no lo hubiera estado sabiendo todo el tiempo, pero los martes, llegar al café, imaginar que Marie-Claude ya es-

taría allí o verla entrar con pasos ágiles, su morena recurrencia que había luchado inocentemente contra las arañas otra vez despiertas, contra la transgresión del juego
que sólo ella había podido defender sin más que darme
una breve, tibia mano, sin más que ese mechón de pelo
que se paseaba por su frente. En algún momento debió
darse cuenta, se quedó mirándome callada, esperando;
imposible ya que no me delatara el esfuerzo para hacer
durar la tregua, para no admitir que volvían poco a poco
a pesar de Marie-Claude, contra Marie-Claude que no
podía comprender, que se quedaba mirándome callada,
esperando; beber y fumar y hablarle, defendiendo hasta
lo último el dulce interregno sin arañas, saber de su vida
sencilla y a horario y hermana estudiante y alergias, de-
sear tanto ese mechón negro que le peinaba la frente,
desearla como un término, como de veras la última estación del último metro de la vida, y entonces el pozo, la
distancia de mi silla a esa banqueta en la que nos hubiéramos besado, en la que mi boca hubiera bebido el primer perfume de Marie-Claude antes de llevármela abrazada hasta su casa, subir esa escalera, desnudarnos por
fin de tanta ropa y tanta espera.

Entonces se lo dije, me acuerdo del paredón del cementerio y de que Marie-Claude se apoyó en él y me dejó
hablar con la cara perdida en el musgo caliente de su
abrigo, vaya a saber si mi voz le llegó con todas sus palabras, si fue posible que comprendiera; se lo dije todo,
cada detalle del juego, las improbabilidades confirmadas
desde tantas Paulas (desde tantas Ofelias) perdidas al
término de un corredor, las arañas en cada final. Lloraba, la sentía temblar contra mí aunque siguiera abrigán-

dome, sosteniéndome con todo su cuerpo apoyado en la pared de los muros; no me preguntó nada, no quiso saber por qué ni desde cuándo, no se le ocurrió luchar contra una máquina montada por toda una vida a contrapelo de sí misma, de la ciudad y sus consignas, tan sólo ese llanto ahí como un animalito lastimado, resistiendo sin fuerza al triunfo del juego, a la danza exasperada de las arañas en el pozo.

En el portal de su casa le dije que no todo estaba perdido, que de los dos dependía intentar un encuentro legítimo; ahora ella conocía las reglas del juego, quizá nos fueran favorables puesto que no haríamos otra cosa que buscarnos. Me dijo que podría pedir quince días de licencia, viajar llevando un libro para que el tiempo fuera menos húmedo y hostil en el mundo de abajo, pasar de una combinación a otra, esperarme leyendo, mirando los anuncios. No quisimos pensar en la improbabilidad, en que acaso nos encontraríamos en un tren pero que no bastaba, que esta vez no se podría faltar a lo preestablecido; le pedí que no pensara, que dejara correr el metro, que no llorara nunca esas dos semanas mientras yo la buscaba; sin palabras quedó entendido que si el plazo se cerraba sin volver a vernos o sólo viéndonos hasta que dos pasillos diferentes nos apartaran, ya no tendría sentido retornar al café, al portal de su casa. Al pie de esa escalera de barrio que una luz naranja tendía dulcemente hacia lo alto, hacia la imagen de Marie-Claude en su departamento, entre sus muebles, desnuda y dormida, la besé en el pelo, le acaricié las manos, ella no buscó mi boca, se fue apartando y la vi de espaldas, subiendo otra de las tantas escaleras que se la llevaban sin que pudiera seguirla; volví a pie a mi casa, sin arañas, vacío y lavado para la nueva espera; ahora no podíamos hacer nada, el juego iba a recomenzar como tantas otras veces pero con solamente Marie-Claude, el lunes bajando a la estación Couronnes por la mañana, saliendo en Max Dormoy en plena noche, el martes entrando en Crimée, el miércoles en Philippe Auguste, la precisa regla del juego, quince estaciones en las que cuatro tenían combinaciones, y entonces en la primera de las cuatro sabiendo que me tocaría seguir a la línea Sèvres-Montreuil como en la segunda tendría que tomar la combinación Clichy-Porte Dauphine, cada itinerario elegido sin razón especial porque no podía haber ninguna razón, Marie-Claude habría subido quizá cerca de su casa, en Denfert-Rochereau o en Corvisart, estaría cambiando en Pasteur para seguir hacia Falguière, el árbol mondrianesco con todas sus ramas secas, el azar de las tentaciones rojas, azules, blancas, punteadas; el jueves, el viernes, el sábado. Desde cualquier andén ver entrar los trenes, los siete u ocho vagones, consintiéndome mirar mientras pasaban cada vez más lentos, correrme hasta el final y subir a un vagón sin Marie-Claude, bajar en la estación siguiente y esperar otro tren, seguir hasta la primera estación para buscar otra línea, ver llegar los vagones sin Marie-Claude, dejar pasar un tren o dos, subir en el tercero, seguir hasta la terminal, regresar a una estación desde donde podía pasar a otra línea, decidir que sólo tomaría el cuarto tren, abandonar la búsqueda y subir a comer, regresar casi en seguida con un cigarrillo amargo y sentarme en un banco hasta el segundo, hasta el quinto tren. El lunes, el martes, el miércoles, el jueves, sin arañas porque todavía esperaba, porque todavía espero en este banco de la estación Chemin Vert, con esta libreta en la que una mano escribe para inventarse un tiempo que no sea solamente esa interminable ráfaga que me lanza hacia el sábado en que acaso todo habrá concluido, en que volveré solo y las sentiré despertarse y morder, sus pinzas rabiosas exigiéndome el nuevo juego, otras Marie-Claudes, otras Paulas, la reiteración después de cada fracaso, el recomienzo canceroso. Pero es jueves, es la estación Chemin Vert, afuera cae la noche, todavía cabe imaginar cualquier cosa, incluso puede no parecer demasiado increíble que en el segundo tren, que en el cuarto vagón, que Marie-Claude en un asiento contra la ventanilla, que haya visto y se enderece con un grito que nadie salvo yo puede escuchar así en plena cara, en plena carrera para saltar al vagón repleto, empujando a pasajeros indignados, murmurando excusas que nadie espera ni acepta, quedándome de pie contra el doble asiento ocupado por piernas y paraguas y paquetes, por Marie-Claude con su abrigo gris contra la ventanilla, el mechón negro que el brusco arranque del tren agita apenas como sus manos tiemblan sobre los muslos en una llamada que no tiene nombre, que es solamente eso que ahora va a suceder. No hay necesidad de hablarse, nada se podría decir sobre ese muro impasible y desconfiado de caras y paraguas entre Marie-Claude y yo; quedan tres estaciones que combinan con otras líneas, Marie-Claude deberá elegir una de ellas, recorrer el andén, seguir uno de los pasillos o buscar la escalera de salida, ajena a mi elección que esta vez no transgrediré. El tren entra en la estación Bastille y Marie-Claude sigue ahí, la gente baja y sube, alguien deja libre el asiento a su lado pero no me acerco, no puedo sentarme ahí, no puedo temblar junto a ella como ella estará temblando. Ahora vienen Ledru-Rollin y Froidherbe-Chaligny, en esas estaciones sin combinación Marie-Claude sabe que no puedo seguirla y no se mueve, el juego tiene que jugarse en Reuilly-Diderot o en Daumesnil; mientras el tren entra en Reuilly-Diderot aparto los ojos, no quiero que sepa, no quiero que pueda comprender que no es allí. Cuando el tren arranca veo que no se ha movido, que nos queda una última esperanza, en Daumesnil tan sólo una combinación y la salida a la calle, rojo o negro, sí o no. Entonces nos miramos, Marie-Claude ha alzado la cara para mirarme de lleno, aferrado al barrote del asiento soy eso que ella mira, algo tan pálido como lo que estoy mirando, la cara sin sangre de Marie-Claude que aprieta el bolso rojo, que va a hacer el primer gesto para levantarse mientras el tren entra en la estación Daumesnil.

Siestas*

Alguna vez, en un tiempo sin horizonte, se acordaría de cómo casi todas las tardes tía Adela escuchaba ese disco con las voces y los coros, de la tristeza cuando las voces empezaban a salir, una mujer, un hombre y después muchos juntos cantando una cosa que no se entendía, la etiqueta verde con explicaciones para los grandes, Te lucis ante terminum, Nunc dimittis, tía Lorenza decía que era latín y que hablaba de Dios y cosas así, entonces Wanda se cansaba de no comprender, de estar triste como cuando Teresita en su casa ponía el disco de Billie Holliday y lo escuchaban fumando porque la madre de Teresita estaba en el trabajo y el padre andaba por ahí en los negocios o dormía la siesta y entonces podían fumar tranquilas, pero escuchar a Billie Holliday era una tristeza hermosa que daba ganas de acostarse y llorar de felici-

* Reproducido con autorización de Siglo XXI, S. A., México.

dad, se estaba tan bien en el cuarto de Teresita con la ventana cerrada, con el humo, escuchando a Billie Holliday. En su casa le tenían prohibido cantar esas canciones porque Billie Holliday era negra y había muerto de tanto tomar drogas, tía María la obligaba a pasar una hora más en el piano estudiando arpegios, tía Ernestina la empezaba con el discurso sobre la juventud de ahora, Te lucis ante terminum resonaba en la sala donde tía Adela cosía alumbrándose con una esfera de cristal llena de agua que recogía (era hermoso) toda la luz de la lámpara para la costura. Menos mal que de noche Wanda dormía en la misma cama que tía Lorenza y allí no había latín ni conferencias sobre el tabaco y los degenerados de la calle, tía Lorenza apagaba la luz después de rezar y por un momento hablaban de cualquier cosa, casi siempre del perro Grock, y cuando Wanda iba a dormirse la ganaba un sentimiento de reconciliación, de estar un poco más protegida de la tristeza de la casa con el calor de tía Lorenza que resoplaba suavemente, casi como Grock, caliente y un poco ovillada y resoplando satisfecha como Grock en la alfombra del comedor.

—Tía Lorenza, no me dejes soñar más con el hombre de la mano artificial —había suplicado Wanda la noche de la pesadilla—. Por favor, tía Lorenza, por favor.

Después le había hablado de eso a Teresita y Teresita se había reído, pero no era para reírse y tampoco tía Lorenza se había reído mientras le secaba las lágrimas, le daba a beber un vaso de agua y la iba calmando poco a poco, ayudándola a alejar las imágenes, la mezcla de recuerdos del otro verano y la pesadilla, el hombre que se parecía tanto a los del álbum del padre de Teresita, o el callejón sin salida donde al anochecer el hombre de negro la había acorralado, acercándose lentamente hasta detenerse y mirarla con toda la luna llena en la cara, los anteojos de aro metálico, la sombra del sombrero melón ocultándole la frente, y entonces el movimiento del brazo derecho alzándose hacia ella, la boca de labios filosos, el alarido o la carrera que la había salvado del final, el vaso de agua y las caricias de tía Lorenza antes de un lento retorno amedrentado a un sueño que duraría hasta tarde, el purgante de tía Ernestina, la sopa liviana y los consejos, otra vez la casa y Nunc dimittis, pero al final permiso para ir a jugar con Teresita aunque esa muchacha no era de fiar con la educación que le daba la madre, capaz que hasta le enseñaba cosas pero en fin, peor era verle esa cara demacrada y un rato de diversión no le haría daño, antes las niñas bordaban a la hora de la siesta o estudiaban solfeo pero la juventud de ahora...

–No solamente son locas sino idiotas –había dicho Teresita, pasándole un cigarrillo de los que le robaba a su padre–. Qué tías que te mandaste, nena. ¿Así que te dieron un purgante? ¿Ya fuiste o qué? Tomá, mirá lo que me prestó la Chola, están todas las modas de otoño pero fijate primero en las fotos de Ringo, decime si no es un amor, miralo ahí con esa camisa abierta. Tiene pelitos, fijate.

Después había querido saber más, pero a Wanda le costaba seguir hablando de eso ahora que de golpe le volvía una visión de fuga, de enloquecida carrera por el callejón, y eso no era la pesadilla aunque casi tenía que ser el final de la pesadilla que había olvidado al despertarse gritando. A lo mejor antes, a fines del otro verano, habría podido hablarle a Teresita pero se había callado por miedo de que fuera con chismes a tía Ernestina, en esa época Teresita iba todavía a su casa y las tías le sonsacaban cosas con tostadas y dulce de leche hasta que se pelearon con la madre y ya no querían recibir más a Teresita aunque a ella la dejaban ir a su casa algunas tardes cuando tenían visitas y querían estar tranquilas. Ahora hubiera podido contarle todo a Teresita pero ya no valía la pena porque la pesadilla era también lo otro, o a lo mejor lo otro había sido parte de la pesadilla, todo se parecía tanto al álbum del padre de Teresita y nada acababa de veras, era como esas calles en el álbum que se perdían a la distancia igual que en las pesadillas.

–Teresita, abrí un poco la ventana, hace tanto calor con este encierro.

–No seas pava, después mi vieja se aviva que estuvimos fumando. Tiene un olfato de tigre la Pecosa, en esta casa hay que andarse con cuidado.

–Avisá, ni que fueran a matarte a palos.

–Claro, vos te volvés a tu casa y qué te importa. Siempre la misma chiquilina, vos.

Pero Wanda ya no era una chiquilina aunque Teresita se lo refregaba todavía por la cara pero cada vez menos desde la tarde en que también hacía calor y habían hablado de cosas y después Teresita le había enseñado eso y todo se había vuelto diferente aunque todavía Teresita la trataba de chiquilina cuando se enojaba.

–No soy ninguna chiquilina –dijo Wanda, sacando el humo por la nariz.

–Bueno, bueno, no te pongás así. Tenés razón, hace un calor de tormenta. Mejor nos sacamos la ropa y nos preparamos un vino con hielo. Te voy a decir una cosa, vos eso lo soñaste por el álbum de papá, y eso que ahí no hay ninguna mano artificial pero los sueños ya se sabe. Mira cómo se me están desarrollando.

Bajo la blusa no se notaba gran cosa, pero desnudos tomaban importancia, la volvían mujer, le cambiaban la cara. A Wanda le dio vergüenza quitarse el vestido y mostrar el pecho donde apenas si asomaban. Uno de los zapatos de Teresita voló hasta la cama, el otro se perdió bajo el sofá. Pero claro que era como los hombres del álbum del papá de Teresita, los hombres de negro que se repetían en casi todas las láminas, Teresita le había mostrado el álbum una tarde de siesta en que su papá acababa de irse y la casa estaba tan sola y callada como las salas y las casas del álbum. Riendo y empujándose de puro nerviosas habían subido al piso alto donde a veces los padres de Teresita las llamaban para tomar el té en la biblioteca como señoritas, y en esos días no era cosa de fumar ni de beber vino en la pieza de Teresita porque la Pecosa se daba cuenta en seguida, por eso aprovechaban que la casa era para ellas solas y subían gritando y empujándose como ahora que Teresita empujaba a Wanda hasta hacerla caer sentada en el canapé azul y casi con el mismo gesto se agachaba para bajarse el slip y quedar desnuda delante de Wanda, las dos mirándose con una risa un poco corta y rara hasta que Teresita soltó una carcajada y le preguntó si era sonsa o no sabía que ahí crecían pelitos como en el pecho de Ringo. «Pero yo también tengo», había dicho Wanda, «me empezaron el otro verano». Lo mismo que en el álbum donde todas las mujeres tenían muchos, en casi todas las láminas iban y venían o estaban sentadas o acostadas en el pasto y en las salas de espera de las estaciones («son locas», opinaba Teresita), y también como ahora mirándose entre ellas con unos ojos muy grandes y siempre la luna llena aunque no se la viera en la lámina, todo pasaba en lugares donde había luna llena y las mujeres andaban desnudas por las calles y las estaciones, cruzándose como si no se vieran y estuvieran terriblemente solas, y a veces los señores de traje negro o guardapolvo gris que las miraban ir y venir o estudiaban piedras raras con un microscopio y sin sacarse el sombrero.

–Tenés razón –dijo Wanda–, se parecía mucho a los hombres del álbum, y también tenía un sombrero melón y anteojos, era como ellos pero con una mano artificial, y eso que la otra vez cuando...

–Acabala con la mano artificial –dijo Teresita–. ¿Te vas a quedar así toda la tarde? Primero te quejás del calor y después la que me desnudo soy yo.

–Tendría que ir al baño.

–¡El purgante! No, si tus tías son un caso. Andá rápido, y de vuelta traé más hielo, miralo a Ringo cómo me espía, ángel querido. ¿A usted le gusta esta barriguita, amoroso? Mírela bien, frótese así y así, la Chola me mata cuando le devuelva la foto arrugada.

En el baño Wanda había esperado lo más posible para no tener que volver de nuevo, estaba dolorida y le daba rabia el purgante y también después Teresita en el canapé azul mirándola como si fuera una nena, burlándose como la otra vez cuando le había enseñado eso y Wanda no había podido impedir que la cara se le pusiera como fuego, esas tardes en que todo era diferente, primero tía

Adela dándole permiso para quedarse hasta más tarde en lo de Teresita, total está ahí al lado y yo tengo que recibir a la directora y a la secretaria de la escuela de María, con esta casa tan chica mejor te vas a jugar con tu amiga pero cuidado a la vuelta, venís directamente y nada de quedarte machoneando en la calle con Teresita, a ésa le gusta irse por ahí, la conozco, después fumando unos cigarrillos nuevos que el padre de Teresita se había olvidado en un cajón del escritorio, con filtro dorado y un olor raro, y al final Teresita le había enseñado eso, era difícil acordarse cómo había ocurrido, estaban hablando del álbum, o a lo mejor lo del álbum era el principio del verano, aquella tarde estaban más abrigadas y Wanda tenía el pulóver amarillo, entonces no era todavía el verano, al final no sabían qué decir, se miraban y se reían, casi sin hablar habían salido a la calle para dar una vuelta por el lado de la estación, evitando la esquina de la casa de Wanda porque tía Ernestina no les perdía pisada aunque estuviera con la directora y la secretaria. En el andén de la estación se habían quedado un rato paseando como si esperaran el tren, mirando pasar las máquinas que hacían temblar los andenes y llenaban el cielo de humo negro. Entonces, o a lo mejor cuando ya estaban de vuelta y era hora de separarse, Teresita le había dicho como al descuido que tuviera cuidado con eso, no fuera cosa, y Wanda que había estado tratando de olvidarse se puso colorada y Teresita se rió y le dijo que lo de esa tarde no podía saberlo nadie pero que sus tías eran como la Pecosa y que si se descuidaba cualquier día la pescaban y entonces iba a ver. Se habían reído otra vez pero era cierto, tenía que ser tía Ernestina la que la sorprendiera al final de la siesta aunque Wanda había estado segura de que nadie entraría a esa hora en su cuarto, todo el mundo se había ido a dormir y en el patio se oía la cadena de Grock y el zumbido de las avispas furiosas de sol y de calor, apenas si había tenido tiempo de levantarse la sábana hasta el cuello y hacerse la dormida pero ya era tarde porque tía Ernestina estaba a los pies de la cama, le había arrancado la sábana de un tirón sin decir una palabra, solamente mirándole el pantalón del piyama enredado en las pantorrillas. En lo de Teresita cerraban con llave la puerta y eso que la Pecosa se lo tenía prohibido, pero tía María y tía Ernestina hablaban de los incendios y de que los niños encerrados morían en las llamas, aunque ahora no era de eso que hablaban tía Ernestina y tía Adela, primero se le habían acercado sin decir nada y Wanda había tratado de fingir que no comprendía hasta que tía Adela le agarró la mano y se la retorció, y tía Ernestina le dio la primera bofetada, después otra y otra, Wanda se defendía llorando, de cara contra la almohada, gritando que no había hecho nada malo, que solamente le picaba y que entonces, pero tía Adela se sacó la zapatilla y empezó a pegarle en las nalgas mientras le sujetaba las piernas, y hablaban de degenerada y de seguramente Teresita y de la juventud y la ingratitud y las enfermedades y el piano y el encierro pero sobre todo de la degeneración y las enfermedades hasta que tía Lorenza se levantó asustada por los gritos y los llantos y de golpe hubo calma, quedó solamente tía Lorenza mirándola afligida, sin calmarla ni acariciarla pero siempre tía Lorenza como ahora que le daba un vaso de agua y la protegía del hombre de negro, repitiéndole al oído que iba a dormir bien, que no iba a tener de nuevo la pesadilla.

–Comiste demasiado puchero, me fijé. El puchero es pesado de noche, igual que las naranjas. Vamos, ya pasó, dormite, estoy aquí, no vas a soñar más.

–¿Qué estás esperando para sacarme la ropa? ¿Tenés que ir de nuevo al baño? Te vas a dar vuelta como un guante, tus tías son locas.

–No hace tanto calor como para estar desnudas –había dicho Wanda aquella tarde, quitándose el vestido.

–Vos fuiste la que empezó con lo del calor. Dame el hielo y traé los vasos, todavía queda vino dulce pero ayer la Pecosa estuvo mirando la botella y puso la cara. Si se la conoceré, la cara. No dice nada pero pone la cara y sabe que yo sé. Menos mal que el viejo no piensa más que en los negocios y se las pica todo el tiempo. Es cierto, ya tenés pelos pero pocos, todavía parecés una nena. Te voy a mostrar una cosa en la biblioteca si me jurás.

Teresita había descubierto el álbum por casualidad, la estantería cerrada con llave, tu papá guarda los libros científicos que no son cosas para tu edad, qué idiotas, se les había quedado entornada y había diccionarios y un libro con el lomo escondido, justamente como para no darse cuenta, y además otro con las láminas anatómicas que no eran como las del liceo, ésas estaban completamente terminadas, pero apenas sacó el álbum las planchas de anatomía dejaron de interesarle porque el álbum era como una fotonovela pero tan rara, los letreros una lástima en francés y apenas se entendían algunas palabras sueltas, la sérénité est sur le point de basculer, sérénité quería decir serenidad pero basculer quién sabe, era una palabra rara, bas quería decir media, les bas Dior de la Pecosa, pero culer, las medias del culer no quería decir nada, y las mujeres de las láminas estaban siempre desnudas o con polleras y túnicas pero no llevaban medias, a lo mejor era otra cosa y Wanda también había pensado lo mismo cuando Teresita le mostró el álbum y se habían reído como locas, eso era lo bueno con Wanda en las tardes de siesta cuando las dejaban solas en la casa.

–No hace tanto calor como para sacarse la ropa –dijo Wanda–. ¿Por qué sos tan exagerada? Yo dije, cierto, pero no quería decir eso.

–¿Entonces no te gusta estar como las mujeres de las láminas? –se burló Teresita estirándose en el canapé–. Mirame bien y decí si no estoy idéntica a esa donde todo es como de cristal y a lo lejos se ve a un hombre chiquitito que viene por la calle. Sacate el slip, idiota, no ves que estropeás el efecto.

–No me acuerdo de esa lámina –dijo Wanda, apoyando indecisamente los dedos en el elástico del slip–. Ah sí, creo que me acuerdo, había una lámpara en el cielo raso y en el fondo un cuadro azul con la luna llena. Todo era azul, verdad.

Vaya a saber por qué la tarde del álbum se había detenido mucho tiempo en esa lámina aunque había otras más excitantes y extrañas, por ejemplo la de Orphée que en el diccionario quería decir Orfeo el padre de la música que bajó a los infiernos, y eso que en la lámina no había ningún infierno y apenas una calle con casas de ladrillos rojos, un poco como al comienzo de la pesadilla aunque después todo había cambiado y era otra vez el callejón con el hombre de la mano artificial, y por esa calle con casas de ladrillos rojos venía Orfeo desnudo, Teresita le había mostrado en seguida aunque a primera vista Wanda había pensado que era otra de las mujeres desnudas hasta que Teresita soltó la risa y puso el dedo ahí mismo y Wanda vio que era un hombre muy joven pero un hombre y se quedaron mirando y estudiando a Orfeo y preguntándose quién sería la mujer de espaldas en el jardín y por qué estaría de espaldas con el cierre relámpago de la pollera desabrochado a medias como si eso fuera una manera de pasearse por el jardín.

—Es un adorno, no un cierre relámpago —descubrió Wanda—. Da la impresión pero si te fijás es una especie de dobladillo que parece un cierre. Lo que no se entiende es por qué Orfeo viene por la calle y está desnudo y la mujer se queda de espaldas en el jardín detrás de la pared, es rarísimo. Orfeo parece una mujer con esa piel tan blanca y esas caderas. Si no fuera por eso, claro.

—Vamos a buscar otra donde se lo vea de más cerca —dijo Teresita—. ¿Vos ya viste hombres?

—No, cómo querés —dijo Wanda—. Yo sé cómo es pero cómo querés que vea. Es como los nenes pero más grande, ¿no? Como Grock, pero es un perro, no es lo mismo.

—La Chola dice que cuando están enamorados les crece el triple y entonces es cuando se produce la fecundación.

—¿Para tener hijos? ¿La fecundación es eso o qué?

—Sos pava, nenita. Mirá esta otra casi parece la misma calle pero hay dos mujeres desnudas. ¿Por qué pinta tantas mujeres ese desgraciado? Fijate, parecería que se cruzan sin conocerse y cada una sigue para su lado, están completamente locas, desnudas en plena calle y ningún vigilante que proteste, eso no puede suceder en ninguna parte. Fijate esta otra, hay un hombre pero está vestido y

se esconde en una casa, se le ve nomás que la cara y una
mano. Y esa mujer vestida de ramas y hojas, si te digo
que están locas.

—No vas a soñar más —prometió tía Lorenza, acarición-
dola—. Dormite ahora, vas a ver que no vas a soñar más.

—Es cierto, ya tenés pelos pero pocos —había dicho Teresita—. Es raro, todavía parecés una nena. Encendeme el
cigarrillo. Vení.

—No, no —había dicho Wanda, queriendo soltarse—.
¿Qué hacés? No quiero, dejame.

—Qué sonsa sos. Mirá, vas a ver, yo te enseño. Pero si
no te hago nada, quedate quieta y vas a ver.

Por la noche la habían mandado a la cama sin permi-
tirle que las besara, la cena había sido como en las láminas donde todo era silencio, solamente tía Lorenza la miraba de cuando en cuando y le servía la cena, por la tarde
había escuchado de lejos el disco de tía Adela y las voces
le llegaban como si la estuvieran acusando, Te lucis ante
terminum, ya había decidido suicidarse y le hacía bien
llorar pensando en tía Lorenza cuando la encontrara
muerta y todas se arrepintieran, se suicidaría tirándose al
jardín desde la azotea o abriéndose las venas con la gillette de tía Ernestina pero todavía no porque antes tenía
que escribirle una carta de adiós a Teresita diciéndole que la perdonaba, y otra a la profesora de geografía
que le había regalado el atlas encuadernado, y menos
mal que tía Ernestina y tía Adela no estaban enteradas de
que Teresita y ella habían ido a la estación para ver pasar
los trenes y que por la tarde fumaban y tomaban vino, y
sobre todo de aquella vez al caer la tarde cuando había
vuelto de casa de Teresita y en vez de cruzar como le

mandaban había dado una vuelta manzana y el hombre de negro se le había acercado para preguntarle la hora como en la pesadilla, y a lo mejor era solamente la pesadilla, oh sí Dios querido, justo en la entrada del callejón que terminaba en la tapia con enredaderas, y tampoco entonces se había dado cuenta (pero a lo mejor era solamente la pesadilla) de que el hombre escondía una mano en el bolsillo del traje negro hasta que empezó a sacarla muy despacio mientras le preguntaba la hora y era una mano como de cera rosa con los dedos duros y entrecerrados, que se atascaba en el bolsillo del saco y salía poco a poco a tirones, y entonces Wanda había corrido alejándose de la entrada del callejón pero ya casi no se acordaba de haber corrido y de haber escapado del hombre que quería acorralarla en el fondo del callejón, había como un hueco porque el terror de la mano artificial y de la boca de labios filosos fijaba ese momento y no había ni antes ni después como cuando tía Lorenza le había dado a beber un vaso de agua, en la pesadilla no había ni antes ni después y para peor ella no podía contarle a tía Lorenza que no era solamente un sueño porque ya no estaba segura y tenía miedo de que supieran y todo se mezclaba y Teresita y lo único seguro era que tía Lorenza estaba allí contra ella en la cama, abrigándola en sus brazos y prometiéndole un sueño tranquilo, acariciándole el pelo y prometiéndole.

–¿Verdad que te gusta? –dijo Teresita–. También se puede hacer así, mirá.

–No, no, por favor –dijo Wanda.

–Pero sí, todavía es mejor, se siente doble, la Chola lo hace así y yo también, ves como te gusta, no mientas, si querés acostate aquí y lo hacés vos misma ahora que sabés.

—Dormite, querida —había dicho tía Lorenza—, vas a ver que no vas a soñar más.

Pero era Teresita la que se reclinaba con los ojos entornados, como si de golpe estuviera tan cansada después de haberle enseñado a Wanda, y se parecía a la mujer rubia del canapé azul solamente que más joven y morocha, y Wanda pensaba en la otra mujer de la lámina que miraba una vela encendida aunque en la habitación de cristales había una lámpara en el cielo raso, y la calle con los faroles y el hombre a la distancia parecían entrar en la habitación, formar parte de la habitación como casi siempre en esas láminas aunque ninguna les había parecido tan rara como la que se llamaba las damiselas de Tongres, porque demoiselles en francés quería decir damiselas y mientras Wanda miraba a Teresita que respiraba fatigosamente como si estuviera muy cansada era lo mismo que estar viendo de nuevo la lámina con las damiselas de Tongres, que debía ser un lugar porque estaba con mayúscula, abrazándose envueltas en túnicas azules y rojas pero desnudas debajo de las túnicas, y una tenía los pechos al aire y acariciaba a la otra y las dos tenían boinas negras y pelo largo rubio, la acariciaba pasándole los dedos por abajo de la espalda como había hecho Teresita, y el hombre calvo con guardapolvo gris era como el doctor Fontana cuando tía Ernestina la había llevado y el doctor después de hablar en secreto con tía Ernestina le había dicho que se desvistiera y ella tenía trece años y ya le empezaba el desarrollo y por eso tía Ernestina la llevaba aunque a lo mejor no era solamente por eso porque el doctor Fontana se puso a reír y Wanda escuchó cuando le decía a tía Ernestina que esas cosas no tenían tanta importancia y que no había que exagerar, y después la auscultó, le miró los ojos y tenía un guardapolvo que parecía el de la lámina solamente que era blanco, y le dijo que se acostara en la camilla y la palpó por abajo y tía Ernestina estaba ahí pero se había ido a mirar por la ventana aunque no se podía ver la calle porque la ventana tenía visillos blancos, hasta que el doctor Fontana la llamó y le dijo que no se preocupara y Wanda se vistió mientras el doctor escribía una receta con un tónico y un jarabe para los bronquios, y la noche de la pesadilla había sido un poco así porque al principio el hombre de negro era amable y sonriente como el doctor Fontana y solamente quería saber la hora, pero después venía el callejón como la tarde en que ella había dado la vuelta manzana, y al final no le quedaba más remedio que suicidarse con la gillette o tirándose de la azotea después de escribirle a la profesora y a Teresita.

–Sos idiota –había dicho Teresita–. Primero dejás la puerta abierta como una pava, y después ni siquiera sos capaz de disimular. Te prevengo, si tus tías le vienen con el cuento a la Pecosa, porque seguro que me lo van a achacar a mí, voy de cabeza a un colegio interno, ya papá me previno.

–Bebé un poco más –dijo tía Lorenza–. Ahora vas a dormir hasta mañana sin soñar nada.

Eso era lo peor, no poder contarle a tía Lorenza, explicarle por qué se había escapado de la casa la tarde de tía Ernestina y tía Adela y había andado por calles y calles sin saber qué hacer, pensando que tenía que suicidarse en seguida, tirarse debajo de un tren, y mirando para todos lados porque a lo mejor el hombre estaba de nuevo ahí y cuando llegara a un lugar solitario se le acercaría para preguntarle la hora, a lo mejor las mujeres de las láminas andaban desnudas por esas calles porque también se habían escapado de sus casas y tenían miedo de esos hombres de guardapolvo gris o de traje negro como el hombre del callejón, pero en las láminas había muchas mujeres y en cambio ahora ella andaba sola por las calles, aunque menos mal que no estaba desnuda como las otras y que ninguna venía a abrazarla con una túnica roja o a decirle que se acostara como le habían dicho Teresita y el doctor Fontana.

–Billie Holliday era negra y murió de tanto tomar drogas –dijo Teresita–. Tenía alucinaciones y esas cosas.

–¿Qué es alucinaciones?

–No sé, algo terrible, gritan y se retuercen. ¿Sabes que tenés razón? Hace un calor de tormenta. Mejor nos sacamos la ropa.

–No hace tanto calor como para estar desnudas –había dicho Wanda.

–Comiste demasiado puchero –dijo tía Lorenza–. El puchero es pesado de noche, igual que las naranjas.

–También se puede hacer así, mirá –había dicho Teresita.

Quién sabe por qué la lámina que más recordaba era la de esa calle angosta con árboles de un lado y una puerta en primer plano en la otra acera, para colmo en mitad de la calle una mesita con una lámpara encendida y eso que era pleno día. «Acababa con la mano artificial», había dicho Teresita. «¿Te vas a quedar así toda la tarde? Primero te quejás del calor y después la que me desnudo soy yo.» En la lámina ella se alejaba arrastrando por el suelo una túnica oscura, y en la puerta en primer plano estaba Teresita mirando la mesa con la lámpara, sin darse cuenta de que al fondo el hombre de negro esperaba a Wanda, inmóvil a un lado de la calle. «Pero no somos nosotras», había pensado Wanda, «son mujeres grandes que andan desnudas por la calle, no somos nosotras, es como la pesadilla, una cree que está pero no está, y tía Lorenza no me dejará seguir soñando». Si hubiera podido pedirle a tía Lorenza que la salvara de las calles, que no la dejara tirarse debajo de un tren, que no volviera a aparecer el hombre de negro que en la lámina esperaba en el fondo de la calle, ahora que estaba dando la vuelta manzana («vení directamente y nada de quedarte machoneando en la calle», había dicho tía Adela) y el hombre de negro se le acercaba para preguntarle la hora y la acorralaba lentamente en el callejón sin ventanas, cada vez más pegada a la tapia con enredaderas, incapaz de gritar o suplicar o defenderse como en la pesadilla, pero en la pesadilla había un hueco final porque tía Lorenza estaba ahí calmándola y todo se borraba con el sabor del agua fresca y las caricias, y también la tarde del callejón terminaba en un hueco cuando Wanda había salido corriendo sin mirar atrás hasta meterse en su casa y trancar la puerta y llamar a Grock para que cuidara la entrada ya que no podía contarle la verdad a tía Adela. Ahora de nuevo todo era como antes pero en el callejón ya no había ese hueco, ya no se podía escapar ni despertar, el hombre de negro la acorralaba contra la tapia y tía Lorenza no iba a calmarla, estaba sola en ese anochecer con el hombre de negro que le había preguntado la hora, que se acercaba a la tapia y empezaba a sacar la mano del bolsillo, cada vez más cerca de Wanda pegada contra las enredaderas, y el hombre de negro ya no preguntaba la hora, la mano de cera buscaba algo contra ella, debajo de la pollera, y la voz del hombre le decía al oído quedate quieta y no llores, que vamos a hacer lo que te enseñó Teresita.

Bestiario

Entre la última cucharada de arroz con leche –poca canela, una lástima– y los besos antes de subir a acostarse, llamó la campanilla en la pieza del teléfono e Isabel se quedó remoloneando hasta que Inés vino de atender y dijo algo al oído de su madre. Se miraron entre ellas y después las dos a Isabel, que pensó en la jaula rota y las cuentas de dividir y un poco en la rabia de misia Lucera por tocarle el timbre a la vuelta de la escuela. No estaba tan inquieta, su madre e Inés miraban como más allá de ella, casi tomándola por pretexto; pero la miraban.

–A mí, creeme que no me gusta que vaya –dijo Inés–. No tanto por el tigre, después de todo cuidan bien ese aspecto. Pero la casa tan triste, y ese chico solo para jugar con ella...

–A mí tampoco me gusta –dijo la madre, e Isabel supo como desde un tobogán que la mandarían a lo de Funes a pasar el verano. Se tiró en la noticia, en la enorme ola verde, lo de Funes, lo de Funes, claro que la mandaban. No les gustaba pero convenía. Bronquios delicados, Mar del Plata carísima, difícil manejarse con una chica consentida, boba, conducta regular con lo buena que es la señorita Tania, sueño inquieto y juguetes por todos lados, preguntas, botones, rodillas sucias. Sintió miedo, delicia, olor de sauces y la *u* de Funes se le mezclaba con el arroz con leche, tan tarde y a dormir, ya mismo a la cama.

Acostada, sin luz, llena de besos y miradas tristes de Inés y su madre, no bien decididas pero ya decididas del todo a mandarla. Antevivía la llegada en break, el primer desayuno, la alegría de Nino cazador de cucarachas, Nino sapo, Nino pescado (un recuerdo de tres años atrás, Nino mostrándole unas figuritas puestas con engrudo en un álbum, diciéndole grave: «Éste es un sapo, y éste un pes-ca-do»). Ahora Nino en el parque esperándola con la red de mariposas, y también las manos blandas de Rema –las vio que nacían de la oscuridad–, estaba con los ojos abiertos y en vez de la cara de Nino zas las manos de Rema, la menor de los Funes. «Tía Rema me quiere tanto», y los ojos de Nino se hacían grandes y mojados, otra vez vio a Nino desgajarse flotando en el aire confuso del dormitorio, mirándola contento. Nino pescado. Se durmió queriendo que la semana pasara esa misma noche, y las despedidas, el viaje en tren, la legua en break, el portón, los eucaliptos del camino de entrada. Antes de dormirse tuvo un momento de horror cuando imaginó que podía estar soñando. Estirándose de golpe dio con los pies en los barrotes de bronce, le dolieron a través de las colchas, y en el comedor grande se oía ha-

blar a su madre y a Inés, equipaje, ver al médico por lo
de las erupciones, aceite de bacalao y hamamelis virgíni-
ca. No era un sueño, no era un sueño.

No era un sueño. La llevaron a Constitución una mañana ventosa, con banderitas en los puestos ambulantes
de la plaza, torta en el Tren Mixto y gran entrada en el
andén número catorce. La besaron tanto entre Inés y su
madre que le quedó la cara como caminada, blanda y
oliendo a rouge y polvo rachel de Coty, húmeda alrededor de la boca, un asco que el viento le sacó de un mano-
tazo. No tenía miedo de viajar sola porque era una chica
grande, con nada menos que veinte pesos en la cartera,
Compañía Sansinena de Carnes Congeladas metiéndose
por la ventanilla con un olor dulzón, el Riachuelo amarillo e Isabel repuesta ya del llanto forzado, contenta,
muerta de miedo, activa en el ejercicio pleno de su asiento, su ventanilla, viajera casi única en un pedazo de coche donde se podía probar todos los lugares y verse en
los espejitos. Pensó una o dos veces en su madre, en Inés
—ya estarían en el 97, saliendo de Constitución—, leyó
prohibido fumar, prohibido escupir, capacidad 42 pasajeros sentados, pasaban por Banfield a toda carrera,
¡vuuuúm! campo más campo más campo mezclado con
el gusto de milkibar y las pastillas de mentol. Inés le había aconsejado que fuera tejiendo la mañanita de lana
verde, de manera que Isabel la llevaba en lo más escondido del maletín, pobre Inés con cada idea tan pava.

En la estación le vino un poco de miedo, porque si el
break... Pero estaba ahí, con don Nicanor florido y res-
petuoso, niña de aquí y niña de allá, si el viaje bueno, si
doña Elisa siempre guapa, claro que había llovido – Oh

andar del break, vaivén para traerle el entero acuario de su anterior venida a Los Horneros. Todo más menudo, más de cristal y rosa, sin el tigre entonces, con don Nicanor menos canoso, apenas tres años atrás, Nino un sapo, Nino un pescado, y las manos de Rema que daban deseos de llorar y sentirlas eternamente contra su cabeza, con una caricia casi de muerte y de vainillas con crema, las dos mejores cosas de la vida.

Le dieron un cuarto arriba, entero para ella, lindísimo. Un cuarto para grande (idea de Nino, todo rulos negros y ojos, bonito en su mono azul; claro que de tarde Luis lo hacía vestir muy bien, de gris pizarra con corbata colorada) y dentro otro cuarto chiquito con un cardenal enorme y salvaje. El baño quedaba a dos puertas (pero internas, de modo que se podía ir sin averiguar antes dónde estaba el tigre), lleno de canillas y metales, aunque a Isabel no la engañaban fácil y ya en el baño se notaba bien el campo, las cosas no eran tan perfectas como en un baño de ciudad. Olía a viejo, la segunda mañana encontró un bicho de humedad paseando por el lavabo. Lo tocó apenas, se hizo una bolita temerosa, perdió pie y se fue por el agujero gorgoteante.

Querida mamá tomo la pluma para – Comían en el comedor de cristales, donde se estaba más fresco. El Nene se quejaba a cada momento del calor, Luis no decía nada pero poco a poco se le veía brotar el agua en la frente y la barba. Solamente Rema estaba tranquila, pasaba los platos despacio y siempre como si la comida fuera de cumpleaños, un poco solemne y emocionante. (Isabel aprendía en secreto su manera de trinchar, de dirigir a las sirvientitas.) Luis casi siempre leía, los puños en las sienes y el libro apoyado en un sifón. Rema le tocaba el brazo antes de pasarle un plato, y a veces el Nene lo interrumpía y lo llamaba filósofo. A Isabel le dolía que Luis fuera filósofo, no por eso sino por el Nene, porque entonces el Nene tenía pretexto para burlarse y decírselo.

Comían así: Luis en la cabecera, Rema y Nino de un lado, el Nene e Isabel del otro, de manera que había un grande en la punta y a los lados un chico y un grande. Cuando Nino quería decirle algo de veras le daba con el zapato en la canilla. Una vez Isabel gritó y el Nene se puso furioso y le dijo malcriada. Rema se quedó mirándola, hasta que Isabel se consoló en su mirada y la sopa juliana.

Mamita, antes de ir a comer es como en todos los otros momentos, hay que fijarse si – Casi siempre era Rema la que iba a ver si se podía pasar al comedor de cristales. Al segundo día vino al living grande y les dijo que esperaran. Pasó un rato largo hasta que un peón avisó que el tigre estaba en el jardín de los tréboles, entonces Rema tomó a los chicos de la mano y entraron todos a comer. Esa mañana las papas estuvieron resecas, aunque solamente el Nene y Nino protestaron.

Vos me dijiste que no debo andar haciendo – Porque Rema parecía detener, con su tersa bondad, toda pregunta. Estaban tan bien que no era necesario preocuparse por lo de las piezas. Una casa grandísima, y en el peor de los casos había que no entrar en una habitación; nunca más de una, de modo que no importaba. A los dos días Isabel se habituó igual que Nino. Jugaban de la mañana a la noche en el bosque de sauces, y si no se podía en el bosque de sauces les quedaba el jardín de los tréboles, el parque de las hamacas y la costa del arroyo. En la casa lo mismo, tenían sus dormitorios, el corredor del medio, la biblioteca de abajo (salvo un jueves en que no se pudo ir a la biblioteca) y el comedor de cristales. Al estudio de Luis no iban porque Luis leía todo el tiempo, a veces llamaba a su hijo y le daba libros con figuras; pero Nino los sacaba de ahí, se iban a mirarlos al living o al jardín del frente. No entraban nunca en el estudio del Nene porque tenían miedo de sus rabias. Rema les dijo que era mejor así, se lo dijo como advirtiéndoles; ellos ya sabían leer en sus silencios.

Al fin y al cabo era una vida triste. Isabel se preguntó una noche por qué los Funes la habrían invitado a veranear. Le faltó edad para comprender que no era por ella sino por Nino, un juguete estival para alegrar a Nino. Sólo alcanzaba a advertir la casa triste, que Rema estaba como cansada, que apenas llovía y las cosas tenían, sin embargo, algo de húmedo y abandonado. Después de unos días se habituó al orden de la casa, a la no difícil disciplina de aquel verano en Los Horneros. Nino empezaba a comprender el microscopio que le regalara Luis, pasaron una semana espléndida criando bichos en una batea con agua estancada y hojas de cala, poniendo gotas en la placa de vidrio para mirar los microbios. «Son larvas de mosquito, con ese microscopio no van a ver microbios», les decía Luis desde su sonrisa un poco quemada y lejana. Ellos no podían creer que ese rebullente horror no fuese un microbio. Rema les trajo un calidoscopio que guardaba en su armario, pero siempre les gustó más descubrir microbios y numerarles las patas. Isabel llevaba una libreta con los apuntes de los experimentos, combinaba la biología con la química y la preparación de un botiquín. Hicieron el botiquín en el cuarto de Nino, después de requisar la casa para proveerse de cosas. Isabel se lo dijo a Luis: «Queremos de todo: cosas». Luis les dio pastillas de Andreu, algodón rosado, un tubo de ensayo. El Nene, una bolsa de goma y un frasco de píldoras verdes con la etiqueta raspada. Rema fue a ver el botiquín, leyó el inventario en la libreta, y les dijo que estaban aprendiendo cosas útiles. A ella o a Nino (que siempre se excitaba y quería lucirse delante de Rema) se les ocurrió montar un herbario. Como esa mañana se podía ir al jardín de los tréboles, anduvieron sacando muestras y a la noche tenían el piso de sus dormitorios lleno de hojas y flores sobre papeles, casi no quedaba dónde pisar. Antes de dormirse, Isabel apuntó: «Hoja N.º 74: verde, forma de corazón, con pintitas marrones». La fastidiaba un poco que casi todas las hojas fueran verdes, casi todas lisas, casi todas lanceoladas.

El día que salieron a cazar las hormigas, vio a los peones de la estancia. Al capataz y al mayordomo los conocía bien porque iban con las noticias a la casa. Pero estos otros peones, más jóvenes, estaban ahí del lado de los galpones con un aire de siesta, bostezando a ratos y mirando jugar a los niños. Uno le dijo a Nino: «Pa que vaj a juntar tó esos bichos», y le dio con dos dedos en la cabeza, entre los rulos. Isabel hubiera querido que Nino se enojara, que demostrase ser el hijo del patrón. Ya estaban con la botella hirviendo de hormigas y en la costa del arroyo dieron con un enorme cascarudo y lo tiraron también adentro, para ver. La idea del formicario la habían sacado del Tesoro de la Juventud, y Luis les prestó un largo y profundo cofre de cristal. Cuando se iban, llevándolo entre los dos, Isabel le oyó decirle a Rema: «Mejor que se estén así quietos en casa». También le pareció que Rema suspiraba. Se acordó antes de dormirse, a la hora de las caras en la oscuridad, lo vio otra vez al Nene saliendo a fumar al porch, delgado y canturreando, a Rema que le llevaba el café y él que tomaba la taza equivocándose, tan torpe que apretó los dedos de Rema al tomar la taza, Isabel había visto desde el comedor que Rema tiraba la mano atrás y el Nene salvaba apenas la taza de caerse, y se reía con la confusión. Mejor hormigas negras que coloradas: más grandes, más feroces. Soltar después un montón de coloradas, seguir la guerra detrás del vidrio, bien seguros. Salvo que no se pelearan. Dos hormigueros uno en cada esquina de la caja de vidrio. Se consolarían estudiando las distintas costumbres, con una libreta especial para cada clase de hormigas. Pero casi seguro que se pelearían, guerra *sin cuartel* para mirar por los vidrios, y una sola libreta.

A Rema no le gustaba espiarlos, a veces pasaba delante de los dormitorios y los veía con el formicario al lado de la ventana, apasionados e importantes. Nino era especial para señalar en seguida las nuevas galerías, e Isabel ampliaba el plano trazado con tinta a doble página. Por consejo de Luis terminaron aceptando hormigas negras solamente, y el formicario ya era enorme, las hormigas parecían furiosas y trabajaban hasta la noche, cavando y removiendo con mil órdenes y evoluciones, avisado frotar de antenas y patas, repentinos arranques de furor o vehemencia, concentraciones y desbandes sin causa visible. Isabel no sabía ya qué apuntar, dejó poco a poco la libreta y se pasaban horas estudiando y olvidándose los descubrimientos. Nino empezaba a querer volverse al jardín, aludía a las hamacas y a los petisos. Isabel lo despreciaba un poco. El formicario valía más que todos Los Horneros, y a ella le encantaba pensar que las hormigas iban y venían sin miedo a ningún tigre, a veces le daba por imaginarse un tigrecito chico como una goma de borrar, rondando las galerías del formicario; tal vez por eso los desbandes, las concentraciones. Y le gustaba repetir el mundo grande en el de cristal, ahora que se sentía un poco presa, ahora que estaba prohibido bajar al comedor hasta que Rema les avisara.

Acercó la nariz a uno de los vidrios, de pronto atenta porque le gustaba que la consideraran; oyó a Rema detenerse en la puerta, callar, mirarla. Esas cosas las oía con tan nítida claridad cuando era Rema.

—¿Por qué así sola?

—Nino se fue a las hamacas. Me parece que ésta debe ser una reina, es grandísima.

El delantal de Rema se reflejaba en el vidrio. Isabel le vio una mano levemente alzada, con el reflejo en el vidrio parecía como si estuviera dentro del formicario, de pronto pensó en la misma mano dándole la taza de café al Nene, pero ahora eran las hormigas que le andaban por los dedos, las hormigas en vez de la taza y la mano del Nene apretándole las yemas.

–Saque la mano, Rema –pidió.

–¿La mano?

–Ahora está bien. El reflejo asustaba a las hormigas.

–Ah. Ya se puede bajar al comedor.

–Después. ¿El Nene está enojado con usted, Rema?

La mano pasó sobre el vidrio como un pájaro por una ventana. A Isabel le pareció que las hormigas se espantaban de veras, que huían del reflejo. Ahora ya no se veía nada, Rema se había ido, andaba por el comedor como escapando de algo. Isabel sintió miedo de su pregunta, un miedo sordo y sin sentido, quizá no de la pregunta como de verla irse así a Rema, del vidrio otra vez límpido donde las galerías desembocaban y se torcían como crispados dedos dentro de la tierra.

Una tarde hubo siesta, sandía, pelota y paleta en la pared que miraba al arroyo, y Nino estuvo espléndido sacando tiros que parecían perdidos y subiéndose al techo por la glicina para desenganchar la pelota metida entre dos tejas. Vino un peoncito del lado de los sauces y los acompañó a jugar, pero era lerdo y se le iban los tiros. Isabel olía hojas de aguaribay y en un momento, al devolver con un revés una pelota insidiosa que Nino le mandaba baja, sintió como muy adentro la felicidad del verano. Por primera vez entendía su presencia en Los Horneros, las vacaciones, Nino. Pensó en el formicario, allá arriba, y era una cosa muerta y rezumante, un horror de patas buscando salir, un aire viciado y venenoso. Golpeó la pelota con rabia, con alegría, cortó un tallo de aguaribay con los dientes y lo escupió asqueada, feliz, por fin de veras bajo el sol del campo.

Los vidrios cayeron como granizo. Era en el estudio del Nene. Lo vieron asomarse en mangas de camisa, con los anchos anteojos negros.

—¡Mocosos de porquería!

El peoncito escapaba. Nino se puso al lado de Isabel, ella lo sintió temblar con el mismo viento que los sauces.

—Fue sin querer, tío.

—De veras, Nene, fue sin querer.

Ya no estaba.

Le había pedido a Rema que se llevara el formicario y Rema se lo prometió. Después, charlando mientras la ayudaba a colgar su ropa y a ponerse el piyama, se olvidaron. Isabel sintió la cercanía de las hormigas cuando Rema le apagó la luz y se fue por el corredor a darle las buenas noches a Nino todavía lloroso y dolido, pero no se animó a llamarla de nuevo, Rema hubiera pensado que era una chiquilina. Se propuso dormir en seguida, y se desveló como nunca. Cuando fue el momento de las caras en la oscuridad, vio a su madre y a Inés mirándose con un sonriente aire de cómplices y poniéndose unos guantes de fosforescente amarillo. Vio a Nino llorando, a su madre y a Inés con los guantes que ahora eran gorros violeta que les giraban y giraban en la cabeza, a Nino con ojos enormes y huecos —tal vez por haber llorado tanto— y previó que ahora vería a Rema y a Luis, deseaba verlos y no al Nene, pero vio al Nene sin los anteojos, con la misma cara contraída que tenía cuando empezó a pegarle a Nino y Nino se iba echando atrás hasta quedar contra la pared y lo miraba como esperando que eso concluyera, y el Nene volvía a cruzarle la cara con un bofetón suelto y blando que sonaba a mojado, hasta que Rema se puso delante y él se rió con la cara casi tocando la de Rema, y entonces se oyó volver a Luis y decir desde lejos que ya podían ir al comedor de adentro. Todo tan rápido, todo porque Nino estaba ahí y Rema vino a decirles que no se movieran del living hasta que Luis verificara en qué pieza estaba el tigre, y se quedó con ellos mirándolos jugar a las damas. Nino ganaba y Rema lo elogió, entonces Nino se puso tan contento que le pasó los brazos por el talle y quiso besarla. Rema se había inclinado, riéndose, y Nino la besaba en los ojos y la nariz, los dos se reían y también Isabel, estaban tan contentos jugando así. No vieron acercarse al Nene, cuando estuvo al lado arrancó a Nino de un tirón, le dijo algo del pelotazo al vidrio de su cuarto y le empezó a pegar, miraba a Rema cuando pegaba, parecía furioso contra Rema y ella lo desafió un momento con los ojos, Isabel asustada la vio que lo encaraba y se ponía delante para proteger a Nino. Toda la cena fue un disimulo, una mentira, Luis creía que Nino lloraba por un porrazo, el Nene miraba a Rema como mandándola que se callara, Isabel lo veía ahora con la boca dura y hermosa, de labios rojísimos; en la tiniebla los labios eran todavía más escarlata, se le veía un brillo de dientes naciendo apenas. De los dientes salió una nube esponjosa, un triángulo verde, Isabel parpadeaba para borrar las imágenes y otra vez salieron Inés y su madre con guantes amarillos; las miró un momento y pensó en el formicario; eso estaba ahí y no se veía; los guantes amarillos no estaban y ella los veía en cambio como a pleno sol. Le pareció casi curioso, no podía hacer salir el formicario, más bien lo alcanzaba como un peso, un pedazo de espacio denso y vivo. Tanto lo sintió que se puso a buscar los fósforos, la vela de noche. El formicario saltó de la nada envuelto en penumbra oscilante. Isabel se acercaba llevando la vela. Pobres hormigas, iban a creer que era el sol que salía. Cuando pudo mirar uno de los lados, tuvo miedo; en plena oscuridad las hormigas habían estado trabajando. Las vio ir y venir, bullentes, en un silencio tan visible, tan palpable. Trabajaban allí adentro, como si no hubieran perdido todavía la esperanza de salir.

Casi siempre era el capataz el que avisaba de los movimientos del tigre; Luis le tenía la mayor confianza y como se pasaba casi todo el día trabajando en su estudio, no salía nunca ni dejaba moverse a los que venían del piso alto hasta que don Roberto mandaba su informe. Pero también tenían que confiar entre ellos. Rema, ocupada en los quehaceres de adentro, sabía bien lo que pasaba en la planta baja y arriba. Otras veces eran los chicos que traían la noticia al Nene o a Luis. No porque vieran nada, pero si don Roberto los encontraba afuera les marcaba el paradero del tigre y ellos volvían a avisar. A Nino le creían todo, a Isabel menos porque era nueva y podía equivocarse. Después, como andaba siempre con Nino pegado a sus polleras, terminaron creyéndole lo mismo. Eso, de mañana y de tarde; por la noche era el Nene quien salía a verificar si los perros estaban atados o si no había quedado rescoldo cerca de las casas. Isabel vio que llevaba el revólver y a veces un bastón con puño de plata.

A Rema no quería preguntarle porque Rema parecía encontrar en eso algo tan obvio y necesario; preguntarle hubiera sido pasar por tonta, y ella cuidaba su orgullo delante de otra mujer. Nino era fácil, hablaba y refería. Todo tan claro y evidente cuando él lo explicaba. Sólo por la noche, si quería repetirse esa claridad y esa evidencia, Isabel se daba cuenta de que las razones importantes continuaban faltando. Aprendió pronto lo que de veras importaba: verificar previamente si se podía salir de la casa o bajar al comedor de cristales, al estudio de Luis, a la biblioteca. «Hay que fiar en don Roberto», había dicho Rema. También en ella, y en Nino. A Luis no le preguntaba porque pocas veces sabía. Al Nene, que sabía siempre, no le preguntó jamás. Y así todo era fácil, la vida se organizaba para Isabel con algunas obligaciones más del lado de los movimientos, y algunas menos del lado de la ropa, las comidas, la hora de dormir. Un veraneo de veras, como debería ser el año entero.

... verte pronto. Ellos están bien. Con Nino tenemos un formicario y jugamos y llevamos un herbario muy grande. Rema te manda besos, está bien. Yo la encuentro triste, lo mismo a Luis que es muy bueno. Yo creo que Luis tiene algo, y eso que estudia tanto. Rema me dio unos pañuelos de colores preciosos, a Inés le van a gustar. Mamá esto es lindo y yo me divierto con Nino y don Roberto, es el capataz y nos dice cuándo podemos salir y adónde, una tarde casi se equivoca y nos manda a la costa del arroyo, en eso vino un peón a decir que no, vieras qué afligido estaba don Roberto y después Rema, lo alzó a Nino y lo estuvo besando, y a mí me apretó tanto. Luis anduvo diciendo que la casa no era para chicos, y Nino le preguntó quiénes eran

los chicos y todos se rieron, hasta el Nene se reía. Don Roberto es el capataz.

Si vinieras a buscarme te quedarías unos días y podrías estar con Rema y alegrarla. Yo creo que ella...

Pero decirle a su madre que Rema lloraba de noche, que la había oído llorar pasando por el corredor a pasos titubeantes, pararse en la puerta de Nino, seguir, bajar la escalera (se estaría secando los ojos) y la voz de Luis, lejana: «Qué tenés, Rema? ¿No estás bien?», un silencio, toda la casa como una inmensa oreja, después un murmullo y otra vez la voz de Luis: «Es un miserable, un miserable...», casi como comprobando fríamente un hecho, una filiación, tal vez un destino.

... está un poco enferma, le haría bien que vinieras y la acompañaras. Tengo que mostrarte el herbario y unas piedras del arroyo que me trajeron los peones. Decile a Inés...

Era una noche como le gustaban a ella, con bichos, humedad, pan recalentado y flan de sémola con pasas de corinto. Todo el tiempo ladraban los perros sobre la costa del arroyo, un mamboretá enorme se plantó de un vuelo en el mantel y Nino fue a buscar la lupa, lo taparon con un vaso ancho y lo hicieron rabiar para que mostrase los colores de las alas.

–Tirá ese bicho –pidió Rema–. Les tengo tanto asco.

–Es un buen ejemplar –admitió Luis–. Miren cómo sigue mi mano con los ojos. El único insecto que gira la cabeza.

–Qué maldita noche –dijo el Nene detrás de su diario.

Isabel hubiera querido decapitar al mamboretá, darle un tijeretazo y ver qué pasaba.

–Dejalo dentro del vaso –pidió a Nino–. Mañana lo podríamos meter en el formicario y estudiarlo.

El calor subía, a las diez y media no se respiraba. Los chicos se quedaron con Rema en el comedor de adentro, los hombres estaban en sus estudios. Nino fue el primero en decir que tenía sueño.

–Subí solo, yo voy después a verte. Arriba está todo bien. –Y Rema lo ceñía por la cintura, con un gesto que a él le gustaba tanto.

–¿Nos contás un cuento, tía Rema?

–Otra noche.

Se quedaron solas, con el mamboretá que las miraba. Vino Luis a darles las buenas noches, murmuró algo sobre la hora en que los chicos debían irse a la cama, Rema le sonrió al besarlo.

–Oso gruñón –dijo, e Isabel inclinada sobre el vaso del mamboretá pensó que nunca había visto a Rema besando al Nene y a un mamboretá de un verde tan verde. Le movía un poco el vaso y el mamboretá rabiaba. Rema se acercó para pedirle que fuera a dormir.

–Tirá ese bicho, es horrible.

–Mañana, Rema.

Le pidió que subiera a darle las buenas noches. El Nene tenía entornada la puerta de su estudio y estaba paseándose en mangas de camisa, con el cuello suelto. Le silbó al pasar.

–Me voy a dormir, Nene.

–Oíme: decile a Rema que me haga una limonada bien fresca y me la traiga aquí. Después subís nomás a tu cuarto.

Claro que iba a subir a su cuarto, no veía por qué tenía él que mandárselo. Volvió al comedor para decirle a Rema, vio que vacilaba.

–No subas todavía. Voy a hacer la limonada y se la llevás vos misma.

–Él dijo que...

–Por favor.

Isabel se sentó al lado de la mesa. Por favor. Había nubes de bichos girando bajo la lámpara de carburo, se hubiera quedado horas mirando la nada y repitiendo: Por favor, por favor. Rema, Rema. Cuánto la quería, y esa voz de tristeza sin fondo, sin razón posible, la voz misma de la tristeza. Por favor, Rema, Rema... Un calor de fiebre le ganaba la cara, un deseo de tirarse a los pies de Rema, de dejarse llevar en brazos por Rema, una voluntad de morirse mirándola y que Rema le tuviera lástima, le pasara finos dedos frescos por el pelo, por los párpados...

Ahora le alcanzaba una jarra verde llena de limones partidos y hielo.

–Llevásela.

–Rema...

Le pareció que temblaba, que se ponía de espaldas a la mesa para que ella no le viese los ojos.

–Ya tiré el mamboretá, Rema.

Se duerme mal con el calor pegajoso y tanto zumbar de mosquitos. Dos veces estuvo a punto de levantarse, salir al corredor o ir al baño a mojarse las muñecas y la cara. Pero oía andar a alguien abajo, alguien se paseaba de un lado al otro del comedor, llegaba al pie de la escalera, volvía... No eran los pasos oscuros y espaciados de Luis, no era el andar de Rema. Cuánto calor tenía esa noche el Nene, cómo se habría bebido a largos sorbos la limonada. Isabel lo veía bebiendo de la jarra, las manos sosteniendo la jarra verde con rodajas amarillas oscilando en el agua bajo la lámpara; pero a la vez estaba segura de que el Nene no había bebido la limonada, que estaba aún mirando la jarra que ella le llevara hasta la mesa como alguien que mira, una perversidad infinita. No quería pensar en la sonrisa del Nene, su ir hasta la puerta como para asomarse al comedor, su retorno lento.

–Ella tenía que traérmela. A vos te dije que subieras a tu cuarto.

Y no ocurrírsele más que una respuesta tan idiota:

–Está bien fresca, Nene.

Y la jarra verde como el mamboretá.

Nino se levantó el primero y le propuso ir a buscar caracoles al arroyo. Isabel casi no había dormido, recordaba salones con flores, campanillas, corredores de clínica, hermanas de caridad, termómetros en bocales con bicloruro, imágenes de primera comunión, Inés, la bicicleta rota, el Tren Mixto, el disfraz de gitana de los ocho años. Entre todo eso, como delgado aire entre hojas de álbum, se veía despierta, pensando en tantas cosas que no eran flores, campanillas, corredores de clínica. Se levantó de mala gana, se lavó duramente las orejas. Nino dijo que eran las diez y que el tigre estaba en la sala del piano, de modo que podían irse en seguida al arroyo. Bajaron juntos, saludando apenas a Luis y al Nene que leían con las puertas abiertas. Los caracoles quedaban en la costa sobre los trigales. Nino anduvo quejándose de la distracción de Isabel, la trató de mala compañera y de que no ayudaba a formar la colección. Ella lo veía de repente tan chico, tan un muchachito entre sus caracoles y sus hojas.

Volvió la primera, cuando en la casa izaban la bandera para el almuerzo. Don Roberto venía de inspeccionar e Isabel le preguntó como siempre. Ya Nino se acercaba despacio, cargando la caja de los caracoles y los rastrillos, Isabel lo ayudó a dejar los rastrillos en el porch y entraron juntos. Rema estaba ahí, blanca y callada. Nino le puso un caracol azul en la mano.

—Para vos, el más lindo.

El Nene ya comía, con el diario al lado, a Isabel le quedaba apenas sitio para apoyar el brazo. Luis vino el último de su cuarto, contento como siempre a mediodía. Comieron, Nino hablaba de los caracoles, los huevos de caracoles en las cañas, la colección por tamaños o colores. Él los mataría solo, porque a Isabel le daba pena, los pondría a secar en una chapa de cinc. Después vino el café y Luis los miró con la pregunta usual, entonces Isabel se levantó la primera para buscar a don Roberto, aunque don Roberto ya le había dicho antes. Dio vuelta al porch y cuando entró otra vez, Rema y Nino tenían las cabezas juntas sobre los caracoles, estaban como en una fotografía de familia, solamente Luis la miró y ella dijo: «Está en el estudio del Nene», se quedó viendo cómo el Nene alzaba los hombros, fastidiado, y Rema que tocaba un caracol con la punta del dedo, tan delicadamente que también su dedo tenía algo de caracol. Después Rema se levantó para ir a buscar más azúcar, e Isabel fue detrás de ella charlando hasta que volvieron riendo por una broma que habían cambiado en la antecocina. Como a Luis le faltaba tabaco y mandó a Nino a su estudio, Isabel lo desafió a que encontraba primero los cigarrillos y salieron juntos. Ganó Nino, volvieron corriendo y empujándose, casi chocan con el Nene que se iba a leer el diario a la biblioteca, quejándose por no poder usar su estudio. Isabel se acercó a mirar los caracoles, y Luis esperando que le encendiera como siempre el cigarrillo la vio perdida, estudiando los caracoles que empezaban despacio a asomar y moverse, mirando de pronto a Rema, pero saliéndose de ella como una ráfaga, y obsesionada por los caracoles, tanto que no se movió al primer alarido del Nene, todos corrían ya y ella estaba sobre los caracoles como si no oyera el nuevo grito ahogado del Nene, los golpes de Luis en la puerta de la biblioteca, don Roberto que entraba con perros, las quejas del Nene entre los ladridos furiosos de los perros, y Luis repitiendo: «¡Pero si estaba en el estudio de él! ¡Ella dijo que estaba en el estudio de él», inclinada sobre los caracoles esbeltos como dedos, quizá como los dedos de Rema, o era la mano de Rema que le tomaba el hombro, le hacía alzar la cabeza para mirarla, para estarla mirando una eternidad, rota por su llanto feroz contra la pollera de Rema, su alterada alegría, y Rema pasándole la mano por el pelo, calmándola con un suave apretar de dedos y un murmullo contra su oído, un balbucear como de gratitud, de innominable aquiescencia.

Después del almuerzo

Después del almuerzo yo hubiera querido quedarme en mi cuarto leyendo, pero papá y mamá vinieron casi en seguida a decirme que esa tarde tenía que llevarlo de paseo.

Lo primero que contesté fue que no, que lo llevara otro, que por favor me dejaran estudiar en mi cuarto. Iba a decirles otras cosas, explicarles por qué no me gustaba tener que salir con él, pero papá dio un paso adelante y se puso a mirarme en esa forma que no puedo resistir, me clava los ojos y yo siento que se me van entrando cada vez más hondo en la cara, hasta que estoy a punto de gritar y tengo que darme vuelta y contestar que sí, que claro, en seguida. Mamá en esos casos no dice nada y no me mira, pero se queda un poco atrás con las dos manos juntas, y yo le veo el pelo gris que le cae sobre la frente y tengo que darme vuelta y contestar que sí, que claro, en seguida. Entonces se fueron sin decir nada más y yo empecé a vestirme, con el único consuelo de que iba a estrenar unos zapatos amarillos que brillaban y brillaban.

Cuando salí de mi cuarto eran las dos, y tía Encarnación dijo que podía ir a buscarlo a la pieza del fondo, donde siempre le gusta meterse por la tarde. Tía Encarnación debía darse cuenta de que yo estaba desesperado por tener que salir con él, porque me pasó la mano por la cabeza y después se agachó y me dio un beso en la frente. Sentí que me ponía algo en el bolsillo.

—Para que te compres alguna cosa —me dijo al oído—. Y no te olvides de darle un poco, es preferible.

Yo la besé en la mejilla, más contento, y pasé delante de la puerta de la sala donde estaban papá y mamá jugando a las damas. Creo que les dije hasta luego, alguna cosa así, y después saqué el billete de cinco pesos para alisarlo bien y guardarlo en mi cartera donde ya había otro billete de un peso y monedas.

Lo encontré en un rincón del cuarto, lo agarré lo mejor que pude y salimos por el patio hasta la puerta que daba al jardín de adelante. Una o dos veces sentí la tentación de soltarlo, volver adentro y decirles a papá y mamá que él no quería venir conmigo, pero estaba seguro de que acabarían por traerlo y obligarme a ir con él hasta la puerta de calle. Nunca me habían pedido que lo llevara al centro, era injusto que me lo pidieran porque sabían muy bien que la única vez que me habían obligado a pasearlo por la vereda había ocurrido esa cosa horrible con el gato de los Álvarez. Me parecía estar viendo todavía la cara del vigilante hablando con papá en la puerta, y después papá sirviendo dos vasos de caña, y mamá llorando en su cuarto. Era injusto que me lo pidieran.

Por la mañana había llovido y las veredas de Buenos Aires están cada vez más rotas, apenas se puede andar sin meter los pies en algún charco. Yo hacía lo posible para cruzar por las partes más secas y no mojarme los zapatos nuevos, pero en seguida vi que a él le gustaba meterse en el agua, y tuve que tironear con todas mis fuerzas para obligarlo a ir de mi lado. A pesar de eso consiguió acercarse a un sitio donde había una baldosa un poco más hundida que las otras, y cuando me di cuenta ya estaba completamente empapado y tenía hojas secas por todas partes. Tuve que pararme, limpiarlo, y todo el tiempo sentía que los vecinos estaban mirando desde los jardines, sin decir nada pero mirando. No quiero mentir, en realidad no me importaba tanto que nos miraran (que lo miraran a él, y a mí que lo llevaba de paseo); lo peor era estar ahí parado, con un pañuelo que se iba mojando y llenando de manchas de barro y pedazos de hojas secas, y teniendo que sujetarlo al mismo tiempo para que no volviera a acercarse al charco. Además yo estoy acostumbrado a andar por las calles con las manos en los bolsillos del pantalón, silbando o mascando chicle, o leyendo las historietas mientras con la parte de abajo de los ojos voy adivinando las baldosas de las veredas que conozco perfectamente desde mi casa hasta el tranvía, de modo que sé cuándo paso delante de la casa de la Tita y cuándo voy a llegar a la esquina de Carabobo. Y ahora no podía hacer nada de eso, y el pañuelo me empezaba a mojar el forro del bolsillo y sentía la humedad en la pierna, era como para no creer en tanta mala suerte junta.

A esa hora el tranvía viene bastante vacío, y yo rogaba que pudiéramos sentarnos en el mismo asiento, poniéndolo a él del lado de la ventanilla para que molestara menos. No es que se mueva demasiado, pero a la gente le molesta lo mismo y yo comprendo. Por eso me afligí al subir, porque el tranvía estaba casi lleno y no había ningún asiento doble desocupado. El viaje era demasiado largo para quedarnos en la plataforma, el guarda me hubiera mandado que me sentara y lo pusiera en alguna parte; así que lo hice entrar en seguida y lo llevé hasta un asiento del medio donde una señora ocupaba el lado de la ventanilla. Lo mejor hubiera sido sentarme detrás de él para vigilarlo, pero el tranvía estaba lleno y tuve que seguir adelante y sentarme bastante más lejos. Los pasajeros no se fijaban mucho, a esa hora la gente va haciendo la digestión y está medio dormida con los barquinazos del tranvía. Lo malo fue que el guarda se paró al lado del asiento donde yo lo había instalado, golpeando con una moneda en el fierro de la máquina de los boletos, y yo tuve que darme vuelta y hacerle señas de que viniera a cobrarme a mí, mostrándole la plata para que comprendiera que tenía que darme dos boletos, pero el guarda era uno de esos chinazos que están viendo las cosas y no quieren entender, dale con la moneda golpeando contra la máquina. Me tuve que levantar (y ahora dos o tres pasajeros me miraban) y acercarme al otro asiento. «Dos boletos», le dije. Cortó uno, me miró un momento, y después me alcanzó el boleto y miró para abajo, medio de reojo. «Dos, por favor», repetí, seguro de que todo el tranvía estaba enterado. El chinazo cortó el otro boleto y me lo dio, iba a decirme algo pero yo le alcancé la plata justa y me volví en dos trancos a mi asiento, sin mirar para atrás. Lo peor era que a cada momento tenía que darme vuelta para ver si seguía quieto en el asiento de atrás, y con eso iba llamando la atención de algunos pasajeros. Primero decidí que sólo me daría vuelta al pasar cada esquina, pero las cuadras me parecían terriblemente largas y a cada momento tenía miedo de oír alguna exclamación o un grito, como cuando el gato de los Álvarez. Entonces me puse a contar hasta diez, igual que en las peleas, y eso venía a ser más o menos media cuadra. Al llegar a diez me daba vuelta disimuladamente, por ejemplo arreglándome el cuello de la camisa o metiendo la mano en el bolsillo del saco, cualquier cosa que diera la impresión de un tic nervioso o algo así.

Como a las ocho cuadras no sé por qué me pareció que la señora que iba del lado de la ventanilla se iba a bajar. Eso era lo peor, porque le iba a decir algo para que la dejara pasar, y cuando él no se diera cuenta o no quisiera darse cuenta, a lo mejor la señora se enojaba y quería pasar a la fuerza, pero yo sabía lo que iba a ocurrir en ese caso y estaba con los nervios de punta, de manera que empecé a mirar para atrás antes de llegar a cada esquina, y en una de ésas me pareció que la señora estaba ya a punto de levantarse, y hubiera jurado que le decía algo porque miraba de su lado y yo creo que movía la boca. Justo en ese momento una vieja gorda se levantó de uno de los asientos cerca del mío y empezó a andar por el pasillo, y yo iba detrás queriendo empujarla, darle una patada en las piernas para que se apurara y me dejara llegar al asiento donde la señora había agarrado una canasta o algo que tenía en el suelo y ya se levantaba para salir. Al final creo que la empujé, la oí que protestaba, no sé cómo llegué al lado del asiento y conseguí sacarlo a tiempo para que la señora pudiera bajarse en la esquina. Entonces lo puse contra la ventanilla y me senté a su lado, tan feliz aunque cuatro o cinco idiotas me estuvieran mirando desde los asientos de adelante y desde la plataforma donde a lo mejor el chinazo les había dicho alguna cosa.

Ya andábamos por el Once, y afuera se veía un sol precioso y las calles estaban secas. A esa hora si yo hubiera viajado solo me habría largado del tranvía para seguir a pie hasta el centro, para mí no es nada ir a pie desde el Once a Plaza de Mayo, una vez que me tomé el tiempo le puse justo treinta y dos minutos, claro que corriendo de a ratos y sobre todo al final. Pero ahora en cambio tenía que ocuparme de la ventanilla, porque un día alguien había contado que era capaz de abrir de golpe la ventanilla y tirarse afuera, nada más que por el gusto de hacerlo, como tantos otros gustos que nadie se explicaba. Una o dos veces me pareció que estaba a punto de levantar la ventanilla, y tuve que pasar el brazo por detrás y sujetarla por el marco. A lo mejor eran cosas mías, tampoco quiero asegurar que estuviera por levantar la ventanilla y tirarse. Por ejemplo, cuando lo del inspector me olvidé completamente del asunto y sin embargo no se tiró. El inspector era un tipo alto y flaco que apareció por la plataforma delantera y se puso a marcar los boletos con ese aire amable que tienen algunos inspectores. Cuando llegó a mi asiento le alcancé los dos boletos y él marcó uno, miró para abajo, después miró el otro boleto, lo fue a marcar y se quedó con el boleto metido en la ranura de la pinza, y todo el tiempo yo rogaba que lo marcara de una vez y me lo devolviera, me parecía que la gente del tranvía nos estaba mirando cada vez más. Al final lo marcó encogiéndose de hombros, me devolvió los dos boletos, y en la plataforma de atrás oí que alguien soltaba una carcajada, pero naturalmente no quise darme vuelta, volví a pasar el brazo y sujeté la ventanilla, haciendo como que no veía más al inspector y a todos los otros. En Sarmiento y Libertad se empezó a bajar la gente, y cuando llegamos a Florida ya no había casi nadie. Esperé hasta San Martín y lo hice salir por la plataforma delantera, porque no quería pasar al lado del chinazo que a lo mejor me decía alguna cosa.

A mí me gusta mucho la Plaza de Mayo, cuando me hablan del centro pienso en seguida en la Plaza de Mayo. Me gusta por las palomas, por la Casa de Gobierno y porque trae tantos recuerdos de historia, de las bombas que cayeron cuando hubo revolución, y los caudillos que habían dicho que iban a atar sus caballos en la Pirámide. Hay maniseros y tipos que venden cosas, en seguida se encuentra un banco vacío y si uno quiere puede seguir un poco más y al rato llega al puerto y ve los barcos y los guinches. Por eso pensé que lo mejor era llevarlo a la Plaza de Mayo, lejos de los autos y los colectivos, y sentarnos un rato ahí hasta que fuera hora de ir volviendo a casa. Pero cuando bajamos del tranvía y empezamos a andar por San Martín sentí como un mareo, de golpe me daba cuenta de que me había cansado terriblemente, casi una hora de viaje y todo el tiempo teniendo que mirar hacia atrás, hacerme el que no veía que nos estaban mirando, y después el guarda con los boletos, y la señora que se iba a bajar, y el inspector. Me hubiera gustado tanto poder entrar en una lechería y pedir un helado o un vaso de leche, pero estaba seguro de que no iba a poder, que me iba a arrepentir si lo hacía entrar en un local cualquiera donde la gente estaría sentada y tendría más tiempo para mirarnos. En la calle la gente se cruza y cada uno sigue viaje, sobre todo en San Martín que está lleno de bancos y oficinas y todo el mundo anda apurado con portafolios debajo del brazo. Así que seguimos hasta la esquina de Cangallo, y entonces cuando íbamos pasando delante de las vidrieras de Peuser que estaban llenas de tinteros y cosas preciosas, sentí que él no quería seguir, se hacía cada vez más pesado y por más que yo tiraba (tratando de no llamar la atención) casi no podía caminar y al final tuve que pararme delante de la última vidriera, haciéndome el que miraba los juegos de escritorio repujados en cuero. A lo mejor estaba un poco cansado, a lo mejor no era un capricho. Total, estar ahí parados no tenía nada de malo, pero igual no me gustaba porque la gente que pasaba tenía más tiempo para fijarse, y dos o tres veces me di cuenta de que alguien le hacía algún comentario a otro, o se pegaban con el codo para llamarse la atención. Al final no pude más y lo agarré otra vez, haciéndome el que caminaba con naturalidad, pero cada paso me costaba como en esos sueños en que uno tiene unos zapatos que pesan toneladas y apenas puede despegarse del suelo. A la larga conseguí que se le pasara el capricho de quedarse ahí parado, y seguimos por San Martín hasta la esquina de la Plaza de Mayo. Ahora la cosa era cruzar, porque a él no le gusta cruzar una calle. Es capaz de abrir la ventanilla del tranvía y tirarse, pero no le gusta cruzar la calle. Lo malo es que para llegar a la Plaza de Mayo hay que cruzar siempre alguna calle con mucho tráfico, en Cangallo y Bartolomé Mitre no había sido tan difícil pero ahora yo estaba a punto de renunciar, me pesaba terriblemente en la mano, y dos veces que el tráfico se paró y los que estaban a nuestro lado en el cordón de la vereda empezaron a cruzar la calle, me di cuenta de que no íbamos a poder llegar al otro lado porque se plantaría justo en la mitad, y entonces preferí seguir esperando hasta que se decidiera. Y claro, el del puesto de revistas de la esquina ya estaba mirando cada vez más, y le decía algo a un pibe de mi edad que hacía muecas y le contestaba qué sé yo, y los autos seguían pasando y se paraban y volvían a pasar, y nosotros ahí plantados. En una de ésas se iba a acercar el vigilante, eso era lo peor que nos podía suceder porque los vigilantes son muy buenos y por eso meten la pata, se ponen a hacer preguntas, averiguan si uno anda perdido, y de golpe a él le puede dar uno de sus caprichos y yo no sé en lo que termina la cosa. Cuanto más pensaba más me afligía, y al final tuve miedo de veras, casi como ganas de vomitar, lo juro, y en un momento en que paró el tráfico lo agarré bien y cerré los ojos y tiré para adelante doblándome casi en dos, y cuando estuvimos en la plaza lo solté, seguí dando unos pasos solo, y después volví para atrás y hubiera querido que se muriera, que ya estuviera muerto, o que papá y mamá estuvieran muertos, y yo también al fin y al cabo, que todos estuvieran muertos y enterrados menos tía Encarnación.

Pero esas cosas se pasan en seguida, vimos que había un banco muy lindo completamente vacío, y yo lo sujeté sin tironearlo y fuimos a ponernos en ese banco y a mirar las palomas que por suerte no se dejan agarrar como los gatos. Compré manises y caramelos, le fui dando de las dos cosas y estábamos bastante bien con ese sol que hay por la tarde en la Plaza de Mayo y la gente que va de un lado a otro. Yo no sé en qué momento me vino la idea de abandonarlo ahí, lo único que me acuerdo es que estaba pelándole un maní y pensando al mismo tiempo que si me hacía el que iba a tirarles algo a las palomas que andaban más lejos, sería facilísimo dar la vuelta a la Pirámide y perderlo de vista. Me parece que en ese momento no pensaba en volver a casa ni en la cara de papá y mamá, porque si lo hubiera pensado no habría hecho esa pavada. Debe ser muy difícil abarcar todo al mismo tiempo como hacen los sabios y los historiadores, yo pensé solamente que lo podía abandonar ahí y andar solo por el centro con las manos en los bolsillos, y comprarme una revista o entrar a tomar un helado en alguna parte antes de volver a casa. Le seguí dando manises un rato pero ya estaba decidido, y en una de ésas me hice el que me levantaba para estirar las piernas y vi que no le importaba si seguía a su lado o me iba a darle manises a las palomas. Les empecé a tirar lo que me quedaba, y las palomas me andaban por todos lados, hasta que se me acabó el maní y se cansaron. Desde la otra punta de la plaza apenas se veía el banco; fue cosa de un momento cruzar a la Casa Rosada donde siempre hay dos granaderos de guardia, y por el costado me largué hasta el Paseo Colón, esa calle donde mamá dice que no deben ir los niños solos. Ya por costumbre me daba vuelta a cada momento, pero era imposible que me siguiera, lo más que podría estar haciendo sería revolcarse alrededor del banco hasta que se acercara alguna señora de la beneficencia o algún vigilante.

No me acuerdo muy bien de lo que pasó en ese rato en que yo andaba por el Paseo Colón que es una avenida como cualquier otra. En una de ésas yo estaba sentado en una vidriera baja de una casa de importaciones y exportaciones, y entonces me empezó a doler el estómago, no como cuando uno tiene que ir en seguida al baño, era más arriba, en el estómago verdadero, como si se me retorciera poco a poco, y yo quería respirar y me costaba, entonces tenía que quedarme quieto y esperar que se pasara el calambre, y delante de mí se veía como una mancha verde y puntitos que bailaban, y la cara de papá, al final era solamente la cara de papá porque yo había cerrado los ojos, me parece, y en medio de la mancha verde estaba la cara de papá. Al rato pude respirar mejor, y unos muchachos me miraron un momento y uno le dijo al otro que yo estaba descompuesto, pero yo moví la cabeza y dije que no era nada, que siempre me daban calambres pero se me pasaban en seguida. Uno dijo que si yo quería que fuera a buscar un vaso de agua, y el otro me aconsejó que me secara la frente porque estaba sudando. Yo me sonreí y dije que ya estaba bien, y me puse a caminar para que se fueran y me dejaran solo. Era cierto que estaba sudando porque me caía el agua por las cejas y una gota salada me entró en un ojo, y entonces saqué el pañuelo y me lo pasé por la cara y sentí un arañazo en el labio, y cuando miré era una hoja seca pegada en el pañuelo que me había arañado la boca.

No sé cuánto tardé en llegar otra vez a la Plaza de Mayo. A la mitad de la subida me caí pero volví a levantarme antes que nadie se diera cuenta, y crucé a la carrera entre todos los autos que pasaban por delante de la

Casa Rosada. Desde lejos vi que no se había movido del banco, pero seguí corriendo y corriendo hasta llegar al banco, y me tiré como muerto mientras las palomas salían volando asustadas y la gente se daba vuelta con ese aire que toman para mirar a los chicos que corren, como si fuera un pecado. Después de un rato lo limpié un poco y dije que teníamos que volver a casa. Lo dije para oírme yo mismo y sentirme todavía más contento, porque con él lo único que servía era agarrarlo bien y llevarlo, las palabras no las escuchaba o se hacía el que no las escuchaba. Por suerte esta vez no se encaprichó al cruzar las calles, y el tranvía estaba casi vacío al comienzo del recorrido, así que lo puse en el primer asiento y me senté al lado y no me di vuelta ni una sola vez en todo el viaje, ni siquiera al bajarnos. La última cuadra la hicimos muy despacio, él queriendo meterse en los charcos y yo luchando para que pasara por las baldosas secas. Pero no me importaba, no me importaba nada. Pensaba todo el tiempo: «Lo abandoné», lo miraba y pensaba: «Lo abandoné», y aunque no me había olvidado del Paseo Colón me sentía tan bien, casi orgulloso. A lo mejor otra vez... No era fácil, pero a lo mejor... Quién sabe con qué ojos me mirarían papá y mamá cuando me vieran llegar con él de la mano. Claro que estarían contentos de que yo lo hubiera llevado a pasear al centro, los padres siempre están contentos de esas cosas; pero no sé por qué en ese momento se me daba por pensar que también a veces papá y mamá sacaban el pañuelo para secarse, y que también en el pañuelo había una hoja seca que les lastimaba la cara.

Silvia*

Vaya a saber cómo hubiera podido acabar algo que ni siquiera tenía principio, que se dio en mitad y cesó sin
contorno preciso, esfumándose al borde de otra niebla;
en todo caso hay que empezar diciendo que muchos argentinos pasan parte del verano en los valles del Luberon, los veteranos de la zona escuchamos con frecuencia
sus voces sonoras que parecen acarrear un espacio más
abierto, y junto con los padres vienen los chicos y eso es
también Silvia, los canteros pisoteados, almuerzo con bi-
fes en tenedores y mejillas, llantos terribles seguidos de
reconciliaciones de marcado corte italiano, lo que llaman vacaciones en familia. A mí me hostigan poco porque me protege una justa fama de mal educado; el filtro
se abre apenas para dejar paso a Raúl y a Nora Mayer, y
desde luego a sus amigos Javier y Magda, lo que incluye

* Reproducido con autorización de Siglo XXI, S. A., México.

a los chicos y a Silvia, el asado en casa de Raúl hace unos quince días, algo que ni siquiera tuvo principio y sin embargo es sobre todo Silvia, esta ausencia que ahora puebla mi casa de hombre solo, roza mi almohada con su medusa de oro, me obliga a escribir lo que escribo con una absurda esperanza de conjuro, de dulce gólem de palabras. De todas maneras hay que incluir también a Jean Borel que enseña la literatura de nuestras tierras en una universidad occitana, a su mujer Liliane y al minúsculo Renaud en quien dos años de vida se amontonan tumultuosos. Cuánta gente para un asadito en el jardín de la casa de Raúl y Nora, bajo un vasto tilo que no parecía servir de sedante a la hora de las pugnas infantiles y las discusiones literarias. Llegué con botellas de vino y un sol que se acostaba en las colinas, Raúl y Nora me habían invitado porque Jean Borel andaba queriendo conocerme y no se animaba solo; en esos días Javier y Magda se alojaban también en la casa, el jardín era un campo de batalla mitad sioux mitad galorromano, guerreros emplumados se batían sin cuartel con voces de soprano y bolas de barro. Graciela y Lolita aliadas contra Álvaro, y en medio del fragor el pobre Renaud tambaleándose con sus bombachas llenas de algodón maternal y una tendencia a pasarse todo el tiempo de un bando a otro, traidor inocente y execrado del que sólo habría de ocuparse Silvia. Sé que amontono nombres, pero el orden y las genealogías también tardaron en llegar a mí, me acuerdo que bajé del auto con las botellas bajo el brazo y a los pocos metros vi asomar entre los arbustos la vincha de Bisonte Invencible, su mueca desconfiada frente al nuevo Cara Pálida; la batalla por el fuerte y los rehenes se libraba en torno a una pequeña tienda de campaña verde que parecía el cuartel general de Bisonte Invencible. Descuidando culpablemente una ofensiva acaso capital, Graciela dejó caer sus municiones pegajosas y terminó de limpiarse las manos en mi pescuezo; después se sentó imborrablemente en mis piernas y me explicó que Raúl y Nora estaban arriba con los otros grandes y que ya vendrían, detalles sin importancia al lado de la ruda batalla del jardín.

Graciela se ha sentido siempre en la obligación de explicarme cualquier cosa, partiendo del principio de que me considera tonto. Por ejemplo esa tarde el chiquito de los Borel no contaba para nada, no te das cuenta de que Renaud tiene dos años, todavía se hace caca en la bombacha, hace un rato le pasó y yo le iba a avisar a la mamá porque Renaud estaba llorando, pero Silvia se lo llevó al lado de la pileta, le lavó el culito y le cambió la ropa, Liliane no se enteró de nada porque sabés, se enoja mucho y por ahí le da un chirlo, entonces Renaud se pone a llorar de nuevo, nos fastidia todo el tiempo y no nos deja jugar.

—¿Y los otros dos, los más grandes?

—Son los chicos de Javier y Magda, no te das cuenta, sonso. Álvaro es Bisonte Invencible, tiene siete años, dos meses más que yo y es el más grande. Lolita tiene seis pero ya juega, ella es la prisionera de Bisonte Invencible. Yo soy la Reina del Bosque y Lolita es mi amiga, de manera que la tengo que salvar, pero seguimos mañana porque ahora ya nos llamaron para bañarnos. Álvaro se hizo un tajo en el pie, Silvia le puso una venda. Soltame que me tengo que ir.

Nadie la sujetaba, pero Graciela tiende siempre a afirmar su libertad. Me levanté para saludar a los Borel que bajaban de la casa con Raúl y Nora. Alguien, creo que Javier, servía el primer pastis; la conversación empezó con la caída de la noche, la batalla cambió de naturaleza y edad, se volvió un estudio sonriente de hombres que acaban de conocerse; los chicos se bañaban, no había galos ni sioux en el jardín, Borel quería saber por qué yo no volvía a mi país, Raúl y Javier sonreían con sonrisas compatriotas. Las tres mujeres se ocupaban de la mesa; curiosamente se parecían, Nora y Magda unidas por el acento porteño mientras el español de Liliane caía del otro lado de los Pirineos. Las llamamos para que bebieran el pastis, descubrí que Liliane era más morena que Nora y Magda pero el parecido subsistía, una especie de ritmo común. Ahora se hablaba de poesía concreta, del grupo de la revista *Invenção;* entre Borel y yo surgía un terreno común, Eric Dolphy, la segunda copa iluminaba las sonrisas entre Javier y Magda, las otras dos parejas vivían ya ese tiempo en que la charla en grupo libera antagonismos, ventila diferencias que la intimidad acalla. Era casi de noche cuando los chicos empezaron a aparecer, limpios y aburridos, primero los de Javier discutiendo sobre unas monedas, Álvaro obstinado y Lolita petulante, después Graciela llevando de la mano a Renaud que ya tenía otra vez la cara sucia. Se juntaron cerca de la pequeña tienda de campaña verde; nosotros discutíamos a Jean-Pierre Faye y a Philippe Sollers, la noche inventó el fuego del asado hasta entonces poco visible entre los árboles, se embadurnó con reflejos dorados y cambiantes que teñían el tronco de los árboles y alejaban los límites del jardín; creo que en ese momento vi por primera vez a Silvia, yo estaba sentado entre Borel y Raúl, y en torno a la mesa redonda bajo el tilo se sucedían Javier, Magda y Liliane; Nora iba y venía con cubiertos y platos. Que no me hubieran presentado a Silvia parecía extraño, pero era tan joven y quizá deseosa de mantenerse al margen, comprendí el silencio de Raúl o de Nora, evidentemente Silvia estaba en la edad difícil, se negaba a entrar en el juego de los grandes, prefería imponer autoridad o prestigio entre los chicos agrupados junto a la tienda verde. De Silvia había alcanzado a ver poco, el fuego iluminaba violentamente uno de los lados de la tienda y ella estaba agachada allí junto a Renaud, limpiándole la cara con un pañuelo o un trapo; vi sus muslos bruñidos, unos muslos livianos y definidos al mismo tiempo como el estilo de Francis Ponge del que estaba hablándome Borel, las pantorrillas quedaban en la sombra al igual que el torso y la cara, pero el pelo largo brillaba de pronto con los aletazos de las llamas, un pelo también de oro viejo, toda Silvia parecía entonada en fuego, en bronce espeso; la minifalda descubría los muslos hasta lo más alto, y Francis Ponge había sido culpablemente ignorado por los jóvenes poetas franceses hasta que ahora, con las experiencias del grupo de *Tel Quel,* se reconocía a un maestro; imposible preguntar quién era Silvia, por qué no estaba entre nosotros, y además el fuego engaña, quizá su cuerpo se adelantaba a su edad y los sioux eran todavía su territorio natural. A Raúl le interesaba la poesía de Jean Tardieu, y tuvimos que explicarle a Javier quién era y qué escribía; cuando Nora me trajo el tercer pastis no pude preguntarle por Silvia, la discusión era demasiado viva y Borel bebía mis palabras como si valieran tanto. Vi llevar una mesita baja cerca de la tienda, los preparativos para que los chicos cenaran aparte; Silvia ya no estaba allí, pero la sombra borroneaba la tienda y quizá se había sentado más lejos o se paseaba entre los árboles. Obligado a ventilar opiniones sobre el alcance de las experiencias de Jacques Roubaud, apenas si alcanzaba a sorprenderme de mi interés por Silvia, de que la brusca desaparición de Silvia me desasosegara ambiguamente; cuando terminaba de decirle a Raúl lo que pensaba de Roubaud, el fuego fue otra vez fugazmente Silvia, la vi pasar junto a la tienda llevando de la mano a Lolita y a Álvaro; detrás venían Graciela y Renaud saltando y bailando en un último avatar sioux; por supuesto Renaud se cayó de boca y su primer chillido sobresaltó a Liliane y a Borel. Desde el grupo se alzó la voz de Graciela: «¡No es nada, ya pasó!», y los padres volvieron al diálogo con esa soltura que da la monotonía cotidiana de los porrazos de los sioux; ahora se trataba de encontrarle un sentido a las experiencias aleatorias de Xenakis por las que Javier mostraba un interés que a Borel le parecía desmesurado. Entre los hombros de Magda y de Nora yo veía a lo lejos la silueta de Silvia, una vez más agachada junto a Renaud, mostrándole algún juguete para consolarlo; el fuego le desnudaba las piernas y el perfil, adiviné una nariz fina y ansiosa, unos labios de estatua arcaica (¿pero no acababa Borel de preguntarme algo sobre una estatuilla de las Cícladas de la que me hacía responsable, y la referencia de Javier a Xenakis no había desviado el tema hacia algo más valioso?). Sentí que si alguna cosa deseaba saber en ese momento era Silvia, saberla de cerca y sin los prestigios del fuego, devolverla a una probable mediocridad de muchachita tímida o confirmar esa silueta demasiado hermosa y viva como para quedarse en mero espectáculo; hubiera querido decírselo a Nora con quien tenía una vieja confianza, pero Nora organizaba la mesa y ponía servilletas de papel, no sin exigir de Raúl la compra inmediata de algún disco de Xenakis. Del territorio de Silvia, otra vez invisible, vino Graciela la sabelotodo; le tendí la vieja percha de la sonrisa, las manos que la ayudaron a instalarse en mis rodillas; me valí de sus apasionantes noticias sobre un escarabajo peludo para desligarme de la conversación sin que Borel me creyera descortés, apenas pude le pregunté en voz baja si Renaud se había hecho daño.

—Pero no, tonto, no es nada. Siempre se cae, tiene solamente dos años, vos te das cuenta. Silvia le puso agua en el chichón.

—¿Quién es Silvia, Graciela?

Me miró como sorprendida.

—Una amiga nuestra.

—¿Pero es hija de algunos de estos señores?

—Estás loco —dijo razonablemente Graciela—. Silvia es nuestra amiga. ¿Verdad, mamá, que Silvia es nuestra amiga?

Nora suspiró, colocando la última servilleta junto a mi plato.

—¿Por qué no te volvés con los chicos y dejás en paz a Fernando? Si se pone a hablarte de Silvia vas a tener para rato.

—¿Por qué, Nora?

—Porque desde que la inventaron nos tienen aturdidos con su Silvia —dijo Javier.

–Nosotros no la inventamos –dijo Graciela, agarrándome la cara con las dos manos para arrancarme a los grandes–. Preguntales a Lolita y a Álvaro, vas a ver.

–¿Pero quién es Silvia? –repetí.

Nora ya estaba lejos para escuchar, y Borel discutía otra vez con Javier y Raúl. Los ojos de Graciela estaban fijos en los míos, su boca sacaba como una trompita entre burlona y sabihonda.

–Ya te dije, bobo, es nuestra amiga. Ella juega con nosotros cuando quiere, pero no a los indios porque no le gusta. Ella es muy grande, comprendés, por eso lo cuida tanto a Renaud que solamente tiene dos años y se hace caca en la bombacha.

–¿Vino con el señor Borel? –pregunté en voz baja–. ¿O con Javier y Magda?

–No vino con nadie –dijo Graciela–. Preguntales a Lolita y a Álvaro, vas a ver. A Renaud no le preguntés porque es muy chiquito y no comprende. Dejame que me tengo que ir.

Raúl, que siempre parece asistido por un radar, se arrancó a una reflexión sobre el letrismo para hacerme un gesto compasivo.

–Nora te previno, si les seguís el tren te van a volver loco con su Silvia.

–Fue Álvaro –dijo Magda–. Mi hijo es un mitómano y contagia a todo el mundo.

Raúl y Magda me seguían mirando, hubo una fracción de segundo en que yo pude haber dicho: «No entiendo», para forzar las explicaciones, o directamente: «Pero Silvia está ahí, acabo de verla». No creo, ahora que tengo demasiado tiempo para pensarlo, que la intervención distraída de Borel me impidiera decirlo. Borel acababa de preguntarme algo sobre *La casa verde;* empecé a hablar sin saber lo que decía, pero en todo caso no me dirigía ya a Raúl y a Magda. Vi a Liliane que se acercaba a la mesa de los chicos y los hacía sentarse en taburetes y cajones viejos; el fuego los iluminaba como en los grabados de las novelas de Héctor Malot o de Dickens, las ramas del tilo se cruzaban por momentos entre una cara o un brazo alzado, se oían risas y protestas. Yo hablaba de Fushía con Borel, me dejaba llevar corriente abajo en esa balsa de la memoria donde Fushía estaba tan terriblemente vivo. Cuando Nora me trajo un plato de carne le murmuré al oído: «No entendí demasiado eso de los chicos».

–Ya está, vos también caíste –dijo Nora, echando una mirada compasiva a los demás–. Menos mal que después se irán a dormir porque sos una víctima nata, Fernando.

–No le hagas caso –se cruzó Raúl–. Se ve que no tenés práctica, tomás demasiado en serio a los pibes. Hay que oírlos como quien oye llover, viejo, o es la locura.

Tal vez en ese momento perdí el posible acceso al mundo de Silvia, jamás sabré por qué acepté la fácil hipótesis de una broma, de que los amigos me estaban tomando el pelo (Borel no, Borel seguía por su camino que ya llegaba a Macondo); veía otra vez a Silvia que acababa de asomar de la sombra y se inclinaba entre Graciela y Álvaro como para ayudarlos a cortar la carne o quizá comer un bocado; la sombra de Liliane que venía a sentarse con nosotros se interpuso, alguien me ofreció vino; cuando miré de nuevo, el perfil de Silvia estaba como encendido por las brasas, el pelo le caía sobre un hombro, se deslizaba fundiéndose con la sombra de la cintura. Era tan hermosa que me ofendió la broma, el mal gusto, me puse a comer de cara al plato, escuchando de reojo a Borel que me invitaba a unos coloquios universitarios; si le dije que no iría fue por culpa de Silvia, por su involuntaria complicidad en la diversión socarrona de mis amigos. Esa noche no vi más a Silvia; cuando Nora se acercó a la mesa de los chicos con queso y frutas ella y Lolita se ocuparon de hacer comer a Renaud que se iba quedando dormido. Nos pusimos a hablar de Onetti y de Felisberto, bebimos tanto vino en su honor que un segundo viento belicoso de sioux y de charrúas envolvió el tilo; trajeron a los chicos para que se dijeran buenas noches, Renaud en los brazos de Liliane.

—Me tocó una manzana con gusano —me dijo Graciela con una enorme satisfacción—. Buenas noches, Fernando, sos muy malo.

—¿Por qué, mi amor?

—Porque no viniste ni una sola vez a nuestra mesa.

—Es cierto, perdoname. Pero ustedes tenían a Silvia, ¿verdad?

—Claro, pero lo mismo.

—Éste se la sigue —dijo Raúl mirándome con algo que debía ser piedad—. Te va a costar caro, esperá que te agarren bien despierto con su famosa Silvia, te vas a arrepentir, hermano.

Graciela me humedeció el mentón con un beso que olía fuertemente a yogurt y a manzana. Mucho más tarde, al final de una charla en la que el sueño empezaba a sustituir las opiniones, los invité a cenar en mi casa. Vinieron el sábado pasado hacia las siete, en dos autos; Ál-

varo y Lolita traían un barrilete de género y so pretexto
de remontarlo acabaron inmediatamente con mis crisantemos. Yo dejé a las mujeres que se ocuparan de las bebidas, comprendí que nadie le impediría a Raúl tomar el
timón del asado; les hice visitar la casa a los Borel y a
Magda, los instalé en el living frente a mi óleo de Julio
Silva y bebí un rato con ellos, fingiendo estar allí y escuchar lo que decían; por el ventanal se veía el barrilete en
el viento, se escuchaban los gritos de Lolita y Álvaro.
Cuando Graciela apareció con un ramo de pensamientos
fabricado presumiblemente a costa de mi mejor cantero,
salí al jardín anochecido y ayudé a remontar más alto el
barrilete. La sombra bañaba las colinas en el fondo del
valle y se adelantaba entre los cerezos y los álamos pero
sin Silvia, Álvaro no había necesitado de Silvia para remontar el barrilete.

—Colea lindo —le dije, probándolo, haciéndolo ir y
venir.

—Sí pero tené cuidado, a veces pica de cabeza y esos
álamos son muy altos —me previno Álvaro.

—A mí no se me cae nunca —dijo Lolita, quizá celosa de
mi presencia—. Vos le tirás demasiado del hilo, no sabés.

—Sabe más que vos —dijo Álvaro en rápida alianza masculina—. ¿Por qué no te vas a jugar con Graciela, no ves
que molestás?

Nos quedamos solos, dándole hilo al barrilete. Esperé
el momento en que Álvaro me aceptara, supiera que era
tan capaz como él de dirigir el vuelo verde y rojo que se
desdibujaba cada vez más en la penumbra.

—¿Por qué no trajeron a Silvia? —pregunté, tirando un
poco del hilo.

Me miró de reojo entre sorprendido y socarrón, y me sacó el hilo de las manos, degradándome sutilmente.

—Silvia viene cuando quiere —dijo recogiendo el hilo.

—Bueno, hoy no vino, entonces.

—¿Qué sabés vos? Ella viene cuando quiere, te digo.

—Ah. ¿Y por qué tu mamá dice que vos la inventaste a Silvia?

—Mirá cómo colea —dijo Álvaro—. Che, es un barrilete fenómeno, el mejor de todos.

—¿Por qué no me contestás, Álvaro?

—Mamá se cree que yo la inventé —dijo Álvaro—. ¿Y vos por qué no lo creés, eh?

Bruscamente vi a Graciela y a Lolita a mi lado. Habían escuchado las últimas frases, estaban ahí mirándome fijamente; Graciela removía lentamente un pensamiento violeta entre los dedos.

—Porque yo no soy como ellos —dije—. Yo la vi, saben.

Lolita y Álvaro cruzaron una larga mirada, y Graciela se me acercó y me puso el pensamiento en la mano. El hilo del barrilete se tendió de golpe. Álvaro le dio juego, lo vimos perderse en la sombra.

—Ellos no creen porque son tontos —dijo Graciela—. Mostrame donde tenés el baño y acompañame a hacer pis.

La llevé hasta la escalera exterior, le mostré el baño y le pregunté si no se perdería para bajar. En la puerta del baño, con una expresión en la que había como un reconocimiento, Graciela me sonrió.

—No, andate nomás, Silvia me va a acompañar.

—Ah, bueno —dije luchando contra vaya a saber qué, el absurdo o la pesadilla o el retardo mental—. Entonces vino, al final.

–Pero claro, sonso –dijo Graciela–. ¿No la ves ahí?

La puerta de mi dormitorio estaba abierta, las piernas desnudas de Silvia se dibujaron sobre la colcha roja de la cama. Graciela entró en el baño y oí que corría el pestillo. Me acerqué al dormitorio, vi a Silvia durmiendo en mi cama, el pelo como una medusa de oro sobre la almohada. Entorné la puerta a mi espalda, me acerqué no sé cómo, aquí hay huecos y látigos, un agua que corre por la cara cegando y mordiendo, un sonido como de profundidades fragosas, un instante sin tiempo, insoportablemente bello. No sé si Silvia estaba desnuda, para mí era como un álamo de bronce y de sueño, creo que la vi desnuda aunque luego no, debí imaginarla por debajo de lo que llevaba puesto, la línea de las pantorrillas y los muslos la dibujaba de lado contra la colcha roja, seguí la suave curva de la grupa abandonada en el avance de una pierna, la sombra de la cintura hundida, los pequeños senos imperiosos y rubios. «Silvia», pensé, incapaz de toda palabra, «Silvia, Silvia, pero entonces...». La voz de Graciela restalló a través de dos puertas como si me gritara al oído: «¡Silvia, vení a buscarme!». Silvia abrió los ojos, se sentó en el borde de la cama; tenía la misma minifalda de la primera noche, una blusa escotada, sandalias negras. Pasó a mi lado sin mirarme y abrió la puerta. Cuando salí, Graciela bajaba corriendo la escalera y Liliane, llevando a Renaud en los brazos, se cruzaba con ella camino del baño y del mercurocromo para el porrazo de las siete y media. Ayudé a consolar y a curar, Borel subía inquieto por los berridos de su hijo, me hizo un sonriente reproche por mi ausencia, bajamos al living para beber otra copa, todo el mundo andaba por la pintura de

Graham Sutherland, fantasmas de ese tipo, teorías y entusiasmos que se perdían en el aire con el humo del tabaco. Magda y Nora concentraban a los chicos para que comieran estratégicamente aparte; Borel me dio su dirección, insistiendo en que le enviara la colaboración prometida a una revista de Poitiers, me dijo que partían a la mañana siguiente y que se llevaban a Javier y a Magda para hacerles visitar la región. «Silvia se irá con ellos», pensé oscuramente, y busqué una caja de fruta abrillantada, el pretexto para acercarme a la mesa de los chicos, quedarme allí un momento. No era fácil preguntarles, comían como lobos y me arrebataron los dulces en la mejor tradición de los sioux y los tehuelches. No sé por qué le hice la pregunta a Lolita, limpiándole de paso la boca con la servilleta.

–¿Qué sé yo? –dijo Lolita–. Preguntale a Álvaro.

–Y yo qué sé –dijo Álvaro, vacilando entre una pera y un higo–. Ella hace lo que quiere, a lo mejor se va por ahí.

–¿Pero con quién de ustedes vino?

–Con ninguno –dijo Graciela, pegándome una de sus mejores patadas por debajo de la mesa–. Ella estuvo aquí y ahora quién sabe, Álvaro y Lolita se vuelven a la Argentina y con Renaud te imaginás que no se va a quedar porque es muy chico, esta tarde se tragó una avispa muerta, qué asco.

–Ella hace lo que quiere, igual que nosotros –dijo Lolita.

Volví a mi mesa, vi terminarse la velada en una niebla de coñac y de humo. Javier y Magda se volvían a Buenos Aires (Álvaro y Lolita se volvían a Buenos Aires) y los Borel irían el año próximo a Italia (Renaud iría el año próximo a Italia).

—Aquí nos quedamos los más viejos —dijo Raúl. (Entonces Graciela se quedaba pero Silvia era los cuatro, Silvia era cuando estaban los cuatro y yo sabía que jamás volverían a encontrarse.)

Raúl y Nora siguen todavía aquí, en nuestro valle del Luberon, anoche fui a visitarlos y charlamos de nuevo bajo el tilo; Graciela me regaló un mantelito que acababa de bordar con punto cruz, supe de los saludos que me había dejado Javier, Magda y los Borel. Comimos en el jardín. Graciela se negó a irse temprano a la cama, jugó conmigo a las adivinanzas. Hubo un momento en que nos quedamos solos, Graciela buscaba la respuesta a la adivinanza sobre la luna, no acertaba y su orgullo sufría.

—¿Y Silvia? —le pregunté, acariciándole el pelo.

—Mirá que sos tonto —dijo Graciela—. ¿Vos te creías que esta noche iba a venir por mí solita?

—Menos mal —dijo Nora, saliendo de la sombra—. Menos mal que no va a venir por vos solita, porque ya nos tenían hartos con ese cuento.

—Es la luna —dijo Graciela—. Qué adivinanza tan sonsa, che.

Cambio de luces

Esos jueves al caer la noche cuando Lemos me llamaba después del ensayo en Radio Belgrano y entre dos cinzanos los proyectos de nuevas piezas, tener que escuchárselos con tantas ganas de irme a la calle y olvidarme del radioteatro por dos o tres siglos, pero Lemos era el autor de moda y me pagaba bien para lo poco que yo tenía que hacer en sus programas, papeles más bien secundarios y en general antipáticos. Tenés la voz que conviene, decía amablemente Lemos, el radioescucha te escucha y te odia, no hace falta que traiciones a nadie o que mates a tu mamá con estricnina, vos abrís la boca y ahí nomás media Argentina quisiera romperte el alma a fuego lento.

No Luciana, precisamente el día en que nuestro galán Jorge Fuentes al término de *Rosas de ignominia* recibía dos canastas de cartas de amor y un corderito blanco mandado por una estanciera romántica del lado de Tandil, el petiso Mazza me entregó el primer sobre lila de

Luciana. Acostumbrado a la nada en tantas de sus formas, me lo guardé en el bolsillo antes de irme al café (teníamos una semana de descanso después del triunfo de *Rosas* y el comienzo de *Pájaro en la tormenta)* y solamente en el segundo martini con Juárez Celman y Olive me subió al recuerdo el color del sobre y me di cuenta de que no había leído la carta; no quise delante de ellos porque los aburridos buscan tema y un sobre lila es una mina de oro, esperé a llegar a mi departamento donde la gata por lo menos no se fijaba en esas cosas, le di su leche y su ración de arrumacos, conocí a Luciana.

No necesito ver una foto de usted, decía Luciana, no me importa que *Sintonía* y *Antena* publiquen fotos de Míguez y de Jorge Fuentes pero nunca de usted, no me importa porque tengo su voz, y tampoco me importa que digan que es antipático y villano, no me importa que sus papeles engañen a todo el mundo, al contrario, porque me hago la ilusión de ser la sola que sabe la verdad: usted sufre cuando interpreta esos papeles, usted pone su talento pero yo siento que no está ahí de veras como Míguez o Raquelita Bailey, usted es tan diferente del príncipe cruel de *Rosas de ignominia.* Creyendo que odian al príncipe lo odian a usted, la gente confunde y ya me di cuenta con mi tía Poli y otras personas el año pasado cuando usted era Vassilis, el contrabandista asesino. Esta tarde me he sentido un poco sola y he querido decirle esto, tal vez no soy la única que se lo ha dicho y de alguna manera lo deseo por usted, que se sepa acompañado a pesar de todo, pero al mismo tiempo me gustaría ser la única que sabe pasar al otro lado de sus papeles y de su voz, que está segura de conocerlo de veras y de admirarlo más que a los que tienen los papeles fáciles. Es como con Shakespeare, nunca se lo he dicho a nadie, pero cuando usted hizo el papel, Yago me gustó más que Otelo. No se crea obligado a contestarme, pongo mi dirección por si realmente quiere hacerlo, pero si no lo hace yo me sentiré lo mismo feliz de haberle escrito todo esto.

Caía la noche, la letra era liviana y fluida, la gata se había dormido después de jugar con el sobre lila en el almohadón del sofá. Desde la irreversible ausencia de Bruna ya no se cenaba en mi departamento, las latas nos bastaban a la gata y a mí, y a mí especialmente el coñac y la pipa. En los días de descanso (después tendría que trabajar el papel de *Pájaro en la tormenta*) releí la carta de Luciana sin intención de contestarla porque en ese terreno un actor, aunque solamente reciba una carta cada tres años, estimada Luciana, le contesté antes de irme al cine el viernes por la noche, me conmueven sus palabras y ésta no es una frase de cortesía. Claro que no lo era, escribí como si esa mujer que imaginaba más bien chiquita y triste y de pelo castaño con ojos claros estuviera sentada ahí y yo le dijera que me conmovían sus palabras. El resto salió más convencional porque no encontraba qué decirle después de la verdad, todo se quedaba en un relleno de papel, dos o tres frases de simpatía y gratitud, su amigo Tito Balcárcel. Pero había otra verdad en la postdata: Me alegro de que me haya dado su dirección, hubiera sido triste no poder decirle lo que siento.

A nadie le gusta confesarlo, cuando no se trabaja uno termina por aburrirse un poco, al menos alguien como yo. De muchacho tenía bastantes aventuras sentimentales, en las horas libres podía recorrer el espinel y casi siempre había pesca, pero después vino Bruna y eso duró cuatro años, a los treinta y cinco la vida en Buenos Aires empieza a desteñirse y parece que se achicara, al menos para alguien que vive solo con una gata y no es gran lector ni amigo de caminar mucho. No que me sienta viejo, al contrario; más bien parecería que son los demás, las cosas mismas que envejecen y se agrietan; por eso a lo mejor preferir las tardes en el departamento, ensayar *Pájaro en la tormenta* a solas con la gata mirándome, vengarme de esos papeles ingratos llevándolos a la perfección, haciéndolos míos y no de Lemos, transformando las frases más simples en un juego de espejos que multiplica lo peligroso y fascinante del personaje. Y así a la hora de leer el papel en la radio todo estaba previsto, cada coma y cada inflexión de la voz, graduando los caminos del odio (otra vez era uno de esos personajes con algunos aspectos perdonables pero cayendo poco a poco en la infamia hasta un epílogo de persecución al borde de un precipicio y salto final con gran contento de radioescuchas). Cuando entre dos mates encontré la carta de Luciana olvidada en el estante de las revistas y la releí de puro aburrido, pasó que de nuevo la vi, siempre he sido visual y fabrico fácil cualquier cosa, de entrada Luciana se me había dado más bien chiquita y de mi edad o por ahí, sobre todo con ojos claros y como transparentes, y de nuevo la imaginé así, volví a verla como pensativa antes de escribirme cada frase y después decidiéndose. De una cosa estaba seguro, Luciana no era mujer de borradores, seguro que había dudado antes de escribirme, pero después escuchándome en *Rosas de ignominia* le habían ido viniendo las frases, se sentía que la carta era espontánea y a la vez –acaso por el papel lila– dándome la sensación de un licor que ha dormido largamente en su frasco.

Hasta su casa imaginé con sólo entornar los ojos, su casa debía ser de esas con patio cubierto o por lo menos galería con plantas, cada vez que pensaba en Luciana la veía en el mismo lugar, la galería desplazando finalmente el patio, una galería cerrada con claraboyas de vidrios de colores y mamparas que dejaban pasar la luz agrisándola, Luciana sentada en un sillón de mimbre y escribiéndome usted es muy diferente del príncipe cruel de *Rosas de ignominia,* llevándose la lapicera a la boca antes de seguir, nadie lo sabe porque tiene tanto talento que la gente lo odia, el pelo castaño como envuelto por una luz de vieja fotografía, ese aire ceniciento y a la vez nítido de la galería cerrada, me gustaría ser la única que sabe pasar al otro lado de sus papeles y de su voz.

La víspera de la primera tanda de *Pájaro* hubo que comer con Lemos y los otros, se ensayaron algunas escenas de esas que Lemos llamaba clave y nosotros clavo, choque de temperamentos y andanadas dramáticas, Raquelita Bailey muy bien en el papel de Josefina, la altanera muchacha que lentamente yo envolvería en mi consabida telaraña de maldades para las que Lemos no tenía límites. Los otros calzaban justo en sus papeles, total maldita la diferencia entre ésa y las dieciocho radionovelas que ya llevábamos actuadas. Si me acuerdo del ensayo es porque el petiso Mazza me trajo la segunda carta de Luciana y esa vez sentí ganas de leerla en seguida y me fui un rato al baño mientras Angelita y Jorge Fuentes se juraban amor eterno en un baile de Gimnasia y Esgrima, esos escenarios de Lemos que desencadenaban el entusiasmo de los habitués y daban más fuerza a las identificaciones psicológicas con los personajes, por lo menos según Lemos y Freud.

Le acepté la simple, linda invitación a conocerla en una confitería de Almagro. Había el detalle monótono del reconocimiento, ella de rojo y yo llevando el diario doblado en cuatro, no podía ser de otro modo y el resto era Luciana escribiéndome de nuevo en la galería cubierta, sola con su madre o tal vez su padre, desde el principio yo había visto un viejo con ella en una casa para una familia más grande y ahora llena de huecos donde habitaba la melancolía de la madre por otra hija muerta o ausente, porque acaso la muerte había pasado por la casa no hacía mucho, y si usted no quiere o no puede yo sabré comprender, no me corresponde tomar la iniciativa pero también sé –lo había subrayado sin énfasis– que alguien como usted está por encima de muchas cosas. Y agregaba algo que yo no había pensado y que me encantó, usted no me conoce salvo esa otra carta, pero yo hace tres años que vivo su vida, lo siento como es de veras en cada personaje nuevo, lo arranco del teatro y usted es siempre el mismo para mí cuando ya no tiene el antifaz de su papel. (Esa segunda carta se me perdió, pero las frases eran así, decían eso; recuerdo en cambio que la primera carta la guardé en un libro de Moravia que estaba leyendo, seguro que sigue ahí en la biblioteca.)

Si se lo hubiera contado a Lemos le habría dado una idea para otra pieza, clavado que el encuentro se cumplía después de algunas alternativas de suspenso y entonces el muchacho descubría que Luciana era idéntica a lo que había imaginado, prueba de cómo el amor se adelanta al amor y la vista a la vista, teorías que siempre funcionaban bien en Radio Belgrano. Pero Luciana era una mujer de más de treinta años, llevados eso sí con todas las de la ley, bastante menos menuda que la mujer de las cartas en la galería, y con un precioso pelo negro que vivía como por su cuenta cuando movía la cabeza. De la cara de Luciana yo no me había hecho una imagen precisa salvo los ojos claros y la tristeza; los que ahora me recibieron sonriéndome eran marrones y nada tristes bajo ese pelo movedizo. Que le gustara el whisky me pareció simpático, por el lado de Lemos casi todos los encuentros románticos empezaban con té (y con Bruna había sido café con leche en un vagón de ferrocarril). No se disculpó por la invitación, y yo que a veces sobreactúo porque en el fondo no creo demasiado en nada de lo que me sucede, me sentí muy natural y el whisky por una vez no era falsificado. De veras, lo pasamos muy bien y fue como si nos hubieran presentado por casualidad y sin sobreentendidos, como empiezan las buenas relaciones en que nadie tiene nada que exhibir o que disimular; era lógico que se hablara sobre todo de mí porque yo era el conocido y ella solamente dos cartas y Luciana, por eso sin parecer vanidoso la dejé que me recordara en tantas novelas radiales, aquella en que me mataban torturándome, la de los obreros sepultados en la mina, algunos otros papeles. Poco a poco yo le iba ajustando la cara y la voz, desprendiéndome con trabajo de las cartas, de la galería cerrada y el sillón de mimbre; antes de separarnos me enteré de que vivía en un departamento bastante chico en planta baja y con su tía Poli que allá por los años treinta había tocado el piano en Pergamino. También Luciana hacía sus ajustes como siempre en esas relaciones de gallo ciego, casi al final me dijo que me había imaginado más alto, con pelo crespo y ojos grises; lo del pelo crespo me sobresaltó porque en ninguno de mis papeles yo me había sentido a mí mismo con pelo crespo, pero acaso su idea era como una suma, un amontonamiento de todas las canalladas y las traiciones de las piezas de Lemos. Se lo comenté en broma y Luciana dijo que no, los personajes los había visto tal como Lemos los pintaba pero al mismo tiempo era capaz de ignorarlos, de hermosamente quedarse sólo conmigo, con mi voz y vaya a saber por qué con una imagen de alguien más alto, de alguien con el pelo crespo.

Si Bruna hubiera estado aún en mi vida no creo que me hubiera enamorado de Luciana; su ausencia era todavía demasiado presente, un hueco en el aire que Luciana empezó a llenar sin saberlo, probablemente sin esperarlo. En ella en cambio todo fue más rápido, fue pasar de mi voz a ese otro Tito Balcárcel de pelo lacio y menos personalidad que los monstruos de Lemos; todas esas operaciones duraron apenas un mes, se cumplieron en dos encuentros en cafés, un tercero en mi departamento, la gata aceptó el perfume y la piel de Luciana, se le durmió en la falda, no pareció de acuerdo con un anochecer en que de golpe estuvo de más, en que debió saltar maullando al suelo. La tía Poli se fue a vivir a Pergamino con una hermana, su misión estaba cumplida y Luciana se mudó a mi casa esa semana; cuando la ayudé a preparar sus cosas me dolió la falta de la galería cubierta, de la luz cenicienta, sabía que no las iba a encontrar y sin embargo había algo como una carencia, una imperfección. La tarde de la mudanza la tía Poli me contó dulcemente la módica saga de la familia, la infancia de Luciana, el novio aspirado para siempre por una oferta de frigoríficos de Chicago, el matrimonio con un hotelero de Primera Junta y la ruptura seis años atrás, cosas que yo había sabido por Luciana pero de otra manera, como si ella no hubiera hablado verdaderamente de sí misma ahora que parecía empezar a vivir por cuenta de otro presente, de mi cuerpo contra el suyo, los platitos de leche a la gata, el cine a cada rato, el amor.

Me acuerdo que fue más o menos en la época de *Sangre en las espigas* cuando le pedí a Luciana que se aclarara el pelo. Al principio le pareció un capricho de actor, si querés me compro una peluca, me dijo riéndose, y de paso a vos te quedaría tan bien una con el pelo crespo, ya que estamos. Pero cuando insistí unos días después, dijo que bueno, total lo mismo le daba el pelo negro o castaño, fue casi como si se diera cuenta de que en mí ese cambio no tenía nada que ver con mis manías de actor sino con otras cosas, una galería cubierta, un sillón de mimbre. No tuve que pedírselo otra vez, me gustó que lo hubiera hecho por mí y se lo dije tantas veces mientras nos amábamos, mientras me perdía en su pelo y sus senos y me dejaba resbalar con ella a otro largo sueño boca a boca. (Tal vez a la mañana siguiente, o fue antes de salir de compras, no lo tengo claro, le junté el pelo con las dos manos y se lo até en la nuca, le aseguré que le quedaba mejor así. Ella se miró en el espejo y no dijo nada, aunque sentí que no estaba de acuerdo y que tenía razón, no era mujer para recogerse el pelo, imposible negar que le quedaba mejor cuando lo llevaba suelto antes de aclarárselo, pero no se lo dije porque me gustaba verla así, verla mejor que aquella tarde cuando había entrado por primera vez en la confitería.)

Nunca me había gustado escucharme actuando, hacía mi trabajo y basta, los colegas se extrañaban de esa falta de vanidad que en ellos era tan visible; debían pensar, acaso con razón, que la naturaleza de mis papeles no me inducía demasiado a recordarlos, y por eso Lemos me miró levantando las cejas cuando le pedí los discos de archivo de *Rosas de ignominia,* me preguntó para qué lo quería y le contesté cualquier cosa, problemas de dicción que me interesaba superar o algo así. Cuando llegué con el álbum de discos, Luciana se sorprendió también un poco porque yo no le hablaba nunca de mi trabajo, era ella que cada tanto me daba sus impresiones, me escuchaba por las tardes con la gata en la falda. Repetí lo que le había dicho a Lemos pero en vez de escuchar las grabaciones en otro cuarto traje el tocadiscos al salón y le pedí a Luciana que se quedara un rato conmigo, yo mismo preparé el té y arreglé las luces para que estuviera cómoda. Por qué cambiás de lugar esa lámpara, dijo Luciana, queda bien ahí. Quedaba bien como objeto pero echaba una luz cruda y caliente sobre el sofá donde se sentaba Luciana, era mejor que sólo le llegara la penumbra de la tarde desde la ventana, una luz un poco cenicienta que se envolvía en su pelo, en sus manos ocupándose del té. Me mimás demasiado, dijo Luciana, todo para mí y vos ahí en un rincón sin siquiera sentarte.

Desde luego puse solamente algunos pasajes de *Rosas,* el tiempo de dos tazas de té, de un cigarrillo. Me hacía bien mirar a Luciana atenta al drama, alzando a veces la cabeza cuando reconocía mi voz y sonriéndome como si no le importara saber que el miserable cuñado de la pobre Carmencita comenzaba sus intrigas para quedarse con la fortuna de los Pardo, y que la siniestra tarea continuaría a lo largo de tantos episodios hasta el inevitable triunfo del amor y la justicia según Lemos. En mi rincón (había aceptado una taza de té a su lado pero después había vuelto al fondo del salón como si desde ahí se escuchara mejor) me sentía bien, reencontraba por un momento algo que me había estado faltando; hubiera querido que todo eso se prolongara, que la luz del anochecer siguiera pareciéndose a la de la galería cubierta. No podía ser, claro, y corté el tocadiscos y salimos juntos al balcón después que Luciana hubo devuelto la lámpara a su sitio porque realmente quedaba mal allí donde yo la había corrido. ¿Te sirvió de algo escucharte?, me preguntó acariciándome una mano. Sí, de mucho, hablé de problemas de respiración, de vocales, cualquier cosa que ella aceptaba con respeto; lo único que no le dije fue que en ese momento perfecto sólo había faltado el sillón de mimbre y quizá también que ella hubiera estado triste, como alguien que mira el vacío antes de continuar el párrafo de una carta.

Estábamos llegando al final de *Sangre en las espigas,* tres semanas más y me darían vacaciones. Al volver de la radio encontraba a Luciana leyendo o jugando con la gata en el sillón que le había regalado para su cumpleaños junto con la mesa de mimbre que hacía juego. No tiene nada que ver con este ambiente, había dicho Luciana entre divertida y perpleja, pero si a vos te gustan a mí también, es un lindo juego y tan cómodo. Vas a estar mejor en él si tenés que escribir cartas, le dije. Sí, admitió Luciana, justamente estoy en deuda con tía Poli, pobrecita. Como por la tarde tenía poca luz en el sillón (no creo que se hubiera dado cuenta de que yo había cambiado la bombilla de la lámpara) acabó por poner la mesita y el sillón cerca de la ventana para tejer o mirar las revistas, y tal vez fue en esos días de otoño, o un poco después, que una tarde me quedé mucho tiempo a su lado, la besé largamente y le dije que nunca la había querido tanto como en ese momento, tal como la estaba viendo, como hubiera querido verla siempre. Ella no dijo nada, sus manos andaban por mi pelo despeinándome, su cabeza se volcó sobre mi hombro y se estuvo quieta, como ausente. ¿Por qué esperar otra cosa de Luciana, así al filo del atardecer? Ella era como los sobres lila, como las simples, casi tímidas frases de sus cartas. A partir de ahora me costaría imaginar que la había conocido en una confitería, que su pelo negro suelto había ondulado como un látigo en el momento de saludarme, de vencer la primera confusión del encuentro. En la memoria de mi amor estaba la galería cubierta, la silueta en un sillón de mimbre distanciándola de la imagen más alta y vital que de mañana andaba por la casa o jugaba con la gata, esa imagen que al atardecer entraría una y otra vez en lo que yo había querido, en lo que me hacía amarla tanto.

Decírselo, quizá. No tuve tiempo, pienso que vacilé porque prefería guardarla así, la plenitud era tan grande que no quería pensar en su vago silencio, en una distracción que no le había conocido antes, en una manera de mirarme por momentos como si buscara, algo, un aletazo de mirada devuelta en seguida a lo inmediato, a la gata o a un libro. También eso entraba en mi manera de preferirla, era el clima melancólico de la galería cubierta, de los sobres lila. Sé que en algún despertar en la alta noche, mirándola dormir contra mí, sentí que había llegado el tiempo de decírselo, de volverla definitivamente mía por una aceptación total de mi lenta telaraña enamorada. No lo hice porque Luciana dormía, porque Luciana estaba despierta, porque ese martes íbamos al cine, porque estábamos buscando un auto para las vacaciones, porque la vida venía a grandes pantallazos antes y después de los atardeceres en que la luz cenicienta parecía condensar su perfección en la pausa del sillón de mimbre. Que me hablara tan poco ahora, que a veces volviera a mirarme como buscando alguna cosa perdida, retardaban en mí la oscura necesidad de confiarle la verdad, de explicarle por fin el pelo castaño, la luz de la galería. No tuve tiempo, un azar de horarios cambiados me llevó al centro un fin de mañana, la vi salir de un hotel, no la reconocí al reconocerla, no comprendí al comprender que salía apretando el brazo de un hombre más alto que yo, un hombre que se inclinaba un poco para besarla en la oreja, para frotar su pelo crespo contra el pelo castaño de Luciana.

Ómnibus

–Si le viene bien, tráigame *El Hogar* cuando vuelva –pidió la señora Roberta, reclinándose en el sillón para la siesta. Clara ordenaba las medicinas en la mesita de ruedas, recorría la habitación con una mirada precisa. No faltaba nada, la niña Matilde se quedaría cuidando a la señora Roberta, la mucama estaba al corriente de lo necesario. Ahora podía salir, con toda la tarde del sábado para ella sola, su amiga Ana esperándola para charlar, el té dulcísimo a las cinco y media, la radio y los chocolates.

A las dos, cuando la ola de los empleados termina de romper en los umbrales de tanta casa, Villa del Parque se pone desierta y luminosa. Por Tinogasta y Zamudio bajó Clara taconeando distintamente, saboreando un sol de noviembre roto por islas de sombra que le tiraban a su paso los árboles de Agronomía. En la esquina de avenida San Martín y Nogoyá, mientras esperaba el ómnibus 168, oyó una batalla de gorriones sobre su cabeza, y la torre florentina de San Juan María Vianney le pareció más roja contra el cielo sin nubes, alto hasta dar vértigo. Pasó don Luis, el relojero, y la saludó apreciativo, como si alabara su figura prolija, los zapatos que la hacían más esbelta, su cuellito blanco sobre la blusa crema. Por la calle vacía vino remolonamente el 168, soltando su seco bufido insatisfecho al abrirse la puerta para Clara, sola pasajera en la esquina callada de la tarde.

Buscando las monedas en el bolso lleno de cosas, se demoró en pagar el boleto. El guarda esperaba con cara de pocos amigos, retacón y compadre sobre sus piernas combadas, canchero para aguantar los viajes y las frenadas. Dos veces le dijo Clara: «De quince», sin que el tipo le sacara los ojos de encima, como extrañado de algo. Después le dio el boleto rosado, y Clara se acordó de un verso de infancia, algo como: «Marca, marca, boletero, un boleto azul o rosa; canta, canta alguna cosa, mientras cuentas el dinero». Sonriendo para ella buscó asiento hacia el fondo, vacío el que correspondía a *Puerta de Emergencia,* y se instaló con el menudo placer de propietario que siempre da el lado de la ventanilla. Entonces vio que el guarda la seguía mirando. Y en la esquina del puente de avenida San Martín, antes de virar, el conductor se dio vuelta y también la miró, con trabajo por la distancia pero buscando hasta distinguirla muy hundida en su asiento. Era un rubio huesudo con cara de hambre, que cambió unas palabras con el guarda, los dos miraron a Clara, se miraron entre ellos, el ómnibus dio un salto y se metió por Chorroarín a toda carrera.

«Par de estúpidos», pensó Clara entre halagada y nerviosa. Ocupada en guardar su boleto en el monedero, observó de reojo a la señora del gran ramo de claveles que viajaba en el asiento de delante. Entonces la señora la miró a ella, por sobre el ramo se dio vuelta y la miró dulcemente como una vaca sobre un cerco, y Clara sacó el espejito y estuvo en seguida absorta en el estudio de sus labios y sus cejas. Sentía ya en la nuca una impresión desagradable; la sospecha de otra impertinencia la hizo darse vuelta con rapidez, enojada de veras. A dos centímetros de su cara estaban los ojos de un viejo de cuello duro, con un ramo de margaritas componiendo un olor casi nauseabundo. En el fondo del ómnibus, instalados en el largo asiento verde, todos los pasajeros miraron hacia Clara, parecían criticar alguna cosa en Clara que sostuvo sus miradas con un esfuerzo creciente, sintiendo que cada vez era más difícil, no por la incidencia de los ojos en ella ni por los ramos que llevaban los pasajeros; más bien porque había esperado un desenlace amable, una razón de risa como tener un tizne en la nariz (pero no lo tenía); y sobre su comienzo de risa se posaban helándola esas miradas atentas y continuas, como si los ramos la estuvieran mirando.

Súbitamente inquieta, dejó resbalar un poco el cuerpo, fijó los ojos en el estropeado respaldo delantero, examinando la palanca de la puerta de emergencia y su inscripción *Para abrir la puerta* TIRE LA MANIJA *hacia adentro y levántese,* considerando las letras una a una sin alcanzar a reunirlas en palabras. Lograba así una zona de seguridad, una tregua donde pensar. Es natural que los pasajeros miren al que recién asciende, está bien que la gente lleve ramos si va a Chacarita, y está casi bien que todos en el ómnibus tengan ramos. Pasaban delante del hospital Alvear, y del lado de Clara se tendían los baldíos en cuyo extremo lejano se levanta la Estrella, zona de charcos sucios, caballos amarillos con pedazos de soga colgándoles del pescuezo. A Clara le costaba apartarse de un paisaje que el brillo duro del sol no alcanzaba a alegrar, y apenas si una vez y otra se atrevía a dirigir una ojeada rápida al interior del coche. Rosas rojas y calas, más lejos gladiolos horribles, como machucados y sucios, color rosa viejo con manchas lívidas. El señor de la tercera ventanilla (la estaba mirando, ahora no, ahora de nuevo) llevaba claveles casi negros apretados en una sola masa continua, como una piel rugosa. Las dos muchachitas de nariz cruel que se sentaban adelante en uno de los asientos laterales sostenían entre ambas el ramo de los pobres, crisantemos y dalias, pero ellas no eran pobres, iban vestidas con saquitos bien cortados, faldas tableadas, medias blancas tres cuartos, y miraban a Clara con altanería. Quiso hacerles bajar los ojos, mocosas insolentes, pero eran cuatro pupilas fijas y también el guarda, el señor de los claveles, el calor en la nuca por toda esa gente de atrás, el viejo del cuello duro tan cerca, los jóvenes del asiento posterior, la Paternal: boletos de Cuenca terminan.

Nadie bajaba. El hombre ascendió ágilmente, enfrentando al guarda que lo esperaba a medio coche mirándole las manos. El hombre tenía veinte centavos en la derecha y con la otra se alisaba el saco. Esperó ajeno al escrutinio: «De quince», oyó Clara. Como ella: de quince. Pero el guarda no cortaba el boleto, seguía mirando al hombre que al final se dio cuenta y le hizo un gesto de impaciencia cordial: «Le dije de quince». Tomó el boleto

y esperó el vuelto. Antes de recibirlo, ya se había deslizado livianamente en un asiento vacío al lado del señor de
los claveles. El guarda le dio cinco centavos, lo miró otro
poco, desde arriba, como si le examinara la cabeza; él ni
se daba cuenta, absorto en la contemplación de los negros claveles. El señor lo observaba, una o dos veces lo
miró rápido y él se puso a devolverle la mirada; los dos
movían la cabeza casi a la vez, pero sin provocación,
nada más que mirándose. Clara seguía furiosa con las
chicas de adelante, que la miraban un rato largo y después al nuevo pasajero; hubo un momento, cuando el
168 empezaba su carrera pegado al paredón de Chacarita, en que todos los pasajeros estaban mirando al hombre y también a Clara, sólo que ya no la miraban directamente porque les interesaba más el recién llegado, pero
era como si la incluyeran en su mirada, unieran a los dos
en la misma observación. Qué cosa estúpida esa gente,
porque hasta las mocosas no eran tan chicas, cada uno
con su ramo y ocupaciones por delante, y portándo-
se con esa grosería. Le hubiera gustado prevenir al otro
pasajero, una oscura fraternidad sin razones crecía en
Clara. Decirle: «Usted y yo sacamos boleto de quince»,
como si eso los acercara. Tocarle el brazo, aconsejarle:
«No se dé por aludido, son unos impertinentes, metidos
ahí detrás de las flores como zonzos». Le hubiera gustado que él viniera a sentarse a su lado, pero el muchacho
—en realidad era joven, aunque tenía marcas duras en la
cara— se había dejado caer en el primer asiento libre que
tuvo a su alcance. Con un gesto entre divertido y azora-
do se empeñaba en devolver la mirada del guarda, de las
dos chicas, de la señora con los gladiolos; y ahora el se-

ñor de los claveles rojos tenía vuelta la cabeza hacia atrás y miraba a Clara, la miraba inexpresivamente, con una blandura opaca y flotante de piedra pómez. Clara le respondía obstinada, sintiéndose como hueca; le venían ganas de bajarse (pero esa calle, o esa altura, y total por nada, por no tener un ramo); notó que el muchacho parecía inquieto, miraba a un lado y al otro, después hacia atrás, y se quedaba sorprendido al ver a los cuatro pasajeros del asiento posterior y al anciano del cuello duro con las margaritas. Sus ojos pasaron por el rostro de Clara, deteniéndose un segundo en su boca, en su mentón; de adelante tiraban las miradas del guarda y las dos chiquilinas, de la señora de los gladiolos, hasta que el muchacho se dio vuelta para mirarlos como aflojando. Clara midió su acoso de minutos antes por el que ahora inquietaba al pasajero. «Y el pobre con las manos vacías», pensó absurdamente. Le encontraba algo de indefenso, solo con sus ojos para parar aquel fuego frío cayéndole de todas partes.

Sin detenerse el 168 entró en las dos curvas que dan acceso a la explanada frente al peristilo del cementerio. Las muchachitas vinieron por el pasillo y se instalaron en la puerta de salida; detrás se alinearon las margaritas, los gladiolos, las calas. Atrás había un grupo confuso y las flores olían para Clara, quietita en su ventanilla pero tan aliviada al ver cuántos se bajaban, lo bien que se viajaría en el otro tramo. Los claveles negros aparecieron en lo alto, el pasajero se había parado para dejar salir a los claveles negros, y quedó ladeado, metido a medias en un asiento vacío delante del de Clara. Era un lindo muchacho, sencillo y franco, tal vez un dependiente de farmacia, o un tenedor de libros, o constructor. El ómnibus se detuvo suavemente, y la puerta hizo un bufido al abrirse. El muchacho esperó que bajara la gente para elegir a gusto su asiento, mientras Clara participaba de su paciente espera y urgía con el deseo a los gladiolos y a las rosas para que bajasen de una vez. Ya la puerta abierta y todos en fila, mirándola y mirando al pasajero, sin bajar, mirándolos entre los ramos que se agitaban como si hubiera viento, un viento de debajo de la tierra que moviera las raíces de las plantas y agitara en bloque los ramos. Salieron las calas, los claveles rojos, los hombres de atrás con sus ramos, las dos chicas, el viejo de las margaritas. Quedaron ellos dos solos y el 168 pareció de golpe más pequeño, más gris, más bonito. Clara encontró bien y casi necesario que el pasajero se sentara a su lado, aunque tenía todo el ómnibus para elegir. Él se sentó y los dos bajaron la cabeza y se miraron las manos. Estaban ahí, eran simplemente manos; nada más.

–¡Chacarita! –gritó el guarda.

Clara y el pasajero contestaron su urgida mirada con una simple fórmula: «Tenemos boletos de quince». La pensaron tan sólo, y era suficiente.

La puerta seguía abierta. El guarda se les acercó.

–Chacarita –dijo, casi explicativamente.

El pasajero ni lo miraba, pero Clara le tuvo lástima.

–Voy a Retiro –dijo, y le mostró el boleto. Marca, marca, boletero un boleto azul o rosa. El conductor estaba casi salido del asiento, mirándolos; el guarda se volvió indeciso, hizo una seña. Bufó la puerta trasera (nadie había subido adelante) y el 168 tomó velocidad con bandazos coléricos, liviano y suelto en una carrera que puso plomo en el estómago de Clara. Al lado del conductor, el guarda se tenía ahora del barrote cromado y los miraba profundamente. Ellos le devolvían la mirada, se estuvieron así hasta la curva de entrada a Dorrego. Después Clara sintió que el muchacho posaba despacio una mano en la suya, como aprovechando que no podían verlo desde adelante. Era una mano suave, muy tibia, y ella no retiró la suya pero la fue moviendo despacio hasta llevarla más al extremo del muslo, casi sobre la rodilla. Un viento de velocidad envolvía al ómnibus en plena marcha.

—Tanta gente —dijo él, casi sin voz—. Y de golpe se bajan todos.

—Llevaban flores a la Chacarita —dijo Clara—. Los sábados va mucha gente a los cementerios.

—Sí, pero...

—Un poco raro era, sí. ¿Usted se fijó...?

—Sí —dijo él, casi cerrándole el paso—. Y a usted le pasó igual, me di cuenta.

—Es raro. Pero ahora ya no sube nadie.

El coche frenó brutalmente, barrera del Central Argentino. Se dejaron ir hacia adelante, aliviados por el salto a una sorpresa, a un sacudón. El coche temblaba como un cuerpo enorme.

—Yo voy a Retiro —dijo Clara.

—Yo también.

El guarda no se había movido, ahora hablaba iracundo con el conductor. Vieron (sin querer reconocer que estaban atentos a la escena) cómo el conductor abandonaba su asiento y venía por el pasillo hacia ellos, con el guarda copiándole los pasos. Clara notó que los dos miraban al muchacho y que éste se ponía rígido, como reuniendo fuerzas; le temblaron las piernas, el hombro que se apoyaba en el suyo. Entonces aulló horriblemente una locomotora a toda carrera, un humo negro cubrió el sol. El fragor del rápido tapaba las palabras que debía estar diciendo el conductor; a dos asientos del de ellos se detuvo, agachándose como quien va a saltar. El guarda lo contuvo prendiéndole una mano en el hombro, le señaló imperioso las barreras que ya se alzaban mientras el último vagón pasaba con un estrépito de hierros. El conductor apretó los labios y se volvió corriendo a su puesto; con un salto de rabia el 168 encaró las vías, la pendiente opuesta.

El muchacho aflojó el cuerpo y se dejó resbalar suavemente.

—Nunca me pasó una cosa así –dijo, como hablándose.

Clara quería llorar. Y el llanto esperaba ahí, disponible pero inútil. Sin siquiera pensarlo tenía conciencia de que todo estaba bien, que viajaba en un 168 vacío aparte de otro pasajero, y que toda protesta contra ese orden podía resolverse tirando de la campanilla y descendiendo en la primera esquina. Pero todo estaba bien así; lo único que sobraba era la idea de bajarse, de apartar esa mano que de nuevo había apretado la suya.

—Tengo miedo –dijo, sencillamente–. Si por lo menos me hubiera puesto unas violetas en la blusa.

Él la miró, miró su blusa lisa.

—A mí a veces me gusta llevar un jazmín del país en la solapa –dijo–. Hoy salí apurado y ni me fijé.

—Qué lástima. Pero en realidad nosotros vamos a Retiro.

—Seguro, vamos a Retiro.

Era un diálogo, un diálogo. Cuidar de él, alimentarlo.

–¿No se podría levantar un poco la ventanilla? Me ahogo aquí adentro.

Él la miró sorprendido, porque más bien sentía frío. El guarda los observaba de reojo, hablando con el conductor; el 168 no había vuelto a detenerse después de la barrera y daban ya la vuelta en Cánning y Santa Fe.

–Este asiento tiene ventanilla fija –dijo él–. Usted ve que es el único asiento del coche que viene así, por la puerta de emergencia.

–Ah –dijo Clara.

–Nos podíamos pasar a otro.

–No, no. –Le apretó los dedos, deteniendo sus movimientos de levantarse–. Cuanto menos nos movamos mejor.

–Bueno, pero podríamos levantar la ventanilla de adelante.

–No, por favor, no.

Él esperó, pensando que Clara iba a agregar algo, pero ella se hizo más pequeña en el asiento. Ahora lo miraba de lleno para escapar a la atracción de allá adelante, de esa cólera que les llegaba como un silencio o un calor. El pasajero puso la otra mano sobre la rodilla de Clara, y ella acercó la suya y ambos se comunicaron oscuramente por los dedos, por el tibio acariciarse de las palmas.

–A veces una es tan descuidada –dijo tímidamente Clara–. Cree que lleva todo, y siempre olvida algo.

–Es que no sabíamos.

–Bueno, pero lo mismo. Me miraban, sobre todo esas chicas, y me sentí tan mal.

–Eran insoportables –protestó él–. ¿Usted vio cómo se habían puesto de acuerdo para clavarnos los ojos?

–Al fin y al cabo, el ramo era de crisantemos y dalias –dijo Clara–. Pero presumían lo mismo.

–Porque los otros les daban alas –afirmó él con irritación–. El viejo de mi asiento con sus claveles apelmazados, con esa cara de pájaro. A los que no vi bien fue a los de atrás. ¿Usted cree que todos...?

–Todos –dijo Clara–. Los vi apenas había subido. Yo subí en Nogoyá y avenida San Martín, y casi en seguida me di vuelta y vi que todos, todos...

–Menos mal que se bajaron.

Pueyrredón, frenada en seco. Un policía moreno se abría en cruz acusándose de algo en su alto quiosco. El conductor salió del asiento como deslizándose, el guarda quiso sujetarlo de la manga, pero se soltó con violencia y vino por el pasillo, mirándolos alternadamente, encogido y con los labios húmedos parpadeando. «¡Ahí da paso!», gritó el guarda con una voz rara. Diez bocinas ladraban en la cola del ómnibus, y el conductor corrió afligido a su asiento. El guarda le habló al oído, dándose vuelta a cada momento para mirarlos.

–Si no estuviera usted... –murmuró Clara–. Yo creo que si no estuviera usted me habría animado a bajarme.

–Pero usted va a Retiro –dijo él, con alguna sorpresa.

–Sí, tengo que hacer una visita. No importa, me hubiera dado igual.

–Yo saqué boleto de quince –dijo él–. Hasta Retiro.

–Yo también. Lo malo es que si una se baja, después hasta que viene otro coche...

–Claro, y además a lo mejor está completo.

–A lo mejor. Se viaja tan mal, ahora. ¿Usted ha visto los subtes?

–Algo increíble. Cansa más el viaje que el empleo.

Un aire verde y claro flotaba en el coche, vieron el rosa viejo del Museo, la nueva Facultad de Derecho, y el 168 aceleró todavía más en Leandro N. Alem, como rabioso por llegar. Dos veces lo detuvo algún policía de tráfico, y dos veces quiso el conductor tirarse contra ellos; a la segunda, el guarda se le puso por delante, negándose con rabia, como si le doliera. Clara sentía subírsele las rodillas hasta el pecho, y las manos de su compañero la desertaron bruscamente y se cubrieron de huesos salientes, de venas rígidas. Clara no había visto jamás el paso viril de la mano al puño, contempló esos objetos macizos con una humilde confianza casi perdida bajo el terror. Y hablando todo el tiempo de los viajes, de las colas que hay que hacer en Plaza de Mayo, de la grosería de la gente, de la paciencia. Después callaron, mirando el paredón ferroviario, y su compañero sacó la billetera, la estuvo revisando muy serio, temblándole un poco los dedos.

–Falta apenas –dijo Clara, enderezándose –. Ya llegamos.

–Sí. Mire, cuando doble en Retiro, nos levantamos rápido para bajar.

–Bueno. Cuando esté al lado de la plaza.

–Eso es. La parada queda más acá de la torre de los Ingleses. Usted baja primero.

–Oh, es lo mismo.

–No, yo me quedaré atrás por cualquier cosa. Apenas doblemos yo me paro y le doy paso. Usted tiene que levantarse rápido y bajar un escalón de la puerta; entonces yo me pongo atrás.

–Bueno, gracias –dijo Clara mirándolo emocionada, y se concentraron en el plan, estudiando la ubicación de sus piernas, los espacios a cubrir. Vieron que el 168 tendría paso libre en la esquina de la plaza; temblándole los vidrios y a punto de embestir el cordón de la plaza, tomó el viraje a toda carrera. El pasajero saltó del asiento hacia adelante, y detrás de él pasó veloz Clara, tirándose escalón abajo mientras él se volvía y la ocultaba con su cuerpo. Clara miraba la puerta, las tiras de goma negra y los rectángulos de sucio vidrio; no quería ver otra cosa y temblaba horriblemente. Sintió en el pelo el jadeo de su compañero, los arrojó a un lado la frenada brutal, y en el mismo momento en que la puerta se abría el conductor corrió por el pasillo con las manos tendidas. Clara saltaba ya a la plaza, y cuando se volvió su compañero saltaba también y la puerta bufó al cerrarse. Las gomas negras apresaron una mano del conductor, sus dedos rígidos y blancos. Clara vio a través de las ventanillas que el guarda se había echado sobre el volante para alcanzar la palanca que cerraba la puerta.

Él la tomó del brazo y caminaron rápidamente por la plaza llena de chicos y vendedores de helados. No se dijeron nada, pero temblaban como de felicidad y sin mirarse. Clara se dejaba guiar, notando vagamente el césped, los canteros, oliendo un aire de río que crecía de frente. El florista estaba a un lado de la plaza, y él fue a pararse ante el canasto montado en caballetes y eligió dos ramos de pensamientos. Alcanzó uno a Clara, después le hizo tener los dos mientras sacaba la billetera y pagaba. Pero cuando siguieron andando (él no volvió a tomarla del brazo) cada uno llevaba su ramo, cada uno iba con el suyo y estaba contento.

En nombre de Boby

Ayer cumplió los ocho años, le hicimos una linda fiesta y Boby estuvo contento con el tren a cuerda, la pelota de fútbol y la torta con velitas. Mi hermana había tenido miedo de que justamente en esos días viniera con malas notas de la escuela pero fue al revés, mejoró en aritmética y en lectura y no había motivo para suprimirle los juguetes, al contrario. Le dijimos que invitara a sus amigos y trajo al Beto y a Juanita; también vino Mario Panzani pero se quedó poco porque el padre estaba enfermo. Mi hermana los dejó jugar en el patio hasta la noche y Boby estrenó la pelota, aunque las dos teníamos miedo de que nos rompieran las plantas con el entusiasmo. Cuando fue la hora de la naranjada y la torta con velitas le cantamos a coro el «apio verde» y nos reímos mucho porque todo el mundo estaba contento, sobre todo Boby y mi hermana; yo, claro, no dejé de vigilar a Boby y eso que me parecía estar perdiendo el tiempo, vigilando qué si no había nada que vigilar; pero lo mismo vigilándolo a Boby cuando él estaba distraído, buscándole esa mirada que mi hermana no parece advertir y que me hace tanto daño.

Ese día solamente la miró así una vez, justo cuando mi hermana encendía las velitas, apenas un segundo antes de bajar los ojos y decir como el niño bien educado que es: «Muy linda la torta, mamá», y Juanita aprobó también, y Mario Panzani. Yo había puesto el cuchillo largo para que Boby cortara la torta y en ese momento sobre todo lo vigilé desde la otra punta de la mesa, pero Boby estaba tan contento con la torta que apenas la miró así a mi hermana y se concentró en la tarea de cortar las tajadas bien igualitas y repartirlas. «Vos la primera, mamá», dijo Boby dándole su tajada, y después a Juanita y a mí porque primero las damas. En seguida se fueron al patio para seguir jugando salvo Mario Panzani que tenía al padre enfermo, pero antes Boby le dijo de nuevo a mi hermana que la torta estaba muy rica, y a mí vino corriendo y me saltó al pescuezo para darme uno de sus besos húmedos. «Qué lindo el trencito, tía», y por la noche se me trepó a las rodillas para confiarme el gran secreto: «Ahora tengo ocho años, sabés, tía».

Nos acostamos bastante tarde, pero era sábado y Boby podía remolonear como nosotras hasta entrada la mañana. Yo fui la última en irme a la cama y antes me ocupé de arreglar el comedor y poner las sillas en su sitio, los chicos habían jugado al barco hundido y a otros juegos que siempre dejan la casa patas arriba. Guardé el cuchillo largo y antes de acostarme vi que mi hermana ya dormía como una bendita; fui hasta la piecita de Boby y lo miré, estaba boca abajo como le gustaba ponerse desde chiquito, ya había tirado las sábanas al suelo y tenía una pierna fuera de la cama, pero dormía tan bien con la cara enterrada en la almohada. Si yo hubiera tenido un hijo también lo habría dejado dormir así, pero para qué pensar en esas cosas. Me acosté y no quise leer, capaz que hice mal porque no me venía el sueño y me pasaba lo de siempre a esa hora en que se pierde la voluntad y las ideas saltan de todos lados y parecen ciertas, todo lo que se piensa de golpe es cierto y casi siempre horrible y no hay manera de quitárselo de encima ni rezando. Bebí agua con azúcar y esperé contando desde trescientos, de atrás para adelante que es más difícil y hace venir el sueño; justo cuando ya estaba por dormirme me entró la duda si había guardado el cuchillo o si estaba todavía en la mesa. Era sonso porque había ordenado cada cosa y me acordaba que había puesto el cuchillo en el cajón de abajo de la alacena, pero lo mismo. Me levanté y claro, estaba ahí en el cajón mezclado con los otros cubiertos de trinchar. No sé por qué tuve como ganas de guardarlo en mi dormitorio, hasta lo saqué un momento pero ya era demasiado, me miré en el espejo y me hice una morisqueta. Tampoco eso me gustó mucho a esa hora, y entonces me serví un vasito de anís aunque era una imprudencia con mi hígado, y lo tomé de a sorbitos en la cama para ir buscando el sueño; de a ratos se oía roncar a mi hermana, y Boby como siempre hablaba o se quejaba.

Justo cuando ya me dormía todo volvió de golpe, la primera vez que Boby le había preguntado a mi hermana por qué era mala con él y mi hermana que es una santa, eso dicen todos, se había quedado mirándolo como si fuera una broma y hasta se había reído, pero yo que estaba ahí preparando el mate me acuerdo que Boby no se rió, al contrario estaba como afligido y quería saber, en esa época debía tener ya siete años y siempre hacía preguntas raras como todos los chicos, me acuerdo del día en que me preguntó a mí por qué los árboles eran diferentes de nosotros y yo a mi vez le pregunté por qué y Boby dijo: «Pero tía, ellos se abrigan en verano y se desabrigan en invierno», y yo me quedé con la boca abierta porque realmente, ese chico; todos son así, pero en fin. Y ahora mi hermana lo miraba extrañada, ella no había sido nunca mala con él, se lo dijo, solamente severa a veces cuando se portaba mal o estaba enfermo y había que hacerle cosas que no le gustaban, también las mamás de Juanita o de Mario Panzani eran severas con sus hijos cuando hacía falta, pero Boby la seguía mirando triste y al final explicó que no era el día, que ella era mala de noche cuando él estaba durmiendo, y las dos nos quedamos de una pieza y creo que fui yo la que empezó a explicarle que nadie tiene la culpa de lo que pasa en los sueños, que habría sido una pesadilla y ya está, no tenía que preocuparse. Ese día Boby no insistió, él siempre aceptaba nuestras explicaciones y no era un chico difícil, pero unos días después amaneció llorando a gritos y cuando yo llegué a su cama me abrazó y no quiso hablar, solamente lloraba y lloraba, otra pesadilla seguro, hasta que al mediodía se acordó de golpe en la mesa y volvió a preguntarle a mi hermana por qué cuando él estaba durmiendo ella era tan mala con él. Esta vez mi hermana lo tomó a pecho, le dijo que ya era demasiado grande para no distinguir y que si seguía insistiendo con eso le iba a avisar al doctor Kaplan porque a lo mejor tenía lombrices o apendicitis y había que hacerle algo. Yo sentí que Boby se iba a poner a llorar y me apuré a explicarle de nuevo lo de las pesadillas, tenía que darse cuenta de que nadie lo quería tanto como su mamá, ni siquiera yo que lo quería tanto, y Boby escuchaba muy serio, secándose una lágrima, y dijo que claro, que él sabía, se bajó de la silla para ir a besar a mi hermana que no sabía qué hacer, y después se quedó pensativo mirando al aire, y por la tarde lo fui a buscar al patio y le pedí que me contara a mí que era su tía, a mí podía confiarme todo como a su mamá, y si no quería decírselo a ella que me lo dijera a mí. Se sentía que no quería hablar, le costaba demasiado pero al final dijo algo como que de noche todo era distinto, habló de unos trapos negros, de que no podía soltar las manos ni los pies, cualquiera tiene pesadillas así pero era una lástima que Boby las tuviera justamente con mi hermana que tantos sacrificios había hecho por él, se lo dije y se lo repetí y él claro, estaba de acuerdo, claro que sí.

Justo después de eso mi hermana tuvo la pleuresía y a mí me tocó ocuparme de todo, Boby no me daba trabajo porque con lo chiquito que era se las arreglaba casi solo, me acuerdo que entraba a ver a mi hermana y se quedaba al lado de la cama sin hablar, esperando que ella le sonriera o le acariciara el pelo, y después se iba a jugar calladito al patio o a leer a la sala; ni siquiera tuve necesidad de decirle que no tocara el piano en esos días, con lo mucho que le gustaba. La primera vez que lo vi triste le expliqué que su mamá ya estaba mejor y que al otro día se levantaría un rato a tomar sol. Boby hizo un gesto raro y me miró de reojo; no sé, la idea me vino de golpe y le pregunté si de nuevo estaba con las pesadillas. Se puso a llorar muy callado, escondiendo la cara, después dijo que sí, que por qué su mamá era así con él; esa vez me di cuenta de que tenía miedo, cuando le bajé las manos para secarle la cara le vi el miedo y me costó hacerme la indiferente y explicarle de nuevo que no eran más que sueños. «A ella no le digas nada», le pedí, «fíjate que todavía está débil y se va a impresionar». Boby asintió callado, tenía tanta confianza en mí, pero más tarde llegué a pensar que lo había tomado al pie de la letra porque ni siquiera cuando mi hermana estaba convaleciente le habló otra vez de eso, yo se lo adivinaba algunas mañanas cuando lo veía salir de su cuarto con esa expresión perdida, y también porque se quedaba todo el tiempo conmigo, rondándome en la cocina. Una o dos veces no pude más y le hablé en el patio o cuando lo bañaba, y era siempre lo mismo, haciendo un esfuerzo para no llorar, tragándose las palabras, por qué su mamá era así con él de noche, pero más allá no podía ir, lloraba demasiado. Yo no quería que mi hermana se enterara porque había quedado mal de la pleuresía y capaz que la afectaba demasiado, se lo expliqué de nuevo a Boby que comprendía muy bien, a mí en cambio podía contarme cualquier cosa, ya iba a ver que cuando creciera un poco más iba a dejar de tener esas pesadillas; mejor que no comiera tanto pan por la noche, yo le iba a preguntar al doctor Kaplan si no le convendría algún laxante para dormir sin malos sueños. No le pregunté nada, claro, era difícil hablarle de una cosa así al doctor Kaplan que tenía tanta clientela y no estaba para perder el tiempo. No sé si hice bien pero Boby poco a poco dejó de preocuparme tanto, a veces lo veía con ese aire un poco perdido por las mañanas y me decía que a lo mejor de nuevo y entonces esperaba que él viniera a confiarse, pero Boby se ponía a dibujar o se iba a la escuela sin decirme nada y volvía contento y cada día más fuerte y sano y con las mejores notas.

La última vez fue cuando la ola de calor de febrero, mi hermana ya estaba curada y hacíamos la vida de siempre. No sé si se daba cuenta, pero yo no quería decirle nada porque la conozco y sé que es demasiado sensible, sobre todo cuando se trata de Boby, bien que me acuerdo de cuando Boby era chiquito y mi hermana todavía estaba bajo el golpe del divorcio y esas cosas, lo que le costaba aguantar cuando Boby lloraba o hacía alguna travesura y yo tenía que llevármelo al patio y esperar que todo se calmara, para eso estamos las tías. Más bien pienso que mi hermana no se daba cuenta de que a veces Boby se levantaba como si volviera de un largo viaje, con una cara perdida que le duraba hasta el café con leche, y cuando nos quedábamos solas yo siempre esperaba que ella dijera alguna cosa, pero no; y a mí me parecía mal recordarle algo que tenía que hacerla sufrir, más bien me imaginaba que en una de ésas Boby volvería a preguntarle por qué era mala con él, pero Boby también debía pensar que no tenía derecho a algo así, capaz que se acordaba de mi pedido y creía que nunca más tendría que hablarle de eso a mi hermana. Por momentos me venía la idea de que era yo la que estaba inventando, seguro que Boby ya no soñaba nada malo con su madre, a mí me lo hubiera dicho en seguida para consolarse; pero después le veía esa carita de algunas mañanas y volvía a preocuparme. Menos mal que mi hermana no se daba cuenta de nada, ni siquiera la primera vez que Boby la miró así, yo estaba planchando y él desde la puerta de la antecocina la miró a mi hermana y no sé, cómo se puede explicar una cosa así, solamente que la plancha casi me agujerea el camisón azul, la saqué justo a tiempo y Boby todavía estaba mirando así a mi hermana que amasaba para hacer empanadas. Cuando le pregunté qué buscaba, por decirle algo, él se sobresaltó y contestó que nada, que hacía demasiado calor afuera para jugar a la pelota. No sé con qué tono le había hecho la pregunta pero él repitió la explicación como para convencerme y se fue a dibujar a la sala. Mi hermana dijo que Boby estaba muy sucio y que lo iba a bañar esa misma tarde, con lo grande que era se olvidaba siempre de lavarse las orejas y los pies. Al final fui yo quien lo bañé porque mi hermana todavía se cansaba por la tarde, y mientras lo enjabonaba en la bañadera y él jugaba con el pato de plástico que nunca había querido abandonar, me animé a preguntarle si dormía mejor esa temporada.

—Más o menos —me dijo, después de un momento dedicado a hacer nadar el pato.

—¿Cómo más o menos? ¿Soñás o no soñás cosas feas?

—La otra noche sí —dijo Boby, sumergiendo el pato y manteniéndolo bajo el agua.

—¿Le contaste a tu mamá?

—No, a ella no. A ella...

No me dio tiempo a nada, enjabonado y todo se me tiró encima y me abrazó llorando, temblando, poniéndome a la miseria mientras yo trataba de rechazarlo y su cuerpo se me resbalaba entre los dedos hasta que él mismo se dejó caer sentado en la bañadera y se tapó la cara con las manos, llorando a gritos. Mi hermana vino corriendo y creyó que Boby se había resbalado y que le dolía algo, pero él dijo que no con la cabeza, dejó de llorar con un esfuerzo que le arrugaba la cara, y se levantó en la bañadera para que viéramos que no le había pasado nada, negándose a hablar, desnudo y enjabonado y tan solo en su llanto contenido que ni mi hermana ni yo podíamos calmarlo aunque viniéramos con toallas y caricias y promesas.

Después de eso yo buscaba siempre la oportunidad de darle confianza a Boby sin que se diera cuenta de que lo quería hacer hablar, pero las semanas fueron pasando y nunca quiso decirme nada, ahora cuando me adivinaba algo en la cara se iba en seguida o me abrazaba para pedirme caramelos o permiso para ir a la esquina con Juanita y Mario Panzani. A mi hermana no le pedía nada, era muy atento con ella que en el fondo seguía bastante delicada de salud y no se preocupaba demasiado de atenderlo porque yo llegaba siempre primero y Boby me aceptaba cualquier cosa, hasta lo más desagradable cuando era necesario, de manera que mi hermana no alcanzaba a darse cuenta de eso que yo había visto en seguida, esa manera de mirarla así por momentos, de quedarse en la puerta antes de entrar mirándola hasta que yo me daba cuenta y él bajaba rápido la vista o se ponía a correr o a hacer una cabriola. Lo del cuchillo fue casualidad, yo estaba cambiando el papel en la alacena de la antecocina y había sacado todos los cubiertos; no me di cuenta de que Boby había entrado hasta que me di vuelta para cortar otra tira de papel y lo vi mirando el cuchillo más largo. Se distrajo en seguida o quiso que no me diera cuenta, pero yo esa manera de mirar ya se la conocía y no sé, es estúpido pensar cosas pero me vino como un frío, casi un viento helado en esa antecocina tan recalentada. No fui capaz de decirle nada pero por la noche pensé que Boby había dejado de preguntarle a mi hermana por qué era mala con él, solamente a veces la miraba como había mirado el cuchillo largo, esa mirada diferente. Sería casualidad, claro, pero no me gustó cuando a la semana le volví a ver la misma cara mientras yo estaba justamente cortando pan con el cuchillo largo y mi hermana le explicaba a Boby que ya era tiempo que aprendiera a lustrarse solo los zapatos. «Sí, mamá», dijo Boby, solamente atento a lo que yo le estaba haciendo al pan, acompañando con los ojos cada movimiento del cuchillo y balanceándose un poco en la silla casi como si él mismo estuviera cortando el pan; a lo mejor pensaba en los zapatos y se movía como si los lustrara, seguro que mi hermana se imaginó eso porque Boby era tan obediente y tan bueno.

Por la noche se me ocurrió si no tendría que hablarle a mi hermana, pero qué le iba a decir si no pasaba nada y Boby sacaba las mejores notas del grado y esas cosas, solamente que no me podía dormir porque de golpe todo se juntaba de nuevo, era como una masa que se iba espesando y entonces el miedo, imposible saber de qué porque Boby y mi hermana ya estaban durmiendo y de a ratos se los oía moverse o suspirar, dormían tan bien, mucho mejor que yo ahí pensando toda la noche. Y claro, al final busqué a Boby en el jardín después que lo vi mirar otra vez así a mi hermana, le pedí que me ayudara a transplantar un almácigo y hablamos de un montón de cosas y él me confió que Juanita tenía una hermana que estaba de novia.

—Naturalmente, ya es grande —le dije—. Mirá, andá traeme el cuchillo largo de la cocina para cortar estas rafias.

Salió corriendo como siempre, porque nadie le ganaba en servicial conmigo, y me quedé mirando hacia la casa para verlo volver, pensando que en realidad tendría que haberle preguntado por los sueños antes de pedirle el cuchillo, para estar segura. Cuando volvió caminando muy despacio, como frotándose en el aire de la siesta para tardar más, vi que había elegido uno de los cuchillos cortos aunque yo había dejado el más largo bien a la vista porque quería estar segura de que lo iba a ver apenas abriera el cajón de la alacena.

—Éste no sirve —le dije. Me costaba hablar, era estúpido con alguien tan chiquito e inocente como Boby, pero ni siquiera alcanzaba a mirarlo en los ojos. Solamente sentí el envión cuando se me tiró en los brazos soltando el cuchillo y se apretó contra mí, se apretó tanto contra mí sollozando. Creo que en ese momento vi algo que debía ser su última pesadilla, no podría preguntárselo pero pienso que vi lo que él había soñado la última vez antes de dejar de tener las pesadillas y en cambio mirar así a mi hermana, mirar así el cuchillo largo.

Con legítimo orgullo*

In memoriam K.

Ninguno de nosotros recuerda el texto de la ley que obliga a recoger las hojas secas, pero estamos convencidos de que a nadie se le ocurriría que puede dejar de recogerlas; es una de esas cosas que vienen desde muy atrás, con las primeras lecciones de la infancia, y ya no hay demasiada diferencia entre los gestos elementales de atarse los zapatos o abrir los paraguas y los que hacemos al recoger las hojas secas a partir del dos de noviembre a las nueve de la mañana.

Tampoco a nadie se le ocurriría discutir la oportunidad de esa fecha, es algo que figura en las costumbres del país y que tiene su razón de ser. La víspera nos dedicamos a visitar el cementerio, no se hace otra cosa que acudir a las tumbas familiares, barrer las hojas secas que las ocultan y confunden, aunque ese día las hojas secas no tienen importancia oficial, por así decir, a lo sumo son

* Reproducido con autorización de Siglo XXI, S. A., México.

una penosa molestia de la que hay que librarse para luego cambiar el agua a los floreros y limpiar las huellas de los caracoles en las lápidas. Alguna vez se ha podido insinuar que la campaña contra las hojas secas podría adelantarse en dos o tres días, de manera que al llegar el primero de noviembre el cementerio estuviera ya limpio y las familias pudieran recogerse ante las tumbas sin el molesto barrido previo que suele provocar escenas penosas y nos distrae de nuestros deberes en ese día de recordación. Pero nunca hemos aceptado esas insinuaciones, como tampoco hemos creído que se pudieran impedir las expediciones a las selvas del norte, por más que nos cuesten. Son costumbres tradicionales que tienen su razón de ser, y muchas veces hemos oído a nuestros abuelos contestar severamente a esas voces anárquicas, haciendo notar que la acumulación de hojas secas en las tumbas sirve precisamente para mostrar a la colectividad la molestia que representan una vez avanzado el otoño, e incitarla así a participar con más entusiasmo en la labor que ha de iniciarse al día siguiente.

Toda la población está llamada a desempeñar una tarea en la campaña. La víspera, cuando regresamos del cementerio, la municipalidad ya ha instalado su quiosco pintado de blanco en medio de la plaza, y a medida que vamos llegando nos ponemos en fila y esperamos nuestro turno. Como la fila es interminable, la mayoría sólo puede volver muy tarde a su casa, pero tenemos la satisfacción de haber recibido nuestra tarjeta de manos de un funcionario municipal. En esa forma y a partir de la mañana siguiente, nuestra participación quedará registrada día tras día en las casillas de la tarjeta, que una máquina especial va perforando a medida que entregamos las bolsas de hojas secas o las jaulas con las mangostas, según la tarea que nos haya correspondido. Los niños son los que más se divierten porque les dan una tarjeta muy grande, que les encanta mostrar a sus madres, y los destinan a diversas tareas livianas pero sobre todo a vigilar el comportamiento de las mangostas. A los adultos nos toca el trabajo más pesado, puesto que además de dirigir a las mangostas debemos llenar las bolsas de arpillera con las hojas secas que han recogido las mangostas, y llevarlas a hombros hasta los camiones municipales. A los viejos se les confían las pistolas de aire comprimido con las que se pulveriza la esencia de serpiente sobre las hojas secas. Pero el trabajo de los adultos es el que exige la mayor responsabilidad, porque las mangostas suelen distraerse y no rinden lo que se espera de ellas; en ese caso nuestras tarjetas mostrarán al cabo de pocos días la insuficiencia de la labor realizada, y aumentarán las probabilidades de que nos envíen a las selvas del norte. Como es de imaginar hacemos todo lo posible por evitarlo, aunque llegado el caso reconocemos que se trata de una costumbre tan natural como la campaña misma, y no se nos ocurriría protestar; pero es humano que nos esforcemos lo más posible en hacer trabajar a las mangostas para conseguir el máximo de puntos en nuestras tarjetas, y que para ello seamos severos con las mangostas, los ancianos y los niños, elementos imprescindibles para el éxito de la campaña.

Nos hemos preguntado alguna vez cómo pudo nacer la idea de pulverizar las hojas secas con esencia de serpiente, pero después de algunas conjeturas desganadas acabamos por convenir en que el origen de las costumbres, sobre todo cuando son útiles y atinadas, se pierde en el fondo de la raza. Un buen día la municipalidad debió reconocer que la población no daba abasto para recoger las hojas que caen en otoño, y que sólo la utilización inteligente de las mangostas, que abundan en el país, podría cubrir el déficit. Algún funcionario proveniente de las ciudades linderas con la selva advirtió que las mangostas, indiferentes por completo a las hojas secas, se encarnizaban con ellas si olían a serpiente. Habrá hecho falta mucho tiempo para llegar a esos descubrimientos, para estudiar las reacciones de las mangostas frente a las hojas secas, para pulverizar las hojas secas a fin de que las mangostas las recogieran vindicativamente. Nosotros hemos crecido en una época en que ya todo estaba establecido y codificado, los criaderos de mangostas contaban con el personal necesario para adiestrarlas, y las expediciones a las selvas volvían cada verano con una cantidad satisfactoria de serpientes. Esas cosas nos resultan tan naturales que sólo pocas veces y con gran esfuerzo volvemos a hacernos las preguntas que nuestros padres contestaban severamente en nuestra infancia, enseñándonos así a responder algún día a las preguntas que nos harían nuestros hijos. Es curioso que ese deseo de interrogarse sólo se manifieste, y aun así muy raramente, antes o después de la campaña. El dos de noviembre, apenas hemos recibido nuestras tarjetas y nos entregamos a las tareas que nos han sido asignadas, la justificación de cada uno de nuestros actos nos parece tan evidente que sólo un loco osaría poner en duda la utilidad de la campaña y la forma en que se la lleva a cabo. Sin embargo, nuestras autoridades han debido prever esa posibilidad porque en el texto de la ley impresa en el dorso de las tarjetas se señalan los castigos que se impondrían en tales casos; pero nadie recuerda que haya sido necesario aplicarlos.

Siempre nos ha admirado cómo la municipalidad distribuye nuestras labores de manera que la vida del estado y del país no se vean alteradas por la ejecución de la campaña. Los adultos dedicamos cinco horas diarias a recoger las hojas secas, antes o después de cumplir nuestro horario de trabajo en la administración o en el comercio. Los niños dejan de asistir a las clases de gimnasia y a las de entrenamiento cívico y militar, y los viejos aprovechan las horas de sol para salir de los asilos y ocupar sus puestos respectivos. Al cabo de dos o tres días la campaña ha cumplido su primer objetivo, y las calles y plazas del distrito central quedan libres de hojas secas. Los encargados de las mangostas tenemos entonces que multiplicar las precauciones, porque a medida que progresa la campaña las mangostas muestran menos encarnizamiento en su trabajo, y nos incumbe la grave responsabilidad de señalar el hecho al inspector municipal de nuestro distrito para que ordene un refuerzo de las pulverizaciones. Esta orden sólo la da el inspector después de haberse asegurado de que hemos hecho todo lo posible para que las mangostas sigan recogiendo las hojas, y si se comprobara que nos hemos apresurado frívolamente a pedir que se refuercen las pulverizaciones, correríamos el riesgo de ser inmediatamente movilizados y enviados a las selvas. Pero cuando decimos riesgo es evidente que exageramos, porque las expediciones a las selvas forman parte de las costumbres del estado a igual título que la campaña propiamente dicha, y a nadie se le ocurriría protestar por algo que constituye un deber como cualquier otro.

Se ha murmurado alguna vez que es un error confiar a los ancianos las pistolas pulverizadoras. Puesto que se trata de una antigua costumbre no puede ser un error, pero a veces ocurre que los ancianos se distraen y gastan una buena parte de la esencia de serpiente en un pequeño sector de la calle o una plaza, olvidando que deben distribuirlo en una superficie lo más amplia posible. Ocurre así que las mangostas se precipitan salvajemente sobre un montón de hojas secas, y en pocos minutos las recogen y las traen hasta donde las esperamos con las bolsas preparadas; pero después, cuando confiadamente creemos que van a seguir con el mismo tesón, las vemos detenerse, olisquearse entre ellas como desconcertadas, y renunciar a su tarea con evidentes signos de fatiga y hasta de disgusto. En esos casos el adiestrador apela a su silbato, y por un momento consigue que las mangostas junten algunas hojas, pero no tardamos en darnos cuenta de que la pulverización ha sido despareja y que las mangostas se resisten con razón a una tarea que de golpe ha perdido todo interés para ellas. Si se contara con suficiente cantidad de esencia de serpiente, jamás se plantearían estas situaciones de tensión en las que los ancianos, nosotros y el inspector municipal nos vemos abocados a nuestras respectivas responsabilidades y sufrimos enormemente; pero desde tiempo inmemorial se sabe que la provisión de esencia apenas alcanza para cubrir las necesidades de la campaña, y que en algunos casos las expediciones a las selvas no han alcanzado su objetivo, obligando a la municipalidad a apelar a sus exiguas reservas para hacer frente a una nueva campaña. Esta situación acentúa el temor de que la próxima movilización abarque un número mayor de reclutas, aunque al decir temor es evidente que exageramos, porque el aumento del número de reclutas forma parte de las costumbres del estado a igual título que la campaña propiamente dicha, y a nadie se le ocurriría protestar por algo que constituye un deber como cualquier otro. De las expediciones a las selvas se habla poco entre nosotros, y los que regresan están obligados a callar por un juramento del que apenas tenemos noticia. Estamos convencidos de que nuestras autoridades procuran evitarnos toda preocupación referente a las expediciones a las selvas del norte, pero desgraciadamente nadie puede cerrar los ojos a las bajas. Sin la menor intención de extraer conclusiones, la muerte de tantos familiares o conocidos en el curso de cada expedición nos obliga a suponer que la búsqueda de las serpientes en las selvas tropieza cada año con la despiadada resistencia de los habitantes del país fronterizo, y que nuestros conciudadanos han tenido que hacer frente, a veces con graves pérdidas, a su crueldad y a su malicia legendarias. Aunque no lo digamos públicamente, a todos nos indigna que una nación que no recoge las hojas secas se oponga a que cacemos serpientes en sus selvas. Nunca hemos dudado de que nuestras autoridades están dispuestas a garantizar que la entrada de las expediciones en ese territorio no obedece a otro motivo, y que la resistencia que encuentran se debe únicamente a un estúpido orgullo extranjero que nada justifica.

La generosidad de nuestras autoridades no tiene límites, incluso en aquellas cosas que podrían perturbar la tranquilidad pública. Por eso nunca sabremos –ni queremos saber, conviene subrayarlo– qué ocurre con nuestros gloriosos heridos. Como si quisieran evitarnos inútiles zozobras, sólo se da a conocer la lista de los expedicionarios ilesos y la de los muertos, cuyos ataúdes llegan en el mismo tren militar que trae a los expedicionarios y a las serpientes. Dos días después las autoridades y la población acuden al cementerio para asistir al entierro de los caídos. Rechazando el vulgar expediente de la fosa común, nuestras autoridades han querido que cada expedicionario tuviera su tumba propia, fácilmente reconocible por su lápida y las inscripciones que la familia puede hacer grabar sin impedimento alguno; pero como en los últimos años el número de bajas ha sido cada vez más grande, la municipalidad ha expropiado los terrenos adyacentes para ampliar el cementerio. Puede imaginarse entonces cuántos somos los que al llegar el primero de noviembre acudimos desde la mañana al cementerio para honrar las tumbas de nuestros muertos. Desgraciadamente el otoño ya está muy avanzado, y las hojas secas cubren de tal manera las calles y las tumbas que resulta muy difícil orientarse; con frecuencia nos confundimos completamente y pasamos varias horas dando vueltas y preguntando hasta ubicar la tumba que buscamos. Casi todos llevamos nuestra escoba, y suele ocurrirnos barrer las hojas secas de una tumba creyendo que es la de nuestro muerto, y descubrir que estamos equivocados. Pero poco a poco vamos encontrando las tumbas, y ya mediada la tarde podemos descansar y recogernos. En cierto modo nos alerta haber tropezado con tantas dificultades para encontrar las tumbas porque eso prueba la utilidad de la campaña que va a comenzar a la mañana siguiente, y nos parece como si nuestros muertos nos alentaran a recoger las hojas secas, aunque no contemos con la ayuda de las mangostas que sólo intervendrán al día siguiente cuando las autoridades distribuyan la nueva ración de esencia de serpiente traída por los expedicionarios junto con los ataúdes de los muertos, y que los ancianos pulverizarán sobre las hojas secas para que las recojan las mangostas.

Las fases de Severo

In memoriam Remedios Varo

Todo estaba como quieto, como de alguna manera congelado en su propio movimiento, su olor y su forma que seguían y cambiaban con el humo y la conversación en voz baja entre cigarrillos y tragos. El Bebe Pessoa había dado ya tres fijas para San Isidro, la hermana de Severo cosía las cuatro monedas en las puntas del pañuelo para cuando a Severo le tocara el sueño. No éramos tantos pero de golpe una casa resulta chica, entre dos frases se arma el cubo transparente de dos o tres segundos de suspensión, y en momentos así algunos debían sentir como yo que todo eso, por más forzoso que fuera, nos lastimaba por Severo, por la mujer de Severo y los amigos de tantos años.

Como a las once de la noche habíamos llegado con Ignacio, el Bebe Pessoa y mi hermano Carlos. Éramos un poco de la familia, sobre todo Ignacio que trabajaba en la misma oficina de Severo, y entramos sin que se fijaran

223

demasiado en nosotros. El hijo mayor de Severo nos pidió que pasáramos al dormitorio, pero Ignacio dijo que nos quedaríamos un rato en el comedor; en la casa había gente por todas partes, amigos o parientes que tampoco querían molestar y se iban sentando en los rincones o se juntaban al lado de una mesa o de un aparador para hablar o mirarse. Cada tanto los hijos o la hermana de Severo traían café y copas de caña, y casi siempre en esos momentos todo se aquietaba como si se congelara en su propio movimiento y en el recuerdo empezaba a aletear la frase idiota: «Pasa un ángel», pero aunque después yo comentara un doblete del negro Acosta en Palermo, o Ignacio acariciara el pelo crespo del hijo menor de Severo, todos sentíamos que en el fondo la inmovilidad seguía, que estábamos como esperando cosas ya sucedidas o que todo lo que podía suceder era quizá otra cosa o nada, como en los sueños, aunque estábamos despiertos y de a ratos, sin querer escuchar, oíamos el llanto de la mujer de Severo, casi tímido en un rincón de la sala donde debían estar acompañándola los parientes más cercanos.

Uno se va olvidando de la hora en esos casos, o como dijo riéndose el Bebe Pessoa, es al revés y la hora se olvida de uno, pero al rato vino el hermano de Severo para decir que iba a empezar el sudor, y aplastamos los puchos y fuimos entrando de a uno en el dormitorio donde cabíamos casi todos porque la familia había sacado los muebles y no quedaban más que la cama y una mesa de luz. Severo estaba sentado en la cama, sostenido por las almohadas, y a los pies se veía un cobertor de sarga azul y una toalla celeste. No había ninguna necesidad de estar callado, y los hermanos de Severo nos invitaban con gestos cordiales (son tan buenas gentes todos) a acercarnos a la cama, a rodear a Severo que tenía las manos cruzadas sobre las rodillas. Hasta el hijo menor, tan chico, estaba ahora al lado de la cama mirando a su padre con cara de sueño.

La fase del sudor era desagradable porque al final había que cambiar las sábanas y el piyama, hasta las almohadas se iban empapando y pesaban como enormes lágrimas. A diferencia de otros que según Ignacio tendían a impacientarse, Severo se quedaba inmóvil, sin siquiera mirarnos, y casi en seguida el sudor le había cubierto la cara y las manos. Sus rodillas se recortaban como dos manchas oscuras, y aunque su hermana le secaba a cada momento el sudor de las mejillas, la transpiración brotaba de nuevo y caía sobre la sábana.

–Y eso que en realidad está muy bien –insistió Ignacio que se había quedado cerca de la puerta–. Sería peor si se moviera, las sábanas se pegan que da miedo.

–Papá es hombre tranquilo –dijo el hijo mayor de Severo–. No es de los que dan trabajo.

–Ahora se acaba –dijo la mujer de Severo, que había entrado al final y traía un piyama limpio y un juego de sábanas. Pienso que todos sin excepción la admiramos como nunca en ese momento, porque sabíamos que había estado llorando poco antes y ahora era capaz de atender a su marido con una cara tranquila y sosegada, hasta enérgica. Supongo que algunos de los parientes le dijeron frases alentadoras a Severo, yo ya estaba otra vez en el zaguán y la hija menor me ofrecía una taza de café. Me hubiera gustado darle conversación para distraerla, pero entraban otros y Manuelita es un poco tímida, a lo mejor piensa que me intereso por ella y prefiero permanecer neutral. En cambio el Bebe Pessoa es de los que van y vienen por la casa y por la gente como si nada, y entre él, Ignacio y el hermano de Severo ya habían formado una barra con algunas primas y sus amigas, hablando de cebar un mate amargo que a esa hora le vendría bien a más de cuatro porque asienta el asado. Al final no se pudo, en uno de esos momentos en que de golpe nos quedábamos inmóviles (insisto en que nada cambiaba, seguíamos hablando o gesticulando pero era así y de alguna manera hay que decirlo y darle una razón o un nombre) el hermano de Severo vino con una lámpara de acetileno y desde la puerta nos previno que iba a empezar la fase de los saltos. Ignacio se bebió el café de un trago y dijo que esa noche todo parecía andar más rápido; fue de los que se ubicaron cerca de la cama, con la mujer de Severo y el chico menor que se reía porque la mano derecha de Severo oscilaba como un metrónomo. Su mujer le había puesto un piyama blanco y la cama estaba otra vez impecable; olimos el agua colonia y el Bebe le hizo un gesto admirativo a Manuelita, que debía haber pensado en eso. Severo dio el primer salto y quedó sentado al borde de la cama, mirando a su hermana que lo alentaba con una sonrisa un poco estúpida y de circunstancias. Qué necesidad había de eso, pensé yo que prefiero las cosas limpias; y qué podía importarle a Severo que su hermana lo alentara o no. Los saltos se sucedían rítmicamente: sentado al borde de la cama, sentado contra la cabecera, sentado en el borde opuesto, de pie en el medio de la cama, de pie sobre el piso entre Ignacio y el Bebe, en cu-

clillas sobre el piso entre su mujer y su hermano, sentado
en el rincón de la puerta, de pie en el centro del cuarto,
siempre entre dos amigos o parientes, cayendo justo en
los huecos mientras nadie se movía y solamente los ojos
lo iban siguiendo, sentado en el borde de la cama, de pie
contra la cabecera, de cuclillas en el medio de la cama,
arrodillado en el borde de la cama, parado entre Ignacio
y Manuelita, de rodillas entre su hijo menor y yo, sentado al pie de la cama. Cuando la mujer de Severo anunció
el fin de la fase, todos empezaron a hablar al mismo
tiempo y a felicitar a Severo que estaba como ajeno; ya
no me acuerdo quién lo acompañó de vuelta a la cama
porque salíamos al mismo tiempo comentando la fase y
buscando alguna cosa para calmar la sed, y yo me fui con
el Bebe al patio a respirar el aire de la noche y a bebernos
dos cervezas del gollete.

En la fase siguiente hubo un cambio, me acuerdo, porque según Ignacio tenía que ser la de los relojes y en
cambio oímos llorar otra vez a la mujer de Severo en la
sala y casi en seguida vino el hijo mayor a decirnos que
ya empezaban a entrar las polillas. Nos miramos un poco
extrañados con el Bebe y con Ignacio, pero no estaba ex-
cluido que pudiera haber cambios y el Bebe dijo lo acostumbrado sobre el orden de los factores y esas cosas;
pienso que a nadie le gustaba el cambio pero disimulá-
bamos al ir entrando otra vez y formando círculo alrededor de la cama de Severo, que la familia había colocado
como correspondía en el centro del dormitorio.

El hermano de Severo llegó el último con la lámpara de acetileno, apagó la araña del cielo raso y corrió
la mesa de luz hasta los pies de la cama; cuando puso la

lámpara en la mesa de luz nos quedamos callados y quietos, mirando a Severo que se había incorporado a medias entre las almohadas y no parecía demasiado cansado por las fases anteriores. Las polillas empezaron a entrar por la puerta, y las que ya estaban en las paredes o el cielo raso se sumaron a las otras y empezaron a revolotear en torno a la lámpara de acetileno. Con los ojos muy abiertos Severo seguía el torbellino ceniciento que aumentaba cada vez más, y parecía concentrar todas sus fuerzas en esa contemplación sin parpadeos. Una de las polillas (era muy grande, yo creo que en realidad era una falena pero en esa fase se hablaba solamente de polillas y nadie hubiera discutido el nombre) se desprendió de las otras y voló a la cara de Severo; vimos que se pegaba a la mejilla derecha y que Severo cerraba por un instante los ojos. Una tras otra las polillas abandonaron la lámpara y volaron en torno de Severo, pegándose en el pelo, la boca y la frente hasta convertirlo en una enorme máscara temblorosa en la que sólo los ojos seguían siendo suyos y miraban empecinados la lámpara de acetileno donde una polilla se obstinaba en girar buscando entrada. Sentí que los dedos de Ignacio se me clavaban en el antebrazo, y sólo entonces me di cuenta de que también yo temblaba y tenía una mano hundida en el hombro del Bebe. Alguien gimió, una mujer, probablemente Manuelita que no sabía dominarse como los demás, y en ese mismo instante la última polilla voló hacia la cara de Severo y se perdió en la masa gris. Todos gritamos a la vez, abrazándonos y palmeándonos mientras el hermano de Severo corría a encender la araña del cielo raso; una nube de polillas buscaba torpemente la salida y Severo, otra vez la cara de Severo, seguía mirando la lámpara ya inútil y movía cautelosamente la boca como si temiera envenenarse con el polvo de plata que le cubría los labios.

No me quedé ahí porque tenían que lavar a Severo y ya alguien estaba hablando de una botella de grapa en la cocina, aparte de que en esos casos siempre sorprende cómo las bruscas recaídas en la normalidad, por decirlo así, distraen y hasta engañan. Seguí a Ignacio que conocía todos los rincones, y le pegamos a la grapa con el Bebe y el hijo mayor de Severo. Mi hermano Carlos se había tirado en un banco y fumaba con la cabeza gacha, respirando fuerte; le llevé una copa y se la bebió de un trago. El Bebe Pessoa se empecinaba en que Manuelita tomara un trago, y hasta le hablaba de cine y de carreras; yo me mandaba una grapa tras otra sin querer pensar en nada, hasta que no pude más y busqué a Ignacio que parecía esperarme cruzado de brazos.

—Si la última polilla hubiera elegido... —empecé.

Ignacio hizo una lenta señal negativa con la cabeza. Por supuesto, no había que preguntar; por lo menos en ese momento no había que preguntar; no sé si comprendí del todo pero tuve la sensación de un gran hueco, algo como una cripta vacía que en alguna parte de la memoria latía lentamente con un gotear de filtraciones. En la negación de Ignacio (y desde lejos me había parecido que el Bebe Pessoa también negaba con la cabeza, y que Manuelita nos miraba ansiosamente, demasiado tímida para negar a su vez) había como una suspensión del juicio, un no querer ir más adelante; las cosas eran así en su presente absoluto, como iban ocurriendo. Entonces podíamos seguir, y cuando la mujer de Severo entró en la cocina para avisar que Severo iba a decir los números, dejamos las copas medio llenas y nos apuramos, Manuelita entre el Bebe y yo, Ignacio atrás con mi hermano Carlos que llega siempre tarde a todos lados.

Los parientes ya estaban amontonados en el dormitorio y no quedaba mucho sitio donde ubicarse. Yo acababa de entrar (ahora la lámpara de acetileno ardía en el suelo, al lado de la cama, pero la araña seguía encendida) cuando Severo se levantó, se puso las manos en los bolsillos del piyama, y mirando a su hijo mayor dijo: «6», mirando a su mujer dijo: «20», mirando a Ignacio dijo: «23», con una voz tranquila y desde abajo, sin apurarse. A su hermana le dijo 16, a su hijo menor 28, a otros parientes les fue diciendo números casi siempre altos, hasta que a mí me dijo 2 y sentí que el Bebe me miraba de reojo y apretaba los labios, esperando su turno. Pero Severo se puso a decirles números a otros parientes y amigos, casi siempre por encima de 5 y sin repetirlos jamás. Casi al final al Bebe le dijo 14, y el Bebe abrió la boca y se estremeció como si le pasara un gran viento entre las cejas, se frotó las manos y después tuvo vergüenza y las escondió en los bolsillos del pantalón justo cuando Severo le decía 1 a una mujer de cara muy encendida, probablemente una parienta lejana que había venido sola y que casi no había hablado con nadie esa noche, y de golpe Ignacio y el Bebe se miraron y Manuelita se apoyó en el marco de la puerta y me pareció que temblaba, que se contenía para no gritar. Los demás ya no atendían a sus números, Severo los decía igual pero ellos empezaban a hablar, incluso Manuelita cuando se repuso y dio dos pasos hacia adelante y le tocó el 9, ya nadie se preocupaba y los números terminaron en un hueco 24 y un 12 que les tocaron a un pariente y a mi hermano Carlos; el mismo Severo parecía menos concentrado y con el último se echó hacia atrás y se dejó tapar por su mujer, cerrando los ojos como quien se desinteresa u olvida.

—Por supuesto es una cuestión de tiempo —me dijo Ignacio cuando salimos del dormitorio—. Los números por sí mismos no quieren decir nada, che.

—¿A vos te parece? —le pregunté bebiéndome de un trago la copa que me había traído el Bebe.

—Pero claro, che —dijo Ignacio—. Fijate que del 1 al 2 pueden pasar años, ponele diez o veinte, en una de ésas más.

—Seguro —apoyó el Bebe—. Yo que vos no me afligía.

Pensé que me había traído la copa sin que nadie se la pidiera, molestándose en ir hasta la cocina con toda esa gente. Y a él le había tocado el 14 y a Ignacio el 23.

—Sin contar que está el asunto de los relojes —dijo mi hermano Carlos que se había puesto a mi lado y me apoyaba la mano en el hombro—. Eso no se entiende mucho, pero a lo mejor tiene su importancia. Si te toca atrasar...

—Ventaja adicional —dijo el Bebe, sacándome la copa vacía de la mano como si tuviera miedo de que se me cayese al suelo.

Estábamos en el zaguán al lado del dormitorio, y por eso entramos de los primeros cuando el hijo mayor de Severo vino precisamente a decirnos que empezaba la fase de los relojes. Me pareció que la cara de Severo había enflaquecido de golpe, pero su mujer acababa de peinarlo y olía de nuevo a agua colonia que siempre da confianza. A mí me rodeaban mi hermano, Ignacio y el Bebe como para cuidarme el ánimo, y en cambio no había nadie que se ocupara de la parienta que había sacado el 1 y que estaba a los pies de la cama con la cara más roja que nunca, temblándole la boca y los párpados. Sin siquiera mirarla Severo le dijo a su hijo menor que adelantara, y el pibe no entendió y se puso a reír hasta que su madre lo agarró de un brazo y le quitó el reloj pulsera. Sabíamos que era un gesto simbólico, bastaba simplemente adelantar o atrasar las agujas sin fijarse en el número de horas o minutos, puesto que al salir de la habitación volveríamos a poner los relojes en hora. Ya a varios les tocaba adelantar o atrasar, Severo distribuía las indicaciones casi mecánicamente, sin interesarse; cuando a mí me tocó atrasar, mi hermano volvió a clavarme los dedos en el hombro; esta vez se lo agradecí, pensando como el Bebe que podía ser una ventaja adicional aunque nadie pudiera estar seguro; y también a la parienta de la cara colorada le tocaba atrasar, y la pobre se secaba unas lágrimas de gratitud, quizá completamente inútiles al fin y al cabo, y se iba para el patio a tener un buen ataque de nervios entre las macetas; algo oímos después desde la cocina, entre nuevas copas de grapa y las felicitaciones de Ignacio y de mi hermano.

–Pronto será el sueño –nos dijo Manuelita–, mamá manda decir que se preparen.

No había mucho que preparar, volvimos despacio al dormitorio, arrastrando el cansancio de la noche; pronto amanecería y era día hábil, a casi todos nos esperaban los empleos a las nueve o a las nueve y media; de golpe empezaba a hacer más frío, la brisa helada en el patio metiéndose por el zaguán, pero en el dormitorio las luces y la gente calentando el aire, casi no se hablaba y bastaba mirarse para ir haciendo sitio, ubicándose alrededor de la cama después de apagar los cigarrillos. La mujer de Severo estaba sentada en la cama, arreglando las almohadas, pero se levantó y se puso en la cabecera; Severo miraba hacia arriba, ignorándonos miraba la araña encendida, sin parpadear, con las manos apoyadas sobre el vientre, inmóvil e indiferente miraba sin parpadear la araña encendida y entonces Manuelita se acercó al borde de la cama y todos le vimos en la mano el pañuelo con las monedas atadas en las cuatro puntas. No quedaba más que esperar, sudando casi en ese aire encerado y caliente, oliendo agradecidos el agua colonia y pensando en el momento en que por fin podríamos irnos de la casa y fumar hablando en la calle, discutiendo o no lo de esa noche, probablemente no pero fumando hasta perdernos por las esquinas. Cuando los párpados de Severo empezaron a bajar lentamente, borrándole de a poco la imagen de la araña encendida, sentí cerca de mi oreja la respiración ahogada del Bebe Pessoa. Bruscamente había un cambio, un aflojamiento, se lo sentía como si no fuéramos más que un solo cuerpo de incontables piernas y manos y cabezas aflojándose de golpe, comprendiendo que era el fin, el sueño de Severo que empezaba, y el gesto de Manuelita al inclinarse sobre su padre y cubrirle la cara con el pañuelo, disponiendo las cuatro puntas de manera que lo sostuvieran naturalmente, sin arrugas ni espacios descubiertos, era lo mismo que ese suspiro contenido que nos envolvía a todos, nos tapaba a todos con el mismo pañuelo.

–Y ahora va a dormir –dijo la mujer de Severo–. Ya está durmiendo, fíjense.

Los hermanos de Severo se habían puesto un dedo en los labios pero no hacía falta, nadie hubiera dicho nada, empezábamos a movernos en puntas de pie, apoyándonos unos en otros para salir sin ruido. Algunos miraban todavía hacia atrás, el pañuelo sobre la cara de Severo, como si quisieran asegurarse de que Severo estaba dormido. Sentí contra mi mano derecha un pelo crespo y duro, era el hijo menor de Severo que un pariente había tenido cerca de él para que no hablara ni se moviera, y que ahora había venido a pegarse a mí, jugando a caminar en puntas de pie y mirándome desde abajo con unos ojos interrogantes y cansados. Le acaricié el mentón, las mejillas, llevándolo contra mí fui saliendo al zaguán y al patio, entre Ignacio y el Bebe que ya sacaban los atados de cigarrillos; el gris del amanecer con un gallo allá en lo hondo nos iba devolviendo a nuestra vida de cada uno, al futuro ya instalado en ese gris y ese frío, horriblemente hermoso. Pensé que la mujer de Severo y Manuelita (tal vez los hermanos y el hijo mayor) se quedaban adentro velando el sueño de Severo, pero nosotros íbamos ya camino de la calle, dejábamos atrás la cocina y el patio.

–¿No juegan más? –me preguntó el hijo de Severo, cayéndose de sueño pero con la obstinación de todos los pibes.

–No, ahora hay que ir a dormir –le dije–. Tu mamá te va a acostar, andate adentro que hace frío.

–Era un juego, ¿verdad, Julio?

–Sí, viejo, era un juego. Andá a dormir, ahora.

Con Ignacio, el Bebe y mi hermano llegamos a la primera esquina, encendimos otro cigarrillo sin hablar mucho. Otros ya andaban lejos, algunos seguían parados en la puerta de la casa, consultándose sobre tranvías o taxis, nosotros conocíamos bien el barrio, podíamos seguir juntos las primeras cuadras, después el Bebe y mi hermano doblarían a la izquierda, Ignacio seguiría unas cuadras más, y yo subiría a mi pieza y pondría a calentar la pava del mate, total no valía la pena acostarse por tan poco tiempo, mejor ponerse las zapatillas y fumar y tomar mate, esas cosas que ayudan.

Las ménades

Alcanzándome un programa impreso en papel crema, Don Pérez me condujo a mi platea. Fila nueve, ligeramente hacia la derecha: el perfecto equilibrio acústico. Conozco bien el teatro Corona y sé que tiene caprichos de mujer histérica. A mis amigos les aconsejo que no acepten jamás fila trece porque hay una especie de pozo de aire donde no entra la música; ni tampoco el lado izquierdo de las tertulias, porque al igual que en el Teatro Comunale de Florencia, algunos instrumentos dan la impresión de apartarse de la orquesta, flotar en el aire, y es así como una flauta puede ponerse a sonar a tres metros de uno mientras el resto continúa correctamente en la escena, lo cual será pintoresco pero muy poco agradable.

Le eché una mirada al programa. Tendríamos *El sueño de una noche de verano, Don Juan, El mar* y la *Quinta sinfonía*. No pude menos de reírme al pensar en el Maestro. Una vez más el viejo zorro había ordenado su programa de concierto con esa insolente arbitrariedad estética que encubría un profundo olfato psicológico, rasgo común en los régisseurs de music-hall, los virtuosos de piano y los match-makers de lucha libre. Sólo yo de puro aburrido podía meterme en un concierto donde después de Strauss, Debussy, y sobre el pucho, Beethoven contra todos los mandatos humanos y divinos. Pero el Maestro conocía a su público, armaba conciertos para los habitués del teatro Corona, es decir, gente tranquila y bien dispuesta que prefiere lo malo conocido a lo bueno por conocer, y que exige ante todo profundo respeto por su digestión y su tranquilidad. Con Mendelssohn se pondrían cómodos, después el *Don Juan* generoso y redondo, con tonaditas silbables. Debussy los haría sentirse artistas, porque no cualquiera entiende su música. Y luego el plato fuerte, el gran masaje vibratorio beethoveniano, así llama el destino a la puerta, la V de la victoria, el sordo genial, y después volando a casa que mañana hay un trabajo loco en la oficina.

En realidad yo le tenía un enorme cariño al Maestro, que nos trajo buena música a esta ciudad sin arte, alejada de los grandes centros, donde hace diez años no se pasaba de *La Traviata* y la obertura de *El Guaraní*. El Maestro vino a la ciudad contratado por un empresario decidido, y armó esta orquesta que podía considerarse de primera línea. Poco a poco nos fue soltando Brahms, Mahler, los impresionistas, Strauss y Mussorgski. Al principio los abonados le gruñeron y el Maestro tuvo que achicar las velas y poner muchas «secciones de ópera» en los programas; después empezaron a aplaudirle el Beethoven duro y parejo que nos planteaba, y al final lo ovacionaron por cualquier cosa, por sólo verlo, como ahora que su entrada estaba provocando un entusiasmo fuera de lo común. Pero a principios de temporada la gente tiene las manos frescas, aplaude con gusto, y además todo el mundo lo quería al Maestro que se inclinaba secamente, sin demasiada condescendencia, y se volvía a los músicos con su aire de jefe de brigantes. Yo tenía a mi izquierda a la señora de Jonatán, a quien no conozco mucho pero que pasa por melómana, y que sonrosadamente me dijo:

—Ahí tiene, ahí tiene a un hombre que ha conseguido lo que pocos. No sólo ha formado una orquesta sino un público. ¿No es admirable?

—Sí —dije yo con mi condescendencia habitual.

—A veces pienso que debería dirigir mirando hacia la sala, porque también nosotros somos un poco sus músicos.

—No me incluya, por favor —dije—. En materia de música tengo una triste confusión mental. Este programa, por ejemplo, me parece horrendo. Pero sin duda me equivoco.

La señora Jonatán me miró con dureza y desvió el rostro, aunque su amabilidad pudo más y la indujo a darme una explicación.

—El programa es de puras obras maestras, y cada una ha sido solicitada especialmente por cartas de admiradores. ¿No sabe que el Maestro cumple esta noche sus bodas de plata con la música? ¿Y que la orquesta festeja los cinco años de formación? Lea al dorso del programa, hay un artículo tan delicado del doctor Palacín.

Leí el artículo del doctor Palacín en el intervalo, después de Mendelssohn y Strauss que le valieron al Maestro sendas ovaciones. Paseándome por el foyer me pre-

gunté una o dos veces si las ejecuciones justificaban
semejantes arrebatos de un público que, según me cons-
ta, no es demasiado generoso. Pero los aniversarios son
las grandes puertas de la estupidez, y presumí que los
adictos del Maestro no eran capaces de contener su emo-
ción. En el bar encontré al doctor Epifanía con su familia, y me quedé a charlar unos minutos. Las chicas estaban rojas y excitadas, me rodearon como gallinitas
cacareantes (hacen pensar en volátiles diversos) para decirme que Mendelssohn había estado bestial, que era una
música como de terciopelo y de gasas, y que tenía un
romanticismo divino. Uno podría quedarse toda la vida
oyendo el nocturno, y el scherzo estaba tocado como por
manos de hadas. A la Beba le gustaba más Strauss porque
era fuerte, verdaderamente un Don Juan alemán, con esos
cornos y esos trombones que le ponían carne de gallina
–cosa que me resultó soprendentemente literal–. El doctor Epifanía nos escuchaba con sonriente indulgencia.

–¡Ah, los jóvenes! Bien se ve que ustedes no escucha-
ron tocar a Risler, ni dirigir a von Bülow. Ésos eran los
grandes tiempos.

Las chicas lo miraban furiosas. Rosario dijo que las or-
questas estaban mucho mejor dirigidas que cincuenta
años atrás, y la Beba negó a su padre todo derecho a dis-
minuir la calidad extraordinaria del Maestro.

–Por supuesto, por supuesto –dijo el doctor Epifanía–.
Considero que el Maestro está genial esta noche. ¡Qué
fuego, qué arrebato! Yo mismo hacía años que no aplaudía tanto.

Y me mostró dos manos con las que se hubiera dicho
que acababa de aplastar una remolacha. Lo curioso es

que hasta ese momento yo había tenido la impresión contraria, y me parecía que el Maestro estaba en una de esas noches en que el hígado le molesta y él opta por un estilo escueto y directo, sin prodigarse mucho. Pero debía ser el único que pensaba así, porque Cayo Rodríguez casi me saltó al pescuezo al descubrirme, y me dijo que el *Don Juan* había estado brutal y que el Maestro era un director increíble.

—¿Vos no viste ese momento en el scherzo de Mendelssohn cuando parece que en vez de una orquesta son como susurros de voces de duendes?

—La verdad —dije yo— es que primero tendría que enterarme de cómo son las voces de los duendes.

—No seas bruto —dijo Cayo enrojeciendo, y vi que me lo decía sinceramente rabioso—. ¿Cómo no sos capaz de captar eso? El Maestro está genial, che, dirige como nunca. Parece mentira que seas tan coriáceo.

Guillermina Fontán venía presurosa hacia nosotros. Repitió todos los epítetos de las chicas de Epifanía, y ella y Cayo se miraron con lágrimas en los ojos, conmovidos por esa fraternidad en la admiración que por un momento hace tan buenos a los humanos. Yo los contemplaba con asombro, porque no me explicaba del todo un entusiasmo semejante; cierto que no voy todas las noches a los conciertos como ellos, y que a veces me ocurre confundir Brahms con Bruckner y viceversa, lo que en su grupo sería considerado como de una ignorancia inapelable. De todas maneras esos rostros rubicundos, esos cuellos transpirados, ese deseo latente de seguir aplaudiendo aunque fuera en el foyer o en el medio de la calle, me hacían pensar en las influencias atmosféricas, la humedad o las manchas solares, cosas que suelen afectar los comportamientos humanos. Me acuerdo de que en ese momento pensé si algún gracioso no estaría repitiendo el memorable experimento del doctor Ox para incandescer al público. Guillermina me arrancó de mis cavilaciones sacudiéndome del brazo con violencia (apenas nos conocemos).

—Y ahora viene Debussy —murmuró excitadísima—. Esa puntilla de agua, *La Mer*.

—Será magnífico escucharla —dije, siguiéndole la corriente marina.

—¿Usted se imagina cómo la va a dirigir el Maestro?

—Impecablemente —estimé, mirándola para ver cómo juzgaba mi advertencia. Pero era evidente que Guillermina esperaba más fuego, porque se volvió a Cayo que bebía soda como un camello sediento y los dos se entregaron a un cálculo beatífico sobre lo que sería el segundo tiempo de Debussy, y la fuerza grandiosa que tendría el tercero. Me fui de ronda por los pasillos, volví al foyer, y en todas partes era entre conmovedor e irritante ver el entusiasmo del público por lo que acababa de escuchar. Un enorme zumbido de colmena alborotada incidía poco a poco en los nervios, y yo mismo acabé sintiéndome un poco febril y dupliqué mi ración habitual de soda Belgrano. Me dolía un poco no estar del todo en el juego, mirar a esa gente desde fuera, a lo entomólogo. Qué le iba a hacer, es una cosa que me ocurre siempre en la vida, y casi he llegado a aprovechar esta aptitud para no comprometerme en nada.

Cuando volví a la platea todo el mundo estaba ya en su sitio, y molesté a la entera fila para alcanzar mi butaca.

Los músicos entraban desganadamente a escena, y me pareció curioso cómo la gente se había instalado antes que ellos, ávida de escuchar. Miré hacia el paraíso y las galerías altas; una masa negra, como moscas en un tarro de dulce. En las tertulias, más separadas, los trajes de los hombres daban la impresión de bandadas de cuervos; algunas linternas eléctricas se encendían y apagaban, los melómanos provistos de partituras ensayaban sus métodos de iluminación. La luz de la gran lucerna central bajó poco a poco, y en la oscuridad de la sala oí levantarse los aplausos que saludaban la entrada del Maestro. Me pareció curiosa esa sustitución progresiva de la luz por el ruido, y cómo uno de mis sentidos entraba en juego justamente cuando el otro se daba al descanso. A mi izquierda la señora de Jonatán batía palmas con fuerza, toda la fila aplaudía cerradamente; pero a la derecha, dos o tres plateas más allá, vi a un hombre que se estaba inmóvil, con la cabeza gacha. Un ciego, sin duda; adiviné el brillo del bastón blanco, los anteojos inútiles. Sólo él y yo nos negábamos a aplaudir y me atrajo su actitud. Hubiera querido sentarme a su lado, hablarle: alguien que no aplaudía esa noche era un ser digno de interés. Dos filas más adelante, las chicas de Epifanía se rompían las manos, y su padre no se quedaba atrás. El Maestro saludó brevemente, mirando una o dos veces hacia arriba, de donde el ruido bajaba como rolidos para encontrarse con el de la platea y los palcos. Me pareció verle un aire entre interesado y perplejo; su oído debía estarle mostrando la diferencia entre un concierto ordinario y el de unas bodas de plata. Ni qué decir que *La Mer* le valió una ovación apenas algo menor que la obtenida con

Strauss, cosa por lo demás comprensible. Yo mismo me dejé atrapar por el último movimiento, con sus fragores y sus inmensos vaivenes sonoros, y aplaudí hasta que me dolieron las manos. La señora de Jonatán lloraba.

–Es tan inefable –murmuró volviendo hacia mí un rostro que parecía salir de la lluvia–. Tan increíblemente inefable...

El Maestro entraba y salía, con su destreza elegante y su manera de subir al podio como quien va a abrir un remate. Hizo levantarse a la orquesta, y los aplausos y los bravos redoblaron. A mi derecha, el ciego aplaudía suavemente, cuidándose las manos, era delicioso ver con qué parsimonia contribuía al homenaje popular, la cabeza gacha, el aire recogido y casi ausente. Los «¡bravo!», que resuenan siempre aisladamente y como expresiones individuales, restallaban desde todas direcciones. Los aplausos habían empezado con menos violencia que en la primera parte del concierto, pero ahora que la música quedaba olvidada y que no se aplaudía *Don Juan* ni *La Mer* (o, mejor, sus efectos), sino solamente al Maestro y al sentimiento colectivo que envolvía la sala, la fuerza de la ovación empezaba a alimentarse a sí misma, crecía por momentos y se tornaba casi insoportable. Irritado, miré hacia la izquierda; vi a una mujer vestida de rojo que corría aplaudiendo por el centro de la platea, y que se detenía al pie del podio, prácticamente a los pies del Maestro. Al inclinarse para saludar otra vez, el Maestro se encontró con la señora de rojo a tan poca distancia que se enderezó sorprendido. Pero de las galerías altas venía un fragor que lo obligó a alzar la cabeza y saludar como raras veces lo hacía, levantando el brazo izquierdo. Aquello exacerbó el entusiasmo, y a los aplausos se agregaban truenos de zapatos batiendo el piso de las tertulias y los palcos. Realmente era una exageración.

No había intervalo, pero el Maestro se retiró a descansar dos minutos, y yo me levanté para ver mejor la sala. El calor, la humedad y la excitación habían convertido a la mayoría de los asistentes en lamentables langostinos sudorosos. Cientos de pañuelos funcionaban como olas de un mar que grotescamente prolongaba el que acabábamos de oír. Muchas personas corrían hacia el foyer, para tragar a toda velocidad una cerveza o una naranjada. Temerosos de perder algo, retornaban a punto de tropezarse con otros que salían, y en la puerta principal de la platea había una confusión considerable. Pero no se producían altercados, la gente se sentía de una bondad infinita, era más bien como un gran reblandecimiento sentimental en que todos se encontraban fraternalmente y se reconocían. La señora de Jonatán, demasiado gorda para maniobrar en su platea, alzaba hasta mí, siempre de pie, un rostro extrañamente semejante a un rabanito. «Inefable» repetía. «Tan inefable.»

Casi me alegré de que volviera el Maestro, porque aquella multitud de la que yo formaba parte inexcusablemente me daba entre lástima y asco. De toda esa gente, los músicos y el Maestro parecían los únicos dignos. Y además el ciego a pocas plateas de la mía, rígido y sin aplaudir, con una atención exquisita y sin la menor bajeza.

—La Quinta —me humedeció en la oreja la señora de Jonatán—. El éxtasis de la tragedia.

Pensé que era más bien un título para película, y cerré los ojos. Tal vez buscaba en ese instante asimilarme al ciego, al único ser entre tanta cosa gelatinosa que me rodeaba. Y cuando veía ya pequeñas luces verdes cruzando mis párpados como golondrinas, la primera frase de la Quinta me cayó encima como una pala de excavadora, obligándome a mirar. El Maestro estaba casi hermoso, con su rostro fino y avizor, haciendo despegar la orquesta que zumbaba con todos sus motores. Un gran silencio se había hecho en la sala, sucediendo fulminantemente a los aplausos; hasta creo que el Maestro soltó la máquina antes de que terminaran de saludarlo. El primer movimiento pasó sobre nuestras cabezas con sus fuegos de recuerdo, sus símbolos, su fácil e involuntaria pega-pega. El segundo, magníficamente dirigido, repercutía en una sala donde el aire daba la impresión de estar incendiado pero con un incendio que fuera invisible y frío, que quemara de dentro afuera. Casi nadie oyó el primer grito porque fue ahogado y corto, pero como la muchacha estaba justamente delante de mí, su convulsión me sorprendió y al mismo tiempo la oí gritar, entre un gran acorde de metales y maderas. Un grito seco y breve como de espasmo amoroso o de histeria. Su cabeza se dobló hacia atrás, sobre esa especie de raro unicornio de bronce que tienen las plateas del Corona, y al mismo tiempo sus pies golpearon furiosamente el suelo mientras las personas a su lado la sujetaban por los brazos. Arriba, en la primera fila de tertulia, oí otro grito, otro golpe en el suelo. El Maestro cerró el segundo tiempo y soltó directamente el tercero; me pregunté si un director puede escuchar un grito de la platea, atrapado como está por el primer plano sonoro de la orquesta. La muchacha de la butaca delantera se doblaba ahora poco a poco y alguien (quizá su madre) la sostenía siempre de un brazo. Yo hubiera querido ayudar, pero menudo lío es meterse en las cosas de la fila de adelante, en pleno concierto y con gentes desconocidas. Quise decirle algo a la señora de Jonatán, por aquello de que las mujeres son las indicadas para atender esa clase de ataques, pero estaba con los ojos en la espalda del Maestro, perdida en la música; me pareció que algo le brillaba debajo de la boca, en la barbilla. De golpe dejé de ver al Maestro, porque la rotunda espalda de un señor de smoking se enderezaba en la fila delantera. Era muy raro que alguien se levantara a mitad del movimiento, pero también eran raros esos gritos y la indiferencia de la gente ante la muchacha histérica. Algo como una mancha roja me obligó a mirar hacia el centro de la platea, y nuevamente vi a la señora que en el intervalo había corrido a aplaudir al pie del podio. Avanzaba lentamente, yo hubiera dicho que agazapada aunque su cuerpo se mantenía erecto, pero era más bien el tono de su marcha, un avance a pasos lentos, hipnóticos, como quien se prepara a dar un salto. Miraba fijamente al Maestro, vi por un instante la lumbre emocionada de sus ojos. Un hombre salió de las filas y se puso a andar tras ella; ahora estaban a la altura de la quinta fila y otras tres personas se les agregaban. La música concluía, saltaban los primeros grandes acordes finales desencadenados por el Maestro con espléndida sequedad, como masas escultóricas surgiendo de una sola vez, altas columnas blancas y verdes, un Karnak de sonido por cuya nave avanzaban paso a paso la mujer roja y sus seguidores.

Entre dos estallidos de la orquesta oí gritar otra vez, pero ahora el clamor venía de uno de los palcos de la derecha. Y con él los primeros aplausos, sobre la música, incapaces de retenerse por más tiempo, como si en ese jadeo de amor que venían sosteniendo el cuerpo masculino de la orquesta con la enorme hembra de la sala entregada, ésta no hubiera querido esperar el goce y se abandonara a su placer entre retorcimientos quejumbrosos y gritos de insoportable voluptuosidad. Incapaz de moverme en mi butaca, sentía a mis espaldas como un nacimiento de fuerzas, un avance paralelo al avance de la mujer de rojo y sus seguidores por el centro de la platea, que llegaban ya bajo el podio en el preciso momento en que el Maestro, igual a un matador que envaina su estoque en el toro, metía la batuta en el último muro de sonido y se doblaba hacia adelante, agotado, como si el aire vibrante lo hubiese corneado con el impulso final. Cuando se enderezó la sala entera estaba de pie y yo con ella, y el espacio era un vidrio instantáneamente trizado por un bosque de lanzas agudísimas, los aplausos y los gritos confundiéndose en una materia insoportablemente grosera y rezumante pero llena a la vez de una cierta grandeza, como una manada de búfalos a la carrera o algo por el estilo. De todas partes confluía el público a la platea y casi sin sorpresa vi a dos hombres saltar de los palcos al suelo. Gritando como una rata pisoteada, la señora de Jonatán había podido desencajarse de su asiento, y con la boca abierta y los brazos tendidos hacia la escena vociferaba su entusiasmo. Hasta ese instante el Maestro había permanecido de espaldas, casi desdeñoso, mirando a sus músicos con probable aprobación. Ahora se dio vuelta, lentamente, y bajó la cabeza en su primer saludo. Su cara estaba muy blanca, como si la fatiga lo venciera, y llegué a pensar (entre tantas otras sensaciones, trozos de pensamientos, ráfagas instantáneas de todo lo que me rodeaba en ese infierno del entusiasmo) que podía desmayarse. Saludó por segunda vez, y al hacerlo miró a la derecha donde un hombre de smoking y pelo rubio acababa de saltar al escenario seguido por otros dos. Me pareció que el Maestro iniciaba un movimiento como para descender del podio, pero entonces reparé en que ese movimiento tenía algo de espasmódico, como de querer librarse. Las manos de la mujer de rojo se cerraban en su tobillo derecho; tenía la cara alzada hacia el Maestro y gritaba, al menos yo veía su boca abierta y supongo que gritaba como los demás, probablemente como yo mismo. El Maestro dejó caer la batuta y se esforzó por soltarse, mientras decía algo imposible de escuchar. Uno de los seguidores de la mujer le abrazaba ya la otra pierna, desde la rodilla, y el Maestro se volvió hacia su orquesta como reclamando auxilio. Los músicos estaban de pie, en una enorme confusión de instrumentos, bajo la luz cegadora de las lámparas de escena. Los atriles caían como espigas a medida que por los dos lados del escenario subían hombres y mujeres de la platea, al punto que ya no podía saber quiénes eran músicos o no. Por eso el Maestro, al ver que un hombre trepaba por detrás del podio, se agarró de él para que lo ayudara a arrancarse de la mujer y sus seguidores que le cubrían ya las piernas con las manos, y en ese momento se dio cuenta de que el hombre no era uno de sus músicos y quiso rechazarlo, pero el otro lo abrazó por la cintura, vi que la mujer de rojo abría los brazos como reclamando, y el cuerpo del Maestro se perdió en un vórtice

de gentes que lo envolvían y se lo llevaban amontonada-
mente. Hasta ese instante yo había mirado todo con una
especie de espanto lúcido, por encima o por debajo de lo
que estaba ocurriendo, pero en el mismo momento me
distrajo un grito agudísimo a mi derecha y vi que el ciego
se había levantado y revolvía los brazos como aspas, clamando, reclamando, pidiendo algo. Fue demasiado, entonces ya no pude seguir asistiendo, me sentí partícipe
mezclado en ese desbordar del entusiasmo y corrí a mi
vez hacia el escenario y salté por un costado, justamente
cuando una multitud delirante rodeaba a los violinistas,
les quitaba los instrumentos (se los oía crujir y reventarse
como enormes cucarachas marrones) y empezaba a tirar-
los del escenario a la platea, donde otros esperaban a los
músicos para abrazarlos y hacerlos desaparecer en con-
fusos remolinos. Es muy curioso pero yo no tenía ningún
deseo de contribuir a esas demostraciones, solamente estar al lado y ver lo que ocurría, sobrepasado por ese homenaje inaudito. Me quedaba suficiente lucidez como
para preguntarme por qué los músicos no escapaban a
toda carrera por entre bambalinas, y en seguida vi que
no era posible porque legiones de oyentes habían blo-
queado las dos alas del escenario, formando un cordón
móvil que avanzaba pisoteando los instrumentos, haciendo volar los atriles, aplaudiendo y vociferando al
mismo tiempo, en un estrépito tan monstruoso que ya
empezaba a asemejarse al silencio. Vi correr hacia mí un
tipo que traía su clarinete en la mano, y estuve tentado
de agarrarlo al pasar o hacerle una zancadilla para que el
público pudiera atraparlo. No me decidí, y una señora
de rostro amarillento y gran escote donde galopaban

montones de perlas me miró con odio y escándalo al pasar a mi lado y apoderarse del clarinetista que chilló débilmente y trató de proteger su instrumento. Se lo quitaron entre dos hombres, y el músico tuvo que dejarse llevar del lado de la platea donde la confusión alcanzaba su pleno.

Los gritos sobrepujaban ahora a los aplausos, la gente estaba demasiado ocupada abrazando y palmeando a los músicos para poder aplaudir, de modo que la calidad del estrépito iba virando a un tono cada vez más agudo, roto aquí y allá por verdaderos alaridos entre los que me pareció oír algunos con ese color especialísimo que da el sufrimiento, tanto que me pregunté si en las carreras y en los saltos no habría tipos quebrándose los brazos y las piernas, y a mi vez me tiré de vuelta a la platea ahora que el escenario estaba vacío y los músicos en posesión de sus admiradores que los llevaban en todas direcciones, parte hacia los palcos, donde confusamente se adivinaban movimientos y revuelos, parte hacia los estrechos pasillos que lateralmente conducen al foyer. Era de los palcos de donde venían los clamores más violentos como si los músicos, incapaces de resistir la presión y el ahogo de tantos abrazos, pidieran desesperadamente que los dejaran respirar. La gente de las plateas se amontonaba frente a las aberturas de los palcos balcón, y cuando corrí por entre las butacas para acercarme a uno de ellos la confusión parecía mayor, las luces bajaron bruscamente y se redujeron a una lumbre rojiza que apenas permitía ver las caras, mientras los cuerpos se convertían en sombras epilépticas, en un amontonamiento de volúmenes informes tratando de rechazarse o confundirse unos con otros. Me pareció distinguir la cabellera plateada del Maestro en el segundo palco de mi lado, pero en este instante mismo desapareció como si lo hubieran hecho caer de rodillas. A mi lado oí un grito seco y violento, y vi a la señora de Jonatán y a una de las chicas de Epifanía precipitándose hacia el palco del Maestro, porque ahora yo estaba seguro de que en ese palco estaba el Maestro rodeado de la mujer vestida de rojo y sus seguidores. Con una agilidad increíble la señora de Jonatán puso un pie entre las dos manos de la chica de Epifanía, que cruzaba los dedos para hacerle un estribo, y se precipitó de cabeza en el interior del palco. La chica de Epifanía me miró, reconociéndome, y me gritó algo, probablemente que la ayudara a subir, pero no le hice caso y me quedé a distancia del palco, poco dispuesto a disputarles su derecho a individuos absolutamente enloquecidos de entusiasmo, que se batían entre ellos a empellones. A Cayo Rodríguez, que se había distinguido en el escenario por su encarnizamiento en hacer bajar los músicos a la platea, acababan de partirle la nariz de una trompada, y andaba titubeando de un lado a otro con la cara cubierta de sangre. No me dio la menor lástima, ni tampoco ver al ciego arrastrándose por el suelo, dándose contra las plateas, perdido en ese bosque simétrico sin puntos de referencia. Ya no me importaba nada, solamente saber si los gritos iban a cesar de una vez porque de los palcos seguían saliendo gritos penetrantes que el público de la platea repetía y coreaba incansable, mientras cada uno trataba de desalojar a los demás y meterse por algún lado en los palcos. Era evidente que los pasillos exteriores estaban atiborrados, pues el asalto mayor se daba desde la platea misma, tratando de saltar como lo había hecho la señora de Jonatán. Yo veía todo eso, y me daba cuenta de todo eso, y al mismo tiempo no tenía el menor deseo de agregarme a la confusión, de modo que mi indiferencia me producía un extraño sentimiento de culpa, como si mi conducta fuera el escándalo final y absoluto de aquella noche. Sentándome en una platea solitaria dejé que pasaran los minutos, mientras al margen de mi inercia iba notando el decrecimiento del inmenso clamor desesperado, el debilitamiento de los gritos que al fin cesaron, la retirada confusa y murmurante de parte del público. Cuando me pareció que ya se podía salir, dejé atrás la parte central de la platea y atravesé el pasillo que da al foyer. Uno que otro individuo se desplazaba como borracho, secándose las manos o la boca con el pañuelo, alisándose el traje, componiéndose el cuello. En el foyer vi algunas mujeres que buscaban espejos y revolvían en sus carteras. Una de ellas debía haberse lastimado porque tenía sangre en el pañuelo. Vi salir corriendo a las chicas de Epifanía; parecían furiosas por no haber llegado a los palcos, y me miraron como si yo tuviera la culpa. Cuando consideré que ya estarían afuera, eché a andar hacia la escalinata de salida, y en ese momento asomaron al foyer la mujer vestida de rojo y sus seguidores. Los hombres marchaban detrás de ella como antes, y parecían cubrirse mutuamente para que no se viera el destrozo de sus ropas. Pero la mujer vestida de rojo iba al frente, mirando altaneramente, y cuando estuve a su lado vi que se pasaba la lengua por los labios, lenta y golosamente se pasaba la lengua por los labios que sonreían.

Axolotl

Hubo un tiempo en que yo pensaba mucho en los axolotl. Iba a verlos al acuario del Jardin des Plantes y me quedaba horas mirándolos, observando su inmovilidad, sus oscuros movimientos. Ahora soy un axolotl.

El azar me llevó hasta ellos una mañana de primavera en que París abría su cola de pavorreal después de la lenta invernada. Bajé por el bulevar de Port-Royal, tomé St. Marcel y L'Hôpital, vi los verdes entre tanto gris y me acordé de los leones. Era amigo de los leones y las panteras, pero nunca había entrado en el húmedo y oscuro edificio de los acuarios. Dejé mi bicicleta contra las rejas y fui a ver los tulipanes. Los leones estaban feos y tristes y mi pantera dormía. Opté por los acuarios, soslayé peces vulgares hasta dar inesperadamente con los axolotl. Me quedé una hora mirándolos y salí, incapaz de otra cosa.

En la biblioteca Sainte-Geneviève consulté un diccionario y supe que los axolotl son formas larvales, provistas de branquias, de una especie de batracios del género amblistoma. Que eran mexicanos lo sabía ya por ellos mismos, por sus pequeños rostros rosados aztecas y el cartel en lo alto del acuario. Leí que se han encontrado ejemplares en África capaces de vivir en tierra durante los períodos de sequía, y que continúan su vida en el agua al llegar la estación de las lluvias. Encontré su nombre español, ajolote, la mención de que son comestibles y que su aceite se usaba (se diría que no se usa más) como el de hígado de bacalao.

No quise consultar obras especializadas, pero volví al día siguiente al Jardin des Plantes. Empecé a ir todas las mañanas, a veces de mañana y de tarde. El guardián de los acuarios sonreía perplejo al recibir el billete. Me apoyaba en la barra de hierro que bordea los acuarios y me ponía a mirarlos. No hay nada de extraño en esto, porque desde un primer momento comprendí que estábamos vinculados, que algo infinitamente perdido y distante seguía sin embargo uniéndonos. Me había bastado detenerme aquella primera mañana ante el cristal donde unas burbujas corrían en el agua. Los axolotl se amontonaban en el mezquino y angosto (sólo yo puedo saber cuán angosto y mezquino) piso de piedra y musgo del acuario. Había nueve ejemplares, y la mayoría apoyaba la cabeza contra el cristal, mirando con sus ojos de oro a los que se acercaban. Turbado, casi avergonzado, sentí como una impudicia asomarme a esas figuras silenciosas e inmóviles aglomeradas en el fondo del acuario. Aislé mentalmente una, situada a la derecha y algo separada de las otras, para estudiarla mejor. Vi un cuerpecito rosado y como translúcido (pensé en las estatuillas chinas de cristal lechoso), semejante a un pequeño lagarto de quince centímetros, terminado en una cola de pez de una delicadeza extraordinaria, la parte más sensible de nuestro cuerpo. Por el lomo corría una aleta transparente que se fusionaba con la cola, pero lo que me obsesionó fueron las patas, de una finura sutilísima, acabadas en menudos dedos, en uñas minuciosamente humanas. Y entonces descubrí sus ojos, su cara. Un rostro inexpresivo, sin otro rasgo que los ojos, dos orificios como cabezas de alfiler, enteramente de un oro transparente, carentes de toda vida pero mirando, dejándose penetrar por mi mirada que parecía pasar a través del punto áureo y perderse en un diáfano misterio interior. Un delgadísimo halo negro rodeaba el ojo y lo inscribía en la carne rosa, en la piedra rosa de la cabeza vagamente triangular pero con lados curvos e irregulares, que le daban una total semejanza con una estatuilla corroída por el tiempo. La boca estaba disimulada por el plano triangular de la cara, sólo de perfil se adivinaba su tamaño considerable; de frente una fina hendedura rasgaba apenas la piedra sin vida. A ambos lados de la cabeza, donde hubieran debido estar las orejas, le crecían tres ramitas rojas como de coral, una excrecencia vegetal, las branquias, supongo. Y era lo único vivo en él, cada diez o quince segundos las ramitas se enderezaban rígidamente y volvían a bajarse. A veces una pata se movía apenas, yo veía los diminutos dedos posándose con suavidad en el musgo. Es que no nos gusta movernos mucho, y el acuario es tan mezquino; apenas avanzamos un poco nos damos con la cola o la cabeza de otro de nosotros; surgen dificultades, peleas, fatiga. El tiempo se siente menos si nos estamos quietos.

Fue su quietud lo que me hizo inclinarme fascinado la primera vez que vi a los axolotl. Oscuramente me pareció comprender su voluntad secreta, abolir el espacio y el tiempo con una inmovilidad indiferente. Después supe mejor la contracción de las branquias, el tanteo de las finas patas en las piedras, la repentina natación (algunos de ellos nadan con la simple ondulación del cuerpo) me probó que eran capaces de evadirse de ese sopor mineral en que pasaban horas enteras. Sus ojos sobre todo me obsesionaban. Al lado de ellos, en los restantes acuarios, diversos peces me mostraban la simple estupidez de sus hermosos ojos semejantes a los nuestros. Los ojos de los axolotl me decían de la presencia de una vida diferente, de otra manera de mirar. Pegando mi cara al vidrio (a veces el guardián tosía, inquieto) buscaba ver mejor los diminutos puntos áureos, esa entrada al mundo infinitamente lento y remoto de las criaturas rosadas. Era inútil golpear con el dedo en el cristal, delante de sus caras; jamás se advertía la menor reacción. Los ojos de oro seguían ardiendo con su dulce, terrible luz; seguían mirándome desde una profundidad insondable que me daba vértigo.

Y sin embargo estaban cerca. Lo supe antes de esto, antes de ser un axolotl. Lo supe el día en que me acerqué a ellos por primera vez. Los rasgos antropomórficos de un mono revelan, al revés de lo que cree la mayoría, la distancia que va de ellos a nosotros. La absoluta falta de semejanza de los axolotl con el ser humano me probó que mi reconocimiento era válido, que no me apoyaba en analogías fáciles. Sólo las manecitas... Pero una lagartija tiene también manos así, y en nada se nos parece. Yo creo que era la cabeza de los axolotl, esa forma triangular rosada con los ojillos de oro. Eso miraba y sabía. Eso reclamaba. No eran *animales*.

Parecía fácil, casi obvio, caer en la mitología. Empecé viendo en los axolotl una metamorfosis que no conseguía anular una misteriosa humanidad. Los imaginé conscientes, esclavos de su cuerpo, infinitamente condenados a un silencio abisal, a una reflexión desesperada. Su mirada ciega, el diminuto disco de oro inexpresivo y sin embargo terriblemente lúcido, me penetraba como un mensaje: «Sálvanos, sálvanos». Me sorprendía musitando palabras de consuelo, transmitiendo pueriles esperanzas. Ellos seguían mirándome, inmóviles; de pronto las ramillas rosadas de las branquias se enderezaban. En ese instante yo sentía como un dolor sordo; tal vez me veían, captaban mi esfuerzo por penetrar en lo impenetrable de sus vidas. No eran seres humanos, pero en ningún animal había encontrado una relación tan profunda conmigo. Los axolotl eran como testigos de algo, y a veces como horribles jueces. Me sentía innoble frente a ellos; había una pureza tan espantosa en esos ojos transparentes. Eran larvas, pero larva quiere decir máscara y también fantasma. Detrás de esas caras aztecas, inexpresivas y sin embargo de una crueldad implacable, ¿qué imagen esperaba su hora?

Les temía. Creo que de no haber sentido la proximidad de otros visitantes y del guardián, no me hubiese atrevido a quedarme solo con ellos. «Usted se los come con los ojos», me decía riendo el guardián, que debía suponerme un poco desequilibrado. No se daba cuenta de que eran ellos los que me devoraban lentamente por los

ojos, en un canibalismo de oro. Lejos del acuario no hacía más que pensar en ellos, era como si me influyeran a
distancia. Llegué a ir todos los días, y de noche los imaginaba inmóviles en la oscuridad, adelantando lentamente una mano que de pronto encontraba la de otro.
Acaso sus ojos veían en plena noche, y el día continuaba
para ellos indefinidamente. Los ojos de los axolotl no
tienen párpados.

Ahora sé que no hubo nada de extraño, que eso tenía
que ocurrir. Cada mañana, al inclinarme sobre el acuario,
el reconocimiento era mayor. Sufrían, cada fibra de mi
cuerpo alcanzaba ese sufrimiento amordazado, esa tortu-
ra rígida en el fondo del agua. Espiaban algo, un remoto
señorío aniquilado, un tiempo de libertad en que el mundo había sido de los axolotl. No era posible que una expresión tan terrible que alcanzaba a vencer la inexpre-
sividad forzada de sus rostros de piedra no portara un
mensaje de dolor, la prueba de esa condena eterna, de ese
infierno líquido que padecían. Inútilmente quería probar-
me que mi propia sensibilidad proyectaba en los axolotl
una conciencia inexistente. Ellos y yo sabíamos. Por eso
no hubo nada de extraño en lo que ocurrió. Mi cara estaba pegada al vidrio del acuario, mis ojos trataban una vez
más de penetrar el misterio de esos ojos de oro sin iris y
sin pupila. Veía de muy cerca la cara de un axolotl inmóvil
junto al vidrio. Sin transición, sin sorpresa, vi mi cara contra el vidrio, en vez del axolotl vi mi cara contra el vidrio,
la vi fuera del acuario, la vi del otro lado del vidrio. Entonces mi cara se apartó y yo comprendí.

Sólo una cosa era extraña: seguir pensando como antes, saber. Darme cuenta de eso fue en el primer momen-

to como el horror del enterrado vivo que despierta a su destino. Afuera, mi cara volvía a acercarse al vidrio, veía mi boca de labios apretados por el esfuerzo de comprender a los axolotl. Yo era un axolotl y sabía ahora instantáneamente que ninguna comprensión era posible. Él estaba fuera del acuario, su pensamiento era un pensamiento fuera del acuario. Conociéndolo, siendo él mismo, yo era un axolotl y estaba en mi mundo. El horror venía —lo supe en el mismo momento— de creerme prisionero en un cuerpo de axolotl, transmigrado a él con mi pensamiento de hombre, enterrado vivo en un axolotl, condenado a moverme lúcidamente entre criaturas insensibles. Pero aquello cesó cuando una pata vino a rozarme la cara, cuando moviéndome apenas a un lado vi a un axolotl junto a mí que me miraba, y supe que también él sabía, sin comunicación posible pero tan claramente. O yo estaba también en él, o todos nosotros pensábamos como un hombre, incapaces de expresión, limitados al resplandor dorado de nuestros ojos que miraban la cara del hombre pegada al acuario.

Él volvió muchas veces, pero viene menos ahora. Pasa semanas sin asomarse. Ayer lo vi, me miró largo rato y se fue bruscamente. Me pareció que no se interesaba tanto por nosotros, que obedecía a una costumbre. Como lo único que hago es pensar, pude pensar mucho en él. Se me ocurre que al principio continuamos comunicados, que él se sentía más que nunca unido al misterio que lo obsesionaba. Pero los puentes están cortados entre él y yo, porque lo que era su obsesión es ahora un axolotl, ajeno a su vida de hombre. Creo que al principio yo era capaz de volver en cierto modo a él —ah, sólo en cierto

modo– y mantener alerta su deseo de conocernos mejor.
Ahora soy definitivamente un axolotl, y si pienso como
un hombre es sólo porque todo axolotl piensa como un
hombre dentro de su imagen de piedra rosa. Me parece
que de todo esto alcancé a comunicarle algo en los primeros días, cuando yo era todavía él. Y en esta soledad
final, a la que él ya no vuelve, me consuela pensar que
acaso va a escribir sobre nosotros, creyendo imaginar un
cuento va a escribir todo esto sobre los axolotl.

Relato con un fondo de agua

No te preocupes, disculpame este gesto de impaciencia. Era perfectamente natural que nombraras a Lucio, que te acordaras de él a la hora de las nostalgias, cuando uno se deja corromper por esas ausencias que llamamos recuerdos y hay que remendar con palabras y con imágenes tanto hueco insaciable. Además no sé, te habrás fijado que este bungalow invita, basta que uno se instale en la veranda y mire un rato hacia el río y los naranjales, de golpe se está increíblemente lejos de Buenos Aires, perdido en un mundo elemental. Me acuerdo de Láinez cuando nos decía que el Delta hubiera tenido que llamarse el Alfa. Y esa otra vez en la clase de matemáticas, cuando vos... ¿Pero por qué nombraste a Lucio, era necesario que dijeras: Lucio?

El coñac está ahí, servite. A veces me pregunto por qué te molestás todavía en venir a visitarme. Te embarrás los zapatos, te aguantás los mosquitos y el olor de la lámpara a kerosene... Ya sé, no pongas la cara del amigo ofendido. No es eso, Mauricio, pero en realidad sos el único que queda, del grupo de entonces ya no veo a nadie. Vos, cada cinco o seis meses llega tu carta, y después la lancha te trae con un paquete de libros y botellas, con noticias de ese mundo remoto a menos de cincuenta kilómetros, a lo mejor con la esperanza de arrancarme alguna vez de este rancho medio podrido. No te ofendas, pero casi me da rabia tu fidelidad amistosa. Comprendé, tiene algo de reproche, cuando te vas me siento como enjuiciado, todas mis elecciones definitivas me parecen simples formas de la hipocondría, que un viaje a la ciudad bastaría para mandar al diablo. Vos pertenecés a esa especie de testigos cariñosos que hasta en los peores sueños nos acosan sonriendo. Y ya que hablamos de sueños, ya que nombraste a Lucio, por qué no habría de contarte el sueño como antes se lo conté a él. Era aquí mismo, pero en esos tiempos –¿cuántos años ya, viejo?– todos ustedes venían a pasar temporadas al bungalow que me dejaban mis padres, nos daba por el remo, por leer poesía hasta la náusea, por enamorarnos desesperadamente de lo más precario y lo más perecedero, todo eso envuelto en una infinita pedantería inofensiva, en una ternura de cachorros sonsos. Éramos tan jóvenes, Mauricio, resultaba tan fácil creerse hastiado, acariciar la imagen de la muerte entre discos de jazz y mate amargo, dueños de una sólida inmortalidad de cincuenta o sesenta años por vivir. Vos eras el más retraído, mostrabas ya esa cortés fidelidad que no se puede rechazar como se rechazan otras fidelidades más impertinentes. Nos mirabas un poco desde fuera, y ya entonces aprendí a admirar en vos las cualidades de los gatos. Uno habla con vos y es como si al mismo tiempo estuviera solo, y a lo mejor es por eso que uno habla con vos como yo ahora. Pero entonces estaban los otros, y jugábamos a tomarnos en serio. Sabés, lo terrible de ese momento de la juventud es que en una hora oscura y sin nombre todo deja de ser serio para ceder a la sucia máscara de seriedad que hay que ponerse en la cara, y yo ahora soy el doctor fulano, y vos el ingeniero mengano, bruscamente nos hemos quedado atrás, empezamos a vernos de otro modo aunque por un tiempo persistamos en los rituales, en los juegos comunes, en las cenas de camaradería que tiran sus últimos salvavidas en medio de la dispersión y el abandono, y todo es tan horriblemente natural, Mauricio, y a algunos les duele más que a otros, los hay como vos que van pasando por sus edades sin sentirlo, que encuentran normal un álbum donde uno se ve con pantalones cortos, con un sombrero de paja o el uniforme de conscripto... En fin, hablábamos de un sueño que tuve en ese tiempo, y era un sueño que empezaba aquí en la veranda, conmigo mirando la luna llena sobre los cañaverales, oyendo las ranas que ladraban como no ladran ni siquiera los perros, y después siguiendo un vago sendero hasta llegar al río, andando despacio por la orilla con la sensación de estar descalzo y que los pies se me hundían en el barro. En el sueño yo estaba solo en la isla, lo que era raro en ese tiempo; si volviese a soñarlo ahora la soledad no me parecería tan vecina de la pesadilla como entonces. Una soledad con la luna apenas trepada en el cielo de la otra orilla, con el chapoteo del río y a veces el golpe aplastado de un durazno cayendo en una zanja. Ahora hasta las ranas se habían callado, el aire estaba pegajoso como esta noche, o como casi siempre aquí, y parecía necesario seguir, dejar atrás el muelle, meterse por la vuelta grande de la costa, cruzar los naranjales, siempre con la luna en la cara. No invento nada, Mauricio, la memoria sabe lo que debe guardar entero. Te cuento lo mismo que entonces le conté a Lucio, voy llegando al lugar donde los juncos raleaban poco a poco y una lengua de tierra avanzaba sobre el río, peligrosa por el barro y la proximidad del canal, porque en el sueño yo sabía que eso era un canal profundo y lleno de remansos, y me acercaba a la punta paso a paso, hundiéndome en el barro amarillo y caliente de luna. Y así me quedé al borde, viendo del otro lado los cañaverales negros donde el agua se perdía secreta mientras aquí, tan cerca, el río manoteaba solapado buscando dónde agarrarse, resbalando otra vez y empecinándose. Todo el canal era luna, una inmensa cuchillería confusa que me tajeaba los ojos, y encima un cielo aplastándose contra la nuca y los hombros, obligándome a mirar interminablemente el agua. Y cuando río arriba vi el cuerpo del ahogado, balanceándose lentamente como para desenredarse de los juncos de la otra orilla, la razón de la noche y de que yo estuviera en ella se resolvió en esa mancha negra a la deriva, que giraba apenas, retenida por un tobillo, por una mano, oscilando blandamente para soltarse saliendo de los juncos hasta ingresar en la corriente del canal, acercándose cadenciosa a la ribera desnuda donde la luna iba a darle de lleno en plena cara.

Estás pálido, Mauricio. Apelemos al coñac, si querés. Lucio también estaba un poco pálido cuando le conté el sueño. Me dijo solamente: «Cómo te acordás de los detalles». Y a diferencia de vos, cortés como siempre, él parecía adelantarse a lo que le estaba contando como si temiera que de golpe se me olvidase el resto del sueño. Pero todavía faltaba algo, te estaba diciendo que la corriente del canal hacía girar el cuerpo, jugaba con él antes de traerlo de mi lado, y al borde de la lengua de tierra yo esperaba ese momento en que pasaría casi a mis pies y podría verle la cara. Otra vuelta, un brazo blandamente tendido como si eso nadara todavía, la luna hincándose en el pecho, mordiéndole el vientre, las piernas, pálidas, desnudando otra vez al ahogado boca arriba. Tan cerca de mí que me hubiera bastado agacharme para sujetarlo del pelo, tan cerca que lo reconocí. Mauricio, le vi la cara y grité, creo, algo como un grito que me arrancó de mí mismo y me tiró en el despertar, en el jarro de agua que bebí jadeando, en la asombrada y confundida conciencia de que ya no me acordaba de esa cara que acababa de reconocer. Y eso seguiría ya corriente abajo, de nada serviría cerrar los ojos y querer volver al borde del agua, al borde del sueño, luchando por acordarme, queriendo precisamente eso que algo en mí no quería. En fin, vos sabés que más tarde uno se conforma, la máquina diurna está ahí con sus bielas bien lubricadas, con sus rótulos satisfactorios. Ese fin de semana viniste vos, vinieron Lucio y los otros, anduvimos de fiesta todo aquel verano, me acuerdo que después te fuiste al norte, llovió mucho en el delta, y hacia el fin Lucio se hartó de la isla, la lluvia y tantas cosas lo enervaban, de golpe nos mirábamos como yo nunca hubiera pensado que podríamos mirarnos. Entonces empezaron los refugios en el ajedrez o la lectura, el cansancio de tantas inútiles concesiones, y cuando Lucio volvía a Buenos Aires yo me juraba no esperarlo más, incluía a todos mis amigos, al verde mundo que día a día se iba cerrando y muriendo, en una misma hastiada condenación. Pero si algunos se daban por enterados y no aparecían más después de un impecable «hasta pronto», Lucio volvía sin ganas, yo estaba en el muelle esperándolo, nos mirábamos como desde lejos, realmente desde ese otro mundo cada vez más atrás, el pobre paraíso perdido que empecinadamente él volvía a buscar y yo me obstinaba en defenderle casi sin ganas. Vos nunca sospechaste demasiado todo eso, Mauricio, veraneante imperturbable en alguna quebrada norteña, pero ese fin de verano... ¿La ves, allá? Empieza a levantarse entre los juncos, dentro de un momento te dará en la cara. A esta hora es curioso cómo crece el chapoteo del río, no sé si porque los pájaros se han callado o porque la sombra consiente mejor ciertos sonidos. Ya ves, sería injusto no terminar lo que te estaba contando, a esta altura de la noche en que todo coincide cada vez más con esa otra noche en que se lo conté a Lucio. Hasta la situación es simétrica, en esa silla de hamaca llenás el hueco de Lucio que venía en ese fin de verano y se quedaba como vos sin hablar, él que tanto había hablado, y dejaba correr las horas bebiendo, resentido por nada o por la nada, por esa repleta nada que nos iba acosando sin que pudiéramos defendernos. Yo no creía que hubiera odio entre nosotros, era a la vez menos y peor que el odio, un hastío en el centro mismo de algo que había sido a veces una tormenta o un girasol o si preferís una espada, todo menos ese tedio, ese otoño pardo y sucio que crecía desde adentro como telas en los ojos. Salíamos a recorrer la isla, corteses y amables, cuidando de no herirnos; caminábamos sobre hojas secas, pesados colchones de hojas secas a la orilla del río. A veces me engañaba el silencio, a veces una palabra con el acento de antes, y tal vez Lucio caía conmigo en las astutas trampas inútiles del hábito, hasta que una mirada o el deseo acuciante de estar a solas nos ponía de nuevo frente a frente, siempre amables y corteses y extranjeros. Entonces él me dijo: «Es una hermosa noche; caminemos». Y como podríamos hacerlo ahora vos y yo, bajamos de la veranda y fuimos hacia allá, donde sale esa luna que te da en los ojos. No me acuerdo demasiado del camino, Lucio iba delante y yo dejaba que mis pasos cayeran sobre sus huellas y aplastaran otra vez las hojas muertas. En algún momento debí empezar a reconocer la senda entre los naranjos; quizá fue más allá, del lado de los últimos ranchos y los juncales. Sé que en ese momento la silueta de Lucio se volvió lo único incongruente en ese encuentro metro a metro, noche a noche, a tal punto coincidente que no me extrañé cuando los juncos se abrieron para mostrar a plena luna la lengua de tierra entrando en el canal, las manos del río resbalando sobre el barro amarillo. En alguna parte a nuestras espaldas un durazno podrido cayó con un golpe que tenía algo de bofetada, de torpeza indecible.

Al borde del agua, Lucio se volvió y me estuvo mirando un momento. Dijo: «¿Éste es el lugar, verdad?». Nunca habíamos vuelto a hablar del sueño, pero le contesté: «Sí, éste es el lugar». Pasó un tiempo antes que dijera: «Hasta eso me has robado, hasta mi deseo más secreto; porque yo he deseado un sitio así, yo he necesitado un sitio así. Has soñado un sueño ajeno». Y cuando dijo eso, Mauricio, cuando lo dijo con una voz monótona y dando un paso hacia mí, algo debió estallar en mi olvido, cerré los ojos y supe que iba a recordar, sin mirar hacia el río supe que iba a ver el final del sueño, y lo vi, Mauricio, vi al ahogado con la luna arrodillada sobre el pecho, y la cara del ahogado era la mía, Mauricio, la cara del ahogado era la mía.

¿Por qué te vas? Si te hace falta, hay un revólver en el cajón del escritorio, si querés podés alertar a la gente del otro rancho. Pero quedate, Mauricio, quedate otro poco oyendo el chapoteo del río, a lo mejor acabarás por sentir que entre todas esas manos de agua y juncos que resbalan en el barro y se deshacen en remolinos, hay unas manos que a esta hora se hincan en las raíces y no sueltan, algo trepa al muelle y se endereza cubierto de basuras y mordiscos de peces, viene hacia aquí a buscarme. Todavía puedo dar vuelta a la moneda, todavía puedo matarlo otra vez, pero se obstina y vuelve y alguna noche me llevará con él. Me llevará, te digo, y el sueño cumplirá su imagen verdadera. Tendré que ir, la lengua de tierra y los cañaverales me verán pasar boca arriba, magnífico de luna, y el sueño estará al fin completo, Mauricio, el sueño estará al fin completo.

La noche boca arriba

*Y salían en ciertas épocas a cazar enemi-
gos; le llamaban la guerra florida.*

A mitad del largo zaguán del hotel pensó que debía ser
tarde, y se apuró a salir a la calle y sacar la motocicleta
del rincón donde el portero de al lado le permitía guardarla. En la joyería de la esquina vio que eran las nueve
menos diez; llegaría con tiempo sobrado adonde iba. El
sol se filtraba entre los altos edificios del centro, y él
–porque para sí mismo, para ir pensando, no tenía nombre– montó en la máquina saboreando el paseo. La moto
ronroneaba entre sus piernas, y un viento fresco le chico-
teaba los pantalones.

Dejó pasar los ministerios (el rosa, el blanco) y la serie
de comercios con brillantes vitrinas de la calle Central.
Ahora entraba en la parte más agradable del trayecto, el
verdadero paseo: una calle larga, bordeada de árboles,
con poco tráfico y amplias villas que dejaban venir los
jardines hasta las aceras, apenas demarcadas por setos
bajos. Quizá algo distraído, pero corriendo sobre la de-

recha como correspondía, se dejó llevar por la tersura, por la leve crispación de ese día apenas empezado. Tal vez su involuntario relajamiento le impidió prevenir el accidente. Cuando vio que la mujer parada en la esquina se lanzaba a la calzada a pesar de las luces verdes, ya era tarde para las soluciones fáciles. Frenó con el pie y la mano, desviándose a la izquierda; oyó el grito de la mujer, y junto con el choque perdió la visión. Fue como dormirse de golpe.

Volvió bruscamente del desmayo. Cuatro o cinco hombres jóvenes lo estaban sacando de debajo de la moto. Sentía gusto a sal y sangre, le dolía una rodilla, y cuando lo alzaron gritó, porque no podía soportar la presión en el brazo derecho. Voces que no parecían pertenecer a las caras suspendidas sobre él, lo alentaban con bromas y seguridades. Su único alivio fue oír la confirmación de que había estado en su derecho al cruzar la esquina. Preguntó por la mujer, tratando de dominar la náusea que le ganaba la garganta. Mientras lo llevaban boca arriba hasta una farmacia próxima, supo que la causante del accidente no tenía más que rasguños en las piernas. «Usté la agarró apenas, pero el golpe le hizo saltar la máquina de costado...» Opiniones, recuerdos, despacio, éntrenlo de espaldas, así va bien, y alguien con guardapolvo dándole a beber un trago que lo alivió en la penumbra de una pequeña farmacia de barrio.

La ambulancia policial llegó a los cinco minutos, y lo subieron a una camilla blanda donde pudo tenderse a gusto. Con toda lucidez, pero sabiendo que estaba bajo los efectos de un shock terrible, dio sus señas al policía que lo acompañaba. El brazo casi no le dolía; de una cortadura en la ceja goteaba sangre por toda la cara. Una o dos veces se lamió los labios para beberla. Se sentía bien, era un accidente, mala suerte; unas semanas quieto y nada más. El vigilante le dijo que la motocicleta no parecía muy estropeada. «Natural», dijo él. «Como que me la ligué encima...» Los dos se rieron, y el vigilante le dio la mano al llegar al hospital y le deseó buena suerte. Ya la náusea volvía poco a poco; mientras lo llevaban en una camilla de ruedas hasta un pabellón del fondo, pasando bajo árboles llenos de pájaros, cerró los ojos y deseó estar dormido o cloroformado. Pero lo tuvieron largo rato en una pieza con olor a hospital, llenando una ficha, quitándole la ropa y vistiéndolo con una camisa grisácea y dura. Le movían cuidadosamente el brazo, sin que le doliera. Las enfermeras bromeaban todo el tiempo, y si no hubiera sido por las contracciones del estómago se habría sentido muy bien, casi contento.

Lo llevaron a la sala de radio, y veinte minutos después, con la placa todavía húmeda puesta sobre el pecho como una lápida negra, pasó a la sala de operaciones. Alguien de blanco, alto y delgado, se le acercó y se puso a mirar la radiografía. Manos de mujer le acomodaban la cabeza, sintió que lo pasaban de una camilla a otra. El hombre de blanco se le acercó otra vez, sonriendo, con algo que le brillaba en la mano derecha. Le palmeó la mejilla e hizo una seña a alguien parado atrás.

Como sueño era curioso porque estaba lleno de olores y él nunca soñaba olores. Primero un olor a pantano, ya que a la izquierda de la calzada empezaban las marismas, los tembladerales de donde no volvía nadie. Pero el olor cesó, y en cambio vino una fragancia compuesta y oscura como la noche en que se movía huyendo de los aztecas. Y todo era tan natural, tenía que huir de los aztecas que andaban a caza de hombre, y su única probabilidad era la de esconderse en lo más denso de la selva, cuidando de no apartarse de la estrecha calzada que sólo ellos, los motecas, conocían.

Lo que más lo torturaba era el olor, como si aun en la absoluta aceptación del sueño algo se rebelara contra eso que no era habitual, que hasta entonces no había participado del juego. «Huele a guerra», pensó, tocando instintivamente el puñal de piedra atravesado en su ceñidor de lana tejida. Un sonido inesperado lo hizo agacharse y quedar inmóvil, temblando. Tener miedo no era extraño, en sus sueños abundaba el miedo. Esperó, tapado por las ramas de un arbusto y la noche sin estrellas. Muy lejos, probablemente del otro lado del gran lago, debían estar ardiendo fuegos de vivac; un resplandor rojizo teñía esa parte del cielo. El sonido no se repitió. Había sido como una rama quebrada. Tal vez un animal que escapaba como él del olor de la guerra. Se enderezó despacio, venteando. No se oía nada, pero el miedo seguía allí como el olor, ese incienso dulzón de la guerra florida. Había que seguir, llegar al corazón de la selva evitando las ciénagas. A tientas, agachándose a cada instante para tocar el suelo más duro de la calzada, dio algunos pasos. Hubiera querido echar a correr, pero los tembladerales palpitaban a su lado. En el sendero en tinieblas, buscó el rumbo. Entonces sintió una bocanada horrible del olor que más temía, y saltó desesperado hacia adelante.

–Se va a caer de la cama –dijo el enfermo de al lado–. No brinque tanto, amigazo.

Abrió los ojos y era de tarde, con el sol ya bajo en los ventanales de la larga sala. Mientras trataba de sonreír a su vecino, se despegó casi físicamente de la última visión de la pesadilla. El brazo, enyesado, colgaba de un aparato con pesas y poleas. Sintió sed, como si hubiera estado corriendo kilómetros, pero no querían darle mucha agua, apenas para mojarse los labios y hacer un buche. La fiebre lo iba ganando despacio y hubiera podido dormirse otra vez, pero saboreaba el placer de quedarse despierto, entornados los ojos, escuchando el diálogo de los otros enfermos, respondiendo de cuando en cuando a alguna pregunta. Vio llegar un carrito blanco que pusieron al lado de su cama, una enfermera rubia le frotó con alcohol la cara anterior del muslo y le clavó una gruesa aguja conectada con un tubo que subía hasta un frasco lleno de líquido opalino. Un médico joven vino con un aparato de metal y cuero que le ajustó al brazo sano para verificar alguna cosa. Caía la noche, y la fiebre lo iba arrastrando blandamente a un estado donde las cosas tenían un relieve como de gemelos de teatro, eran reales y dulces y a la vez ligeramente repugnantes; como estar viendo una película aburrida y pensar que sin embargo en la calle es peor; y quedarse.

Vino una taza de maravilloso caldo de oro oliendo a puerro, a apio, a perejil. Un trocito de pan, más precioso que todo un banquete, se fue desmigajando poco a poco. El brazo no le dolía nada y solamente en la ceja, donde lo habían suturado, chirriaba a veces una punzada caliente y rápida. Cuando los ventanales de enfrente viraron a manchas de un azul oscuro, pensó que no le iba a ser difícil dormirse. Un poco incómodo, de espaldas, pero al pasarse la lengua por los labios resecos y calientes sintió el sabor del caldo, y suspiró de felicidad, abandonándose.

Primero fue una confusión, un atraer hacia sí todas las sensaciones por un instante embotadas o confundidas. Comprendía que estaba corriendo en plena oscuridad, aunque arriba el cielo cruzado de copas de árboles era menos negro que el resto. «La calzada», pensó. «Me salí de la calzada.» Sus pies se hundían en un colchón de hojas y barro, y ya no podía dar un paso sin que las ramas de los arbustos le azotaran el torso y las piernas. Jadeante, sabiéndose acorralado a pesar de la oscuridad y el silencio, se agachó para escuchar. Tal vez la calzada estaba cerca, con la primera luz del día iba a verla otra vez. Nada podía ayudarlo ahora a encontrarla. La mano que sin saberlo él aferraba el mango del puñal subió como el escorpión de los pantanos hasta su cuello, donde colgaba el amuleto protector. Moviendo apenas los labios musitó la plegaria del maíz que trae las lunas felices, y la súplica a la Muy Alta, a la dispensadora de los bienes motecas. Pero sentía al mismo tiempo que los tobillos se le estaban hundiendo despacio en el barro, la espera en la oscuridad del chaparral desconocido se le hacía insoportable. La guerra florida había empezado con la luna y llevaba ya tres días y tres noches. Si conseguía refugiarse en lo profundo de la selva, abandonando la calzada más allá de la región de las ciénagas, quizá los guerreros no le siguieran el rastro. Pensó en los muchos prisioneros que ya habían hecho. Pero la cantidad no contaba, sino el tiempo sagrado. La caza continuaría hasta que los sacerdotes dieran la señal del regreso. Todo tenía su número y su fin, y él estaba dentro del tiempo sagrado, del otro lado de los cazadores.

Oyó los gritos y se enderezó de un salto, puñal en mano. Como si el cielo se incendiara en el horizonte, vio antorchas moviéndose entre las ramas, muy cerca. El olor a guerra era insoportable, y cuando el primer enemigo le saltó al cuello casi sintió placer en hundirle la hoja de piedra en pleno pecho. Ya lo rodeaban las luces, los gritos alegres. Alcanzó a cortar el aire una o dos veces, y entonces una soga lo atrapó desde atrás.

—Es la fiebre —dijo el de la cama de al lado—. A mí me pasaba igual cuando me operé del duodeno. Tome agua y va a ver que duerme bien.

Al lado de la noche de donde volvía, la penumbra tibia de la sala le pareció deliciosa. Una lámpara violeta velaba en lo alto de la pared del fondo como un ojo protector. Se oía toser, respirar fuerte, a veces un diálogo en voz baja. Todo era grato y seguro, sin ese acoso, sin... Pero no quería seguir pensando en la pesadilla. Había tantas cosas en qué entretenerse. Se puso a mirar el yeso del brazo, las poleas que tan cómodamente se lo sostenían en el aire. Le habían puesto una botella de agua mineral en la mesa de noche. Bebió del gollete, golosamente. Distinguía ahora las formas de la sala, las treinta camas, los armarios con vitrinas. Ya no debía tener tanta fiebre, sentía fresca la cara. La ceja le dolía apenas, como un recuerdo. Se vio otra vez saliendo del hotel, sacando la moto. ¿Quién hubiera pensado que la cosa iba a acabar así? Trataba de fijar el momento del accidente, y le dio rabia advertir que había ahí como un hueco, un vacío que no alcanzaba a rellenar. Entre el choque y el momento en que lo habían levantado del suelo, un desmayo o lo que fuera no le dejaba ver nada. Y al mismo tiempo tenía la sensación de que ese hueco, esa nada, había durado una eternidad. No, ni siquiera tiempo, más bien como si en ese hueco él hubiera pasado a través de algo o recorrido distancias inmensas. El choque, el golpe brutal contra el pavimento. De todas maneras al salir del pozo negro había sentido casi un alivio mientras los hombres lo alzaban del suelo. Con el dolor del brazo roto, la sangre de la ceja partida, la contusión en la rodilla; con todo eso, un alivio al volver al día y sentirse sostenido y auxiliado. Y era raro. Le preguntaría alguna vez al médico de la oficina. Ahora volvía a ganarlo el sueño, a tirarlo despacio hacia abajo. La almohada era tan blanda, y en su garganta afiebrada la frescura del agua mineral. Quizá pudiera descansar de veras, sin las malditas pesadillas. La luz violeta de la lámpara en lo alto se iba apagando poco a poco.

Como dormía de espaldas, no lo sorprendió la posición en que volvía a reconocerse, pues en cambio el olor a humedad, a piedra rezumante de filtraciones, le cerró la garganta y lo obligó a comprender. Inútil abrir los ojos y mirar en todas direcciones; lo envolvía una oscuridad absoluta. Quiso enderezarse y sintió las sogas en las muñecas y los tobillos. Estaba estaqueado en el suelo, en un piso de lajas helado y húmedo. El frío le ganaba la espalda desnuda, las piernas. Con el mentón buscó torpemente el contacto con su amuleto, y supo que se lo habían arrancado. Ahora estaba perdido, ninguna plegaria podía salvarlo del final. Lejanamente, como filtrándose entre las piedras del calabozo, oyó los atabales de la fiesta. Lo habían traído al teocalli, estaba en las mazmorras del templo a la espera de su turno.

Oyó gritar, un grito ronco que rebotaba en las paredes. Otro grito, acabando en un quejido. Era él que gritaba en las tinieblas, gritaba porque estaba vivo, todo su cuerpo se defendía con el grito de lo que iba a venir, del final inevitable. Pensó en sus compañeros que llenarían otras mazmorras, y en los que ascendían ya los peldaños del sacrificio. Gritó de nuevo sofocadamente, casi no podía abrir la boca, tenía las mandíbulas agarrotadas y a la vez como si fueran de goma y se abrieran lentamente, con un esfuerzo interminable. El chirriar de los cerrojos lo sacudió como un látigo. Convulso, retorciéndose, luchó por zafarse de las cuerdas que se le hundían en la carne. Su brazo derecho, el más fuerte, tiraba hasta que el dolor se hizo intolerable y tuvo que ceder. Vio abrirse la doble puerta, y el olor de las antorchas le llegó antes que la luz. Apenas ceñidos con el taparrabos de la ceremonia, los acólitos de los sacerdotes se le acercaron mirándolo con desprecio. Las luces se reflejaban en los torsos sudados, en el pelo negro lleno de plumas. Cedieron las sogas, y en su lugar lo aferraron manos calientes, duras como bronce; se sintió alzado, siempre boca arriba, tironeado por los cuatro acólitos que lo llevaban por el pasadizo. Los portadores de antorchas iban adelante, alumbrando vagamente el corredor de paredes mojadas y techo tan bajo que los acólitos debían agachar la cabeza. Ahora lo llevaban, lo llevaban, era el final. Boca arriba, a un metro del techo de roca viva que por momentos se iluminaba con un reflejo de antorcha. Cuando en vez de techo nacieran las estrellas y se alzara frente a él la escalinata incendiada de gritos y danzas, sería el fin. El pasadizo no acababa nunca, pero ya iba a acabar, de repente olería el aire lleno de estrellas, pero todavía no, andaban llevándolo sin fin en la penumbra roja, tironeándolo brutalmente, y él no quería, pero cómo impedirlo si le habían arrancado el amuleto que era su verdadero corazón, el centro de la vida.

Salió de un brinco a la noche del hospital, al alto cielo raso dulce, a la sombra blanda que lo rodeaba. Pensó que debía haber gritado, pero sus vecinos dormían callados. En la mesa de noche, la botella de agua tenía algo de burbuja, de imagen traslúcida contra la sombra azulada de los ventanales. Jadeó, buscando el alivio de los pulmones, el olvido de esas imágenes que seguían pegadas a sus párpados. Cada vez que cerraba los ojos las veía formarse instantáneamente, y se enderezaba aterrado pero gozando a la vez del saber que ahora estaba despierto, que la vigilia lo protegía, que pronto iba a amanecer, con el buen sueño profundo que se tiene a esa hora, sin imágenes, sin nada... Le costaba mantener los ojos abiertos, la modorra era más fuerte que él. Hizo un último esfuerzo, con la mano sana esbozó un gesto hacia la botella de agua; no llegó a tomarla, sus dedos se cerraron en un vacío otra vez negro, y el pasadizo seguía interminable, roca tras roca, con súbitas fulguraciones rojizas, y él boca arriba gimió apagadamente porque el techo iba a acabarse, subía, abriéndose como una boca de sombra, los acólitos se enderezaban y de la altura una luna menguante le cayó en la cara donde los ojos no querían verla, desesperadamente se cerraban y abrían buscando pasar al otro lado, descubrir de nuevo el cielo raso protector de la sala. Y cada vez que se abrían en la noche y la luna mientras lo subían por la escalinata, ahora con la cabeza colgando hacia abajo, y en lo alto estaban las hogueras, las rojas columnas de humo perfumado, y de golpe vio la piedra roja, brillante de sangre que chorreaba, y el vaivén de los pies del sacrificado que arrastraban para tirarlo rodando por las escalinatas del norte. Con una última esperanza apretó los párpados, gimiendo por despertar. Durante un segundo creyó que lo lograría, porque otra vez estaba inmóvil en la cama, a salvo del balanceo cabeza abajo. Pero olía la muerte, y cuando abrió los ojos vio la figura ensangrentada del sacrificador que venía hacia él con el cuchillo de piedra en la mano. Alcanzó a cerrar otra vez los párpados, aunque ahora sabía que no iba a despertarse, que estaba despierto, que el sueño maravilloso había sido el otro, absurdo como todos los sueños; un sueño en el que había andado por extrañas avenidas de una ciudad asombrosa, con luces verdes y rojas que ardían sin llama ni humo, con un enorme insecto de metal que zumbaba bajo sus piernas. En la mentira infinita de ese sueño también lo habían alzado del suelo, también alguien se le había acercado con un cuchillo en la mano, a él tendido boca arriba, a él boca arriba con los ojos cerrados entre las hogueras.

Reunión con un círculo rojo

*A Borges**

A mí me parece, Jacobo, que esa noche usted debía tener mucho frío, y que la lluvia empecinada de Wiesbaden
se fue sumando para decidirlo a entrar en el Zagreb.
Quizá el apetito fue la razón dominante, usted había
trabajado todo el día y ya era tiempo de cenar en algún
lugar tranquilo y callado; si al Zagreb le faltaban otras
cualidades, reunía en todo caso esas dos y usted, pienso que encogiéndose de hombros como si se tomara
un poco el pelo, decidió cenar ahí. En todo caso las
mesas sobraban en la penumbra del salón vagamente
balcánico, y fue una buena cosa poder colgar el impermeable empapado en el viejo perchero y buscar ese
rincón donde la vela verde de la mesa removía blandamente las sombras y dejaba entrever antiguos cubier-

---

* Este relato se incluyó en el catálogo de una exposición del pintor vene-
zolano Jacobo Borges.

tos y una copa muy alta donde la luz se refugiaba como un pájaro.

Primero fue esa sensación de siempre en un restaurante vacío, algo entre molestia y alivio; por su aspecto no debía ser malo, pero la ausencia de clientes a esa hora daba que pensar. En una ciudad extranjera esas meditaciones no duran mucho, qué sabe uno de costumbres y horarios, lo que cuenta es el calor, el menú donde se proponen sorpresas o reencuentros, la diminuta mujer de grandes ojos y pelo negro que llegó como desde la nada, dibujándose de golpe junto al mantel blanco, una leve sonrisa fija a la espera. Pensó que acaso ya era demasiado tarde dentro de la rutina de la ciudad pero casi no tuvo tiempo de alzar una mirada de interrogación turística; una mano pequeña y pálida depositaba una servilleta y ponía en orden el salero fuera de ritmo. Como era lógico usted eligió pinchitos de carne con cebolla y pimientos rojos, y un vino espeso y fragante que nada tenía de occidental; como a mí en otros tiempos, le gustaba escapar a las comidas del hotel donde el temor a lo demasiado típico o exótico se resuelve en insipidez, e incluso pidió el pan negro que acaso no convenía a los pinchitos pero que la mujer le trajo inmediatamente. Sólo entonces, fumando un primer cigarrillo, miró con algún detalle el enclave transilvánico que lo protegía de la lluvia y de una ciudad alemana no excesivamente interesante. El silencio, las ausencias y la vaga luz de las bujías eran ya casi sus amigos, en todo caso lo distanciaban del resto y lo dejaban hermosamente solo con su cigarrillo y su cansancio.

La mano que vertía el vino en la alta copa estaba cubierta de pelos, y a usted le llevó un sobresaltado segundo romper la absurda cadena lógica y comprender que la mujer pálida ya no estaba a su lado y que en su lugar un camarero atezado y silencioso lo invitaba a probar el vino con un gesto en el que sólo parecía haber una espera automática. Es raro que alguien encuentre malo el vino, y el camarero terminó de llenar la copa como si la interrupción no fuera más que una mínima parte de la ceremonia. Casi al mismo tiempo otro camarero curiosamente parecido al primero (pero los trajes típicos, las patillas negras, los uniformaban) puso en la mesa la bandeja humeante y retiró con un rápido gesto la carne de los pinchitos. Las escasas palabras necesarias habían sido cambiadas en el mal alemán previsible en el comensal y en quienes lo servían; nuevamente lo rodeaba la calma en la penumbra de la sala y del cansancio, pero ahora se oía con más fuerza el golpear de la lluvia en la calle. También eso cesó casi en seguida y usted, volviéndose apenas, comprendió que la puerta de entrada se había abierto para dejar paso a otro comensal, una mujer que debía ser miope no solamente por el grosor de los anteojos sino por la seguridad insensata con que avanzó entre las mesas hasta sentarse en el rincón opuesto de la sala, apenas iluminado por una o dos velas que temblaron a su paso y mezclaron su figura incierta con los muebles y las paredes y el espeso cortinado rojo del fondo, allí donde el restaurante parecía adosarse al resto de una casa imprevisible.

Mientras comía, lo divirtió vagamente que la turista inglesa (no se podía ser otra cosa con ese impermeable y un asomo de blusa entre solferino y tomate) se concentrara con toda su miopía en un menú que debía escapársele totalmente, y que la mujer de los grandes ojos negros se quedara en el tercer ángulo de la sala, donde había un mostrador con espejos y guirnaldas de flores secas, esperando que la turista terminara de no entender para acercarse. Los camareros se habían situado detrás del mostrador, a los lados de la mujer, y esperaban también con los brazos cruzados, tan parecidos entre ellos que el reflejo de sus espaldas en el azogue envejecido tenía algo de falso, como una cuadruplicación difícil o engañosa. Todos ellos miraban a la turista inglesa que no parecía darse cuenta del paso del tiempo y seguía con la cara pegada al menú. Hubo todavía una espera mientras usted sacaba otro cigarrillo, y la mujer terminó por acercarse a su mesa y preguntarle si deseaba alguna sopa, tal vez queso de oveja a la griega, avanzaba en las preguntas a cada cortés negativa, los quesos eran muy buenos, pero entonces tal vez algunos dulces regionales. Usted solamente quería un café a la turca porque el plato había sido abundante y empezaba a tener sueño. La mujer pareció indecisa, como dándole la oportunidad de que cambiara de opinión y se decidiera a pedir la bandeja de quesos, y cuando no lo hizo repitió mecánicamente café a la turca y usted dijo que sí, café a la turca, y la mujer tuvo como una respiración corta y rápida, alzó la mano hacia los camareros y siguió a la mesa de la turista inglesa.

El café tardó en llegar, contrariamente al rápido principio de la cena, y usted tuvo tiempo de fumar otro cigarrillo y terminar lentamente la botella de vino, mientras se divertía viendo a la turista inglesa pasear una mirada de gruesos vidrios por toda la sala, sin detenerse espe-

cialmente en nada. Había en ella algo de torpe o de tímido, le llevó un buen rato de vagos movimientos hasta
que se decidió a quitarse el impermeable brillante de lluvia y colgarlo en el perchero más próximo; desde luego
que al volver a sentarse debió mojarse el trasero, pero
eso no parecía preocuparla mientras terminaba su incierta observación de la sala y se quedaba muy quieta mirando el mantel. Los camareros habían vuelto a ocupar sus
puestos detrás del mostrador, y la mujer aguardaba junto
a la ventanilla de la cocina; los tres miraban a la turista
inglesa, la miraban como esperando algo, que llamara
para completar un pedido o acaso cambiarlo o irse, la
miraban de una manera que a usted le pareció demasiado intensa, en todo caso injustificada. De usted habían
dejado de ocuparse, los dos camareros estaban otra vez
cruzados de brazos, y la mujer tenía la cabeza un poco
gacha y el largo pelo lacio le tapaba los ojos, pero acaso
era la que miraba más fijamente a la turista y a usted eso
le pareció desagradable y descortés aunque el pobre
topo miope no pudiera enterarse de nada ahora que revolvía en su bolso y sacaba algo que no se podía ver en la
penumbra pero que se identificó con el ruido que hizo el
topo al sonarse. Uno de los camareros le llevó el plato
(parecía gulash) y volvió inmediatamente a su puesto de
centinela; la doble manía de cruzarse de brazos apenas
terminaban su trabajo hubiera sido divertida pero de alguna manera no lo era, ni tampoco que la mujer se pusiera en el ángulo más alejado del mostrador y desde ahí siguiera con una atención concentrada la operación de
beber el café que usted llevaba a cabo con toda la lenti-
tud que exigía su buena calidad y su perfume. Brusca-

mente el centro de atención parecía haber cambiado, porque también los dos camareros lo miraban beber el café, y antes de que lo terminara la mujer se acercó a preguntarle si quería otro, y usted aceptó casi perplejo porque en todo eso, que no era nada, había algo que se le escapaba y que hubiera querido entender mejor. La turista inglesa, por ejemplo, por qué de golpe los camareros parecían tener tanta prisa en que la turista terminara de comer y se fuera, y para eso le quitaban el plato con el último bocado y le ponían el menú abierto contra la cara y uno de ellos se iba con el plato vacío mientras el otro esperaba como urgiéndola a que se decidiera.

Usted, como pasa tantas veces, no hubiera podido precisar el momento en que creyó entender; también en el ajedrez y en el amor hay esos instantes en que la niebla se triza y es entonces que se cumplen las jugadas o los actos que un segundo antes hubieran sido inconcebibles. Sin siquiera una idea articulable olió el peligro, se dijo que por más atrasada que estuviera la turista inglesa en su cena era necesario quedarse ahí fumando y bebiendo hasta que el topo indefenso se decidiera a enfundarse en su burbuja de plástico y se largara otra vez a la calle. Como siempre le habían gustado el deporte y el absurdo, encontró divertido tomar así algo que a la altura del estómago estaba lejos de serlo; hizo un gesto de llamada y pidió otro café y una copa de barack, que era lo aconsejable en el enclave. Le quedaban tres cigarrillos y pensó que alcanzarían hasta que la turista inglesa se decidiera por algún postre balcánico; desde luego no tomaría café, era algo que se le veía en los anteojos y la blusa; tampoco pediría té porque hay cosas que no se hacen fuera de la patria. Con un poco de suerte pagaría la cuenta y se iría en unos quince minutos más.

Le sirvieron el café pero no el barack, la mujer extrajo los ojos de la mata de pelo para adoptar la expresión que convenía al retardo; estaban buscando una nueva botella en la bodega, el señor tendría la bondad de esperar unos pocos minutos. La voz articulaba claramente las palabras aunque estuvieran mal pronunciadas, pero usted advirtió que la mujer se mantenía atenta a la otra mesa donde uno de los camareros presentaba la cuenta con un gesto de autómata, alargando el brazo y quedándose inmóvil dentro de una perfecta descortesía respetuosa. Como si finalmente comprendiera, la turista se había puesto a revolver en su bolso, todo era torpeza en ella, probablemente encontraba un peine o un espejo en vez del dinero que finalmente debió asomar a la superficie porque el camarero se apartó bruscamente de la mesa en el momento en que la mujer llegaba a la suya con la copa de barack. Usted tampoco supo muy bien por qué le pidió simultáneamente la cuenta, ahora que estaba seguro de que la turista se iría antes y que bien podía dedicarse a saborear el barack y fumar el último cigarrillo. Tal vez la idea de quedarse nuevamente solo en la sala, eso que había sido tan agradable al llegar y ahora era diferente, cosas como la doble imagen de los camareros detrás del mostrador y la mujer que parecía vacilar ante el pedido, como si fuera una insolencia apresurarse de ese modo, y luego le daba la espalda y volvía al mostrador hasta cerrar una vez más el trío y la espera. Después de todo debía ser deprimente trabajar en un restaurante tan vacío, tan como lejos de la luz y el aire puro; esa gente empezaba a agostarse, su palidez y sus gestos mecánicos eran la única respuesta posible a la repetición de tantas noches interminables. Y la turista manoteaba en torno a su impermeable, volvía hasta la mesa como si creyera haberse olvidado de algo, miraba debajo de la silla, y entonces usted se levantó lentamente, incapaz de quedarse un segundo más, y se encontró a mitad de camino con uno de los camareros que le tendió la bandejita de plata en la que usted puso un billete sin mirar la cuenta. El golpe de viento coincidió con el gesto del camarero buscando el vuelto en los bolsillos del chaleco rojo, pero usted sabía que la turista acababa de abrir la puerta y no esperó más, alzó la mano en una despedida que abarcaba al mozo y a los que seguían mirándolo desde el mostrador, y calculando exactamente la distancia recogió al pasar su impermeable y salió a la calle donde ya no llovía. Sólo ahí respiró de verdad, como si hasta entonces y sin darse cuenta hubiera estado conteniendo la respiración; sólo ahí tuvo verdaderamente miedo y alivio al mismo tiempo.

La turista estaba a pocos pasos, marchando lentamente en la dirección de su hotel, y usted la siguió con el vago recelo de que bruscamente se acordara de haber olvidado alguna otra cosa y se le ocurriera volver al restaurante. No se trataba ya de comprender nada, todo era un simple bloque, una evidencia sin razones: la había salvado y tenía que asegurarse de que no volvería, de que el torpe topo metido en su húmeda burbuja llegaría con una total inconsciencia feliz al abrigo de su hotel, a un cuarto donde nadie la miraría como la habían estado mirando.

Cuando dobló en la esquina, y aunque ya no había razones para apresurarse, se preguntó si no sería mejor seguirla de cerca para estar seguro de que no iba a dar la vuelta a la manzana con su errática torpeza de miope; se apuró a llegar a la esquina y vio la callejuela mal iluminada y vacía. Las dos largas tapias de piedra sólo mostraban un portón a la distancia, donde la turista no había podido llegar; sólo un sapo exaltado por la lluvia cruzaba a saltos de una acera a otra.

Por un momento fue la cólera, cómo podía esa estúpida... Después se apoyó en una de las tapias y esperó, pero era casi como si se esperara a sí mismo, a algo que tenía que abrirse y funcionar en lo más hondo para que todo eso alcanzara un sentido. El sapo había encontrado un agujero al pie de la tapia y esperaba también, quizá algún insecto que anidaba en el agujero o un pasaje para entrar en un jardín. Nunca supo cuánto tiempo se había quedado ahí ni por qué volvió a la calle del restaurante. Las vitrinas estaban a oscuras pero la estrecha puerta seguía entornada; casi no le extrañó que la mujer estuviera ahí como esperándolo sin sorpresa.

—Pensamos que volvería —dijo—. Ya ve que no había por qué irse tan pronto.

Abrió un poco más la puerta y se hizo a un lado; ahora hubiera sido tan fácil darle la espalda e irse sin siquiera contestar, pero la calle con las tapias y el sapo era como un desmentido a todo lo que había imaginado, a todo lo que había creído una obligación inexplicable. De alguna manera le daba lo mismo entrar que irse, aunque sintiera la crispación que lo echaba hacia atrás; entró antes de alcanzar a decidirlo en ese nivel donde nada había sido decidido esa noche, y oyó el frote de la puerta y del cerrojo a sus espaldas. Los dos camareros estaban muy cerca, y sólo quedaban unas pocas bujías alumbradas en la sala.

–Venga –dijo la voz de la mujer desde algún rincón–, todo está preparado.

Su propia voz le sonó como distante, algo que viniera desde el otro lado del espejo del mostrador.

–No comprendo –alcanzó a decir–, ella estaba ahí y de pronto...

Uno de los camareros rió, apenas un comienzo de risa seca.

–Oh, ella es así –dijo la mujer, acercándose de frente–. Hizo lo que pudo por evitarlo, siempre lo intenta, la pobre. Pero no tienen fuerza, solamente pueden hacer algunas cosas y siempre las hacen mal, es tan distinto de como la gente los imagina.

Sintió a los dos camareros a su lado, el roce de sus chalecos contra el impermeable.

–Casi nos da lástima –dijo la mujer–, ya van dos veces que viene y tiene que irse porque nada le sale bien. Nunca le salió bien nada, no hay más que verla.

–Pero ella...

–Jenny –dijo la mujer–. Es lo único que pudimos saber de ella cuando la conocimos, alcanzó a decir que se llamaba Jenny, a menos que estuviera llamando a otra, después no fueron más que los gritos, es absurdo que griten tanto.

Usted los miró sin hablar, sabiendo que hasta mirarlos era inútil, y yo le tuve tanta lástima, Jacobo, cómo podía yo saber que usted iba a pensar lo que pensó de mí y que iba a tratar de protegerme, yo que estaba ahí para eso, para conseguir que lo dejaran irse. Había demasiada distancia, demasiadas imposibilidades entre usted y yo; habíamos jugado el mismo juego pero usted estaba todavía vivo y no había manera de hacerle comprender. A partir de ahora iba a ser diferente si usted lo quería, a partir de ahora seríamos dos para venir en las noches de lluvia, tal vez así saliera mejor, o por lo menos sería eso, seríamos dos en las noches de lluvia.

Los buenos servicios

*A Marta Mosquera, que me habló en París
de madame Francinet.*

Desde hace un tiempo me cuesta encender el fuego. Los
fósforos no son como los de antes, ahora hay que poner-
los cabeza abajo y esperar a que la llama tome fuerza;
la leña viene húmeda, y por más que le recomiendo
a Frédéric que me traiga troncos secos, siempre huelen a
mojado y prenden mal. Desde que me empezaron a temblar las manos todo me cuesta mucho más. Antes yo tendía una cama en dos segundos, y las sábanas quedaban
como recién planchadas. Ahora tengo que dar vueltas y
más vueltas alrededor de la cama, y madame Beauchamp
se enoja y dice que si me paga por hora es para que no
pierda tiempo alisando un pliegue aquí y otro allá. Todo
porque me tiemblan las manos, y porque las sábanas
de ahora no son como las de antes, tan firmes y gruesas.
El doctor Lebrun ha dicho que no tengo nada, solamente hay que cuidarse mucho, no tomar frío y acostarse
temprano. «¿Y ese vaso de vino cada tanto, eh, madame

Francinet? Sería mejor que lo suprimiéramos, y también el pernod a mediodía.» El doctor Lebrun es un médico joven, con ideas muy buenas para los jóvenes. En mi tiempo nadie hubiera creído que el vino era malo. Y después que yo nunca bebo lo que se llama beber, como la Germaine, la del tercero, o ese bruto de Félix, el carpintero. No sé por qué ahora me acuerdo del pobre monsieur Bébé, la noche en que me hizo beber una copa de whisky. ¡Monsieur Bébé! ¡Monsieur Bébé! En la cocina del departamento de madame Rosay, la noche de la fiesta. Yo salía mucho, entonces, todavía andaba de casa en casa, trabajando por horas. En lo de monsieur Renfeld, en lo de las hermanas que enseñaban piano y violín, en tantas casas, todas muy bien. Ahora apenas puedo ir tres veces por semana a lo de madame Beauchamp, y me parece que no durará mucho. Me tiemblan tanto las manos, y madame Beauchamp se enoja conmigo. Ahora ya no me recomendaría a madame Rosay, y madame Rosay no vendría a buscarme, ahora monsieur Bébé no se encontraría conmigo en la cocina. No, sobre todo monsieur Bébé.

Cuando madame Rosay vino a casa ya era tarde, y no se quedó más que un momento. En realidad mi casa es una sola pieza, pero como dentro tengo la cocina y lo que sobró de los muebles cuando murió Georges y hubo que vender todo, me parece que tengo derecho a llamarla mi casa. De todos modos hay tres sillas, y madame Rosay se quitó los guantes, se sentó y dijo que la pieza era pequeña pero simpática. Yo no me sentía impresionada por madame Rosay, aunque me hubiera gustado estar mejor vestida. Me tomó de sorpresa, y tenía puesta la falda verde que me habían regalado en lo de las hermanas. Madame Rosay no miraba nada, quiero decir que miraba y desviaba la vista en seguida, como para despegarse de lo que había mirado. Tenía la nariz un poco fruncida; a lo mejor le molestaba el olor a cebollas (me gustan mucho las cebollas) o el pis del pobre Minouche. Pero yo estaba contenta de que madame Rosay hubiera venido, y se lo dije.

–Ah, sí, madame Francinet. También yo me alegro de haberla encontrado, porque estoy tan ocupada... –Fruncía la nariz como si las ocupaciones olieran mal–. Quiero pedirle que... Es decir, madame Beauchamp pensó que quizá usted dispondría de la noche del domingo.

–Pues naturalmente –dije yo–. ¿Qué puedo hacer el domingo, después de ir a misa? Entro un rato en lo de Gustave, y...

–Sí, claro –dijo madame Rosay–. Si usted está libre el domingo, quisiera que me ayudara en casa. Daremos una fiesta.

–¿Una fiesta? Mis felicitaciones, madame Rosay.

Pero a madame Rosay no pareció gustarle esto, y se levantó de golpe.

–Usted ayudaría en la cocina, habrá tanto que hacer. Si puede ir a las siete, mi mayordomo le explicará lo necesario.

–Naturalmente, madame Rosay.

–Ésta es mi dirección –dijo madame Rosay, y me dio una tarjeta color crema–. ¿Estará bien con quinientos francos?

–Quinientos francos.

–Digamos seiscientos. A medianoche quedará libre, y tendrá tiempo de alcanzar el último *métro*. Madame Beauchamp me ha dicho que usted es de confianza.

–¡Oh, madame Rosay!

Cuando se fue estuve por reírme al pensar que casi le había ofrecido una taza de té (hubiera tenido que buscar alguna que no estuviera desportillada). A veces no me doy cuenta con quién estoy hablando. Sólo cuando voy a casa de una señora me contengo y hablo como una criada. Debe ser porque en mi casa no soy criada de nadie, o porque me parece que todavía vivo en nuestro pabelloncito de tres piezas, cuando Georges y yo trabajábamos en la fábrica y no pasábamos necesidad. A lo mejor es porque a fuerza de retar al pobre Minouche, que hace pis debajo de la cocina, me parece que yo también soy una señora como madame Rosay.

Cuando iba a entrar en la casa, por poco se me sale el tacón de un zapato. Dije en seguida: «Buena suerte quiero verte y quererte, diablo aléjate». Y toqué el timbre.

Salió un señor de patillas grises como en el teatro, y me dijo que pasara. Era un departamento grandísimo que olía a cera de pisos. El señor de patillas era el mayordomo y olía a benjuí.

–En fin –dijo, y se apuró a hacerme seguir por un corredor que llevaba a las habitaciones de servicio–. Para otra vez llamará a la puerta de la izquierda.

–Madame Rosay no me había dicho nada.

–La señora no está para pensar en esas cosas. Alice, ésta es madame Francinet. Le dará usted uno de sus delantales.

Alice me llevó a su cuarto, más allá de la cocina (y qué cocina) y me dio un delantal demasiado grande. Parece que madame Rosay le había encargado que me explicara todo, pero al principio lo de los perros me pareció un error y me quedé mirando a Alice, la verruga que tenía Alice debajo de la nariz. Al pasar por la cocina todo lo que había podido ver era tan lujoso y reluciente que la sola idea de estar ahí esa noche, limpiando cosas de cristal y preparando las bandejas con las golosinas que se comen en esas casas, me pareció mejor que ir a cualquier teatro o al campo. A lo mejor fue por eso que al principio no entendí lo de los perros, y me quedé mirando a Alice.

–Eh, sí –dijo Alice, que era bretona y bien que se le notaba–. La señora ha dicho.

–¿Pero cómo? Y ese señor de las patillas, ¿no se puede ocupar él de los perros?

–El señor Rodolos es el mayordomo –dijo Alice, con santo respeto.

–Bueno, si no es él, cualquiera. No entiendo por qué yo.

Alice se puso insolente de golpe.

–¿Y por qué no, madame...?

–Francinet, para servirla.

–¿... madame Francinet? No es un trabajo difícil. Fido es el peor, la señorita Lucienne lo ha malcriado mucho... Me explicaba, de nuevo amable como una gelatina.

–Azúcar a cada momento, y tenerlo en la falda. Monsieur Bébé también lo echa a perder en cuanto viene, lo mima tanto, sabe usted... Pero Médor es muy bueno, y Fifine no se moverá de un rincón.

–Entonces –dije yo, que no volvía de mi asombro–, hay muchísimos perros.

—Eh, sí, muchísimos.

—¡En un departamento! —dije, indignada y sin poder disimular—. No sé lo que pensará usted, señora...

—Señorita.

—Perdone usted. Pero en mis tiempos, señorita, los perros vivían en las perreras, y bien puedo decirlo pues mi difunto esposo y yo teníamos una casa al lado de la villa de monsieur... —Pero Alice no me dejó explicarle. No es que dijera nada, pero se veía que estaba impaciente y eso yo lo noto en seguida en la gente. Me callé, y empezó a decirme que madame Rosay adoraba a los perros, y que el señor respetaba todos sus gustos. Y también estaba su hija, que había heredado el mismo gusto.

—La señorita anda loca con Fido, y seguramente comprará una perra de la misma raza, para que tengan cachorros. No hay nada más que seis: Médor, Fifine, Fido, la Petite, Chow y Hannibal. El peor es Fido, la señorita Lucienne lo ha malcriado mucho. ¿No lo oye? Seguramente está ladrando en el recibimiento.

—¿Y dónde tendré que quedarme a cuidarlos? —pregunté con aire despreocupado, no fuera que Alice creyera que me sentía ofendida.

—Monsieur Rodolos la llevará al cuarto de los perros.

—¿Así que tienen un cuarto, los perros? —dije, siempre con mucha naturalidad. Alice no tenía la culpa, en el fondo, pero debo decir la verdad y es que le hubiera dado de bofetadas ahí mismo.

—Claro que tienen su cuarto —dijo Alice—. La señora quiere que los perros duerman cada uno en su colchón, y les ha hecho arreglar un cuarto para ellos solos. Ya llevaremos una silla para que usted pueda sentarse y vigilarlos.

Me ajusté lo mejor posible el delantal y volvimos a la cocina. Justamente en ese momento se abrió otra puerta y entró madame Rosay. Tenía una *robe de chambre* azul, con pieles blancas, y la cara llena de crema. Parecía un pastel, con perdón sea dicho. Pero estuvo muy amable y se veía que mi llegada le quitaba un peso de encima.

—Ah, madame Francinet. Ya Alice le habrá explicado de qué se trata. Quizá más tarde pueda ayudar en alguna otra cosa liviana, secar copas o algo así, pero lo principal es tener quietos a mis tesoros. Son deliciosos, pero no saben estar juntos, y sobre todo solos; en seguida se pelean, y no puedo *tolerar* la idea de que Fido muerda a Chow, pobrecito, o que Médor... —bajó la voz y se acercó un poco—. Además, tendrá que vigilar mucho a la Petite, es una pomerania de ojos preciosos. Me parece que... el momento se acerca... y no quisiera que Médor, o que Fido... ¿comprende usted? Mañana la haré llevar a nuestra finca, que hasta entonces quiero que esté vigilada. Y no sabría dónde tenerla si no es con los otros en su cuarto. ¡Pobre tesoro, tan mimosa! No podría quitármela de al lado en toda la noche. Ya verá usted que no le darán trabajo. Al contrario, se va a divertir viendo lo inteligentes que son. Yo iré una que otra vez a ver cómo anda todo.

Me di cuenta de que no era una frase amable sino una advertencia, pero madame Rosay seguía sonriendo debajo de la crema que olía a flores.

—Lucienne, mi hija, irá también, naturalmente... No puede estar sin su Fido. Hasta duerme con él, figúrese usted... —Pero esto último lo estaba diciendo a alguien que le pasaba por la cabeza, porque al mismo tiempo se volvió para salir y no la vi más. Alice, apoyada en la mesa, me miraba con aire idiota. No es que yo desprecie a la gente, pero me miraba con aire idiota.

–¿A qué hora es la fiesta? –dije yo, dándome cuenta de que sin querer seguía hablando con el tono de madame Rosay, esa manera de hacer las preguntas un poco al costado de la persona, como preguntándole a un perchero o a una puerta.

–Ya va a empezar –dijo Alice, y monsieur Rodolos, que entraba en ese momento quitándose una mota de polvo de su traje negro, asintió con aire importante.

–Sí, no tardarán –dijo, haciendo una seña a Alice para que se ocupara de unas preciosas bandejas de plata–. Ya están ahí monsieur Fréjus y monsieur Bébé, y quieren cocktails.

–Ésos vienen siempre temprano –dijo Alice–. Así beben, también... Ya le he explicado todo a madame Francinet, y madame Rosay le habló de lo que tiene que hacer.

–Ah, perfectamente. Entonces lo mejor será que la lleve a la habitación donde tendrá que quedarse. Yo iré luego a traer a los perros; el señor y monsieur Bébé están jugando con ellos en la sala.

–La señorita Lucienne tenía a Fido en su dormitorio –dijo Alice.

–Sí, ella misma se lo traerá a madame Francinet. Por ahora, si quiere usted venir conmigo...

Así fue como me vi sentada en una vieja silla de viena, exactamente en el medio de un grandísimo cuarto lleno de colchones por el suelo, y donde había una casilla con techo de paja, igual a las chozas de los negros, que según

me explicó el señor Rodolos era un capricho de la señorita Lucienne para su Fido. Los seis colchones estaban
tirados por todas partes, y había escudillas con agua y
comida. La única lámpara eléctrica colgada justamente
encima de mi cabeza, y daba una luz muy pobre. Se lo
dije al señor Rodolos, y que tenía miedo de quedarme
dormida cuando no estuvieran más que los perros.

–Oh, no se quedará dormida, madame Francinet –me
contestó–. Los perros son muy cariñosos pero están mal-
criados, y habrá que ocuparse de ellos todo el tiempo.
Espere aquí un momento.

Cuando cerró la puerta y me dejó sola, sentada en medio de ese cuarto tan raro, con el olor a perro (un olor
limpio, eso sí) y todos los colchones por el suelo, me sentí un poco rara porque era casi como estar soñando, sobre todo con esa luz amarilla encima de la cabeza, y el
silencio. Claro que el tiempo pasaría pronto y no sería
tan desagradable, pero a cada momento sentía como si
algo no estuviera bien. No precisamente que me hubieran llamado para eso sin prevenirme, pero tal vez lo raro
de tener que hacer ese trabajo, o a lo mejor yo realmente
pensaba que eso no estaba bien. El suelo brillaba de bien
lustrado, y los perros se veía que hacían sus necesidades
en otra parte porque no había nada de olor, salvo el
de ellos mismos, que no es tan feo cuando pasa un rato.
Pero lo peor era estar sola y esperando, y casi me alegré
cuando la señorita Lucienne entró trayendo en brazos a
Fido, un pekinés horrible (no puedo aguantar a los peki-
neses), y el señor Rodolos vino gritando y llamando a los
otros cinco perros hasta que estuvieron todos en la pieza. La señorita Lucienne estaba preciosa, toda de blan-

co, y tenía un pelo platinado que le llegaba a los hombros. Besó y acarició mucho rato a Fido, sin ocuparse de los otros que bebían y jugaban, y después me lo trajo y me miró por primera vez.

—¿Usted es la que los va a cuidar? —dijo. Tenía una voz un poco chillona, pero no se puede negar que era muy hermosa.

—Soy madame Francinet, para servirla —dije, saludando.

—Fido es muy delicado. Tómelo. Sí, en los brazos. No la va a ensuciar, lo baño yo misma todas las mañanas. Como le digo, es muy delicado. No le permita que se mezcle con *ésos*. Cada tanto ofrézcale agua.

El perro se quedó quieto en mi falda, pero lo mismo me daba un poco de asco. Un danés grandísimo lleno de manchas negras se acercó y se puso a olerlo, como hacen los perros, y la señorita Lucienne soltó un chillido y le dio de puntapiés. El señor Rodolos no se movía de la puerta, y se veía que estaba acostumbrado.

—Ya ve, ya ve —gritaba la señorita Lucienne—. Es lo que no quiero que suceda, y usted no debe permitirlo. Ya le explicó mamá, ¿verdad? No se moverá de aquí hasta que termine el *party*. Y si Fido se siente mal y se pone a llorar, golpee la puerta para que *ése* me avise.

Se fue sin mirarme, después de tomar otra vez en brazos al pekinés y besarlo hasta que el perro lloriqueó. Monsieur Rodolos se quedó todavía un momento.

—Los perros no son malos, madame Francinet —me dijo—. De todos modos, si tiene algún inconveniente, golpee a la puerta y vendré. Tómelo con calma —agregó como si se le hubiera ocurrido a último momento, y se fue cerrando con todo cuidado la puerta. Me pregunto si no le puso el cerrojo por fuera, pero resistí a la tentación de ir a ver, porque creo que me hubiera sentido mucho peor.

En realidad cuidar a los perros no fue difícil. No se peleaban, y lo que madame Rosay había dicho de la Petite no era cierto, por lo menos no había empezado todavía. Naturalmente apenas la puerta estuvo cerrada yo solté al asqueroso pekinés y lo dejé que se revolcara tranquilamente con los otros. Era el peor, les buscaba camorra todo el tiempo, pero ellos no le hacían nada y hasta se veía que lo invitaban a jugar. De cuando en cuando bebían, o comían la rica carne de las escudillas. Con perdón sea dicho, casi me daba hambre ver esa carne tan rica en las escudillas.

A veces, desde muy lejos, se oía reír a alguien y no sé si era porque estaba enterada de que iban a hacer música (Alice lo había dicho en la cocina), pero me pareció oír un piano, aunque a lo mejor era en otro departamento. El tiempo se hacía muy largo, sobre todo por culpa de la única luz que colgaba del techo, tan amarilla. Cuatro de los perros se durmieron pronto, y Fido y Fifine (no sé si era Fifine, pero me pareció que debía ser ella) jugaron un rato a mordisquearse las orejas, y terminaron bebiendo mucha agua y acostándose uno contra otro en un colchón. A veces me parecía oír pasos afuera, y corría a tomar en brazos a Fido, no fuera que entrara la señorita Lucienne. Pero no vino nadie y pasó mucho tiempo, hasta que empecé a dormitar en la silla, y casi hubiera querido apagar la luz y dormirme de veras en uno de los colchones vacíos.

No diré que no estuve contenta cuando Alice vino a buscarme. Alice tenía la cara muy colorada, y se veía que aún le duraba la excitación de la fiesta y todo lo que habrían comentado en la cocina con las otras mucamas y monsieur Rodolos.

—Madame Francinet, usted es una maravilla —dijo—. Seguramente la señora va a estar encantada y la llamará cada vez que haya una fiesta. La última que vino no consiguió que se quedaran tranquilos, y hasta la señorita Lucienne tuvo que dejar de bailar y venir a atenderlos. ¡Vea cómo duermen!

—¿Ya se fueron los invitados? —pregunté, un poco avergonzada de sus elogios.

—Los invitados sí, pero hay otros que son como de la casa y siempre se quedan un rato. Todos han bebido mucho, puedo asegurárselo. Hasta el señor, que en casa nunca bebe, vino muy contento a la cocina y nos hizo bromas a la Ginette y a mí sobre lo bien que había estado servida la cena, y nos regaló cien francos a cada una. Me parece que también a usted le darán alguna propina. Todavía están bailando la señorita Lucienne con su novio, y monsieur Bébé y sus amigos juegan a disfrazarse.

—¿Entonces tendré que quedarme?

—No, la señora ha dicho que cuando se fueran el diputado y los otros, había que soltar a los perros. Les encanta jugar con ellos en el salón. Yo voy a llevar a Fido, y usted no tiene más que venir conmigo a la cocina.

La seguí, cansadísima y muerta de sueño, pero llena de curiosidad por ver algo de la fiesta, aunque fuera las copas y los platos en la cocina. Y los vi, porque había montones apilados en todas partes, y botellas de champaña y de whisky, algunas todavía con un fondo de bebida. En la cocina usaban tubos de luz azul, y me quedé deslumbrada al ver tantos armarios blancos, tantos estantes donde brillaban los cubiertos y las cacerolas. La Ginette era una pelirroja pequeñita, que también estaba muy excitada y recibió a Alice con risitas y gestos. Parecía bastante desvergonzada, como tantas en estos tiempos.

–¿Siguen igual? –preguntó Alice, mirando hacia la puerta.

–Sí –dijo la Ginette, retorciéndose–. ¿La señora es la que estuvo cuidando a los perros?

Yo tenía sed y sueño, pero no me ofrecían nada, ni siquiera donde sentarme. Estaban demasiado entusiasmadas por la fiesta, por todo lo que habían visto mientras servían la mesa o recibían los abrigos a la entrada. Sonó un timbre y Alice, que seguía con el pekinés en brazos, salió corriendo. Vino monsieur Rodolos y pasó sin mirarme, volviendo en seguida con los cinco perros que saltaban y le hacían fiestas. Vi que tenía la mano llena de terrones de azúcar, y que los iba repartiendo para que los perros lo siguieran al salón. Yo me apoyé en la gran mesa del centro, tratando de no mirar mucho a la Ginette, que apenas volvió Alice siguió charlando de monsieur Bébé y los disfraces, de monsieur Fréjus, de la pianista que parecía tuberculosa, y de cómo la señorita Lucienne había tenido un altercado con su padre. Alice tomó una de las botellas a medio vaciar, y se la llevó a la boca con una grosería que me dejó tan desconcertada que no sabía adónde mirar; pero lo peor fue que luego se la pasó a la pelirroja, que terminó de vaciarla. Las dos se reían como si también hubieran bebido mucho durante la fiesta. Tal vez por eso no pensaban que yo tenía hambre, y sobre todo sed. Con seguridad si hubieran estado en sus cabales se hubieran dado cuenta. La gente no es mala, y muchas desatenciones se cometen porque no se está en lo que se hace; igual ocurre en el autobús, en los almacenes y en las oficinas.

El timbre sonó otra vez, y las dos muchachas salieron corriendo. Se oían grandes carcajadas, y de cuando en cuando el piano. Yo no comprendía por qué me hacían esperar; no tenían más que pagarme y dejar que me fuera. Me senté en una silla y puse los codos sobre la mesa. Se me caían los ojos de sueño, y por eso no me di cuenta de que alguien acababa de entrar en la cocina. Primero oí un ruido de vasos que chocaban, y un silbido muy suave. Pensé que era la Ginette y me volví para preguntarle qué iban a hacer conmigo.

–Oh, perdón, señor –dije, levantándome–. No sabía que usted estaba aquí.

–No estoy, no estoy –dijo el señor, que era muy joven–. ¡Loulou, ven a ver!

Se tambaleaba un poco, apoyándose en uno de los estantes. Había llenado un vaso con una bebida blanca, y lo miraba al trasluz como si desconfiara. La llamada Loulou no aparecía, de modo que el joven señor se me acercó y me dijo que me sentara. Era rubio, muy pálido, y estaba vestido de blanco. Cuando me di cuenta de que estaba vestido de blanco en pleno invierno me pregunté si soñaba. Esto no es un modo de decir, cuando veo algo raro siempre me pregunto con todas las letras si estoy soñando. Podría ser, porque a veces sueño cosas raras. Pero el señor estaba ahí, sonriendo con un aire de fatiga y casi de aburrimiento. Me daba lástima ver lo pálido que era.

–Usted debe ser la que cuida los perros –dijo, y se puso a beber.

–Soy madame Francinet, para servirlo –dije. Era tan simpático, y no me producía ningún temor. Más bien el deseo de serle útil, de tener alguna atención con él. Ahora estaba mirando otra vez la puerta entornada.

–¡Loulou! ¿Vas a venir? Aquí hay vodka. ¿Por qué ha estado llorando, madame Francinet?

–Oh, no, señor. Debo haber bostezado, un momento antes de que usted entrara. Estoy un poco cansada, y la luz en el cuarto de... en el otro cuarto, no era muy buena. Cuando una bosteza...

–... le lloran los ojos –dijo él. Tenía unos dientes perfectos, y las manos más blancas que he visto en un hombre. Enderezándose de golpe, fue al encuentro de un joven que entraba tambaleándose.

–Esta señora –le explicó– es la que nos ha librado de esas bestias asquerosas. Loulou, di buenas noches.

Me levanté otra vez e hice un saludo. Pero el señor llamado Loulou ni siquiera me miraba. Había encontrado una botella de champaña en la heladera, y trataba de hacer saltar el corcho. El joven de blanco se acercó a ayudarlo, y los dos se pusieron a reír y a forcejear con la botella. Cuando uno se ríe pierde la fuerza, y ninguno de los dos podía descorchar la botella. Entonces quisieron hacerlo juntos, y tiraban de cada lado, hasta que terminaron apoyándose uno en el otro, cada vez más contentos pero sin poder abrir la botella. Monsieur Loulou decía: «Bébé, Bébé, por favor, vámonos ahora...», y monsieur Bébé se reía cada vez más y lo rechazaba jugando, hasta que al final descorchó la botella y dejó que un gran

chorro de espuma cayera por la cara de monsieur Loulou, que soltó una palabrota y se frotó los ojos, yendo de
un lado para otro.

–Pobre querido, está demasiado borracho –decía monsieur Bébé, poniéndole las manos en la espalda y empu-
jándolo para que saliera–. Vaya a hacerle compañía a la
pobre Nina que está muy triste... –Y se reía, pero ya sin
ganas.

Después volvió, y lo encontré más simpático que nunca. Tenía un tic nervioso que le hacía levantar una ceja.
Lo repitió dos o tres veces, mirándome.

–Pobre madame Francinet –dijo, tocándome la cabeza
muy suavemente–. La han dejado sola, y seguramente no
le han dado nada de beber.

–Ya vendrán a decirme que puedo volver a casa, señor
–contesté. No me molestaba que se hubiera tomado la libertad de tocarme la cabeza.

–Que puede volver, que puede volver... ¿Qué necesidad tiene nadie de que le den permiso para hacer algo?
–dijo monsieur Bébé, sentándose frente a mí. Había levantado otra vez su vaso, pero lo dejó en la mesa, fue a
buscar uno limpio y lo llenó de una bebida color té.

–Madame Francinet, vamos a beber juntos –dijo alcanzándome el vaso–. A usted le gusta el whisky, claro.

–Dios mío, señor –dije, asustada–. Fuera del vino, y los
sábados un pequeño pernod en lo de Gustave, no sé lo
que es beber.

–¿No ha tomado nunca whisky, de verdad? –dijo monsieur Bébé, maravillado–. Un trago, nada más. Verá qué
bueno es. Vamos, madame Francinet, anímese. El primer trago es el que cuesta... –Y se puso a declamar una

poesía que no recuerdo, donde hablaba de unos navegantes de algún sitio raro. Yo tomé un trago de whisky y lo encontré tan perfumado que tomé otro, y después otro más. Monsieur Bébé saboreaba su vodka, y me miraba encantado.

–Con usted es un placer, madame Francinet –decía–. Por suerte no es joven, con usted se puede ser amigo... No hay más que mirarla para ver que es buena, como una tía de provincia, alguien que uno puede mimar, y que lo puede mimar a uno, pero sin peligro, sin peligro... Vea, por ejemplo Nina tine una tía en el Poitou que le manda pollos, canastas de legumbres y hasta miel... ¿No es admirable?

–Claro que sí, señor –dije, dejando que me sirviera otro poco, ya que le daba tanto placer–. Siempre es agradable tener a alguien que vele por uno, sobre todo cuando se es tan joven. En la vejez no queda más remedio que pensar en uno mismo, porque los demás... Aquí me tiene a mí, por ejemplo. Cuando murió mi Georges...

–Beba otro poco, madame Francinet. La tía de Nina vive lejos, y no hace más que mandar pollos... No hay peligro de historias de familia...

Yo estaba tan mareada que ni siquiera tenía miedo de lo que iba a ocurrir si entraba monsieur Rodolos y me sorprendía sentada en la cocina, hablando con uno de los invitados. Me encantaba mirar a monsieur Bébé, oír su risa tan aguda, probablemente por efecto de la bebida. Y a él le gustaba que yo lo mirara, aunque primero me pareció un poco desconfiado pero después no hacía más que sonreír y beber, mirándome todo el tiempo. Yo sé que estaba terriblemente borracho porque Alice me había dicho todo lo que habían bebido y además por la forma en que le brillaban los ojos a monsieur Bébé. Si no hubiera estado borracho, ¿qué tenía que hacer en la cocina con una vieja como yo? Pero los otros también estaban borrachos, y sin embargo monsieur Bébé era el único que me estaba acompañando, el único que me había dado una bebida y me había acariciado la cabeza, aunque no estaba bien que lo hubiera hecho. Por eso me sentía tan contenta con monsieur Bébé, y lo miraba más y más, y a él le gustaba que lo mirasen, porque una o dos veces se puso un poco de perfil, y tenía una nariz hermosísima, como una estatua. Todo él era como una estatua, sobre todo con su traje blanco. Hasta lo que bebía era blanco, y estaba tan pálido que me daba un poco de miedo por él. Se veía que se pasaba la vida encerrado, como tantos jóvenes de ahora. Me hubiera gustado decírselo, pero yo no era nadie para darle consejos a un señor como él, y además no me quedó tiempo porque se oyó un golpe en la puerta y monsieur Loulou entró arrastrando al danés, atado con una cortina que había retorcido para formar una especie de soga. Estaba mucho más bebido que monsieur Bébé, y casi se cae cuando el danés dio una vuelta y le enredó las piernas con la cortina. Se oían voces en el pasillo, y apareció un señor de cabellos grises, que debía ser monsieur Rosay, y en seguida madame Rosay muy roja y excitada, y un joven delgado y de pelo tan negro como no he visto nunca. Todos trataban de socorrer a monsieur Loulou, cada vez más enredado con el danés y la cortina, mientras se reían y bromeaban a gritos. Nadie se fijó en mí, hasta que madame Rosay me vio y se puso seria. No pude oír lo que le decía el señor de cabellos grises, que miró mi vaso (estaba vacío, pero con la botella al lado), y monsieur Rosay miró a monsieur Bébé y le hizo un gesto de indignación, mientras monsieur Bébé le guiñaba un ojo, y echándose atrás en su silla se reía a carcajadas. Yo estaba muy confundida, de modo que me pareció que lo mejor era levantarme y saludar a todos con una inclinación, y luego irme a un lado y esperar. Madame Rosay había salido de la cocina, y un instante después entraron Alice y monsieur Rodolos que se acercaron a mí y me indicaron que los acompañara. Saludé a todos los presentes con una inclinación, pero no creo que nadie me viera porque estaban calmando a monsieur Loulou que de pronto se había echado a llorar y decía cosas incomprensibles señalando a monsieur Bébé. Lo último que recuerdo fue la risa de monsieur Bébé, echado hacia atrás en su silla.

Alice esperó a que me quitara el delantal, y monsieur Rodolos me entregó seiscientos francos. En la calle estaba nevando, y el último *métro* había pasado hacía rato. Tuve que caminar más de una hora hasta llegar a mi casa, pero el calor del whisky me protegía, y el recuerdo de tantas cosas, y lo mucho que me había divertido en la cocina al final de la fiesta.

El tiempo vuela, como dice Gustave. Uno cree que es lunes y ya estamos a jueves. El otoño se termina, y de golpe es pleno verano. Cada vez que Robert aparece para preguntarme si no hay que limpiar la chimenea (es muy bueno, Robert, y me cobra la mitad que a los otros inquilinos), me doy cuenta de que el invierno está como quien dice en la puerta. Por eso no me acuerdo de cuánto tiempo había pasado hasta que vi otra vez a monsieur Rosay. Vino al caer la noche, casi a la misma hora que madame Rosay la primera vez. También él empezó diciendo que venía porque madame Beauchamp me había recomendado, y se sentó en la silla con aire confuso. Nadie se siente cómodo en mi casa, ni siquiera yo cuando hay visitas que no son de confianza. Empiezo a frotarme las manos como si las tuviera sucias, y después pienso que los otros van a creer que las tengo realmente sucias, y ya no sé dónde meterme. Menos mal que monsieur Rosay estaba tan confundido como yo, aunque lo disimulaba más. Con el bastón golpeaba despacio el piso, asustando muchísimo a Minouche, y miraba para todos lados con tal de no encontrarse con mis ojos. Yo no sabía a qué santo encomendarme, porque era la primera vez que un señor se turbaba tanto delante de mí, y no sabía qué hay que hacer en esos casos salvo ofrecerle una taza de té.

—No, no gracias —dijo él, impaciente—. Vine a pedido de mi esposa... Usted me recuerda ciertamente.

—Vaya, monsieur Rosay. Aquella fiesta en su casa, tan concurrida...

—Sí. Aquella fiesta. Justamente... Quiero decir, esto no tiene nada que ver con la fiesta, pero aquella vez usted nos fue muy útil, madame...

—Francinet, para servirlo.

—Madame Francinet, es cierto. Mi mujer ha pensado... Verá usted, es algo delicado. Pero ante todo deseo tranquilizarla. Lo que voy a proponerle no es... cómo decir... ilegal.

—¿Ilegal, monsieur Rosay?

–Oh, usted sabe, en estos tiempos... Pero le repito: se trata de algo muy delicado, pero perfectamente correcto en el fondo. Mi esposa está enterada de todo, y ha dado su consentimiento. Esto se lo digo para tranquilizarla.

–Si madame Rosay está de acuerdo, para mí es como pan bendito –dije yo para que se sintiera cómodo, aunque no sabía gran cosa de madame Rosay y más bien me caía antipática.

–En fin, la situación es ésta, madame... Francinet, eso es, madame Francinet. Uno de nuestros amigos... quizá sería mejor decir uno de nuestros conocidos, acaba de fallecer en circunstancias muy especiales.

–¡Oh, monsieur Rosay! Mi más sentido pésame.

–Gracias –dijo monsieur Rosay, e hizo una mueca muy rara, casi como si fuera a gritar de rabia o a ponerse a llorar. Una mueca de verdadero loco, que me dio miedo. Por suerte la puerta estaba entornada, y el taller de Fresnay queda al lado.

»Este señor... Se trata de un modisto muy conocido... vivía solo, es decir, alejado de su familia, ¿comprende usted? No tenía a nadie, fuera de sus amigos, pues los clientes, usted sabe, eso no cuenta en estos casos. Ahora bien, por una serie de razones que sería largo explicarle, sus amigos hemos pensado que a los efectos del sepelio...

¡Qué bien hablaba! Elegía cada palabra, golpeando despacio el suelo con el bastón, y sin mirarme. Era como oír los comentarios por la radio, sólo que monsieur Rosay hablaba más lentamente, aparte de que se veía muy bien que no estaba leyendo. El mérito era entonces mucho mayor. Me sentí tan admirada que perdí la desconfianza, y acerqué un poco más mi silla. Sentía como un calor en el estó-

mago, pensando que un señor tan importante venía a pedirme un servicio, cualquiera que fuese. Y estaba muerta
de miedo, y me frotaba las manos sin saber qué hacer.

—Nos ha parecido —decía monsieur Rosay— que una ceremonia a la que sólo concurrieran sus amigos, unos pocos... en fin, no tendría ni la importancia necesaria en el
caso de este señor... ni traduciría la consternación —así
dijo— que ha producido su pérdida... ¿Comprende usted? Nos ha parecido que si usted hiciera acto de presencia en el velatorio, y naturalmente en el entierro... ponga-
mos en calidad de parienta cercana del muerto... ¿ve lo
que quiero decirle? Una parienta muy cercana... digamos una tía... y hasta me atrevería a sugerir...

—¿Sí, monsieur Rosay? —dije yo, en el colmo de la maravilla.

—Bueno, todo depende de usted, claro está... Pero si recibiera una recompensa adecuada... pues no se trata, naturalmente, de que se moleste para nada... En ese caso,
¿no es verdad, madame Francinet?... si la retribución le
conviniera, como veremos ahora mismo... hemos creído
que usted podría estar presente como si fuera... usted me
comprende... digamos la madre del difunto... Déjeme
explicarle bien... La madre que acaba de llegar de Normandía, enterada del fallecimiento, y que acompañará a
su hijo hasta la tumba... No, no, antes de decir nada... Mi
esposa ha pensado que quizá usted aceptaría ayudarnos
por amistad... y por mi parte mis amigos y yo hemos con-
venido ofrecerle diez mil... ¿estaría bien, así, madame
Francinet?, diez mil francos por su ayuda... Tres mil en
este mismo momento, y el resto cuando salgamos del cementerio, una vez que...

Yo abrí la boca, solamente porque se me había abierto sola, pero monsieur Rosay no me dejó decir nada. Estaba muy rojo y hablaba rápidamente, como si quisiera terminar lo antes posible.

–Si usted acepta, madame Francinet... como todo nos hace esperar, dado que confiamos en su ayuda y no le pedimos nada... irregular, por decirlo así... en ese caso dentro de media hora estarán aquí mi esposa y su mucama, con las ropas adecuadas... y el auto, claro está, para llevarla a la casa... Por supuesto, será necesario que usted... ¿cómo decirlo?, que usted se haga a la idea de que es... la madre del difunto... Mi esposa le dará los informes necesarios y usted, naturalmente, deberá dar la impresión, una vez en la casa... Usted comprende... El dolor, la desesperación... Se trata sobre todo de los clientes –agregó–. Delante de nosotros, bastará con que guarde silencio.

No sé cómo le había aparecido en la mano un fajo de billetes muy nuevos, y que me caiga muerta ahora mismo si sé cómo de repente los sentí dentro de mi mano, y monsieur Rosay se levantaba y se iba murmurando y olvidándose de cerrar la puerta como todos los que salen de mi casa.

Dios me perdonará esto y tantas otras cosas, lo sé. No estaba bien, pero monsieur Rosay me había asegurado que no era ilegal, y que en esa forma prestaría una ayuda muy valiosa (creo que habían sido sus mismas palabras). No estaba bien que me hiciera pasar por la madre del señor que había muerto, y que era modisto, porque no son cosas que deben hacerse, ni engañar a nadie. Pero había que pensar en los clientes, y si en el entierro faltaba la

313

madre, o por lo menos una tía o hermana, la ceremonia no tendría la importancia necesaria ni daría la sensación de dolor producida por la pérdida. Con esas mismas palabras acababa de decirlo monsieur Rosay, y él sabía más que yo. No estaba bien que yo hiciera eso, pero Dios sabe que apenas gano tres mil francos por mes, deslomándome en casa de madame Beauchamp y en otras partes, y ahora iba a tener diez mil nada más que por llorar un poco, por lamentar la muerte de ese señor que iba a ser mi hijo hasta que lo enterraran.

La casa quedaba cerca de Saint-Cloud, y me llevaron en un auto como nunca había visto salvo por fuera. Madame Rosay y la mucama me habían vestido, y yo sabía que el difunto se llamaba monsieur Linard, de nombre Octave, y que era único hijo de su anciana madre que vivía en Normandía y acababa de llegar en el tren de las cinco. La anciana madre era yo, pero estaba tan excitada y confundida que oí muy poco de todo lo que me decía y recomendaba madame Rosay. Recuerdo que me rogó muchas veces en el auto (me rogaba, no me desdigo, había cambiado muchísimo desde la noche de la fiesta) que no exagerara en mi dolor, y que más bien diera la impresión de estar terriblemente fatigada y al borde de un ataque.

—Desgraciadamente no podré estar junto a usted —dijo cuando ya llegábamos—. Pero haga lo que le he indicado, y además mi esposo se ocupará de todo lo necesario. Por favor, *por favor*, madame Francinet, sobre todo cuando vea periodistas, y señoras... en especial los periodistas...

—¿No estará usted, madame Rosay? —pregunté asombradísima.

–No. Usted no puede comprender, sería largo de explicar. Estará mi esposo, que tiene intereses en el comercio de monsieur Linard... Naturalmente, estará ahí por decoro... una cuestión comercial y humana... Pero yo no entraré, no corresponde que yo... No se preocupe por eso.

En la puerta vi a monsieur Rosay y a varios otros señores. Se acercaron, y madame Rosay me hizo una última recomendación y se echó atrás en el asiento para que no la vieran. Yo dejé que monsieur Rosay abriera la portezuela, y llorando a gritos bajé a la calle mientras monsieur Rosay me abrazaba y me llevaba adentro, seguido por algunos de los otros señores. No podía ver mucho de la casa, pues tenía una pañoleta que me tapaba casi los ojos, y además lloraba tanto que no alcanzaba a ver nada, pero por el olor se notaba el lujo, y también por las alfombras tan mullidas. Monsieur Rosay murmuraba frases de consuelo, y tenía una voz como si también él estuviera llorando. En un grandísimo salón con arañas de caireles, había algunos señores que me miraban con mucha compasión y simpatía, y estoy segura de que hubieran venido a consolarme si monsieur Rosay no me hubiera hecho seguir adelante, sosteniéndome por los hombros. En un sofá alcancé a ver un señor muy joven, que tenía los ojos cerrados y un vaso en la mano. Ni siquiera se movió al oírme entrar, y eso que yo lloraba muy fuerte en ese momento. Abrieron una puerta, y dos señores salieron de adentro con el pañuelo en la mano. Monsieur Rosay me empujó un poco, y yo pasé a una habitación y tambaleándome me dejé llevar hasta donde estaba el muerto, y vi al muerto que era mi hijo, vi el perfil de monsieur Bébé más rubio y más pálido que nunca ahora que estaba muerto.

Me parece que me tomé del borde de la cama, porque monsieur Rosay se sobresaltó, y otros señores me rodearon y me sostuvieron, mientras yo miraba la cara tan hermosa de monsieur Bébé muerto, sus largas pestañas negras y su nariz como de cera, y no podía creer que fuera monsieur Linard, el señor que era modisto y acababa de morir, no podía convencerme de que ese muerto ahí delante fuera monsieur Bébé. Sin darme cuenta, lo juro, me había puesto a llorar de veras, tomada del borde de la cama de gran lujo y de roble macizo, acordándome de cómo monsieur Bébé me había acariciado la cabeza la noche de la fiesta, y me había llenado el vaso de whisky, hablando conmigo y ocupándose de mí mientras los otros se divertían. Cuando monsieur Rosay murmuró algo como: «Dígale hijo, hijo...», no me costó nada mentir, y creo que llorar por él me hacía tanto bien como si fuera una recompensa por todo el miedo que había tenido hasta ese momento. Nada me parecía extraño, y cuando levanté los ojos y a un lado de la cama vi a monsieur Loulou con los ojos enrojecidos y los labios que le temblaban, me puse a llorar a gritos mirándolo en la cara, y él lloraba también a pesar de su sorpresa, lloraba porque yo estaba llorando, y lleno de sorpresa al comprender que yo lloraba como él, de verdad, porque los dos queríamos a monsieur Bébé, y casi nos desafiábamos a cada lado de la cama, sin que monsieur Bébé pudiera reír y burlarse como cuando estaba vivo, sentado en la mesa de la cocina y riéndose de todos nosotros.

Me llevaron hasta un sofá del gran salón con arañas, y una señora que había allí sacó del bolso un frasco con sales, y un mucamo puso a mi lado una mesita de ruedas con una bandeja donde había café hirviendo y un vaso de agua. Monsieur Rosay estaba mucho más tranquilo ahora que se daba cuenta de que yo era capaz de hacer lo que me habían pedido. Lo vi cuando se alejaba para hablar con otros señores, y pasó un largo rato sin que nadie entrara o saliera de la sala. En el sofá de enfrente seguía sentado el joven que había visto al entrar, y que lloraba con la cara entre las manos. Cada tanto sacaba el pañuelo y se sonaba. Monsieur Loulou apareció en la puerta y lo miró un momento, antes de venir a sentarse a su lado. Yo les tenía tanta lástima a los dos, se veía que habían sido muy amigos de monsieur Bébé, y eran tan jóvenes y sufrían tanto. Monsieur Rosay también los miraba desde un rincón de la sala, donde había estado hablando en voz baja con dos señoras que ya estaban por irse. Y así pasaban los minutos, hasta que monsieur Loulou soltó como un chillido y se apartó del otro joven que lo miraba furioso, y oí que monsieur Loulou decía algo como: «A ti nunca te importó nada, Nina», y yo me acordé de alguien que se llamaba Nina y que tenía una tía en el Poitou que le mandaba pollos y legumbres. Monsieur Loulou se encogió de hombros y volvió a decir que Nina era un mentiroso, y al final se levantó haciendo muecas y gestos de enojo. Entonces monsieur Nina se levantó también, y los dos fueron casi corriendo al cuarto donde estaba monsieur Bébé, y oí que discutían, pero en seguida entró monsieur Rosay a hacerlos callar y no se oyó nada más, hasta que monsieur Loulou vino a sentarse en

el sofá, con un pañuelo mojado en la mano. Justamente
detrás del sofá había una ventana que daba al patio interior. Creo que de todo lo que había en esa sala lo que mejor recuerdo es la ventana (y también las arañas, tan lujo-
sas) porque al final de la noche la vi cambiar poco a poco
de color y ponerse cada vez más gris y por fin rosa, antes de que saliera el sol. Y todo ese tiempo yo estuve pensando en monsieur Bébé, y de pronto no podía contenerme
y lloraba, aunque solamente estaban ahí monsieur Rosay y monsieur Loulou, porque monsieur Nina se había
ido o estaba en otra parte de la casa. Y así pasó la noche,
y a ratos no podía contenerme al pensar en monsieur Bébé,
tan joven, y me ponía a llorar, aunque también era un
poco por la fatiga; entonces monsieur Rosay venía a sentarse a mi lado, con una cara muy rara, y me decía que no
era necesario que siguiera fingiendo, y que me preparara
para cuando fuese la hora del entierro y llegaran la gente
y los periodistas. Pero a veces es difícil saber cuándo se
llora o no de veras, y le pedí a monsieur Rosay que me
dejara quedarme velando a monsieur Bébé. Parecía muy
extrañado de que no quisiera ir a dormir un rato, y me
ofreció varias veces llevarme a un dormitorio, pero al final se convenció y me dejó tranquila. Aproveché un rato
en que él había salido, probablemente para ir al excusa-
do, y entré otra vez en el cuarto donde estaba monsieur
Bébé.

Había pensado encontrarlo solo, pero monsieur Nina
estaba ahí, mirándolo, parado a los pies de la cama.
Como no nos conocíamos (quiero decir que él sabía que
yo era la señora que pasaba por madre de monsieur
Bébé, pero no nos habíamos visto antes) los dos nos mi-

ramos con desconfianza, aunque él no dijo nada cuando me acerqué y me puse al lado de monsieur Bébé. Estuvimos así un rato, y yo veía que le corrían las lágrimas por las mejillas y que le habían hecho como un surco cerca de la nariz.

–Usted también estaba la noche de la fiesta –le dije, queriendo distraerlo–. Monsieur Bébé... monsieur Linard dijo que usted estaba muy triste, y le pidió a monsieur Loulou que fuera a acompañarlo.

Monsieur Nina me miró sin comprender. Movía la cabeza, y yo le sonreí para distraerlo.

–La noche de la fiesta en casa de monsieur Rosay –dije–. Monsieur Linard vino a la cocina y me ofreció whisky.

–¿Whisky?

–Sí. Fue el único que me ofreció de beber esa noche... Y monsieur Loulou abrió una botella de champaña, y entonces monsieur Linard le echó un chorro de espuma en la cara, y...

–Oh, cállese, cállese –murmuró monsieur Nina–. No nombre a ése... Bébé estaba loco, realmente loco...

–¿Y era por eso que usted estaba triste? –le pregunté, por decir algo, pero ya no me oía, miraba a monsieur Bébé como preguntándole alguna cosa, y movía la boca repitiendo siempre lo mismo, hasta que no pude seguir mirándolo. Monsieur Nina no era tan buen mozo como monsieur Bébé o monsieur Loulou, y me pareció muy pequeño, aunque la gente de negro siempre parece más pequeña, como dice Gustave. Yo hubiera querido consolar a monsieur Nina, tan afligido, pero monsieur Rosay entró en ese momento y me hizo señas de que volviera a la sala.

–Ya está amaneciendo, madame Francinet –me dijo. Tenía la cara color verde, el pobre–. Usted debería descansar un rato. No va a poder resistir la fatiga, y pronto empezará a llegar la gente. El entierro es a las nueve y media.

Realmente yo me caía de cansancio y era mejor que durmiera una hora. Es increíble cómo una hora de sueño me quita la fatiga. Por eso dejé que monsieur Rosay me llevara del brazo, y cuando atravesamos la sala con las arañas la ventana ya estaba de color rosa vivo, y sentí frío a pesar de la chimenea encendida. En ese momento monsieur Rosay me soltó de golpe, y se quedó mirando la puerta que daba a la salida de la casa. Había entrado un hombre con una bufanda anudada al cuello, y me asusté por un momento pensando que a lo mejor nos habían descubierto (aunque no era nada ilegal) y que el hombre de la bufanda era un hermano o algo así de monsieur Bébé. Pero no podía ser, con ese aire tan rústico que tenía, como si Pierre o Gustave hubieran podido ser hermanos de alguien tan refinado como monsieur Bébé. Detrás del hombre de la bufanda vi de repente a monsieur Loulou con un aire como si tuviera miedo, pero me pareció que a la vez estaba como contento por algo que iba a suceder. Entonces monsieur Rosay me hizo seña de que me quedara donde estaba, y dio dos o tres pasos hacia el hombre de la bufanda, me parece que sin muchas ganas.

–¿Usted viene?... –empezó a decir, con la misma voz que usaba para hablar conmigo, y que no era nada amable en el fondo.

–¿Dónde está Bébé? –preguntó el hombre, con una voz como de haber estado bebiendo o gritando. Monsieur Rosay hizo un gesto vago, queriendo negarle la entrada, pero el hombre se adelantó y lo apartó a un lado con sólo mirarlo. Yo estaba muy extrañada de una actitud tan grosera en un momento tan triste, pero monsieur Loulou, que se había quedado en la puerta (yo creo que era él quien había dejado entrar a ese hombre), se puso a reír a carcajadas, y entonces monsieur Rosay se le acercó y le dio de bofetones como a un chico, realmente como a un chico. No oí bien lo que se decían, pero monsieur Loulou parecía contento a pesar de los bofetones, y decía algo así como: «Ahora verá... ahora verá esa puta...», aunque esté mal que repita sus palabras, y las dijo varias veces hasta que de golpe se echó a llorar y se tapó la cara, mientras monsieur Rosay lo empujaba y lo tironeaba hasta el sofá donde se quedó gritando y llorando, y todos se habían olvidado de mí como pasa siempre.

Monsieur Rosay parecía muy nervioso y no se decidía a entrar en el cuarto mortuorio, pero al cabo de un momento se oyó la voz de monsieur Nina que protestaba por alguna cosa, y monsieur Rosay se decidió y corrió a la puerta justamente cuando monsieur Nina salía protestando, y yo hubiera jurado que el hombre de la bufanda le había dado de empellones para echarlo. Monsieur Rosay retrocedió, mirando a monsieur Nina, y los dos se pusieron a hablar en voz muy baja pero que lo mismo resultaba chillona, y monsieur Nina lloraba de despecho y hacía gestos, tanto que me daba mucha lástima. Al final se calmó un poco y monsieur Rosay lo llevó hasta el sofá donde estaba monsieur Loulou, que se reía de nuevo (era así, tan pronto reían como lloraban), pero monsieur Nina hizo una mueca de desprecio y fue a sentarse en otro sofá cerca de la chimenea. Yo me quedé en un rincón de la sala, esperando que llegaran las señoras y los periodistas como me había mandado madame Rosay, y al final el sol dio en los vidrios de la ventana y un mucamo de librea hizo entrar a dos señores muy elegantes y a una señora, que miró primero a monsieur Nina pensando tal vez que era de la familia, y después me miró a mí, y yo tenía la cara tapada con las manos pero la veía muy bien por entre los dedos. Los señores, y otros que entraron luego, pasaban a ver a monsieur Bébé y luego se reunían en la sala, y algunos venían hasta donde yo estaba, acompañados por monsieur Rosay, y me daban el pésame y me estrechaban la mano con mucho sentimiento. Las señoras también eran muy amables, sobre todo una de ellas, muy joven y hermosa, que se sentó un momento a mi lado y dijo que monsieur Linard había sido un gran artista y que su muerte era una desgracia irreparable. Yo decía a todo que sí, y lloraba de veras aunque estuviera fingiendo todo el tiempo, pero me emocionaba pensar en monsieur Bébé ahí dentro, tan hermoso y tan bueno, y en lo gran artista que había sido. La señora joven me acarició varias veces las manos y me dijo que nadie olvidaría nunca a monsieur Linard, y que ella estaba segura de que monsieur Rosay continuaría con la casa de modas tal como lo había querido siempre monsieur Linard, para que no se perdiera su estilo, y muchas otras cosas que ya no recuerdo pero siempre llenas de elogios para monsieur Bébé. Y entonces monsieur Rosay vino a buscarme, y después de mirar a los que me rodeaban para que comprendieran lo que iba a suceder, me dijo en voz baja que era hora de despedirme de mi hijo, porque pronto iban a cerrar el cajón. Yo sentí un miedo horrible, pensando que en ese momento tendría que hacer la escena más difícil, pero él me sostuvo y me ayudó a incorporarme, y entramos en el cuarto donde solamente estaba el hombre de la bufanda a los pies de la cama, mirando a monsieur Bébé, y monsieur Rosay le hizo una seña suplicante como para que comprendiera que debía dejarme a solas con mi hijo, pero el hombre le contestó con una mueca y se encogió de hombros y no se movió. Monsieur Rosay no sabía qué hacer, y volvió a mirar al hombre como implorándole que saliera, porque otros señores que debían ser los periodistas acababan de entrar detrás de nosotros, y realmente el hombre desentonaba allí con esa bufanda y esa manera de mirar a monsieur Rosay como si estuviera por insultarlo. Y no pude esperar más, tenía miedo de todos, estaba segura de que iba a pasar algo terrible, y aunque monsieur Rosay no se ocupaba de mí y seguía haciendo señas para convencer al hombre de que se fuera, me acerqué a monsieur Bébé y me puse a llorar a gritos, y entonces monsieur Rosay me sujetó porque realmente yo hubiera querido besar en la frente a monsieur Bébé, que seguía siendo el más bueno de todos conmigo, pero él no me dejaba y me pedía que me calmara, y por fin me obligó a volver a la sala, consolándome mientras me apretaba el brazo hasta hacerme daño, pero esto último nadie podía sentirlo más que yo y no me importaba. Cuando estuve en el sofá, y el mucamo trajo agua y dos señoras me echaron aire con el pañuelo, hubo gran movimiento en la otra habitación, y nuevas personas entraron y se acercaron a mí hasta que ya no pude ver mucho de lo que ocurría. Entre los que acababan de llegar estaba el señor cura, y me alegré tanto de que hubiera venido a acompañar a monsieur Bébé. Pronto sería hora de salir para el cementerio, y estaba bien que el señor cura viniera con nosotros, con la madre y los amigos de monsieur Bébé. Seguramente ellos también estarían contentos de que viniera, sobre todo monsieur Rosay que estaba tan afligido por culpa del hombre de la bufanda, y que se preocupaba de que todo fuese correcto como debe ser, para que la gente supiera lo bien que había estado el entierro y lo mucho que todos querían a monsieur Bébé.

El ídolo de las Cícladas

–Me da lo mismo que me escuches o no –dijo Somoza–.
Es así, y me parece justo que lo sepas.

Morand se sobresaltó como si regresara bruscamente
de muy lejos. Recordó que antes de perderse en un vago
fantaseo, había pensado que Somoza se estaba volviendo
loco.

–Perdona, me distraje un momento –dijo–. Admitirás
que todo esto... En fin, llegar aquí y encontrarte en medio de...

Pero dar por supuesto que Somoza se estaba volviendo loco era demasiado fácil.

–Sí, no hay palabras para eso –dijo Somoza–. Por lo
menos nuestras palabras.

Se miraron un segundo, y Morand fue el primero en
desviar los ojos mientras la voz de Somoza se alzaba otra
vez con el tono impersonal de esas explicaciones que se
perdían en seguida más allá de la inteligencia. Morand

prefería no mirarlo, pero entonces recaía en la contemplación involuntaria de la estatuilla sobre la columna, y era como volver a aquella tarde dorada de cigarras y de olor a hierbas en que increíblemente Somoza y él la habían desenterrado en la isla. Se acordaba de cómo Thérèse, unos metros más allá sobre el peñón desde donde se alcanzaba a distinguir el litoral de Paros, había vuelto la cabeza al oír el grito de Somoza, y tras un segundo de vacilación había corrido hacia ellos olvidando que tenía en la mano el corpiño rojo de su *deux pièces,* para inclinarse sobre el pozo de donde brotaban las manos de Somoza con la estatuilla casi irreconocible de moho y adherencias calcáreas, hasta que Morand con una mezcla de cólera y risa le gritó que se cubriera, y Thérèse se enderezó mirándolo como si no comprendiera, y de golpe les dio la espalda y escondió los senos entre las manos mientras Somoza tendía la estatuilla a Morand y saltaba fuera del pozo. Casi sin transición Morand recordó las horas siguientes, la noche en las tiendas de campaña a orillas del torrente, la sombra de Thérèse caminando bajo la luna entre los olivos, y era como si ahora la voz de Somoza, reverberando monótona en el taller de escultura casi vacío, le llegara también desde aquella noche, formando parte de su recuerdo, cuando le había insinuado confusamente su absurda esperanza y él, entre dos tragos de vino resinoso, había reído alegremente y lo había tratado de falso arqueólogo y de incurable poeta.

«No hay palabras para eso», acababa de decir Somoza. «Por lo menos nuestras palabras.»

En la tienda de campaña en lo hondo del valle de Skoros, sus manos habían sostenido la estatuilla y la habían acariciado para terminar de quitarle su falso ropaje de tiempo y de olvido (Thérèse, entre los olivos, seguía enfurruñada por la represión de Morand, por sus estúpidos prejuicios), y la noche había girado lentamente mientras Somoza le confiaba su insensata esperanza de llegar alguna vez hasta la estatuilla por otras vías que las manos y los ojos y la ciencia, mientras el vino y el tabaco se mezclaban al diálogo con los grillos y el agua del torrente hasta no dejar más que una confusa sensación de no poder entenderse. Más tarde, cuando Somoza se fue a su tienda llevándose la estatuilla y Thérèse se cansó de estar sola y vino a acostarse, Morand le habló de las ilusiones de Somoza y los dos se preguntaron con amable ironía parisiense si toda la gente del Río de la Plata tendría la imaginación fácil. Antes de dormirse discutieron en voz baja lo ocurrido esa tarde, hasta que Thérèse aceptó las excusas de Morand, hasta que lo besó y fue como siempre en la isla, en todas partes, fueron él y ella y la noche por encima y el largo olvido.

–¿Alguien más lo sabe? –preguntó Morand.

–No. Tú y yo. Era justo, me parece –dijo Somoza–. Casi no me he movido de aquí en los últimos meses. Al principio venía una vieja a arreglar el taller y a lavarme la ropa, pero me molestaba.

–Parece increíble que se pueda vivir así en las afueras de París. El silencio... Oye, pero al menos bajas al pueblo para comprar provisiones.

–Antes sí, ya te dije. Ahora no hace falta. Hay todo lo necesario, ahí.

Morand miró en la dirección que mostraba el dedo de Somoza, más allá de la estatuilla y de las réplicas abandonadas en las estanterías. Vio madera, yeso, piedra, martillos, polvo, la sombra de los árboles contra los cristales. El dedo parecía señalar un rincón del taller donde no había nada, apenas un trapo sucio en el piso.

Pero poco había cambiado en el fondo, esos dos años entre ellos habían sido también un rincón vacío del tiempo, con un trapo sucio que era como todo lo que no se habían dicho y que quizá hubieran debido decirse. La expedición a las islas, una locura romántica nacida en una terraza de café del bulevar Saint-Michel, había terminado apenas encontraron el ídolo en las ruinas del valle. Tal vez el temor de que los descubrieran les fue limando la alegría de las primeras semanas, y llegó el día en que Morand sorprendió una mirada de Somoza mientras los tres bajaban a la playa, y esa noche habló con Thérèse y decidieron volver lo antes posible, porque estimaban a Somoza y les parecía casi injusto que él empezara –tan imprevisiblemente– a sufrir. En París siguieron viéndose espaciadamente, casi siempre por razones profesionales, pero Morand iba solo a las citas. La primera vez Somoza preguntó por Thérèse, después pareció no importarle. Todo lo que hubieran debido decirse pesaba entre los dos, quizás entre los tres. Morand estuvo de acuerdo en que Somoza guardara por un tiempo la estatuilla. Era imposible venderla antes de un par de años; Marcos, el hombre que conocía a un coronel que conocía a un aduanero ateniense, había impuesto el plazo como condición complementaria del soborno. Somoza se llevó la estatuilla a su departamento, y Morand la veía cada vez que se encontraban. Nunca se habló de que Somoza visitara alguna vez a los Morand, como tantas otras cosas que ya no se mencionaban y que en el fondo eran siempre Thérèse. A Somoza parecía preocuparle únicamente su idea fija, y si alguna vez invitaba a Morand a beber un coñac en su departamento no era más que para volver sobre eso. Nada muy extraordinario, después de todo Morand conocía demasiado bien los gustos de Somoza por ciertas literaturas marginales como para extrañarse de su nostalgia. Sólo lo sorprendía el fanatismo de esa esperanza a la hora de las confidencias casi automáticas y en las que él se sentía como innecesario, la repetida caricia de las manos en el cuerpecito de la estatua inexpresivamente bella, los ensalmos monótonos repitiendo hasta el cansancio las mismas fórmulas de pasaje. Vista desde Morand, la obsesión de Somoza era analizable: todo arqueólogo se identifica en algún sentido con el pasado que explora y saca a luz. De ahí a creer que la intimidad con una de esas huellas podía enajenar, alterar el tiempo y el espacio, abrir una fisura por donde acceder a... Somoza no empleaba jamás ese vocabulario; lo que decía era siempre más o menos que eso, una suerte de lenguaje que aludía y conjuraba desde planos irreductibles. Ya por ese entonces había empezado a trabajar torpemente en las réplicas de la estatuilla; Morand alcanzó a ver la primera antes de que Somoza se fuera de París, y escuchó con amistosa cortesía los obstinados lugares comunes sobre la reiteración de los gestos y las situaciones como vía de abolición, la seguridad de Somoza de que su obstinado acercamiento llegaría a identificarlo con la estructura inicial, en una superposición que sería más que eso porque ya no habría dualidad sino fusión, contacto primordial (no eran sus palabras, pero de alguna manera tenía que traducirlas Morand cuando, más tarde, las reconstruía para Thérèse). Contacto que, como acababa de decirle Somoza, había ocurrido cuarenta y ocho horas antes, en la noche del solsticio de junio.

–Sí –admitió Morand, encendiendo otro cigarrillo–. Pero me gustaría que me explicaras por qué estás tan seguro de que... Bueno, de que has tocado fondo.

–Explicar... ¿No lo estás viendo?

Otra vez tendía la mano a una casa del aire, a un rincón del taller, describía un arco que incluía el techo y la estatuilla posada sobre una fina columna de mármol, envuelta por el cono brillante del reflector. Morand se acordó incongruentemente de que Thérèse había pasado la frontera llevando la estatuilla escondida en el perro de juguete fabricado por Marcos en un sótano de Placca.

–No podía ser que no ocurriera –dijo casi puerilmente Somoza–. A cada nueva réplica me acercaba un poco más. Las formas me iban conociendo. Quiero decir que... Ah, necesitaría explicarte durante días enteros... y lo absurdo es que ahí todo entra en un... Pero cuando es esto...

La mano iba y venía, acentuando el *ahí,* el *esto.*

–La verdad es que has llegado a convertirte en un escultor –dijo Morand, oyéndose hablar y encontrándose estúpido–. Las dos últimas réplicas son perfectas. Si alguna vez me dejas tener la estatua, nunca sabré si me has dado el original.

–No te la daré nunca –dijo Somoza simplemente–. Y no creas que me he olvidado de que es de los dos. Pero no te la daré nunca. Lo único que hubiera querido es que Thérèse y tú me siguieran, que se encontraran conmigo.

Sí, me hubiera gustado que estuvieran conmigo la noche en que llegué.

Era la primera vez desde hacía casi dos años que Morand le oía mencionar a Thérèse, como si hasta ese momento hubiera estado muerta para él, pero su manera de nombrar a Thérèse era incurablemente antigua, era Grecia aquella mañana en que habían bajado a la playa. Pobre Somoza. Todavía. Pobre loco. Pero aún más extraño era preguntarse por qué a último momento, antes de subir al auto después del llamado de Somoza, había sentido como una necesidad de telefonear a Thérèse a su oficina para pedirle que más tarde viniera a reunirse con ellos en el taller. Tendría que preguntárselo, saber qué había pensado Thérèse mientras escuchaba sus instrucciones para llegar hasta el pabellón solitario en la colina. Que Thérèse repitiera exactamente lo que le había oído decir, palabra por palabra. Morand maldijo en silencio esa manía sistemática de recomponer la vida como restauraba un vaso griego en el museo, pegando minuciosamente los ínfimos trozos, y la voz de Somoza ahí mezclada con el ir y venir de sus manos que también parecían querer pegar trozos de aire, armar un vaso transparente, sus manos que señalaban la estatuilla, obligando a Morand a mirar una vez más contra su voluntad ese blanco cuerpo lunar de insecto anterior a toda historia, trabajado en circunstancias inconcebibles por alguien inconcebiblemente remoto, a miles de años pero todavía más atrás, en una lejanía vertiginosa de grito animal, de salto, de ritos vegetales alternando con mareas y sicigias y épocas de celo y torpes ceremonias de propiciación, el rostro inexpresivo donde sólo la línea de la nariz quebraba su espejo ciego de insoportable tensión, los senos apenas definidos, el triángulo sexual y los brazos ceñidos al vientre, el ídolo de los orígenes, del primer terror bajo los ritos del tiempo sagrado, del hacha de piedra de las inmolaciones en los altares de las colinas. Era realmente para creer que también él se estaba volviendo imbécil, como si ser arqueólogo no fuera ya bastante.

–Por favor –dijo Morand–, ¿no podrías hacer un esfuerzo para explicarme aunque creas que nada de eso se puede explicar? En definitiva lo único que sé es que te has pasado estos meses tallando réplicas, y que hace dos noches...

–Es tan sencillo –dijo Somoza–. Siempre sentí que la piel estaba todavía en contacto con lo otro. Pero había que desandar cinco mil años de caminos equivocados. Curioso que ellos mismos, los descendientes de los egeos, fueran culpables de ese error. Pero nada importa ahora. *Mira, es así.*

Junto al ídolo, alzó una mano y la posó suavemente sobre los senos y el vientre. La otra acariciaba el cuello, subía hasta la boca ausente de la estatua, y Morand oyó hablar a Somoza con una voz sorda y opaca, un poco como si fuesen sus manos o quizás esa boca inexistente las que hablaban de la cacería en las cavernas del humo, de los ciervos acorralados, del nombre que sólo debía decirse después, de los círculos de grasa azul, del juego de los ríos dobles, de la infancia de Pohk, de la marcha hacia las gradas del oeste y los altos en las sombras nefastas. Se preguntó si llamando por teléfono en un descuido de Somoza, alcanzaría a prevenir a Thérèse para que trajera al doctor Vernet. Pero Thérèse ya debía de estar en camino, y al borde de las rocas, donde mugía la Múltiple, el jefe de los verdes cercenaba el cuerno izquierdo del macho más hermoso y lo tendía al jefe de los que cuidan la sal, para renovar el pacto con Haghesa.

–Oye, déjame respirar –dijo Morand, levantándose y dando un paso adelante–. Es fabuloso, y además tengo una sed terrible. Bebamos algo, puedo ir a buscar un...

–El whisky está ahí –dijo Somoza retirando lentamente las manos de la estatua–. Yo no beberé, tengo que ayunar antes del sacrificio.

–Una lástima –dijo Morand, buscando la botella–. No me gusta nada beber solo. ¿Qué sacrificio?

Se sirvió whisky hasta el borde del vaso.

–El de la unión, para hablar con tus palabras. ¿No los oyes? La flauta doble, como la de la estatuilla que vimos en el museo de Atenas. El sonido de la vida a la izquierda, el de la discordia a la derecha. La discordia es también la vida para Haghesa, pero cuando se cumpla el sacrificio los flautistas cesarán de soplar en la caña de la derecha y sólo se escuchará el silbido de la vida nueva que bebe la sangre derramada. Y los flautistas se llenarán la boca de sangre y la soplarán por la caña de la izquierda, y yo untaré de sangre su cara, ves, así, y le asomarán los ojos y la boca bajo la sangre.

–Déjate de tonterías –dijo Morand, bebiendo un largo trago–. La sangre le quedaría mal a nuestra muñequita de mármol. Sí, hace calor.

Somoza se había quitado la blusa con un lento gesto pausado. Cuando lo vio que se desabotonaba los pantalones, Morand se dijo que había hecho mal en permitir que se excitara, en consentirle esa explosión de su manía. Enjuto y moreno, Somoza se irguió desnudo bajo la luz del reflector y pareció perderse en la contemplación de un punto del espacio. De la boca entreabierta le caía un hilo de saliva y Morand, dejando precipitadamente el vaso en el suelo, calculó que para llegar a la puerta tendría que engañarlo de alguna manera. Nunca supo de dónde había salido el hacha de piedra que se balanceaba en la mano de Somoza. Comprendió.

–Era previsible –dijo, retrocediendo lentamente–. El pacto con Haghesa, ¿eh? La sangre va a donarla el pobre Morand, ¿no es cierto?

Sin mirarlo, Somoza empezó a moverse hacia él describiendo un arco de círculo, como si cumpliera un derrotero prefijado.

–Si realmente me quieres matar –le gritó Morand retrocediendo hacia la zona en penumbra–, ¿a qué viene esta *mise en scène*? Los dos sabemos muy bien que es por Thérèse. ¿Pero de qué te va a servir si no te ha querido ni te querrá nunca?

El cuerpo desnudo salía ya del círculo iluminado por el reflector. Refugiado en la sombra del rincón, Morand pisó los trapos húmedos del suelo y supo que ya no podía ir más atrás. Vio levantarse el hacha y saltó como le había enseñado Nagashi en el gimnasio de la Place des Ternes. Somoza recibió el puntapié en mitad del muslo y el golpe nishi en el lado izquierdo del cuello. El hacha bajó en diagonal, demasiado lejos, y Morand repelió elásticamente el torso que se volcaba sobre él y atrapó la muñeca indefensa. Somoza era todavía un grito ahogado y atónito cuando el filo del hacha le cayó en mitad de la frente.

Antes de volver a mirarlo, Morand vomitó en el rincón del taller, sobre los trapos sucios. Se sentía como hueco, vomitar le hizo bien. Levantó el vaso del suelo y bebió lo que quedaba de whisky, pensando que Thérèse llegaría de un momento a otro y que habría que hacer algo, avisar a la policía, explicarse. Mientras arrastraba por un pie el cuerpo de Somoza hasta exponerlo de lleno a la luz del reflector, pensó que no le sería difícil demostrar que había obrado en legítima defensa. Las excentricidades de Somoza, su alejamiento del mundo, la evidente locura. Agachándose, mojó las manos en la sangre que corría por la cara y el pelo del muerto, mirando al mismo tiempo su reloj pulsera que marcaba las siete y cuarenta. Thérèse no podía tardar, lo mejor sería salir, esperarla en el jardín o en la calle, evitarle el espectáculo del ídolo con la cara chorreante de sangre, los hilillos rojos que resbalaban por el cuello, contorneaban los senos, se juntaban en el fino triángulo del sexo, caían por los muslos. El hacha estaba profundamente hundida en la cabeza del sacrificado, y Morand la tomó sopesándola entre las manos pegajosas. Empujó un poco más el cadáver con un pie hasta dejarlo contra la columna, husmeó el aire y se acercó a la puerta. Lo mejor sería abrirla para que pudiera entrar Thérèse. Apoyando el hacha junto a la puerta empezó a quitarse la ropa porque hacía calor y olía a espeso, a multitud encerrada. Ya estaba desnudo cuando oyó el ruido del taxi y la voz de Thérèse dominando el sonido de las flautas; apagó la luz y con el hacha en la mano esperó detrás de la puerta, lamiendo el filo del hacha y pensando que Thérèse era la puntualidad en persona.

Final del juego

Con Leticia y Holanda íbamos a jugar a las vías del Central Argentino los días de calor, esperando que mamá y tía Ruth empezaran su siesta para escaparnos por la puerta blanca. Mamá y tía Ruth estaban siempre cansadas después de lavar la loza, sobre todo cuando Holanda y yo secábamos los platos porque entonces había discusiones, cucharitas por el suelo, frases que sólo nosotras entendíamos, y en general un ambiente en donde el olor a grasa, los maullidos de José y la oscuridad de la cocina acababan en una violentísima pelea y el consiguiente desparramo. Holanda se especializaba en armar esta clase de líos, por ejemplo dejando caer un vaso ya lavado en el tacho del agua sucia, o recordando como al pasar que en la casa de las de Loza había dos sirvientas para todo servicio. Yo usaba otros sistemas, prefería insinuarle a tía Ruth que se le iban a paspar las manos si seguía fregando cacerolas en vez de dedicarse a las copas o los platos, que era precisamente lo que le gustaba lavar a mamá, con lo cual las enfrentaba sordamente en una lucha de ventajeo por la cosa fácil. El recurso heroico, si los consejos y las largas recordaciones familiares empezaban a saturarnos, era volcar agua hirviendo en el lomo del gato. Es una gran mentira eso del gato escaldado, salvo que haya que tomar al pie de la letra la referencia al agua fría; porque de la caliente José no se alejaba nunca, y hasta parecía ofrecerse, pobre animalito, a que le volcáramos media taza de agua a cien grados o poco menos, bastante menos probablemente porque nunca se le caía el pelo. La cosa es que ardía Troya, y en la confusión coronada por el espléndido si bemol de tía Ruth y la carrera de mamá en busca del bastón de los castigos, Holanda y yo nos perdíamos en la galería cubierta, hacia las piezas vacías del fondo donde Leticia nos esperaba leyendo a Ponson du Terrail, lectura inexplicable.

Por lo regular mamá nos perseguía un buen trecho, pero las ganas de rompernos la cabeza se le pasaban con gran rapidez y al final (habíamos trancado la puerta y le pedíamos perdón con emocionantes partes teatrales) se cansaba y se iba, repitiendo la misma frase:

—Acabarán en la calle, estas mal nacidas.

Donde acabábamos era en las vías del Central Argentino, cuando la casa quedaba en silencio y veíamos al gato tenderse bajo el limonero para hacer también él su siesta perfumada y zumbante de avispas. Abríamos despacio la puerta blanca, y al cerrarla otra vez era como un viento, una libertad que nos tomaba de las manos, de todo el cuerpo y nos lanzaba hacia adelante. Entonces corríamos buscando impulso para trepar de un envión al breve talud del ferrocarril, y encaramadas sobre el mundo contemplábamos silenciosas nuestro reino.

Nuestro reino era así: una gran curva de las vías acababa su comba justo frente a los fondos de nuestra casa. No había más que el balasto, los durmientes y la doble vía, pasto ralo y estúpido entre los pedazos de adoquín donde la mica, el cuarzo y el feldespato –que son los componentes del granito– brillaban como diamantes legítimos contra el sol de las dos de la tarde. Cuando nos agachábamos a tocar las vías (sin perder tiempo porque hubiera sido peligroso quedarse mucho ahí, no tanto por los trenes como por los de casa si nos llegaban a ver) nos subía a la cara el fuego de las piedras, y al pararnos contra el viento del río era un calor mojado pegándose a las mejillas y las orejas. Nos gustaba flexionar las piernas y bajar, subir, bajar otra vez, entrando en una y otra zona de calor, estudiándonos las caras para apreciar la transpiración, con lo cual al rato éramos una sopa. Y siempre calladas, mirando al fondo de las vías, o al río al otro lado, el pedacito de río color café con leche.

Después de esta primera inspección del reino bajábamos el talud y nos metíamos en la mala sombra de los sauces pegados a la tapia de nuestra casa, donde se abría la puerta blanca. Ahí estaba la capital del reino, la ciudad silvestre y la central de nuestro juego. La primera en iniciar el juego era Leticia, la más feliz de las tres y la más privilegiada. Leticia no tenía que secar los platos ni hacer las camas, podía pasarse el día leyendo o pegando figuritas, y de noche la dejaban quedarse hasta más tarde si lo pedía, aparte de la pieza solamente para ella, el caldo de hueso y toda clase de ventajas. Poco a poco se había ido aprovechando de los privilegios, y desde el verano anterior dirigía el juego, yo creo que en realidad dirigía el reino; por lo menos se adelantaba a decir las cosas y Holanda y yo aceptábamos sin protestar, casi contentas. Es probable que las largas conferencias de mamá sobre cómo debíamos portarnos con Leticia hubieran hecho su efecto, o simplemente que la queríamos bastante y no nos molestaba que fuese la jefa. Lástima que no tenía aspecto para jefa, era la más baja de las tres, y tan flaca. Holanda era flaca, y yo nunca pesé más de cincuenta kilos, pero Leticia era la más flaca de las tres, y para peor una de esas flacuras que se ven de fuera, en el pescuezo y las orejas. Tal vez el endurecimiento de la espalda la hacía parecer más flaca, como casi no podía mover la cabeza a los lados daba la impresión de una tabla de planchar parada, de esas forradas de género blanco como había en casa de las de Loza. Una tabla de planchar con la parte más ancha para arriba, parada contra la pared. Y nos dirigía.

La satisfacción más profunda era imaginarme que mamá o tía Ruth se enteraran un día del juego. Si llegaban a enterarse del juego se iba a armar una meresunda increíble. El si bemol y los desmayos, las inmensas protestas de devoción y sacrificio malamente recompensados, el amontonamiento de invocaciones a los castigos más célebres, para rematar con el anuncio de nuestros destinos, que consistían en que las tres terminaríamos en la calle. Esto último siempre nos había dejado perplejas, porque terminar en la calle nos parecía bastante normal.

Primero Leticia nos sorteaba. Usábamos piedrecitas escondidas en la mano, contar hasta veintiuno, cualquier sistema. Si usábamos el de contar hasta veintiuno, imaginábamos dos o tres chicas más y las incluíamos en la cuenta para evitar trampas. Si una de ellas salía veintiuna, la sacábamos del grupo y sorteábamos de nuevo, hasta que nos tocaba a una de nosotras. Entonces Holanda y yo levantábamos la piedra y abríamos la caja de los ornamentos. Suponiendo que Holanda hubiese ganado, Leticia y yo escogíamos los ornamentos. El juego marcaba dos formas: estatuas y actitudes. Las actitudes no requerían ornamentos pero sí mucha expresividad: para la envidia mostrar los dientes, crispar las manos y arreglárselas de modo de tener un aire amarillo. Para la caridad el ideal era un rostro angélico, con los ojos vueltos al cielo, mientras las manos ofrecían algo –un trapo, una pelota, una rama de sauce– a un pobre huerfanito invisible. La vergüenza y el miedo eran fáciles de hacer; el rencor y los celos exigían estudios más detenidos. Los ornamentos se destinaban casi todos a las estatuas, donde reinaba una libertad absoluta. Para que una estatua resultara, había que pensar bien cada detalle de la indumentaria. El juego marcaba que la elegida no podía tomar parte en la selección; las dos restantes debatían el asunto y aplicaban luego los ornamentos. La elegida debía inventar su estatua aprovechando lo que le habían puesto, y el juego era así mucho más complicado y excitante porque a veces había alianzas contra, y la víctima se veía ataviada con ornamentos que no le iban para nada; de su viveza dependía entonces que inventara una buena estatua. Por lo general cuando el juego marcaba actitudes la elegida salía bien parada pero hubo veces en que las estatuas fueron fracasos horribles.

Lo que cuento empezó vaya a saber cuándo, pero las cosas cambiaron el día en que el primer papelito cayó del tren. Por supuesto que las actitudes y las estatuas no eran para nosotras mismas, porque nos hubiéramos cansado en seguida. El juego marcaba que la elegida debía colocarse al pie del talud, saliendo de la sombra de los sauces, y esperar el tren de las dos y ocho que venía del Tigre. A esa altura de Palermo los trenes pasan bastante rápido, y no nos daba vergüenza hacer la estatua o la actitud. Casi no veíamos a la gente de las ventanillas pero con el tiempo llegamos a tener práctica y sabíamos que algunos pasajeros esperaban vernos. Un señor de pelo blanco y anteojos de carey sacaba la cabeza por la ventanilla y saludaba a la estatua o la actitud con el pañuelo. Los chicos que volvían del colegio sentados en los estribos gritaban cosas al pasar, pero algunos se quedaban serios mirándonos. En realidad la estatua o la actitud no veía nada, por el esfuerzo de mantenerse inmóvil, pero las otras dos bajo los sauces analizaban con gran detalle el buen éxito o la indiferencia producidos. Fue un martes cuando cayó el papelito, al pasar el segundo coche. Cayó muy cerca de Holanda, que ese día era la maledicencia, y rebotó hasta mí. Era un papelito muy doblado y sujeto a una tuerca. Con letra de varón y bastante mala, decía: «Muy lindas las estatuas. Viajo en la tercera ventanilla del segundo coche. Ariel B.». Nos pareció un poco seco, con todo ese trabajo de atarle la tuerca y tirarlo, pero nos encantó. Sorteamos para saber quién se lo quedaría, y me lo gané. Al otro día ninguna quería jugar para poder ver cómo era Ariel B., pero temimos que interpretara mal nuestra interrupción, de manera que sorteamos y ganó Leticia. Nos alegramos mucho con Holanda porque Leticia era muy buena como estatua, pobre criatura. La parálisis no se notaba estando quieta, ella era capaz de gestos de una enorme nobleza. Como actitudes elegía siempre la generosidad, la piedad, el sacrificio y el renunciamiento. Como estatuas buscaba el estilo de la Venus de la sala que tía Ruth llamaba la Venus del Nilo. Por eso le elegimos ornamentos especiales para que Ariel se llevara una buena impresión. Le pusimos un pedazo de terciopelo verde a manera de túnica, y una corona de sauce en el pelo. Como andábamos de manga corta, el efecto griego era grande. Leticia se ensayó un rato a la sombra, y decidimos que nosotras nos asomaríamos también y saludaríamos a Ariel con discreción pero muy amables.

Leticia estuvo magnífica, no se le movía ni un dedo cuando llegó el tren. Como no podía girar la cabeza la echaba para atrás, juntando los brazos al cuerpo casi como si le faltaran; aparte el verde de la túnica, era como mirar la Venus del Nilo. En la tercera ventanilla vimos a un muchacho de rulos rubios y ojos claros que nos hizo una gran sonrisa al descubrir que Holanda y yo lo saludábamos. El tren se lo llevó en un segundo, pero eran las cuatro y media y todavía discutíamos si vestía de oscuro, si llevaba corbata roja y si era odioso o simpático. El jueves yo hice la actitud del desaliento, y recibimos otro papelito que decía: «Las tres me gustan mucho, Ariel». Ahora él sacaba la cabeza y un brazo por la ventanilla y nos saludaba riendo. Le calculamos dieciocho años (seguras de que no tenía más de dieciséis) y convinimos en que volvía diariamente de algún colegio inglés. Lo más seguro de todo era el colegio inglés, no podíamos aceptar un incorporado cualquiera. Se veía que Ariel era muy bien.

Pasó que Holanda tuvo la suerte increíble de ganar tres días seguidos. Superándose, hizo las actitudes del desengaño y el latrocinio, y una estatua dificilísima de bailarina. Al otro día gané yo, y después de nuevo; cuando estaba haciendo la actitud del horror, recibí casi en la nariz un papelito de Ariel que al principio no entendimos: «La más linda es la más haragana». Leticia fue la última en darse cuenta, la vimos que se ponía colorada y se iba a un lado, y Holanda y yo nos miramos con un poco de rabia. Lo primero que se nos ocurrió sentenciar fue que Ariel era un idiota, pero no podíamos decirle eso a Leticia, pobre ángel, con su sensibilidad y la cruz que llevaba encima. Ella no dijo nada, pero pareció entender que el papelito era suyo y se lo guardó. Ese día volvimos bastante calladas a casa, y por la noche no jugamos juntas. En la mesa Leticia estuvo muy alegre, le brillaban los ojos, y mamá miró una o dos veces a tía Ruth como poniéndola de testigo de su propia alegría. En aquellos días estaban ensayando un nuevo tratamiento fortificante para Leticia, y por lo visto era una maravilla lo bien que le sentaba.

Antes de dormirnos, Holanda y yo hablamos del asunto. No nos molestaba el papelito de Ariel, desde un tren andando las cosas se ven como se ven, pero nos parecía que Leticia se estaba aprovechando demasiado de su ventaja sobre nosotras. Sabíamos que no le íbamos a decir nada, y que en una casa donde hay alguien con algún defecto físico y mucho orgullo, todos juegan a ignorarlo empezando por el enfermo, o más bien se hacen los que no saben que el otro sabe. Pero tampoco había que exagerar y la forma en que Leticia se había portado en la mesa, o su manera de guardarse el papelito, era demasiado. Esa noche yo volví a soñar mis pesadillas con trenes, anduve de madrugada por enormes playas ferroviarias cubiertas de vías llenas de empalmes, viendo a distancia las luces rojas de locomotoras que venían, calculando con angustia si el tren pasaría a mi izquierda, y a la vez amenazada por la posible llegada de un rápido a mi espalda o –lo que era peor– que a último momento uno de los trenes tomara uno de los desvíos y se me viniera encima. Pero de mañana me olvidé porque Leticia amaneció muy dolorida y tuvimos que ayudarla a vestirse. Nos pareció que estaba un poco arrepentida de lo de ayer y fuimos muy buenas con ella, diciéndole que esto le pasaba por andar demasiado, y que tal vez lo mejor sería que se quedara leyendo en su cuarto. Ella no dijo nada pero vino a almorzar a la mesa, y a las preguntas de mamá contestó que ya estaba muy bien y que casi no le dolía la espalda. Se lo decía y nos miraba.

Esa tarde gané yo, pero en ese momento me vino un no sé qué y le dije a Leticia que le dejaba mi lugar, claro que sin darle a entender por qué. Ya que el otro la prefería, que la mirara hasta cansarse. Como el juego marcaba estatua, le elegimos cosas sencillas para no complicarle la vida, y ella inventó una especie de princesa china, con aire vergonzoso, mirando al suelo y juntando las manos como hacen las princesas chinas. Cuando pasó el tren, Holanda se puso de espaldas bajo los sauces pero yo miré y vi que Ariel no tenía ojos más que para Leticia. La siguió mirando hasta que el tren se perdió en la curva, y Leticia estaba inmóvil y no sabía que él acababa de mirarla así. Pero cuando vino a descansar bajo los sauces vimos que sí sabía, y que le hubiera gustado seguir con los ornamentos toda la tarde, toda la noche.

El miércoles sorteamos entre Holanda y yo porque Leticia nos dijo que era justo que ella se saliera. Ganó Holanda con su suerte maldita, pero la carta de Ariel cayó de mi lado. Cuando la levanté tuve el impulso de dársela a Leticia que no decía nada, pero pensé que tampoco era cosa de complacerle todos los gustos, y la abrí despacio. Ariel anunciaba que al otro día iba a bajarse en la estación vecina y que vendría por el terraplén para charlar un rato. Todo estaba terriblemente escrito, pero la frase final era hermosa: «Saludo a las tres estatuas muy atentamente». La firma parecía un garabato aunque se notaba la personalidad.

Mientras le quitábamos los ornamentos a Holanda, Leticia me miró una o dos veces. Yo les había leído el mensaje y nadie hizo comentarios, lo que resultaba molesto porque al fin y al cabo Ariel iba a venir y había que pensar en esa novedad y decidir algo. Si en casa se enteraban, o por desgracia a alguna de las de Loza le daba por espiarnos, con lo envidiosas que eran esas enanas, seguro que se iba a armar la meresunda. Además que era muy raro quedarnos calladas con una cosa así, sin mirarnos casi mientras guardábamos los ornamentos y volvíamos por la puerta blanca.

Tía Ruth nos pidió a Holanda y a mí que bañáramos a José, se llevó a Leticia para hacerle el tratamiento, y por fin pudimos desahogarnos tranquilas. Nos parecía maravilloso que viniera Ariel, nunca habíamos tenido un amigo así, a nuestro primo Tito no lo contábamos, un tilingo que juntaba figuritas y creía en la primera comunión. Estábamos nerviosísimas con la expectativa y José pagó el pato, pobre ángel. Holanda fue más valiente y sacó el tema de Leticia. Yo no sabía qué pensar, de un lado me parecía horrible que Ariel se enterara, pero también era justo que las cosas se aclararan porque nadie tiene por qué perjudicarse a causa de otro. Lo que yo hubiera querido es que Leticia no sufriera, bastante cruz tenía encima y ahora con el nuevo tratamiento y tantas cosas.

A la noche mamá se extrañó de vernos tan calladas y dijo qué milagro, si nos habían comido la lengua los ratones, después miró a tía Ruth y las dos pensaron seguro que habíamos hecho alguna gorda y que nos remordía la conciencia.

Leticia comió muy poco y dijo que estaba dolorida, que la dejaran ir a su cuarto a leer Rocambole. Holanda le dio el brazo aunque ella no quería mucho, y yo me puse a tejer, que es una cosa que me viene cuando estoy nerviosa. Dos veces pensé ir al cuarto de Leticia, no me explicaba qué hacían esas dos ahí solas, pero Holanda volvió con aire de gran importancia y se quedó a mi lado sin hablar hasta que mamá y tía Ruth levantaron la mesa. «Ella no va a ir mañana. Escribió una carta y dijo que si él pregunta mucho, que se la demos.» Entornando el bolsillo de la blusa me hizo ver un sobre violeta. Después nos llamaron para secar los platos, y esa noche nos dormimos casi en seguida por todas las emociones y el cansancio de bañar a José.

Al otro día me tocó a mí salir de compras al mercado y en toda la mañana no vi a Leticia que seguía en su cuarto. Antes que llamaran a la mesa entré un momento y la encontré al lado de la ventana, con muchas almohadas y el tomo noveno de Rocambole. Se veía que estaba mal pero se puso a reír y me contó de una abeja que no encontraba salida y de un sueño cómico que había tenido. Yo le dije que era una lástima que no fuera a venir a los sauces, pero me parecía tan difícil decírselo bien. «Si querés podemos explicarle a Ariel que estabas descompuesta», le propuse, pero ella decía que no y se quedaba callada. Yo insistí un poco en que viniera, y al final me animé y le dije que no tuviese miedo, poniéndole como ejemplo que el verdadero cariño no conoce barreras y otras ideas preciosas que habíamos aprendido en *El Tesoro de la Juventud,* pero era cada vez más difícil decirle nada porque ella miraba la ventana y parecía como si fuera a ponerse a llorar. Al final me fui diciendo que mamá me precisaba. El almuerzo duró días, y Holanda se ganó un sopapo de tía Ruth por salpicar el mantel con tuco. Ni me acuerdo de cómo secamos los platos, de repente estábamos en los sauces y las dos nos abrazábamos llenas de felicidad y nada celosas una de otra. Holanda me explicó todo lo que teníamos que decir sobre nuestros estudios para que Ariel se llevara una buena impresión, porque los del secundario desprecian a las chicas que no han hecho más que la primaria y solamente estudian corte y repujado al aceite. Cuando pasó el tren de las dos y ocho Ariel sacó los brazos con entusiasmo, y con nuestros pañuelos estampados le hicimos señas de bienvenida. Unos veinte minutos después lo vimos llegar por el terraplén, y era más alto de lo que pensábamos y todo de gris.

Bien no me acuerdo de lo que hablamos al principio, él era bastante tímido a pesar de haber venido y los papelitos, y decía cosas muy pensadas. Casi en seguida nos elogió mucho las estatuas y las actitudes y preguntó cómo nos llamábamos y por qué faltaba la tercera. Holanda explicó que Leticia no había podido venir, y él dijo que era una lástima y que Leticia le parecía un nombre precioso. Después nos contó cosas del Industrial, que por desgracia no era un colegio inglés, y quiso saber si le mostraríamos los ornamentos. Holanda levantó la piedra y le hicimos ver las cosas. A él parecían interesarle mucho, y varias veces tomó alguno de los ornamentos y dijo: «Éste lo llevaba Leticia un día», o: «Éste fue para la estatua oriental», con lo que quería decir la princesa china. Nos sentamos a la sombra de un sauce y él estaba contento pero distraído, se veía que sólo se quedaba de bien educado. Holanda me miró dos o tres veces cuando la conversación decaía, y eso nos hizo mucho mal a las dos, nos dio deseos de irnos o que Ariel no hubiese venido nunca. Él preguntó otra vez si Leticia estaba enferma, y Holanda me miró y yo creí que iba a decirle, pero en cambio contestó que Leticia no había podido venir. Con una ramita Ariel dibujaba cuerpos geométricos en la tierra, y de cuando en cuando miraba la puerta blanca y nosotras sabíamos lo que estaba pensando, por eso Holanda hizo bien en sacar el sobre violeta y alcanzárselo, y él se quedó sorprendido con el sobre en la mano, después se puso muy colorado mientras le explicábamos que eso se lo mandaba Leticia, y se guardó la carta en el bolsillo de adentro del saco sin querer leerla delante de nosotras. Casi en seguida dijo que había tenido un gran placer y que estaba encantado de haber venido, pero su mano era blanca y antipática de modo que fue mejor que la visita se acabara, aunque más tarde no hicimos más que pensar en sus ojos grises y en esa manera triste que tenía de sonreír. También nos acordamos de cómo se había despedido diciendo: «Hasta siempre», una forma que nunca habíamos oído en casa y que nos pareció tan divina y poética. Todo se lo contamos a Leticia que nos estaba esperando debajo del limonero del patio, y yo hubiese querido preguntarle qué decía su carta pero me dio no sé qué porque ella había cerrado el sobre antes de confiárselo a Holanda, así que no le dije nada y solamente le contamos cómo era Ariel y cuántas veces había preguntado por ella. Esto no era nada fácil de decírselo porque era una cosa linda y mala a la vez, nos dábamos cuenta que Leticia se sentía muy feliz y al mismo tiempo estaba casi llorando, hasta que nos fuimos diciendo que tía Ruth nos precisaba y la dejamos mirando las avispas del limonero.

Cuando íbamos a dormirnos esa noche, Holanda me dijo: «Vas a ver que desde mañana se acaba el juego». Pero se equivocaba aunque no por mucho, y al otro día Leticia nos hizo una seña convenida en el momento del postre. Nos fuimos a lavar la loza bastante asombradas y con un poco de rabia, porque eso era una desvergüenza de Leticia y no estaba bien. Ella nos esperaba en la puerta y casi nos morimos de miedo cuando al llegar a los sauces vimos que sacaba del bolsillo el collar de perlas de mamá y todos los anillos, hasta el grande con rubí de tía Ruth. Si las de Loza espiaban y nos veían con las alhajas, seguro que mamá iba a saberlo en seguida y que nos mataría, enanas asquerosas. Pero Leticia no estaba asustada y dijo que si algo sucedía ella era la única responsable. «Quisiera que me dejaran hoy a mí», agregó sin mirarnos. Nosotras sacamos en seguida los ornamentos, de golpe queríamos ser tan buenas con Leticia, darle todos los gustos y eso que en el fondo nos quedaba un poco de encono. Como el juego marcaba estatua, le elegimos cosas preciosas que iban bien con las alhajas, muchas plumas de pavorreal para sujetar en el pelo, una piel que de lejos parecía un zorro plateado, y un velo rosa que ella se puso como un turbante. La vimos que pensaba, ensayando la estatua pero sin moverse, y cuando el tren apareció en la curva fue a ponerse al pie del talud con todas las alhajas que brillaban al sol. Levantó los brazos como si en vez de una estatua fuera a hacer una actitud, y con las manos señaló el cielo mientras echaba la cabeza hacia atrás (que era lo único que podía hacer, pobre) y doblaba el cuerpo hasta darnos miedo. Nos pareció maravillosa, la estatua más regia que había hecho nunca, y entonces vimos a Ariel que la miraba, salido de la ventanilla la miraba solamente a ella, girando la cabeza y mirándola sin vernos a nosotras hasta que el tren se lo llevó de golpe. No sé por qué las dos corrimos al mismo tiempo a sostener a Leticia que estaba con los ojos cerrados y grandes lagrimones por toda la cara. Nos rechazó sin enojo, pero la ayudamos a esconder las alhajas en el bolsillo, y se fue sola a casa mientras guardábamos por última vez los ornamentos en su caja. Casi sabíamos lo que iba a suceder, pero lo mismo al otro día fuimos las dos a los sauces, después que tía Ruth nos exigió silencio absoluto para no molestar a Leticia que estaba dolorida y quería dormir. Cuando llegó el tren vimos sin ninguna sorpresa la tercera ventanilla vacía, y mientras nos sonreíamos entre aliviadas y furiosas, imaginamos a Ariel viajando del otro lado del coche, quieto en su asiento, mirando hacia el río con sus ojos grises.

Carta a una señorita en París

Andrée, yo no quería venirme a vivir a su departamento de la calle Suipacha. No tanto por los conejitos, más bien porque me duele ingresar en un orden cerrado, construido ya hasta en las más finas mallas del aire, esas que en su casa preservan la música de la lavanda, el aletear de un cisne con polvos, el juego del violín y la viola en el cuarteto de Rará. Me es amargo entrar en un ámbito donde alguien que vive bellamente lo ha dispuesto todo como una reiteración visible de su alma, aquí los libros (de un lado en español, del otro en francés e inglés), allí los almohadones verdes, en este preciso sitio de la mesita el cenicero de cristal que parece el corte de una pompa de jabón, y siempre un perfume, un sonido, un crecer de plantas, una fotografía del amigo muerto, ritual de bandejas con té y tenacillas de azúcar... Ah, querida Andrée, qué difícil oponerse, aun aceptándolo con entera sumisión del propio ser, al orden minucioso que una mujer instaura en su liviana residencia. Cuán culpable tomar una tacita de metal y ponerla al otro extremo de la mesa, ponerla allí simplemente porque uno ha traído sus diccionarios ingleses y es de este lado, al alcance de la mano, donde habrán de estar. Mover esa tacita vale por un horrible rojo inesperado en medio de una modulación de Ozenfant, como si de golpe las cuerdas de todos los contrabajos se rompieran al mismo tiempo con el mismo espantoso chicotazo en el instante más callado de una sinfonía de Mozart. Mover esa tacita altera el juego de relaciones de toda la casa, de cada objeto con otro, de cada momento de su alma con el alma entera de la casa y su habitante lejana. Y yo no puedo acercar los dedos a un libro, ceñir apenas el cono de luz de una lámpara, destapar la caja de música, sin que un sentimiento de ultraje y desafío me pase por los ojos como un bando de gorriones.

Usted sabe por qué vine a su casa, a su quieto salón solicitado de mediodía. Todo parece tan natural, como siempre que no se sabe la verdad. Usted se ha ido a París, yo me quedé con el departamento de la calle Suipacha, elaboramos un simple y satisfactorio plan de mutua conveniencia hasta que septiembre la traiga de nuevo a Buenos Aires y me lance a mí a alguna otra casa donde quizá... Pero no le escribo por eso, esta carta se la envío a causa de los conejitos, me parece justo enterarla; y porque me gusta escribir cartas, y tal vez porque llueve.

Me mudé el jueves pasado, a las cinco de la tarde, entre niebla y hastío. He cerrado tantas maletas en mi vida, me he pasado tantas horas haciendo equipajes que no llevaban a ninguna parte, que el jueves fue un día lleno de sombras y correas, porque cuando yo veo las correas de las valijas es como si viera sombras, elementos de un látigo que me azota indirectamente, de la manera más sutil y más horrible. Pero hice las maletas, avisé a su mucama que vendría a instalarme, y subí en el ascensor. Justo entre el primero y segundo piso sentí que iba a vomitar un conejito. Nunca se lo había explicado antes, no crea que por deslealtad, pero naturalmente uno no va a ponerse a explicarle a la gente que de cuando en cuando vomita un conejito. Como siempre me ha sucedido estando a solas, guardaba el hecho igual que se guardan tantas constancias de lo que acaece (o hace uno acaecer) en la privacía total. No me lo reproche, Andrée, no me lo reproche. De cuando en cuando me ocurre vomitar un conejito. No es razón para no vivir en cualquier casa, no es razón para que uno tenga que avergonzarse y estar aislado y andar callándose.

Cuando siento que voy a vomitar un conejito, me pongo dos dedos en la boca como una pinza abierta, y espero a sentir en la garganta la pelusa tibia que sube como una efervescencia de sal de frutas. Todo es veloz e higiénico, transcurre en un brevísimo instante. Saco los dedos de la boca, y en ellos traigo sujeto por las orejas a un conejito blanco. El conejito parece contento, es un conejito normal y perfecto, sólo que muy pequeño, pequeño como un conejito de chocolate pero blanco y enteramente un conejito. Me lo pongo en la palma de la mano, le alzo la pelusa con una caricia de los dedos, el conejito parece satisfecho de haber nacido y bulle y pega el hocico contra mi piel, moviéndolo con esa trituración silenciosa y cosquilleante del hocico de un conejo contra la piel de una mano. Busca de comer y entonces yo (hablo de cuando esto ocurría en mi casa de las afueras) lo saco conmigo al balcón y lo pongo en la gran maceta donde crece el trébol que a propósito he sembrado. El conejito alza del todo sus orejas, envuelve un trébol tierno con un veloz molinete del hocico, y yo sé que puedo dejarlo e irme, continuar por un tiempo una vida no distinta a la de tantos que compran sus conejos en las granjas.

Entre el primero y el segundo piso, Andrée, como un anuncio de lo que sería mi vida en su casa, supe que iba a vomitar un conejito. En seguida tuve miedo (¿o era extrañeza? No, miedo de la misma extrañeza, acaso) porque antes de dejar mi casa, sólo dos días antes, había vomitado un conejito y estaba seguro por un mes, por cinco semanas, tal vez seis con un poco de suerte. Mire usted, yo tenía perfectamente resuelto el problema de los conejitos. Sembraba trébol en el balcón de mi otra casa, vomitaba un conejito, lo ponía en el trébol y al cabo de un mes, cuando sospechaba que de un momento a otro... entonces regalaba el conejo ya crecido a la señora de Molina, que creía en un *hobby* y se callaba. Ya en otra maceta venía creciendo un trébol tierno y propicio, yo aguardaba sin preocupación la mañana en que la cosquilla de una pelusa subiendo me cerraba la garganta, y el nuevo conejito repetía desde esa hora la vida y las costumbres del anterior. Las costumbres, Andrée, son formas concretas del ritmo, son la cuota de ritmo que nos ayuda a vivir. No era tan terrible vomitar conejitos una vez que se había entrado en el ciclo invariable, en el método. Usted querrá saber por qué todo ese trabajo, por qué todo ese trébol y la señora de Molina. Hubiera sido preferible matar en seguida al conejito y... Ah, tendría usted que vomitar tan sólo uno, tomarlo con dos dedos y ponérselo en la mano abierta, adherido aún a usted por el acto mismo, por el aura inefable de su proximidad apenas rota. Un mes distancia tanto; un mes es tamaño, largos pelos, saltos, ojos salvajes, diferencia absoluta. Andrée, un mes es un conejo, hace de veras a un conejo; pero el minuto inicial, cuando el copo tibio y bullente encubre una presencia inajenable... Como un poema en los primeros minutos, el fruto de una noche de Idumea: tan de uno que uno mismo... y después tan no uno, tan aislado y distante en su llano mundo blanco tamaño carta.

Me decidí, con todo, a matar el conejito apenas naciera. Yo viviría cuatro meses en su casa: cuatro –quizá, con suerte, tres– cucharadas de alcohol en el hocico. (¿Sabe usted que la misericordia permite matar instantáneamente a un conejito dándole a beber una cucharada de alcohol? Su carne sabe luego mejor, dicen, aunque yo... Tres o cuatro cucharadas de alcohol, luego el cuarto de baño o un paquete sumándose a los desechos.)

Al cruzar el tercer piso el conejito se movía en mi mano abierta. Sara esperaba arriba, para ayudarme a entrar las valijas... ¿Cómo explicarle que un capricho, una tienda de animales? Envolví el conejito en mi pañuelo, lo puse en el bolsillo del sobretodo dejando el sobretodo suelto para no oprimirlo. Apenas se movía. Su menuda conciencia debía estarle revelando hechos importantes: que la vida es un movimiento hacia arriba con un clic final, y que es también un cielo bajo, blanco, envolvente y oliendo a lavanda, en el fondo de un pozo tibio.

Sara no vio nada, la fascinaba demasiado el arduo problema de ajustar su sentido del orden a mi valija-ropero, mis papeles y mi displicencia ante sus elaboradas explicaciones donde abunda la expresión «por ejemplo». Apenas pude me encerré en el baño; matarlo ahora. Una fina zona de calor rodeaba el pañuelo, el conejito era blanquísimo y creo que más lindo que los otros. No me miraba, solamente bullía y estaba contento, lo que era el más horrible modo de mirarme. Lo encerré en el botiquín vacío y me volví para desempacar, desorientado pero no infeliz, no culpable, no jabonándome las manos para quitarles una última convulsión.

Comprendí que no podía matarlo. Pero esa misma noche vomité un conejito negro. Y dos días después uno blanco. Y a la cuarta noche un conejito gris.

Usted ha de amar el bello armario de su dormitorio, con la gran puerta que se abre generosa, las tablas vacías a la espera de mi ropa. Ahora los tengo ahí. Ahí dentro. Verdad que parece imposible; ni Sara lo creería. Porque Sara nada sospecha, y el que no sospeche nada procede de mi horrible tarea, una tarea que se lleva mis días y mis noches en un solo golpe de rastrillo y me va calcinando por dentro y endureciendo como esa estrella de mar que ha puesto usted sobre la bañera y que a cada baño parece llenarle a uno el cuerpo de sal y azotes de sol y grandes rumores de la profundidad.

De día duermen. Hay diez. De día duermen. Con la puerta cerrada, el armario es una noche diurna solamente para ellos, allí duermen su noche con sosegada obediencia. Me llevo las llaves del dormitorio al partir a mi empleo. Sara debe creer que desconfío de su honradez y mira dubitativa, se le ve todas las mañanas que está por decirme algo, pero al final se calla y yo estoy tan contento. (Cuando arregla el dormitorio, de nueve a diez, hago ruido en el salón, pongo un disco de Benny Carter que ocupa toda la atmósfera, y como Sara es también amiga de saetas y pasodobles, el armario parece silencioso y acaso lo esté, porque para los conejitos transcurre ya la noche y el descanso.)

Su día principia a esa hora que sigue a la cena, cuando Sara se lleva la bandeja con un menudo tintinear de tenacillas de azúcar, me desea buenas noches –sí, me las desea, Andrée, lo más amargo es que me desea las buenas noches– y se encierra en su cuarto y de pronto estoy yo solo, solo con el armario condenado, solo con mi deber y mi tristeza.

Los dejo salir, lanzarse ágiles al asalto del salón, oliendo vivaces el trébol que ocultaban mis bolsillos y ahora hace en la alfombra efímeras puntillas que ellos alteran, remueven, acaban en un momento. Comen bien, callados y correctos, hasta ese instante nada tengo que decir, los miro solamente desde el sofá, con un libro inútil en la mano –yo que quería leerme todos sus Giraudoux, Andrée, y la historia argentina de López que tiene usted en el anaquel más bajo–; y se comen el trébol.

Son diez. Casi todos blancos. Alzan la tibia cabeza hacia las lámparas del salón, los tres soles inmóviles de su día, ellos que aman la luz porque su noche no tiene luna ni estrellas ni faroles. Miran su triple sol y están contentos. Así es que saltan por la alfombra, a las sillas, diez manchas livianas se trasladan como una moviente constelación de una parte a otra, mientras yo quisiera verlos quietos, verlos a mis pies y quietos –un poco el sueño de todo dios, Andrée, el sueño nunca cumplido de los dioses–, no así insinuándose detrás del retrato de Miguel de Unamuno, en torno al jarrón verde claro, por la negra cavidad del escritorio, siempre menos de diez, siempre seis u ocho y yo preguntándome dónde andarán los dos que faltan, y si Sara se levantara por cualquier cosa, y la presidencia de Rivadavia que yo quería leer en la historia de López.

No sé cómo resisto, Andrée. Usted recuerda que vine a descansar a su casa. No es culpa mía si de cuando en cuando vomito un conejito, si esta mudanza me alteró también por dentro –no es nominalismo, no es magia, solamente que las cosas no se pueden variar así de pronto, a veces las cosas viran brutalmente y cuando usted esperaba la bofetada a la derecha–. Así, Andrée, o de otro modo, pero siempre así.

Le escribo de noche. Son las tres de la tarde, pero le escribo en la noche de ellos. De día duermen. ¡Qué alivio esta oficina cubierta de gritos, órdenes, máquinas Royal, vicepresidentes y mimeógrafos! ¡Qué alivio, qué paz, qué horror, Andrée! Ahora me llaman por teléfono, son los amigos que se inquietan por mis noches recoletas, es Luis que me invita a caminar o Jorge que me guarda un concierto. Casi no me atrevo a decirles que no, invento prolongadas e ineficaces historias de mala salud, de traducciones atrasadas, de evasión. Y cuando regreso y subo en el ascensor –ese tramo, entre el primero y segundo piso– me formulo noche a noche irremediablemente la vana esperanza de que no sea verdad.

Hago lo que puedo para que no destrocen sus cosas. Han roído un poco los libros del anaquel más bajo, usted los encontrará disimulados para que Sara no se dé cuenta. ¿Quería usted mucho su lámpara con el vientre de porcelana lleno de mariposas y caballeros antiguos? El trizado apenas se advierte, toda la noche trabajé con un cemento especial que me vendieron en una casa inglesa –usted sabe que las casas inglesas tienen los mejores cementos– y ahora me quedo al lado para que ninguno la alcance otra vez con las patas (es casi hermoso ver cómo les gusta pararse, nostalgia de lo humano distante, quizá imitación de su dios ambulando y mirándolos hosco; además usted habrá advertido –en su infancia, quizá– que se puede dejar a un conejito en penitencia contra la pared, parado, las patitas apoyadas y muy quieto horas y horas).

A las cinco de la mañana (he dormido un poco, tirado en el sofá verde y despertándome a cada carrera afelpada, a cada tintineo) los pongo en el armario y hago la limpieza. Por eso Sara encuentra todo bien aunque a veces le he visto algún asombro contenido, un quedarse mirando un objeto, una leve decoloración de la alfombra, y de nuevo el deseo de preguntarme algo, pero yo silbando las variaciones sinfónicas de Franck, de manera que nones. Para qué contarle, Andrée, las minucias desventuradas de ese amanecer sordo y vegetal, en que camino entredormido levantando cabos de trébol, hojas sueltas, pelusas blancas, dándome contra los muebles, loco de sueño, y mi Gide que se atrasa, Troyat que no he traducido, y mis respuestas a una señora lejana que estará preguntándose ya si... para qué seguir todo esto, para qué seguir esta carta que escribo entre teléfonos y entrevistas.

Andrée, querida Andrée, mi consuelo es que son diez y ya no más. Hace quince días contuve en la palma de la mano un último conejito, después nada, solamente los diez conmigo, su diurna noche y creciendo, ya feos y naciéndoles el pelo largo, ya adolescentes y llenos de urgencias y caprichos, saltando sobre el busto de Antinoo (¿es Antinoo, verdad, ese muchacho que mira ciegamente?) o perdiéndose en el living donde sus movimientos crean ruidos resonantes, tanto que de allí debo echarlos por miedo a que los oiga Sara y se me aparezca horripilada, tal vez en camisón –porque Sara ha de ser así, con camisón– y entonces... Solamente diez, piense usted esa pequeña alegría que tengo en medio de todo, la creciente calma con que franqueo de vuelta los rígidos cielos del primero y el segundo piso.

Interrumpí esta carta porque debía asistir a una tarea de comisiones. La continúo en su casa, Andrée, bajo una sorda grisalla de amanecer. ¿Es de veras el día siguiente, Andrée? Un trozo en blanco de la página será para usted el intervalo, apenas el puente que une mi letra de ayer a mi letra de hoy. Decirle que en ese intervalo todo se ha roto, donde mira usted el puente fácil oigo yo quebrarse la cintura furiosa del agua, para mí este lado del papel, este lado de mi cara no continúa la calma con que venía yo escribiéndole cuando la dejé para asistir a una tarea de comisiones. En su cúbica noche sin tristeza duermen once conejitos; acaso ahora mismo, pero no, no ahora. En el ascensor, luego, o al entrar; ya no importa dónde, si el cuándo es ahora, si puede ser en cualquier ahora de los que me quedan.

Basta ya, he escrito esto porque me importa probarle que no fui tan culpable en el destrozo insalvable de su casa. Dejaré esta carta esperándola, sería sórdido que el correo se la entregara alguna clara mañana de París. Anoche di vueltas los libros del segundo estante; alcanzaban ya a ellos, parándose o saltando, royeron los lomos para afilarse los dientes –no por hambre, tienen todo el trébol que les compro y almaceno en los cajones del escritorio–. Rompieron las cortinas, las telas de los sillones, el borde del autorretrato de Augusto Torres, llenaron de pelos la alfombra y también gritaron, estuvieron en círculo bajo la luz de la lámpara, en círculo y como adorándome, y de pronto gritaban, gritaban como yo no creo que griten los conejos.

He querido en vano sacar los pelos que estropean la alfombra, alisar el borde de la tela roída, encerrarlos de nuevo en el armario. El día sube, tal vez Sara se levante pronto. Es casi extraño que no me importe Sara. Es casi extraño que no me importe verlos brincar en busca de juguetes. No tuve tanta culpa, usted verá cuando llegue que muchos de los destrozos están bien reparados con el cemento que compré en una casa inglesa, yo hice lo que pude para evitarle un enojo... En cuanto a mí, del diez al once hay como un hueco insuperable. Usted ve: diez estaba bien, con un armario, trébol y esperanza, cuántas cosas pueden construirse. No ya con once, porque decir once es seguramente doce, Andrée, doce que será trece. Entonces está el amanecer y una fría soledad en la que caben la alegría, los recuerdos, usted y acaso tantos más. Está este balcón sobre Suipacha lleno de alba, los primeros sonidos de la ciudad. No creo que les sea difícil juntar once conejitos salpicados sobre los adoquines, tal vez ni se fijen en ellos, atareados con el otro cuerpo que conviene llevarse pronto, antes de que pasen los primeros colegiales.

Vientos alisios

Vaya a saber a quién se le había ocurrido, tal vez a Vera la noche de sus cumpleaños cuando Mauricio insistía en que empezaran otra botella de champán y entre copa y copa bailaban en el salón pegajoso de humo de cigarro y medianoche, o quizá a Mauricio en ese momento en que *Blues in Thirds* les traía desde tan antes el recuerdo de los primeros tiempos, de los primeros discos cuando los cumpleaños eran más que una ceremonia cadenciosa y recurrente. Como un juego, hablar mientras bailaban, cómplices sonrientes en la modorra paulatina del alcohol y del humo, decirse que por qué no, puesto que al fin y al cabo, ya que podían hacerlo y allá sería el verano, habían mirado juntos e indiferentes el prospecto de la agencia de viajes, de golpe la idea, Mauricio o Vera, simplemente telefonear, irse al aeropuerto, probar si el juego valía la pena, esas cosas se hacen de una vez o no, al fin y al cabo qué, en el peor de los casos volverse con la misma amable ironía que los había devuelto de tantos viajes aburridos, pero probar ahora de otra manera, jugar el juego, hacer el balance, decidir.

Porque esta vez (y ahí estaba lo nuevo, la idea que se le había ocurrido a Mauricio pero que bien podía haber nacido de una reflexión casual de Vera, veinte años de vida en común, la simbiosis mental, las frases empezadas por uno y completadas desde el otro extremo de la mesa o el otro teléfono), esta vez podía ser diferente, no había más que codificarlo, divertirse desde el absurdo total de partir en diferentes aviones y llegar como desconocidos al hotel, dejar que el azar los presentara en el comedor o en la playa al cabo de uno o dos días, mezclarse con las nuevas relaciones del verano, tratarse cortésmente, aludir a profesiones y familias en la rueda de los cócteles, entre tantas otras profesiones y otras vidas que buscarían como ellos el leve contacto de las vacaciones. A nadie iba a llamarle la atención la coincidencia de apellido puesto que era un apellido vulgar, sería tan divertido graduar el lento conocimiento mutuo, ritmándolo con el de los otros huéspedes, distraerse con la gente cada uno por su lado, favorecer el azar de los encuentros y de cuando en cuando verse a solas y mirarse como ahora mientras bailaban *Blues in Thirds* y por momentos se detenían para alzar las copas de champán y las chocaban suavemente con el ritmo exacto de la música, corteses y educados y cansados y ya la una y media entre tanto humo y el perfume que Mauricio había querido poner esa noche en el pelo de Vera, preguntándose si no se habría equivocado de perfume, si Vera alzaría un poco la nariz y aprobaría, la difícil y rara aprobación de Vera.

Siempre habían hecho el amor al final de sus cumpleaños, esperando con amable displicencia la partida de los últimos amigos, y esta vez en que no había nadie, en que no habían invitado a nadie porque estar con gente los aburría más que estar solos, bailaron hasta el final del disco y siguieron abrazados, mirándose en una bruma de semisueño, salieron del salón manteniendo todavía un ritmo imaginario, perdidos y casi felices y descalzos sobre la alfombra del dormitorio, se demoraron en un lento desnudarse al borde de la cama, ayudándose y complicándose y besos y botones y otra vez el encuentro con las inevitables preferencias, el ajuar de cada uno a la luz de la lámpara que los condenaba a la repetición de imágenes cansadas, de murmullos sabidos, el lento hundirse en la modorra insatisfecha después de la repetición de las fórmulas que volvían a las palabras y a los cuerpos como un necesario, casi tierno deber.

Por la mañana era domingo y lluvia, desayunaron en la cama y lo decidieron en serio; ahora había que legislar, establecer cada fase del viaje para que no se volviera un viaje más y sobre todo un regreso más. Lo fijaron contando con los dedos: irán separadamente, uno, vivirían en habitaciones diferentes sin que nada les impidiera aprovechar del verano, dos, no habría censuras ni miradas como las que tanto conocían, tres, un encuentro sin testigos permitiría cambiar impresiones y saber si valía la pena, cuatro, el resto era rutina, volverían en el mismo avión puesto que ya no importarían los demás (o sí, pero eso se vería con arreglo al artículo cuatro), cinco. Lo que iba a pasar después no estaba numerado, entraba en una zona a la vez decidida e incierta, suma aleatoria en la que todo podía darse y de la que no había que hablar. Los aviones para Nairobi salían los jueves y los sábados, Mauricio se fue en el primero después de un almuerzo en el que comieron salmón por si las moscas, recitándose brindis y regalándose talismanes, no te olvides de la quinina, acordate que siempre dejás en casa la crema de afeitar y las sandalias.

Divertido llegar a Mombasa, una hora de taxi y que la llevaran al Trade Winds, a un bungalow sobre la playa con monos cabriolando en los cocoteros y sonrientes caras africanas, ver de lejos a Mauricio ya dueño de casa, jugando en la arena con una pareja y un viejo de patillas rojas. La hora de los cócteles los acercó en la veranda abierta sobre el mar, se hablaba de caracoles y arrecifes, Mauricio entró con una mujer y dos hombres jóvenes, en algún momento quiso saber de dónde venía Vera y explicó que él llegaba de Francia y que era geólogo. A Vera le pareció bien que Mauricio fuera geólogo y contestó las preguntas de los otros turistas, la pediatría que cada tanto le reclamaba unos días de descanso para no caer en la depresión, el viejo de las patillas rojas era un diplomático jubilado, su esposa se vestía como si tuviera veinte años pero no le quedaba tan mal en un sitio donde casi todo parecía una película de colores, camareros y monos incluidos y hasta el nombre Trade Winds que recordaba a Conrad y a Somerset Maugham, los cócteles servidos en cocos, las camisas sueltas, la playa por la que se podía pasear después de la cena bajo una luna tan despiadada que las nubes proyectaban sus movientes sombras sobre la arena para asombro de gentes aplastadas por cielos sucios y brumosos.

Los últimos serán los primeros, pensó Vera cuando Mauricio dijo que le habían dado una habitación en la parte más moderna del hotel, cómoda pero sin la gracia de los bungalows sobre la playa. Se jugaba a las cartas por la noche, el día era un diálogo interminable de sol y sombra, mar y refugio bajo las palmeras, redescubrir el cuerpo pálido y cansado a cada chicotazo de las olas, ir a los arrecifes en piragua para sumergirse con máscaras y ver los corales azules y rojos, los peces inocentemente próximos. Sobre el encuentro con dos estrellas de mar, una con pintas rojas y la otra llena de triángulos violeta, se habló mucho el segundo día, a menos que ya fuera el tercero, el tiempo resbalaba como el tibio mar sobre la piel, Vera nadaba con Sandro que había surgido entre dos cócteles y se decía harto de Verona y de automóviles, el inglés de las patillas rojas estaba insolado y el médico vendría de Mombasa para verlo, las langostas eran increíblemente enormes en su última morada de mayonesa y rodajas de limón, las vacaciones. De Anna sólo se había visto una sonrisa lejana y como distanciadora, la cuarta noche vino a beber al bar y llevó su vaso a la veranda donde los veteranos de tres días la recibieron con informaciones y consejos, había erizos peligrosos en la zona norte, de ninguna manera debía pasear en piragua sin sombrero y algo para cubrirse los hombros, el pobre inglés lo estaba pagando caro y los negros se olvidaban de prevenir a los turistas porque para ellos, claro, y Anna agradeciendo sin énfasis, bebiendo despacio su martini, casi mostrando que había venido para estar sola desde algún Copenhague o Estocolmo necesitado de olvido. Sin siquiera pensarlo Vera decidió que Mauricio y Anna, seguramente Mauricio y Anna antes de veinticuatro horas, estaba jugando al ping-pong con Sandro cuando los vio irse al mar y tenderse en la arena, Sandro bromeaba sobre Anna que le parecía poco comunicativa, las nieblas nórdicas, ganaba fácilmente las partidas pero el caballero italiano cedía de cuando en cuando algunos puntos y Vera se daba cuenta y se lo agradecía en silencio, veintiuno a dieciocho, no había estado mal, hacía progresos, cuestión de aplicarse.

En algún momento antes del sueño Mauricio pensó que después de todo lo estaban pasando bien, casi cómico decirse que Vera dormía a cien metros de su habitación en el envidiable bungalow acariciado por las palmeras, qué suerte tuviste, nena. Habían coincidido en una excursión a las islas cercanas y se habían divertido mucho nadando y jugando con los demás; Anna tenía los hombros quemados y Vera le dio una crema infalible, usted sabe que un médico de niños termina por saber todo sobre las cremas, retorno vacilante del inglés protegido por una bata celeste, de noche la radio hablando de Yomo Kenyatta y de los problemas tribales, alguien sabía mucho sobre los massai y los entretuvo a lo largo de muchos tragos con leyendas y leones, Karen Blixen y la autenticidad de los amuletos de pelo de elefante, nilón puro y así iba todo en esos países. Vera no sabía si era miércoles o jueves, cuando Sandro la acompañó al bungalow después de un largo paseo por la playa donde se habían besado como esa playa y esa luna lo requerían, ella lo dejó entrar apenas él le apoyó una mano en el hombro, se dejó amar toda la noche, oyó extrañas cosas, aprendió diferencias, durmió lentamente, saboreando cada minuto del largo silencio bajo un mosquitero casi inconcebible. Para Mauricio fue la siesta, después de un almuerzo en que sus rodillas habían encontrado los muslos de Anna, acompañarla a su piso, murmurar un hasta luego frente a la puerta, ver cómo Anna demoraba la mano en el pestillo, entrar con ella, perderse en un placer que sólo los liberó por la noche, cuando ya algunos se preguntaban si no estarían enfermos y Vera sonreía inciertamente entre dos tragos, quemándose la lengua con la mezcla de Campari y ron keniano que Sandro batía en el bar para asombro de Moto y de Nikuku, esos europeos acabarían todos locos.

El código fijaba el sábado a las siete de la tarde, Vera aprovechó un encuentro sin testigos en la playa y mostró a la distancia un palmeral propicio. Se abrazaron con un viejo cariño, riéndose como chicos, acatando el artículo cuatro, buena gente. Había una blanda soledad de arena y ramas secas, cigarrillos y ese bronceado del quinto o sexto día en que los ojos se ponen a brillar como nuevos, en que hablar es una fiesta. Nos está yendo muy bien, dijo Mauricio casi en seguida, y Vera sí, claro que nos está yendo muy bien, se te ve en la cara y en el pelo, por qué en el pelo, porque te brilla de otra manera, es la sal, burra, puede ser pero la sal más bien apelmaza la pilosidad, la risa no los dejaba hablar, era bueno no hablar mientras se reían y se miraban, un último sol acostándose velozmente, el trópico, mirá bien y verás el rayo verde legendario, ya hice la prueba desde mi balcón y no vi nada, ah, claro, el señor tiene un balcón, sí señora un balcón pero usted goza de un bungalow para ukeleles y orgías. Resbalando sin esfuerzo, con otro cigarrillo, de verdad, es maravilloso, tiene una manera que. Así será, si vos lo decís. Y la tuya, hablá. No me gusta que digas la tuya, parece una distribución de premios. Es. Bueno, pero no así, no Anna. Oh, qué voz tan llena de glucosa, decís Anna como si le chuparas cada letra. Cada letra no, pero. Cochino. Y vos, entonces. En general no soy yo la que chupa, aunque. Me lo imaginaba, esos italianos vienen todos del decamerón. Momento, no estamos en terapia de grupo, Mauricio. Perdón, no son celos, con qué derecho. Ah, *good boy*. ¿Entonces sí? Entonces sí, perfecto, lentamente, interminablemente perfecto. Te felicito, no me gustaría que te fuera menos bien que a mí. No sé cómo te va a vos pero el artículo cuatro manda que. De acuerdo, aunque no es fácil convertirlo en palabras, Anna es una ola, una estrella de mar. ¿La roja o la violeta? Todas juntas, un río dorado, los corales rosa. Este hombre es un poeta escandinavo. Y usted una libertina veneciana. No es de Venecia, de Verona. Da lo mismo, siempre se piensa en Shakespeare. Tenés razón, no se me había ocurrido. En fin, así vamos, verdad. Así vamos, Mauricio, y todavía nos quedan cinco días. Cinco noches, sobre todo, aprovechalas bien. Creo que sí, me ha prometido iniciaciones que él llama artificios para llegar a la realidad. Me los explicarás, espero. En detalle, imaginate, y vos me contarás de tu río de oro y los corales azules. Corales rosa, chiquita. En fin, ya ves que no estamos perdiendo el tiempo. Eso habrá que verlo, en todo caso no perdemos el presente y hablando de eso no es bueno que nos quedemos mucho en el artículo cuatro. ¿Otro remojón antes del whisky? Del whisky, qué grosería, a mí me dan Carpano combinado con ginebra y an-

gostura. Oh, perdón. No es nada, los refinamientos lle-
van tiempo, vamos en busca del rayo verde, en una de
ésas quién te dice.

Viernes, día de Robinson, alguien lo recordó entre dos
tragos y se habló un rato de islas y naufragios, hubo un
breve y violento chubasco caliente que plateó las palmeras y trajo más tarde un nuevo rumor de pájaros, las mi-
graciones, el viejo marinero y su albatros, era gente que
sabía vivir, cada whisky venía con su ración de folklore,
de viejas canciones de las Hébridas o de Guadalupe, al
término del día Vera y Mauricio pensaron lo mismo, el
hotel merecía su nombre, era la hora de los vientos alisios para ellos, Anna la dadora de vértigos olvidados,
Sandro el hacedor de máquinas sutiles, vientos alisios
devolviéndolos a otros tiempos sin costumbres, cuando
habían tenido también un tiempo así, invenciones y
deslumbramientos en el mar de las sábanas, solamente
que ahora, solamente que ya no ahora y por eso, por eso
los alisios que soplarían aún hasta el martes, exactamente hasta el final del interregno que era otra vez el
pasado remoto, un viaje instantáneo a las fuentes aflo-
rando otra vez, bañándolos de una delicia presente
pero ya sabida, alguna vez sabida antes de los códigos,
de *Blues in Thirds*.

No hablaron de eso a la hora de encontrarse en el
Boeing de Nairobi, mientras encendían juntos el primer
cigarrillo del retorno. Mirarse como antes los llenaba de
algo para lo que no había palabras y que los dos callaron
entre tragos y anécdotas del Trade Winds, de alguna manera había que guardar el Trade Winds, los alisios tenían
que seguir empujándolos, la buena vieja querida navega-

ción a vela volviendo para destruir las hélices, para acabar con el sucio lento petróleo de cada día contaminan-
do las copas de champán del cumpleaños, la esperanza
de cada noche. Vientos alisios de Anna y de Sandro, seguir bebiéndolos en plena cara mientras se miraban entre dos bocanadas de humo, por qué Mauricio ahora si
Sandro seguía siempre ahí, su piel y su pelo y su voz afi-
nando la cara de Mauricio como la ronca risa de Anna
en pleno amor anegaba esa sonrisa que en Vera valía
amablemente como una ausencia. No había artículo seis
pero podían inventarlo sin palabras, era tan natural que
en algún momento él invitara a Anna a beber otro whisky que ella, aceptándolo con una caricia en la mejilla, dijera que sí, dijera sí, Sandro, sería tan bueno tomarnos
otros whisky para quitarnos el miedo de la altura, jugar así todo el viaje, ya no había necesidad de códigos
para decidir que Sandro se ofrecería en el aeródromo para
acompañar a Anna hasta su casa, que Anna aceptaría
con el simple acatamiento de los deberes caballerescos,
que una vez en la casa fuera ella quien buscara las llaves
en el bolso e invitara a Sandro a tomar otro trago, le hiciera dejar la maleta en el zaguán y le mostrara el camino
del salón, disculpándose por las huellas de polvo y el aire
encerrado, corriendo las cortinas y trayendo hielo mientras Sandro examinaba con aire apreciativo las pilas de
discos y el grabado de Friedlander. Eran más de las once
de la noche, bebieron las copas de la amistad y Anna trajo una lata de paté y bizcochos, Sandro la ayudó a hacer
canapés y no llegaron a probarlos, las manos y las bocas
se buscaban, volcarse en la cama y desnudarse ya enlaza-
dos, buscarse entre cintas y trapos, arrancarse las últimas

ropas y abrir la cama, bajar las luces y tomarse lentamente, buscando y murmurando, sobre todo esperando y murmurándose la esperanza.

Vaya a saber cuándo volvieron los tragos y los cigarrillos, las almohadas para sentarse en la cama y fumar bajo la luz de la lámpara en el suelo. Casi no se miraban, las palabras iban hasta la pared y volvían en un lento juego de pelota para ciegos, y ella la primera preguntándose como a sí misma qué sería de Vera y de Mauricio después del Trade Winds, qué sería de ellos después del regreso.

—Ya se habrán dado cuenta —dijo él—. Ya habrán comprendido y después de eso no podrán hacer más nada.

—Siempre se puede hacer algo —dijo ella—, Vera no se va a quedar así, bastaba con verla.

—Mauricio tampoco —dijo él—, lo conocí apenas pero era tan evidente. Ninguno de los dos se va a quedar así y casi es fácil imaginar lo que van a hacer.

—Sí, es fácil, es como verlo desde aquí.

—No habrán dormido, igual que nosotros, y ahora estarán hablándose despacio, sin mirarse. Ya no tendrán nada que decirse, creo que será Mauricio el que abra el cajón y saque el frasco azul. Así, ves, un frasco azul como éste.

—Vera las contará y las dividirá —dijo ella—. Le tocaban siempre las cosas prácticas, lo hará muy bien. Dieciséis para cada uno, ni siquiera el problema de un número impar.

—Las tragarán de a dos, con whisky y al mismo tiempo, sin adelantarse.

—Serán un poco amargas —dijo ella.

–Mauricio dirá que no, más bien ácidas.

–Sí, puede que sean ácidas. Y después apagarán la luz, no se sabe por qué.

–Nunca se sabe por qué, pero es verdad que apagarán la luz y se abrazarán. Eso es seguro, sé que se abrazarán.

–En la oscuridad –dijo ella buscando el interruptor–. Así, verdad.

–Así –dijo él.

Orientación de los gatos

A Juan Soriano

Cuando Alana y Osiris me miran no puedo quejarme del menor disimulo, de la menor duplicidad. Me miran de frente, Alana su luz azul y Osiris su rayo verde. También entre ellos se miran así, Alana acariciando el negro lomo de Osiris que alza el hocico del plato de leche y maúlla satisfecho, mujer y gato conociéndose desde planos que se me escapan, que mis caricias no alcanzan a rebasar. Hace tiempo que he renunciado a todo dominio sobre Osiris, somos buenos amigos desde una distancia infranqueable; pero Alana es mi mujer y la distancia entre nosotros es otra, algo que ella no parece sentir pero que se interpone en mi felicidad cuando Alana me mira, cuando me mira de frente igual que Osiris y me sonríe o me habla sin la menor reserva, dándose en cada gesto y cada cosa como se da en el amor, allí donde todo su cuerpo es como sus ojos, una entrega absoluta, una reciprocidad ininterrumpida.

Es extraño, aunque he renunciado a entrar de lleno en el mundo de Osiris, mi amor por Alana no acepta esa llaneza de cosa concluida, de pareja para siempre, de vida sin secretos. Detrás de esos ojos azules hay más, en el fondo de las palabras y los gemidos y los silencios alienta otro reino, respira otra Alana. Nunca se lo he dicho, la quiero demasiado para trizar esta superficie de felicidad por la que ya se han deslizado tantos días, tantos años. A mi manera me obstino en comprender, en descubrir; la observo pero sin espiarla; la sigo pero sin desconfiar; amo una maravillosa estatua mutilada, un texto no terminado, un fragmento de cielo inscrito en la ventana de la vida.

Hubo un tiempo en que la música me pareció el camino que me llevaría de verdad a Alana; mirándola escuchar nuestros discos de Bártok, de Duke Ellington, de Gal Costa, una transparencia paulatina me ahondaba en ella, la música la desnudaba de una manera diferente, la volvía cada vez más Alana porque Alana no podía ser solamente esa mujer que siempre me había mirado de lleno sin ocultarme nada. Contra Alana, más allá de Alana yo la buscaba para amarla mejor; y si al principio la música me dejó entrever otras Alanas, llegó el día en que frente a un grabado de Rembrandt la vi cambiar todavía más, como si un juego de nubes en el cielo alterara bruscamente las luces y las sombras de un paisaje. Sentí que la pintura la llevaba más allá de sí misma para ese único espectador que podía medir la instantánea metamorfosis nunca repetida, la entrevisión de Alana en Alana. Intercesores involuntarios, Keith Jarrett, Beethoven y Aníbal Troilo me habían ayudado a acercarme, pero frente a un cuadro o un grabado Alana se despojaba todavía más de eso que creía ser, por un momento entraba en un mundo imaginario para sin saberlo salir de sí misma, yendo de una pintura a otra, comentándolas o callando, juego de cartas que cada nueva contemplación barajaba para aquel que sigiloso y atento, un poco atrás o llevándola del brazo, veía sucederse las reinas y los ases, los piques y los tréboles, Alana.

¿Qué se podía hacer con Osiris? Darle su leche, dejarlo en su ovillo negro satisfactorio y ronroneante; pero a Alana yo podía traerla a esta galería de cuadros como lo hice ayer, una vez más asistir a un teatro de espejo y de cámaras oscuras, de imágenes tensas en la tela frente a esa otra imagen de alegres jeans y blusa roja que después de aplastar el cigarrillo a la entrada iba de cuadro en cuadro, deteniéndose exactamente a la distancia que su mirada requería, volviéndose a mí de tanto en tanto para comentar o comparar. Jamás hubiera podido descubrir que yo no estaba ahí por los cuadros, que un poco atrás o de lado mi manera de mirar nada tenía que ver con la suya. Jamás se daría cuenta de que su lento y reflexivo paso de cuadro en cuadro la cambiaba hasta obligarme a cerrar los ojos y luchar para no apretarla en los brazos y llevármela al delirio, a una locura de carrera en plena calle. Desenvuelta, liviana en su naturalidad de goce y descubrimiento, sus altos y sus demoras se inscribían en un tiempo diferente del mío, ajeno a la crispada espera de mi sed.

Hasta entonces todo había sido un vago anuncio, Alana en la música, Alana frente a Rembrandt. Pero ahora mi esperanza empezaba a cumplirse casi insoportablemente, desde nuestra llegada Alana se había dado a las pinturas con una atroz inocencia de camaleón, pasando de un estado a otro sin saber que un espectador agazapado acechaba en su actitud, en la inclinación de su cabeza, en el movimiento de sus manos o sus labios el cromatismo interior que la recorría hasta mostrarla otra, allí donde la otra era siempre Alana sumándose a Alana, las cartas agolpándose hasta completar la baraja. A su lado, avanzando poco a poco a lo largo de los muros de la galería, la iba viendo darse a cada pintura, mis ojos multiplicaban un triángulo fulminante que se tendía de ella al cuadro y del cuadro a mí mismo para volver a ella y aprehender el cambio, la aureola diferente que la envolvía un momento para ceder después a un aura nueva, a una tonalidad que la exponía a la verdadera, a la última desnudez. Imposible prever hasta dónde se repetiría esa ósmosis, cuántas nuevas Alanas me llevarían por fin a la síntesis de la que saldríamos los dos colmados, ella sin saberlo y encendiendo un nuevo cigarrillo antes de pedirme que la llevara a tomar un trago, yo sabiendo que mi larga búsqueda había llegado a puerto y que mi amor abarcaría desde ahora lo visible y lo invisible, aceptaría la limpia mirada de Alana sin incertidumbres de puertas cerradas, de pasajes vedados.

Frente a una barca solitaria y un primer plano de rocas negras, la vi quedarse inmóvil largo tiempo; un imperceptible ondular de las manos la hacía como nadar en el aire, buscar el mar abierto, una fuga de horizontes. Ya no podía extrañarme que esa otra pintura donde una reja de agudas puntas vedaba el acceso a los árboles linderos la hiciera retroceder como buscando un punto de mira, de golpe era la repulsa, el rechazo de un límite inaceptable. Pájaros, monstruos marinos, ventanas dándose al silencio o dejando entrar un simulacro de la muerte, cada nueva pintura arrasaba a Alana despojándola de su color anterior, arrancando de ella las modulaciones de la libertad, del vuelo, de los grandes espacios, afirmando su negativa frente a la noche y a la nada, su ansiedad solar, su casi terrible impulso de ave fénix. Me quedé atrás sabiendo que no me sería posible soportar su mirada, su sorpresa interrogativa cuando viera en mi cara el deslumbramiento de la confirmación, porque eso era también yo, eso era mi proyecto Alana, mi vida Alana, eso había sido deseado por mí y refrenado por un presente de ciudad y parsimonia, eso ahora al fin Alana, al fin Alana y yo desde ahora, desde ya mismo. Hubiera querido tenerla desnuda en los brazos, amarla de tal manera que todo quedara claro, todo quedara dicho para siempre entre nosotros, y que de esa interminable noche de amor, nosotros que ya conocíamos tantas, naciera la primera alborada de la vida.

Llegábamos al final de la galería, me acerqué a la puerta de salida ocultando todavía la cara, esperando que el aire y las luces de la calle me volvieran a lo que Alana conocía de mí. La vi detenerse ante un cuadro que otros visitantes me habían ocultado, quedarse largamente inmóvil mirando la pintura de una ventana y un gato. Una última transformación hizo de ella una lenta estatua nítidamente separada de los demás, de mí que me acercaba indeciso buscándole los ojos perdidos en la tela. Vi que el gato era idéntico a Osiris y que miraba a lo lejos algo que el muro de la ventana no nos dejaba ver. Inmóvil en su contemplación, parecía menos inmóvil que la inmovilidad de Alana. De alguna manera sentí que el triángulo se había roto, cuando Alana volvió hacia mí la cabeza el triángulo ya no existía, ella había ido al cuadro pero no estaba de vuelta, seguía del lado del gato mirando más allá de la ventana donde nadie podía ver lo que ellos veían, lo que solamente Alana y Osiris veían cada vez que me miraban de frente.

Queremos tanto a Glenda

En aquel entonces era difícil saberlo. Uno va al cine o al teatro y vive su noche sin pensar en los que ya han cumplido la misma ceremonia, eligiendo el lugar y la hora, vistiéndose y telefoneando y fila once o cinco, la sombra y la música, la tierra de nadie y de todos allí donde todos son nadie, el hombre o la mujer en su butaca, acaso una palabra para excusarse por llegar tarde, un comentario a media voz que alguien recoge o ignora, casi siempre el silencio, las miradas vertiéndose en la escena o la pantalla, huyendo de lo contiguo, de lo de este lado. Realmente era difícil saber por encima de la publicidad, de las colas interminables, de los carteles y las críticas, que éramos tantos los que queríamos a Glenda.

Llevó tres o cuatro años y sería aventurado afirmar que el núcleo se formó a partir de Irazusta o de Diana Rivero, ellos mismos ignoraban cómo en algún momento, en las copas con los amigos después del cine, se dijeron o se callaron cosas que bruscamente habrían de crear la alianza, lo que después todos llamamos el núcleo y los más jóvenes el club. De club no tenía nada, simplemente queríamos a Glenda Garson y eso bastaba para recortarnos de los que solamente la admiraban. Al igual que ellos también nosotros admirábamos a Glenda y además a Anouk, a Marilina, a Annie, a Silvana y por qué no a Marcello, a Yves, a Vittorio y a Dirk, pero solamente nosotros queríamos tanto a Glenda, y el núcleo se definió por eso y desde eso, era algo que sólo nosotros sabíamos y confiábamos a aquellos que a lo largo de las charlas habían ido mostrando poco a poco que también querían a Glenda.

A partir de Diana o Irazusta el núcleo se fue dilatando lentamente, el año de *El fuego de la nieve* debíamos ser apenas seis o siete, cuando estrenaron *El uso de la elegancia* el núcleo se amplió y sentimos que crecía casi insoportablemente y que estábamos amenazados de imitación snob o de sentimentalismo estacional. Los primeros, Irazusta y Diana y dos o tres más, decidimos cerrar filas, no admitir sin pruebas, sin el examen disimulado por los whiskys y los alardes de erudición (tan de Buenos Aires, tan de Londres y de México esos exámenes de medianoche). A la hora del estreno de *Los frágiles retornos* nos fue preciso admitir, melancólicamente triunfantes, que éramos muchos los que queríamos a Glenda. Los reencuentros en los cines, las miradas a la salida, ese aire como perdido de las mujeres y el dolido silencio de los hombres nos mostraban mejor que una insignia o un santo y seña. Mecánicas no investigables nos llevaron a un mismo café del centro, las mesas aisladas empezaron a acercarse, hubo la grácil costumbre de pedir el mismo cóctel para dejar de lado toda escaramuza inútil y mirarnos por fin a los ojos, allí donde todavía alentaba la última imagen de Glenda en la última escena de la última película.

Veinte, acaso treinta, nunca supimos cuántos llegamos a ser porque a veces Glenda duraba meses en una sala o estaba al mismo tiempo en dos o cuatro, y hubo además ese momento excepcional en que apareció en escena para representar a la joven asesina de *Los delirantes* y su éxito rompió los diques y creó entusiasmos momentáneos que jamás aceptamos. Ya para entonces nos conocíamos, muchos nos visitábamos para hablar de Glenda. Desde un principio Irazusta parecía ejercer un mandato tácito que nunca había reclamado, y Diana Rivero jugaba su lento ajedrez de confirmaciones y rechazos que nos aseguraba una autenticidad total sin riesgos de infiltrados o de tilingos. Lo que había empezado como asociación libre alcanzaba ahora una estructura de clan, y a las livianas interrogaciones del principio se sucedían las preguntas concretas, la secuencia del tropezón en *El uso de la elegancia,* la réplica final de *El fuego de la nieve,* la segunda escena erótica de *Los frágiles retornos.* Queríamos tanto a Glenda que no podíamos tolerar a los advenedizos, a las tumultuosas lesbianas, a los eruditos de la estética. Incluso (nunca sabremos cómo) se dio por sentado que iríamos al café los viernes cuando en el centro pasaran una película de Glenda, y que en los reestrenos en cines de barrio dejaríamos correr una semana antes de reunirnos, para darles a todos el tiempo necesario; como en un reglamento riguroso, las obligaciones se definían sin equívoco, no acatarlas hubiera sido provocar la

sonrisa despectiva de Irazusta o esa mirada amablemente horrible con que Diana Rivero denunciaba la traición
y el castigo.

En ese momento las reuniones eran solamente Glenda,
su deslumbrante ubicuidad en cada uno de nosotros, y
no sabíamos de discrepancias o reparos. Sólo poco a
poco, al principio con un sentimiento de culpa, algunos
se atrevieron a deslizar críticas parciales, el desconcierto
o la decepción frente a una secuencia menos feliz, las caídas en lo convencional o lo previsible. Sabíamos que
Glenda no era responsable de los desfallecimientos que en-
turbiaban por momentos la espléndida cristalería de *El
látigo* o el final de *Nunca se sabe por qué*. Conocíamos
otros trabajos de sus directores, el origen de las tramas y
los guiones, con ellos éramos implacables porque empezábamos a sentir que nuestro cariño por Glenda iba más
allá del mero territorio artístico y que sólo ella se salvaba
de lo que imperfectamente hacían los demás. Diana fue
la primera en hablar de misión, lo hizo con su manera
tangencial de no afirmar lo que de veras contaba para
ella, y le vimos una alegría de whisky doble, de sonrisa
saciada, cuando admitimos llanamente que era cierto, que
no podíamos quedarnos solamente en eso, el cine y el
café y quererla tanto a Glenda.

Tampoco entonces se dijeron palabras claras, no nos
eran necesarias. Sólo contaba la felicidad de Glenda en
cada uno de nosotros, y esa felicidad sólo podía venir de
la perfección. De golpe los errores, las carencias se nos
volvieron insoportables; no podíamos aceptar que *Nunca se sabe por qué* terminara así, o que *El fuego de la nieve*
incluyera la infame secuencia de la partida de póker (en

la que Glenda no actuaba pero que de alguna manera la manchaba como un vómito, ese gesto de Nancy Phillips y la llegada inadmisible del hijo arrepentido). Como casi siempre, a Irazusta le tocó definir por lo claro la misión que nos esperaba, y esa noche volvimos a nuestras casas como aplastados por la responsabilidad que acabábamos de reconocer y asumir, y a la vez entreviendo la felicidad de un futuro sin tacha, de Glenda sin torpezas ni traiciones.

Instintivamente el núcleo cerró filas, la tarea no admitía una pluralidad borrosa. Irazusta habló del laboratorio cuando ya estaba insalado en una quinta de Recife de Lobos. Dividimos ecuánimemente las tareas entre los que deberían procurarse la totalidad de las copias de *Los frágiles retornos,* elegida por su relativamente escasa imperfección. A nadie se le hubiera ocurrido plantearse problemas de dinero, Irazusta había sido socio de Howard Hughes en el negocio de las minas de estaño de Pichincha, un mecanismo extremadamente simple nos ponía en las manos el poder necesario, los jets y las alianzas y las coimas. Ni siquiera tuvimos una oficina, la computadora de Hagar Loss programó las tareas y las etapas. Dos meses después de la frase de Diana Rivero el laboratorio estuvo en condiciones de sustituir en *Los frágiles retornos* la secuencia ineficaz de los pájaros por otra que devolvía a Glenda el ritmo perfecto y el exacto sentido de su acción dramática. La película tenía ya algunos años y su reposición en los circuitos internacionales no provocó la menor sorpresa: la memoria juega con sus depositarios y les hace aceptar sus propias permutaciones y variantes, quizá la misma Glenda no hubiera percibido el cambio y sí, porque eso lo percibimos todos, la maravilla de una perfecta coincidencia con un recuerdo lavado de escorias, exactamente idéntico al deseo.

La misión se cumplía sin sosiego, apenas asegurada la eficacia del laboratorio completamos el rescate de *El fuego de la nieve* y *El prisma;* las otras películas entraron en proceso con el ritmo exactamente previsto por el personal de Hagar Loss y del laboratorio. Tuvimos problemas con *El uso de la elegancia,* porque gente de los emiratos petroleros guardaba copias para su goce personal y fueron necesarias maniobras y concursos excepcionales para robarlas (no tenemos por qué usar otra palabra) y sustituirlas sin que los usuarios lo advirtieran. El laboratorio trabajaba en un nivel de perfección que en un comienzo nos había parecido inalcanzable aunque no nos atreviéramos a decírselo a Irazusta; curiosamente la más dubitativa había sido Diana, pero cuando Irazusta nos mostró *Nunca se sabe por qué* y vimos el verdadero final, vimos a Glenda que en lugar de volver a la casa de Romano enfilaba su auto hacia el farallón y nos destrozaba con su espléndida, necesaria caída en el torrente, supimos que la perfección podía ser de este mundo y que ahora era de Glenda para siempre, de Glenda para nosotros para siempre.

Lo más difícil estaba desde luego en decidir los cambios, los cortes, las modificaciones de montaje y de ritmo, nuestras distintas maneras de sentir a Glenda provocaban duros enfrentamientos que sólo se aplacaban después de largos análisis y en algunos casos por imposición de una mayoría en el núcleo. Pero aunque algunos, derrotados, asistiéramos a la nueva versión con la amargura de que no se adecuara del todo a nuestros sueños, creo que a nadie le decepcionó el trabajo realizado, queríamos tanto a Glenda que los resultados eran siempre justificables, muchas veces más allá de lo previsto. Incluso hubo pocas alarmas, la carta de un lector del infaltable *Times* asombrándose de que tres secuencias de *El fuego de la nieve* se dieran en un orden que creía recordar diferente, y también un artículo del crítico de *La Opinión* que protestaba por un supuesto corte en *El prisma,* imaginándose razones de mojigatería burocrática. En todos los casos se tomaron rápidas disposiciones para evitar posibles secuelas; no costó mucho, la gente es frívola y olvida o acepta o está a la caza de lo nuevo, el mundo del cine es fugitivo como la actualidad histórica, salvo para los que queremos tanto a Glenda.

Más peligrosas en el fondo eran las polémicas en el núcleo, el riesgo de un cisma o de una diáspora. Aunque nos sentíamos más que nunca unidos por la misión, hubo alguna noche en que se alzaron voces analíticas contagiadas de filosofía política, que en pleno trabajo se planteaban problemas morales, se preguntaban si no estaríamos entregándonos a una galería de espejos onanistas, a esculpir insensatamente una locura barroca en un colmillo de marfil o en un grano de arroz. No era fácil darles la espalda porque el núcleo sólo había podido cumplir la obra como un corazón o un avión cumplen la suya, ritmando una coherencia perfecta. No era fácil escuchar una crítica que nos acusaba de escapismo, que sospechaba un derroche de fuerzas desviadas de una realidad más apremiante, más necesitada de concurso en los tiempos que vivíamos. Y sin embargo no fue necesario aplastar secamente una herejía apenas esbozada, incluso sus protagonistas se limitaban a un reparo parcial, ellos y nosotros queríamos tanto a Glenda que por encima y más allá de las discrepancias éticas o históricas imperaba el sentimiento que siempre nos uniría, la certidumbre de que el perfeccionamiento de Glenda nos perfeccionaba y perfeccionaba el mundo. Tuvimos incluso la espléndida recompensa de que uno de los filósofos restableciera el equilibrio después de superar ese período de escrúpulos inanes; de su boca escuchamos que toda obra parcial es también historia, que algo tan inmenso como la invención de la imprenta había nacido del más individual y parcelado de los deseos, el de repetir y perpetuar un nombre de mujer.

Llegamos así al día en que tuvimos las pruebas de que la imagen de Glenda se proyectaba ahora sin la más leve flaqueza; las pantallas del mundo la vertían tal como ella misma –estábamos seguros– hubiera querido ser vertida, y quizá por eso no nos asombró demasiado enterarnos por la prensa de que acababa de anunciar su retiro del cine y del teatro. La involuntaria, maravillosa contribución de Glenda a nuestra obra no podía ser coincidencia ni milagro, simplemente algo en ella había acatado sin saberlo nuestro anónimo cariño, del fondo de su ser venía la única respuesta que podía darnos, el acto de amor que nos abarcaba en una entrega última, esa que los profanos sólo entenderían como ausencia. Vivimos la felicidad del séptimo día, del descanso después de la creación; ahora podíamos ver cada obra de Glenda sin la agazapada amenaza de un mañana nuevamente plagado de errores y torpezas; ahora nos reuníamos con una liviandad de ángeles o de pájaros, en un presente absoluto que acaso se parecía a la eternidad.

Sí, pero un poeta había dicho bajo los mismos cielos de Glenda que la eternidad está enamorada de las obras del tiempo, y le tocó a Diana saberlo y darnos la noticia un año más tarde. Usual y humano: Glenda anunciaba su retorno a la pantalla, las razones de siempre, la frustración del profesional con las manos vacías, un personaje a la medida, un rodaje inminente. Nadie olvidaría esa noche en el café, justamente después de haber visto *El uso de la elegancia* que volvía a las salas del centro. Casi no fue necesario que Irazusta dijera lo que todos vivíamos como una amarga saliva de injusticia y rebeldía. Queríamos tanto a Glenda que nuestro desánimo no la alcanzaba, qué culpa tenía ella de ser actriz y de ser Glenda, el horror estaba en la máquina rota, en la realidad de cifras y prestigios y Oscars entrando como una fisura solapada en la esfera de nuestro cielo tan duramente ganado. Cuando Diana apoyó la mano en el brazo de Irazusta y dijo: «Sí, es lo único que queda por hacer», hablaba por todos sin necesidad de consultarnos. Nunca el núcleo tuvo una fuerza tan terrible, nunca necesitó menos palabras para ponerla en marcha. Nos separamos deshechos, viviendo ya lo que habría de ocurrir en una fecha que sólo uno de nosotros conocería por adelantado. Estábamos seguros de no volver a encontrarnos en el café, de que cada uno escondería desde ahora la solitaria perfección de nuestro reino. Sabíamos que Irazusta iba a hacer lo necesario, nada más simple para alguien como él. Ni siquiera nos despedimos como de costumbre, con la liviana seguridad de volver a encontrarnos después del cine, alguna noche de *Los frágiles retornos* o de *El látigo*. Fue más bien un darse la espalda, pretextar que era tarde, que había que irse; salimos separados, cada uno llevándose su deseo de olvidar hasta que todo estuviera consumado, y sabiendo que no sería así, que aún nos faltaría abrir alguna mañana el diario y leer la noticia, las estúpidas frases de la consternación profesional. Nunca hablaríamos de eso con nadie, nos evitaríamos cortésmente en las salas y en la calle; sería la única manera de que el núcleo conservara su fidelidad, que guardara en el silencio la obra cumplida. Queríamos tanto a Glenda que le ofreceríamos una última perfección inviolable. En la altura intangible donde la habíamos exaltado, la preservaríamos de la caída, sus fieles po-drían seguir adorándola sin mengua; no se baja vivo de una cruz.

Botella al mar
Epílogo a un cuento

Berkeley, California,
29 de septiembre de 1980

Querida Glenda, esta carta no le será enviada por las vías ordinarias porque nada entre nosotros puede ser enviado así, entrar en los ritos sociales de los sobres y el correo. Será más bien como si la pusiera en una botella y la dejara caer a las aguas de la bahía de San Francisco en cuyo borde se alza la casa desde donde le escribo; como si la atara al cuello de una de las gaviotas que pasan como latigazos de sombra frente a mi ventana y oscurecen por un instante el teclado de esta máquina. Pero una carta de todos modos dirigida a usted, a Glenda Jackson en alguna parte del mundo que probablemente seguirá siendo Londres; como muchas cartas, como muchos relatos, también hay mensajes que son botellas al mar y entran en esos lentos, prodigiosos *sea-changes* que Shakespeare cinceló en *La tempestad* y que amigos inconsolables inscribirían tanto tiempo después en la lápida bajo la cual duerme el corazón de Percy Bysshe Shelley en el cementerio de Cayo Sextio, en Roma.

Es así, pienso, que se operan las comunicaciones profundas, lentas botellas errando en lentos mares, tal como lentamente se abrirá camino esta carta que la busca a usted con su verdadero nombre, no ya la Glenda Garson que también era usted pero que el pudor y el cariño cambiaron sin cambiarla, exactamente como usted cambia sin cambiar de una película a otra. Le escribo a esa mujer que respira bajo tantas máscaras, incluso la que yo le inventé para no ofenderla, y le escribo porque también usted se ha comunicado ahora conmigo debajo de mis máscaras de escritor, por eso nos hemos ganado el derecho de hablarnos así, ahora que sin la más mínima posibilidad imaginable acaba de llegarme su respuesta, su propia botella al mar rompiéndose en las rocas de esta bahía para llenarme de una delicia en la que por debajo late algo como el miedo, un miedo que no acalla la delicia, que la vuelve pánica, la sitúa fuera de toda carne y de todo tiempo como usted y yo sin duda lo hemos querido cada uno a su manera.

No es fácil escribirle esto porque usted no sabe nada de Glenda Garson, pero a la vez las cosas ocurren como si yo tuviera que explicarle inútilmente algo que de algún modo es la razón de su respuesta; todo ocurre como en planos diferentes, en una duplicación que vuelve absurdo cualquier procedimiento ordinario de contacto; estamos escribiendo o actuando para terceros, no para nosotros, y por eso esta carta toma la forma de un texto que será leído por terceros y acaso jamás por usted, o tal vez por usted pero sólo en algún lejano día, de la misma manera que su respuesta ya ha sido conocida por terceros mientras que yo acabo de recibirla hace apenas tres días y por un mero azar de viaje. Creo que si las cosas ocurren así, de nada serviría intentar un contacto directo; creo que la única posibilidad de decirle esto es dirigiéndolo una vez más a quienes van a leerlo como literatura, un relato dentro de otro, una coda a algo que parecía destinado a terminar con ese perfecto cierre definitivo que para mí deben tener los buenos relatos. Y si rompo la norma, si a mi manera le estoy escribiendo este mensaje, usted que acaso no lo leerá jamás es la que me está obligando, la que tal vez me está pidiendo que se lo escriba.

Conozca, entonces, lo que no podía conocer y sin embargo conoce. Hace exactamente dos semanas que Guillermo Schavelzon, mi editor en México, me entregó los primeros ejemplares de un libro de cuentos que escribí a lo largo de estos últimos tiempos y que lleva el título de uno de ellos, *Queremos tanto a Glenda*. Cuentos en español, por supuesto, y que sólo serán traducidos a otras lenguas en los años próximos, cuentos que esta semana empiezan apenas a circular en México y que usted no ha podido leer en Londres, donde por lo demás casi no se me lee y mucho menos en español. Tengo que hablarle de uno de ellos sintiendo al mismo tiempo, y en eso reside el ambiguo horror que anda por todo esto, lo inútil de hacerlo porque usted, de una manera que sólo el relato mismo puede insinuar, lo conoce ya; contra todas las razones, contra la razón misma, la respuesta que acabo de recibir me lo prueba y me obliga a hacer lo que estoy haciendo frente al absurdo, si esto es absurdo, Glenda, y yo creo que no lo es aunque ni usted ni yo podamos saber lo que es.

Usted recordará entonces, aunque no puede recordar algo que nunca ha leído, algo cuyas páginas tienen todavía la humedad de la tinta de imprenta, que en ese relato se habla de un grupo de amigos de Buenos Aires que comparten desde una furtiva fraternidad de club el cariño y la admiración que sienten por usted, por esa actriz que el relato llama Glenda Garson pero cuya carrera teatral y cinematográfica está indicada con claridad suficiente para que cualquiera que lo merezca pueda reconocerla. El relato es muy simple: los amigos quieren tanto a Glenda que no pueden tolerar el escándalo de que algunas de sus películas estén por debajo de la perfección que todo gran amor postula y necesita, y que la mediocridad de ciertos directores enturbie lo que sin duda usted había buscado mientras las filmaba. Como toda narración que propone una catarsis, que culmina en un sacrificio lustral, éste se permite transgredir la verosimilitud en busca de una verdad más honda y más última; así el club hace lo necesario para apropiarse de las copias de las películas menos perfectas, y las modifica allí donde una mera supresión o un camino apenas perceptible en el montaje repararán las imperdonables torpezas originales. Supongo que usted, como ellos, no se preocupa por las despreciables imposibilidades prácticas de una operación que el relato describe sin detalles farragosos; simplemente la fidelidad y el dinero hacen lo suyo, y un día el club puede dar por terminada la tarea y entrar en el séptimo día de la felicidad. Sobre todo de la felicidad porque en ese momento usted anuncia su retiro del teatro y del cine, clausurando y perfeccionando sin saberlo una labor que la reiteración y el tiempo hubieran terminado por mancillar.

Sin saberlo... Ah, yo soy el autor del cuento, Glenda, pero ahora ya no puedo afirmar lo que me parecía tan claro al escribirlo. Ahora me ha llegado su respuesta, y algo que nada tiene que ver con la razón me obliga a reconocer que el retiro de Glenda Garson tenía algo de extraño, casi de forzado, así al término justo de la tarea del ignoto y lejano club. Pero sigo contándole el cuento aunque ahora su final me parezca horrible puesto que tengo que contárselo a usted, y es imposible no hacerlo puesto que está en el cuento, puesto que todos lo están sabiendo en México desde hace diez días y sobre todo porque usted también lo sabe. Simplemente, un año más tarde Glenda Garson decide retornar al cine, y los amigos del club leen la noticia con la abrumadora certidumbre de que ya no les será posible repetir un proceso que sienten clausurado, definitivo. Sólo les queda una manera de defender la perfección, el ápice de la dicha tan duramente alcanzada: Glenda Garson no alcanzará a filmar la película anunciada, el club hará lo necesario y para siempre.

Todo esto, usted lo ve, es un cuento dentro de un libro, con algunos ribetes de fantástico o de insólito, y coincide con la atmósfera de los otros relatos de ese volumen que mi editor me entregó la víspera de mi partida de México. Que el libro lleve ese título se debe simplemente a que ninguno de los otros cuentos tenía para mí esa resonancia un poco nostálgica y enamorada que su nombre y su imagen despiertan en mi vida desde que una tarde, en el

Aldwych Theater de Londres, la vi fustigar con el sedoso látigo de sus cabellos el torso desnudo del marqués de Sade; imposible saber, cuando elegí ese título para el libro, que de alguna manera estaba separando el relato del resto y poniendo toda su carga en la cubierta, tal como ahora en su última película que acabo de ver hacer tres días aquí en San Francisco, alguien ha elegido un título, *Hopscotch,* alguien que sabe que esa palabra se traduce por *Rayuela* en español. Las botellas han llegado a destino, Glenda, pero el mar en el que derivaron no es el mar de los navíos y de los albatros.

Todo se dio en un segundo, pensé irónicamente que había venido a San Francisco para hacer un cursillo con estudiantes de Berkeley y que íbamos a divertirnos ante la coincidencia del título de esa película y el de la novela que sería uno de los temas de trabajo. Entonces, Glenda, vi la fotografía de la protagonista y por primera vez fue el miedo. Haber llegado de México trayendo un libro que se anuncia con su nombre, y encontrar su nombre en una película que se anuncia con el título de uno de mis libros, valía ya como una bonita jugada del azar que tantas veces me ha hecho jugadas así; pero eso no era todo, eso no era nada hasta que la botella se hizo pedazos en la oscuridad de la sala y conocí la respuesta, digo respuesta porque no puedo ni quiero creer que sea una venganza.

No es una venganza sino un llamado al margen de todo lo admisible, una invitación a un viaje que sólo puede cumplirse en territorios fuera de todo territorio. La película, desde ya puedo decir que despreciable, se basa en una novela de espionaje que nada tiene que ver con usted o conmigo, Glenda, y precisamente por eso sentí que detrás de esa trama más bien estúpida y cómodamente vulgar se agazapaba otra cosa, impensablemente otra cosa puesto que usted no podía tener nada que decirme y a la vez sí, porque ahora usted era Glenda Jackson y si había aceptado filmar una película con ese título yo no podía dejar de sentir que lo había hecho desde Glenda Garson, desde los umbrales de esa historia en la que yo la había llamado así. Y que la película no tuviera nada que ver con eso, que fuera una comedia de espionaje apenas divertida, me forzaba a pensar en lo obvio, en esas cifras o escrituras secretas que en una página de cualquier periódico o libro previamente convenidos remiten a las palabras que transmitirán el mensaje para quien conozca la clave. Y era así, Glenda, era exactamente así. ¿Necesito probárselo cuando la autora del mensaje está más allá de toda prueba? Si lo digo es para los terceros que van a leer mi relato y ver su película, para lectores y espectadores que serán los ingenuos puentes de nuestros mensajes: un cuento que acaba de editarse, una película que acaba de salir, y ahora esta carta que casi indeciblemente los contiene y los clausura.

Abreviaré un resumen que poco nos interesa ya. En la película usted ama a un espía que se ha puesto a escribir un libro llamado *Hopscotch* a fin de denunciar los sucios tráficos de la CIA, del FBI y del KGB, amables oficinas para las que ha trabajado y que ahora se esfuerzan por eliminarlo. Con una lealtad que se alimenta de ternura usted lo ayudará a fraguar el accidente que ha de darlo por muerto frente a sus enemigos; la paz y la seguridad los esperan luego en algún rincón del mundo. Su amigo publica *Hopscotch,* que aunque no es mi novela deberá llamarse obligadamente *Rayuela* cuando algún editor de best-sellers la publique en español. Una imagen hacia el final de la película muestra ejemplares del libro en una vitrina, tal como la edición de mi novela debió estar en algunas vitrinas norteamericanas cuando Pantheon Books la editó hace años. En el cuento que acaba de salir en México yo la maté simbólicamente, Glenda Jackson, y en esta película usted colabora en la eliminación igualmente simbólica del autor de *Hopscotch.* Usted, como siempre, es joven y bella en la película, y su amigo es viejo y escritor como yo. Con mis compañeros del club entendí que sólo en la desaparición de Glenda Garson se fijaría para siempre la perfección de nuestro amor, usted supo también que su amor exigía la desaparición para cumplirse a salvo. Ahora, al término de esto que he escrito con el vago horror de algo igualmente vago, sé de sobra que en su mensaje no hay venganza sino una incalculablemente hermosa simetría, que el personaje de mi relato acaba de reunirse con el personaje de su película porque usted lo ha querido así, porque sólo ese doble simulacro de muerte por amor podía acercarlos. Allí, en ese territorio fuera de toda brújula usted y yo estamos mirándonos, Glenda, mientras yo aquí termino esta carta y usted en algún lado, pienso que en Londres, se maquilla para entrar en escena o estudia el papel para su próxima película.